Sue Townsend
Die Frau, die ein Jahr im Bett blieb

PIPER

Zu diesem Buch

An dem Tag, als ihre geliebten Zwillinge ausziehen, entschließt sich Eva Biber, ins Bett zu gehen und nicht mehr aufzustehen. In den ganzen 17 Jahren, in denen sie sich ausschließlich um ihre Familie sorgte, träumte sie davon, eines Tages dem Alltagstrott zu entfliehen. Nun ist ihre Chance gekommen: Eva bleibt im Bett. Doch von »Bettruhe« ist sie weit entfernt – die Nachricht von ihrem Ausstieg verbreitet sich wie ein Lauffeuer, vor Evas Haustür versammeln sich begeisterte Anhänger und skurrile Besucher, bis Evas Rückzug vollkommen aus dem Ruder zu laufen droht ...

Sue Townsend, geboren 1946 und gestorben 2014 in Leicester, verließ mit 15 Jahren die Schule ohne Abschluss. Der Durchbruch als Autorin gelang ihr mit den »Tagebüchern des Adrian Mole«, die zum Bestseller wurden. Townsend war bekannt für ihre spitzfindige Kritik an der Monarchie und der englischen Gesellschaft, und galt als Englands lustigste Autorin.

Sue Townsend

Die Frau die ein Jahr im Bett blieb

Roman

Aus dem Englischen
von Juliane Zaubitzer

Piper München Zürich

Mehr über unsere Autoren und Bücher:
www.piper.de

Für meine Mutter Grace

Ungekürzte Taschenbuchausgabe
Piper Verlag GmbH, München
1. Auflage Dezember 2014
2. Auflage Januar 2015
© 2012 Sue Townsend
Titel der englischen Originalausgabe:
»The Women who went to Bed for a Year«, Penguin Books, London 2012
© der deutschsprachigen Ausgabe:
Haffmans & Tolkemitt GmbH, Berlin, 2013
Umschlaggestaltung: Lena Kleiner/Favoritbuero, München
Umschlagmotiv: Bup/Shutterstock (Wecker)
Satz: Fotosatz Amann, Memmingen
Gesetzt aus der Garamond
Papier: Pamo Super von Arctic Paper Mochenwangen GmbH, Deutschland
Druck und Bindung: CPI books GmbH, Leck
Printed in Germany   ISBN 978-3-492-30598-3

»Sei gütig, denn alle Menschen, denen du begegnest,
kämpfen einen schweren Kampf.«

Platon und vielen anderen zugeschrieben

I

Nachdem sie weg waren, schob Eva den Riegel vor die Tür und stöpselte das Telefon aus. Sie liebte es, das Haus für sich allein zu haben. Sie ging von Zimmer zu Zimmer, räumte und wischte und stellte Tassen und Teller weg, die ihr Mann und die Kinder überall stehen gelassen hatten. Jemand hatte einen Esslöffel auf die Lehne ihres Lieblingssessels gelegt – den sie bei einem Volkshochschulkurs selbst bezogen hatte. Sofort ging sie in die Küche und studierte den Inhalt der Kiste mit den Putzmitteln.

»Womit könnte ein Heinz-Tomatensuppenfleck aus besticktem Seidendamast rausgehen?«

Während sie suchte, machte sie sich selbst Vorhaltungen. »Du bist selbst schuld. Du hättest den Sessel im Schlafzimmer lassen sollen. Es war pure Eitelkeit, ihn ins Wohnzimmer zu stellen. Du wolltest, dass er Gästen auffällt, damit du erzählen kannst, dass du zwei Jahre daran gestickt hast und dass dich Claude Monets ›Wasserlilienteich‹ dazu inspiriert hat.«

Allein für die Bäume hatte sie ein Jahr gebraucht.

Auf dem Küchenfußboden befand sich eine kleine Tomatensuppenpfütze, die sie erst bemerkte, nachdem sie reingetreten war und orangefarbene Fußspuren hinterließ. In dem kleinen beschichteten Kochtopf auf der Herdplatte köchelte immer noch die Hälfte der Tomatensuppendose vor sich hin. »Zu faul, einen Topf vom Herd zu nehmen«, dachte sie. Dann fiel ihr ein, dass die Zwillinge von nun an das Problem der Universität Leeds waren.

Sie erhaschte ihr Spiegelbild im rußigen Glas des Wandbackofens. Eilig wandte sie den Blick ab. Hätte sie länger hingeschaut, hätte sie eine fünfzigjährige Frau gesehen mit hübschen, zarten Gesichtszügen, hellen, neugierigen Augen und einem Clara-Bow-Mund, der immer so aussah, als wollte er gerade etwas sagen. Niemand – nicht einmal Brian, ihr Mann – hatte sie je ohne Lippenstift gesehen. Eva fand die roten Lippen einen schönen Kontrast zu den schwarzen Sachen, die sie gewöhnlich trug. Manchmal gestattete sie sich auch ein wenig Grau.

Einmal war Brian nach Hause gekommen, als Eva in ihren schwarzen Gummistiefeln im Garten stand, in der Hand ein Bündel Steckrüben, das sie gerade gezogen hatte. »Mein Gott, Eva!«, hatte er gesagt. »Du siehst aus wie Polen nach dem Krieg.«

Ihr Gesicht war gerade in Mode. »Vintage«, so das Mädchen am Chanel-Stand, wo sie ihren Lippenstift kaufte (wobei sie nie vergaß, den Kassenzettel wegzuwerfen – ihr Mann hätte den unverschämten Preis nicht verstanden).

Sie nahm den Topf, ging von der Küche ins Wohnzimmer und kippte die Suppe über ihren geliebten Sessel. Dann ging sie nach oben ins Schlafzimmer, legte sich, ohne sich ihrer Kleider oder Schuhe zu entledigen, ins Bett und blieb ein Jahr darin.

Sie wusste nicht, dass es ein Jahr sein würde. Sie hatte

nach einer halben Stunde wieder aufstehen wollen, aber das Bett war so gemütlich, die weißen Laken waren so frisch und dufteten nach Neuschnee. Sie drehte sich zum offenen Fenster und sah zu, wie der Ahorn im Garten seine flammend roten Blätter verlor.

Sie hatte den September immer geliebt.

Sie wachte auf, als es dunkel wurde, und hörte ihren Mann draußen schreien. Ihr Handy klingelte. Auf dem Display sah sie, dass es ihre Tochter Brianne war. Sie ignorierte den Anruf. Sie zog die Decke über den Kopf und sang den Text von Johnny Cashs »I Walk The Line«.

Als sie das nächste Mal den Kopf unter der Decke hervorstreckte, hörte sie die aufgeregte Stimme von Julie, der Nachbarin von nebenan: »Das gehört sich nicht, Brian.«

Sie standen im Vorgarten.

Ihr Mann sagte: »Ich meine, ich bin ganz bis nach Leeds gefahren, und zurück, ich brauche eine Dusche.«

»Natürlich.«

Eva dachte über diesen Wortwechsel nach. Warum benötigte man nach einer Fahrt nach Leeds (und zurück) eine Dusche? War die Luft im Norden schmutziger? Oder hatte er auf der M1 geschwitzt? Die Lastwagenfahrer verflucht? Drängler beschimpft? Wütend die Wetterlage angeprangert?

Sie schaltete die Nachttischlampe an.

Darauf ging das Geschrei draußen weiter. »Lass den Scheiß und mach die Tür auf.«

Ihr wurde klar, dass sie, obwohl sie nach unten gehen und ihn reinlassen wollte, das Bett nicht verlassen konnte. Es kam ihr vor, als wäre sie in einen Bottich warmen, schnellhärtenden Beton gefallen und als könnte sie sich nicht bewegen. Sie fühlte, wie sich eine köstliche Trägheit in ihrem Körper ausbreitete, und dachte: »Ich wäre *verrückt*, wenn ich dieses Bett verlassen würde.«

Sie hörte Glas splittern und kurz darauf Brian auf der Treppe.

Er rief ihren Namen.

Sie antwortete nicht.

Er öffnete die Schlafzimmertür. »Da bist du ja«, sagte er.

»Ja, hier bin ich.«

»Bist du krank?«

»Nein.«

»Warum liegst du mit Klamotten im Bett? Was willst du damit erreichen?«

»Keine Ahnung.«

»Du hast das Empty-Nest-Syndrom. Ich habe im Radio eine Sendung darüber gehört.« Als sie nicht reagierte, sagte er: »Also, stehst du jetzt auf?«

»Nein, hab ich nicht vor.«

Er fragte: »Was ist mit Abendessen?«

»Nein danke, keinen Hunger.«

»Ich meinte, was ist mit *meinem* Abendessen? Ist was da?«

Sie sagte: »Keine Ahnung, sieh in den Kühlschrank.«

Er stapfte nach unten. Sie hörte seine Schritte auf dem Laminat, das er im Jahr zuvor so unbeholfen verlegt hatte. Sie hörte am Knarren der Dielen, dass er ins Wohnzimmer gegangen war. Binnen kurzem kam er wieder nach oben gestapft.

»Was zum Teufel ist mit deinem Sessel passiert?«, fragte er.

»Jemand hat einen Esslöffel auf die Lehne gelegt.«

»Das ganze Ding ist voll mit Suppe.«

»Ich weiß. Das war ich.«

»Du hast die Suppe drübergekippt?«

Eva nickte.

»Du hast einen Nervenzusammenbruch, Eva. Ich ruf deine Mutter an.«

»Nein!«

Die Wucht ihrer Stimme ließ ihn zusammenzucken.

Sein schockierter Blick verriet, dass seine traute heimische Welt nach fünfundzwanzig Jahren zerbrochen war. Er ging nach unten. Sie hörte ihn über das ausgestöpselte Telefon schimpfen, dann, kurz darauf, wie er eine Nummer wählte. Als sie den Hörer des Schlafzimmeranschlusses abnahm, meldete sich ihre Mutter umständlich mit ihrer Telefonnummer: »0116 2 444 333, Mrs. Ruby Brown-Bird am Apparat.«

Brian sagte: »Ruby, hier ist Brian. Du musst sofort herkommen.«

»Geht nicht, Brian. Ich lasse mir gerade eine Dauerwelle legen. Was ist denn los?«

»Es geht um Eva ...« Er senkte die Stimme. »... Ich glaube, sie ist krank.«

»Dann ruf einen Krankenwagen«, sagte Ruby gereizt.

»Rein körperlich ist alles mit ihr in Ordnung.«

»Na, dann ist ja gut.«

»Ich komme und hol dich ab, dann kannst du es selbst sehen.«

»Brian, ich kann nicht. Ich gebe eine Dauerwellenparty, und in einer halben Stunde muss ich meine Spezialmischung ausspülen. Sonst sehe ich aus wie Harpo Marx. Hier, sprich mit Michelle.«

Nach ein paar gedämpften Lauten kam eine junge Frau an den Apparat.

»Hallo ... Brian, nicht wahr? Ich bin Michelle. Darf

ich Ihnen erklären, was passiert, wenn Mrs. Bird in diesem Stadium die Dauerwelle abbricht? Ich bin zwar versichert, aber es käme mir höchst ungelegen, wenn ich vor Gericht erscheinen müsste. Ich bin bis Silvester ausgebucht.«

Der Hörer wurde Ruby zurückgereicht. »Brian, bist du noch dran?«

»Ruby, sie liegt vollständig bekleidet mit Schuhen und Strümpfen im Bett.«

»Ich *habe* dich gewarnt, Brian. Wir standen vor der Kirche und wollten gerade reingehen, und ich habe mich umgedreht und zu dir gesagt: ›Unsere Eva ist ein stilles Wasser. Sie redet nicht viel, und du wirst nie erfahren, was sie denkt...‹« Nach einer langen Pause sagte Ruby: »Ruf deine eigene Mutter an.«

Die Leitung wurde unterbrochen.

Eva war schockiert, dass ihre Mutter in letzter Sekunde einen Versuch unternommen hatte, ihre Hochzeit zu sabotieren. Sie griff nach ihrer Handtasche und durchforstete den Inhalt nach etwas Essbarem. Sie hatte immer etwas zu essen dabei. Das hatte sie sich angewöhnt, als die Zwillinge noch klein und immer hungrig waren, ihre offenen Münder wie die Schnäbel von Vogelküken. Eva fand eine zerquetschte Chipstüte, einen flach gedrückten Bounty-Riegel und eine halbe Rolle Polos.

Sie hörte Brian erneut wählen.

Brian war immer leicht nervös, wenn er seine Mutter anrief. Es fiel ihm schwer, die Worte zu formen. Irgendwie schaffte sie es immer, ihm ein schlechtes Gewissen zu machen, egal um was es bei dem Gespräch ging.

Seine Mutter antwortete prompt mit einem zackigen »Ja?«

Brian sagte: »Bist du das, Mami?«

Eva griff erneut nach dem Hörer, wobei sie vorsichtig die Hand über die Sprechmuschel legte.

»Wer soll es denn sonst sein? Niemand außer mir geht in diesem Haus ans Telefon. Ich bin sieben Tage die Woche allein.«

Brian sagte: »Aber ... äh ... du ... äh ... hast nicht gern Besuch.«

»Nein, ich hab nicht gern Besuch, aber es wäre schön, jemanden zu haben, den man abweisen kann. Wie auch immer, worum geht's? Ich sehe gerade *Emmerdale*.«

Brian sagte: »Tut mir leid, Mami. Willst du mich zurückrufen, wenn die Werbung kommt?«

»Nein«, sagte sie. »Bringen wir es hinter uns, was es auch ist.«

»Es geht um Eva.«

»Ha! Warum bin ich nicht überrascht? Hat sie dich verlassen? Schon als ich sie zum ersten Mal sah, wusste ich, dass sie dir das Herz brechen würde.«

Brian fragte sich, ob sein Herz je gebrochen worden war. Es fiel ihm schwer, Gefühle einzuordnen. Als er sein erstes Diplom mit Auszeichnung nach Hause gebracht und seiner Mutter gezeigt hatte, meinte ihr damaliger Freund: »Du musst sehr glücklich sein, Brian.«

Brian hatte genickt und ein Lächeln aufgesetzt, doch in Wahrheit fühlte er sich kein bisschen glücklicher als am Tag zuvor, an dem nichts Bemerkenswertes vorgefallen war.

Seine Mutter hatte die Urkunde vorsichtig in die Hände genommen und gesagt: »Du wirst Mühe haben, einen Job zu finden. Es gibt Astronomen mit weit besseren Qualifikationen, die keine Arbeit finden.«

Jetzt klagte Brian: »Eva hat sich ins Bett gelegt. Mit Schuhen und Strümpfen.«

Seine Mutter sagte: »Ich kann nicht sagen, dass mich das überrascht, Brian. Sie hat schon immer versucht, die Aufmerksamkeit auf sich zu ziehen. Erinnerst du dich noch, wie wir Ostern 1986 zusammen im Wohnwagen waren? Sie hatte einen Koffer voller Beatnik-Klamotten dabei. In Wells-Next-The-Sea trägt man doch keine Beatnik-Klamotten. Alle haben sie angestarrt.«

Eva schrie von oben. »Du hättest meine schönen schwarzen Sachen nicht ins Meer werfen dürfen!«

Brian hatte seine Frau noch nie schreien hören.

Yvonne Biber fragte: »Was ist das für ein Geschrei?«

Brian log. »Das ist der Fernseher. Irgendjemand hat bei *Eggheads* gerade viel Geld gewonnen.«

Seine Mutter sagte: »Die Ferienkleider, die ich ihr gekauft habe, standen ihr.«

Während Eva lauschte, erinnerte sie sich, wie sie die hässlichen Kleidungsstücke ausgepackt hatte. Sie hatten gerochen, als hätten sie jahrelang in einem feuchten Lagerhaus in Fernost gelegen, und die Farben waren in grellen Lila-, Rosa- und Gelbtönen gehalten. Außerdem gab es ein Paar Schuhe, das für Eva aussah wie Herrensandalen, und einen beigefarbenen Rentneranorak. Als sie die Sachen anprobierte, sah sie gleich zwanzig Jahre älter aus.

Brian sagte zu seiner Mutter: »Ich weiß nicht, was ich machen soll, Mami.«

Yvonne sagte: »Wahrscheinlich ist sie betrunken. Lass sie ihren Rausch ausschlafen.«

Eva warf das Telefon quer durchs Zimmer und schrie: »Es waren Herrensandalen, die sie mir in Wells-Next-The-Sea gekauft hat! Ich habe *Männer* damit gesehen. Mit weißen Socken! Du hättest mich vor ihr beschützen sollen, Brian! Du hättest sagen sollen: ›Nie im Leben zieht meine Frau so hässliche Sandalen an!‹«

Sie hatte so laut geschrien, dass ihr der Hals wehtat. Sie rief nach unten und bat Brian, ihr ein Glas Wasser zu bringen.

Brian sagte: »Warte kurz, Mami. Eva möchte ein Glas Wasser.«

Am anderen Ende der Leitung fauchte seine Mutter: »Untersteh dich, ihr das Wasser zu bringen, Brian! Sonst bist du selbst schuld. Sag ihr, sie soll sich ihr Wasser selbst holen!«

Brian wusste nicht, was er tun sollte. Während er im Flur zauderte, sagte seine Mutter: »Ich kann auf die Faxen verzichten. Mein Knie macht Ärger. Ich bin kurz davor, den Arzt anzurufen und ihn zu bitten, mein Bein zu amputieren.«

Er nahm das Telefon mit in die Küche und drehte den Kaltwasserhahn auf.

Seine Mutter fragte: »Hör ich da etwa den Wasserhahn?«

Wieder log Brian. »Ich stell nur Blumen in eine Vase.«

»Blumen! Ihr könnt froh sein, dass ihr euch Blumen leisten könnt.«

»Sie sind aus dem Garten, Mami. Eva hat sie selbst ausgesät.«

»Ihr könnt froh sein, dass ihr einen Garten habt.«

Dann war die Leitung tot. Seine Mutter verabschiedete sich nie.

Er ging mit dem Glas Wasser nach oben. Als er es Eva gab, trank sie einen kleinen Schluck, dann stellte sie es auf den überfüllten Nachttisch. Brian stand unentschlossen am Fuß des Bettes. Es gab niemanden, der ihm sagte, was er tun sollte.

Fast tat er ihr leid, aber nicht genug, um aufzustehen. Stattdessen sagte sie: »Warum gehst du nicht nach unten und siehst deine Sendungen?«

Brian war ein leidenschaftlicher Fan von Eigenheimsendungen. Kirstie und Phil waren seine Helden. Ohne Evas Wissen hatte er Kirstie geschrieben, dass sie immer so hübsch aussah, und ob sie mit Phil verheiratet sei oder ob ihre Beziehung rein beruflich sei? Drei Monate später hatte er einen Brief erhalten, in dem stand: »Danke für Ihr Interesse«, unterschrieben mit »Ihre Kirstie«. Dem Schreiben lag ein Foto von Kirstie bei. Sie trug ein rotes Kleid mit alarmierend tiefem Ausschnitt. Brian bewahrte das Foto in einer alten Bibel auf. Er wusste, dort war es sicher. Niemand schlug sie je auf.

Später am Abend zwang eine volle Blase Eva aus dem Bett. Sie zog einen Schlafanzug an, den sie für unvorhergesehene Krankenhausaufenthalte aufgehoben hatte. Den Rat hatte sie von ihrer Mutter. Ihre Mutter war der Überzeugung, mit qualitativ hochwertigem Bademantel, Schlafanzug und Kulturbeutel wurde man von Krankenschwestern und Ärzten besser behandelt als die Ferkel, die mit schäbigen Sachen in einer Plastiktüte eingeliefert wurden.

Eva legte sich wieder ins Bett und fragte sich, was ihre Kinder an ihrem ersten Abend an der Uni wohl so trieben. Sie stellte sich vor, dass sie weinend und krank vor Heimweh beisammen saßen, so wie an ihrem ersten Tag im Kindergarten.

2

Brianne befand sich in der Gemeinschaftsküche des Wohnheims, die gleichzeitig Aufenthaltsraum war. Bisher hatte sie einen Jungen kennengelernt, der wie ein Mädchen angezogen war, und eine Frau, die wie ein Mann angezogen war. Die beiden unterhielten sich über Clubs und Musiker, von denen sie noch nie gehört hatte.

Brianne besaß eine kurze Aufmerksamkeitsspanne und hörte schon bald nicht mehr zu, nickte aber und sagte »cool«, wenn es angebracht schien. Sie war ein großes Mädchen mit breiten Schultern, langen Beinen und großen Füßen. Ihr Gesicht war größtenteils hinter einem langen strähnigen Pony versteckt, den sie sich nur aus den Augen strich, wenn sie tatsächlich etwas sehen wollte.

Ein verwahrlostes Mädchen in einem Maxikleid mit Leopardenmuster und braunen Ugg-Boots kam herein und stopfte eine prall gefüllte Tüte von Holland & Barrett in den Kühlschrank. Ihr Kopf war zur Hälfte rasiert, und auf den Schädel war ein gebrochenes Herz tätowiert. Die andere Hälfte war ein schlecht gefärbter, einseitiger, grüner Vorhang.

Brianne sagte: »Tolles Haar. Hast du das selbst gemacht?«

»Mein Bruder hat mir dabei geholfen«, sagte das Mädchen. »Er ist schwul.«

Am Ende jedes Satzes hob das Mädchen die Stimme, als würde sie die Richtigkeit ihrer eigenen Aussagen ständig in Zweifel ziehen.

Brianne fragte: »Kommst du aus Australien?«

Das Mädchen rief: »Gott! Nein!«

Brianne sagte: »Ich bin Brianne.«

Das Mädchen sagte: »Ich bin Poppy. Brianne? Den Namen hab ich noch nie gehört.«

»Mein Vater heißt Brian«, sagte Brianne ausdruckslos. »Ist es schwer, in so einem Maxikleid zu laufen?«

»Nein«, sagte Poppy. »Wenn du willst, kannst du es anprobieren. Vielleicht passt es dir, es dehnt sich.«

Sie zog sich das Maxikleid über den Kopf und stand in BH und Unterhose da. Beides sah aus wie aus scharlachrotem Spinnennetz. Sie schien keinerlei Hemmungen zu haben. Brianne hatte reichlich Hemmungen. Sie hasste alles an sich: Gesicht, Hals, Haare, Schultern, Arme, Hände, Fingernägel, Bauch, Brüste, Brustwarzen, Taille, Hüfte, Oberschenkel, Knie, Waden, Fesseln, Füße, Zehennägel und ihre Stimme.

Sie sagte: »Ich probier's in meinem Zimmer an.«

»Du hast tolle Augen«, sagte Poppy.

»Findest du?«

»Trägst du grüne Kontaktlinsen?«, fragte Poppy. Sie starrte Brianne ins Gesicht und schob den Pony zur Seite.

»Nein.«

»Tolles Grün.«

»Findest du?«

»Hammer.«

»Ich muss abnehmen.«

»Stimmt. Mit Abnehmen kenn ich mich aus. Ich bring dir bei, wie man sich nach jeder Mahlzeit übergibt.«

»Ich will keine Bulimikerin sein.«

»Für Lily Allen war es gut genug.«

»Ich hasse es, mich zu übergeben.«

»Aber wenn man dafür dünn ist? Du kennst doch den Spruch: ›Man kann nie zu reich oder zu dünn sein.‹«

»Wer sagt das?«

»Ich glaube, es war Winnie Mandela.«

Poppy folgte Brianne in ihr Zimmer, noch immer in Unterwäsche. Auf dem Flur trafen sie Brian junior, der gerade die Tür zu seinem Zimmer abschloss. Er starrte Poppy an und sie starrte zurück. Er war der schönste Mann, den sie je gesehen hatte. Sie warf die Arme über den Kopf und nahm eine Glamourgirl-Pose ein, in der Hoffnung, dass Brian ihre Körbchengröße-C-Brüste bewunderte.

Er murmelte vor sich hin, aber laut genug, dass man es hörte: »Eklig.«

Poppy sagte: »Eklig? Es wäre echt hilfreich, wenn du das näher erläutern könntest. Ich muss wissen, was genau an mir abstoßend ist.«

Brian trat unbehaglich von einem Fuß auf den anderen.

Poppy lief vor ihm auf und ab, wirbelte herum und legte eine Hand auf den mageren Hüftknochen. Dann sah sie ihn erwartungsvoll an, doch er sagte nichts. Stattdessen schloss er die Tür zu seinem Zimmer wieder auf und ging hinein.

Poppy sagte: »Was für ein Baby. Ein ungezogenes, wahnsinnig hübsches Baby.«

Brianne sagte: »Wir sind beide siebzehn. Wir haben früh Abi gemacht.«

»Ich hätte meins auch früher gemacht, wenn nicht etwas Tragisches passiert wäre ...« Poppy wartete, dass Brianne sich nach der Art der Tragödie erkundigte. Als Brianne schwieg, sagte sie: »Ich kann nicht drüber reden. Ich hab trotzdem mit Eins bestanden. Oxbridge wollte mich. Ich war beim Vorstellungsgespräch, aber ehrlich gesagt, war es mir da zu altmodisch.«

Brianne fragte: »Wo warst du? In Oxford oder in Cambridge?«

Poppy sagte: »Bist du schwerhörig? Ich hab gesagt, ich war zum Vorstellungsgespräch in *Oxbridge*.«

»Und man hat dir einen Studienplatz an der Universität *Oxbridge* angeboten?« Brianne setzte nach: »Wo *ist* Oxbridge doch gleich?«

Poppy murmelte: »Irgendwo in der Mitte«, und ging.

Brianne und Brian junior hatten sich in Cambridge vorgestellt, und man hatte beiden einen Platz angeboten. Ihr bescheidener Ruhm war den Biber-Zwillingen vorausgeeilt. Am Trinity College hatte man ihnen eine unglaublich schwere Matheaufgabe gestellt. Brian junior ging mit einer Aufsicht in ein separates Zimmer. Als beide nach fünfundfünfzigminütigem eifrigen Kritzeln auf den bereitgestellten DIN-A4-Blättern ihre Stifte niederlegten, las das Gremium ihre Notizen, als handle es sich um ein Kapitel eines schlüpfrigen Romans. Brianne hatte sich minutiös, wenn auch ohne große Fantasie, zur Lösung vorgearbeitet. Brian junior war auf mysteriöseren Pfaden ans Ziel gelangt. Das Gremium verzichtete darauf, die Zwillinge nach Hobbys und Freizeitbeschäftigungen zu fragen. Es war offensichtlich, dass sie sich ganz auf ihr Studiengebiet konzentrierten.

Nachdem die Zwillinge das Angebot abgelehnt hatten, erklärte Brianne, sie und ihr Bruder würden der berühmten Mathematikprofessorin Lenya Nikitanova nach Leeds folgen.

»Ah, Leeds«, sagte der Vorsitzende. »Die mathematische Fakultät ist bemerkenswert, Weltklasse. Wir haben versucht, die bezaubernde Nikitanova mit unanständig extravaganten Anreizen zu locken, aber sie hat uns gemailt, dass sie es vorzieht, Arbeiterkinder zu unterrichten – ein Ausdruck, den ich nicht mehr gehört habe, seit Breschnew im Amt war –, und die Dozentenstelle an der Universität Leeds annimmt! Sehr bezeichnend!«

Im Sentinel-Towers-Wohnheim sagte Brianne jetzt: »Ich ziehe mich lieber allein um. Ich geniere mich.«

Poppy sagte: »Nein, ich komme mit rein. Ich kann dir helfen.«

Brianne fühlte sich von Poppy bedrängt. Sie wollte sie nicht in ihr Zimmer lassen. Sie wollte sie nicht als Freundin, trotzdem schloss sie die Tür auf und ließ Poppy rein.

Briannes offener Koffer stand auf dem schmalen Bett. Sofort begann Poppy ihn auszupacken und Briannes Kleider und Schuhe im Schrank zu verstauen. Brianne saß hilflos am Fußende des Bettes und sagte: »Nein, Poppy, das mach ich schon.« Sie dachte, wenn Poppy weg war, würde sie alles nach ihren eigenen Vorstellungen neu ordnen.

Poppy öffnete ein Schmuckkästchen, das mit winzigen perlmuttschimmernden Muscheln besetzt war, und begann, verschiedene Schmuckstücke anzuprobieren. Sie nahm das Silberarmband mit den drei Anhängern: ein Mond, eine Sonne und ein Stern.

Das Armband hatte Eva Ende August zur Belohnung für Briannes Einser-Abitur gekauft. Brian junior hatte die Manschettenknöpfe, die seine Mutter ihm geschenkt hatte, schon verloren.

»Das leihe ich mir«, sagte Poppy.

»Nein!«, rief Brianne. »Nicht das! Daran hänge ich.« Sie nahm es Poppy ab und legte es um ihr eigenes Handgelenk.

Poppy sagte: »Omeingott, du bist so ein Materialist. Krieg dich wieder ein.«

Inzwischen lief Brian junior in seinem schockierend winzigen Zimmer auf und ab. Von der Tür zum Fenster waren es nur drei Schritte. Er fragte sich, warum seine Mutter nicht wie versprochen angerufen hatte.

Alles war ausgepackt und ordentlich verstaut. Seine Stifte nach Farben sortiert, von gelb bis schwarz. Es war Brian junior wichtig, dass sich genau in der Mitte ein roter Stift befand.

Ein paar Stunden zuvor, nachdem die Habseligkeiten der Zwillinge vom Auto nach oben getragen, die Laptops aufgeladen, die neuen Wasserkocher, Toaster und Lampen von Ikea angeschlossen waren, hatten sich Brian, Brianne und Brian junior nebeneinander auf Briannes Bett gesetzt und einander nichts zu sagen gewusst.

Brian hatte diverse Male: »So«, gesagt.

Die Zwillinge warteten, dass er weitersprach, doch er verfiel wieder in Schweigen.

Schließlich räusperte er sich und sagte: »So, der Tag ist gekommen, hm? Beängstigend für mich und Mum, und erst recht für euch beide ... Ihr steht jetzt auf eigenen Füßen, lernt neue Leute kennen.«

Er stand auf und sah sie an. »Kinder, gebt euch ein bisschen Mühe, nett zu den anderen Studenten zu sein. Brianne, stell dich den anderen vor, versuch zu lächeln. Sie sind nicht so schlau wie du und Brian junior, aber schlau sein ist nicht alles.«

Brian junior sagte mit flacher Stimme: »Wir sind hier, um zu arbeiten, Dad. Wenn wir *Freunde* bräuchten, wären wir bei Facebook.«

Brianne nahm ihren Bruder bei der Hand und sagte: »Vielleicht wäre es gut, eine Freundin zu haben, Bri. Irgendwer, mit der ich reden kann und so, über ...« Sie zögerte.

Brian ergänzte: »Klamotten und Jungs und Frisuren.«

Brianne dachte: »Bäh! Frisuren? Nein, ich möchte über die Wunder der Welt reden, die Geheimnisse des Universums.«

Brian junior sagte: »Wir können uns Freunde suchen, wenn wir unseren Doktor haben.«

Brian lachte: »Mach dich locker, BJ. Besauf dich, lass dich flachlegen, und reiche wenigstens ein Mal einen Essay zu spät ein. Du bist Student, klau ein Verkehrshütchen.«

Brianne sah ihren Bruder an. Sie konnte sich Brian junior ebenso wenig sturzbetrunken mit einem Verkehrshütchen auf dem Kopf vorstellen wie in limonengrünem Lycra beim Rumbatanzen in dieser albernen Sendung *Let's Dance*.

Bevor Brian ging, gab es unbeholfene Umarmungen und Schulterklopfen. Nasen wurden geküsst, statt Lippen und Wangen. In ihrer Hast, das enge Zimmer zu verlassen, traten sie einander auf die Zehen. Der Fahrstuhl brauchte ewig für die sechs Stockwerke nach oben. Sie hörten, wie er sich quietschend und ächzend näherte.

Als sich die Türen öffneten, rannte Brian praktisch hinein. Er winkte den Zwillingen zum Abschied, und sie winkten zurück. Nach ein paar Sekunden drückte Brian den Knopf fürs Erdgeschoss, und die Zwillinge klatschten sich ab.

Dann kehrte der Fahrstuhl zurück, mit Brian an Bord.

Die Zwillinge sahen mit Entsetzen, dass ihr Vater weinte. Sie wollten schon einsteigen, da schlossen sich die Türen wieder, und der Fahrstuhl ruckelte nach unten.

»Warum *weint* Dad?«, fragte Brian junior.

Brianne sagte: »Ich glaube, er ist traurig, weil wir weg sind.«

Brian junior wunderte sich. »Und ist das eine normale Reaktion?«

»Ich glaub schon.«

»Mum hat beim Abschied nicht geweint.«

»Nein, Mum findet, man sollte sich Tränen für Tragödien aufsparen.«

Sie hatten einige Augenblicke beim Fahrstuhl gewartet, um zu sehen, ob er ihren Vater noch einmal zurückbrachte. Als das nicht geschah, gingen sie auf ihre Zimmer und versuchten, allerdings vergeblich, ihre Mutter zu erreichen.

3

Um zehn Uhr kam Brian senior ins Schlafzimmer und begann sich auszuziehen.

Eva schloss die Augen. Sie hörte, wie sich seine Pyjamaschublade öffnete und schloss. Sie ließ ihm eine Minute, um seinen Schlafanzug anzuziehen, dann sagte sie, den Rücken ihm zugewandt: »Brian, ich möchte nicht, dass du heute Nacht in diesem Bett schläfst. Warum schläfst du nicht in Brian juniors Zimmer? Da ist es garantiert sauber und ordentlich, zwanghaft ordentlich.«

»Fühlst du dich krank?«, fragte Brian. »Körperlich?«, fügte er hinzu.

»Nein«, sagte sie. »Mir geht es gut.«

Brian belehrte sie: »Wusstest du, Eva, dass den Patienten in manchen therapeutischen Einrichtungen verboten wird, die Formulierung ›Mir geht es gut‹ zu benutzen? Weil es ihnen ausnahmslos *nicht* gut geht. Gib zu, du bist verstört, weil die Zwillinge ausgezogen sind.«

»Nein, ich bin froh, dass sie weg sind.«

Brians Stimme bebte vor Zorn. »Es gehört sich für eine Mutter nicht, so etwas zu sagen.«

Eva drehte sich um und sah ihn an. »Wir haben ihre Erziehung verbockt«, sagte sie. »Brianne lässt sich von jedem schikanieren, und Brian junior kriegt Panik, sobald er mit einem anderen Menschen reden muss.«

Brian setzte sich auf die Bettkante. »Ich gebe zu, es sind sensible Kinder.«

»Neurotisch ist das richtige Wort«, sagte Eva. »Als sie klein waren, saßen sie oft stundenlang in einem Pappkarton.«

Brian sagte: »Das wusste ich nicht. Was haben sie da drin gemacht?«

»Einfach schweigend da gesessen«, antwortete Eva. »Ab und zu drehten sie den Kopf und sahen einander an. Wenn ich versuchte, sie herauszuheben, haben sie gebissen und gekratzt. Sie wollten zusammen in ihrer eigenen Pappkartonwelt sein.«

»Es sind begabte Kinder.«

»Aber sind sie glücklich, Brian? Ich kann es nicht sagen, ich liebe sie zu sehr.«

Brian ging zur Tür und blieb dort eine Weile stehen, als wollte er noch etwas sagen. Eva hoffte, er ließ sich nicht zu irgendeiner dramatischen Aussage hinreißen. Die starken Emotionen des Tages hatten sie schon genug mitgenommen. Brian öffnete den Mund, dann überlegte er es sich offensichtlich anders, denn er verließ das Zimmer und schloss leise die Tür.

Eva setzte sich im Bett auf, schlug die Decke zurück und sah zu ihrer Bestürzung, dass sie noch ihre schwarzen Stöckelschuhe trug. Ihr Blick fiel auf den Nachttisch, der mit fast identischen Cremetöpfen und -tuben vollgestellt war. Sie wählte die von Chanel und warf die anderen nacheinander in den Papierkorb am anderen Ende des Zimmers. Sie war gut im Werfen. Sie hatte die Leicester High School für Mädchen bei den Kreismeisterschaften im Speerwurf vertreten.

Ihr Griechischlehrer gratulierte ihr zum neuen Schulrekord mit den Worten: »Sie sind ja eine richtige Athene, Miss Brown-Bird. Und übrigens sehen Sie hinreißend aus.«

Jetzt musste sie aufs Klo. Sie war froh, dass sie Brian überredet hatte, die Wand zur Abstellkammer durchzubrechen und Bad und Toilette einzubauen. Alle anderen in ihrer Straße mit edwardianischen Häusern hatten das längst getan.

Das Haus der Bibers war 1908 erbaut worden. So stand es unter dem Dachvorsprung. Die edwardianischen Ziffern wurden umrahmt von einem Steinfries mit stilisiertem Efeu und wildem Wein. Es gibt Hauskäufer, die wählen ihr zukünftiges Zuhause nach rein romantischen Gesichtspunkten aus, und Eva gehörte dazu. Ihr Vater hatte Woodbine-Zigaretten geraucht, und die grüne, mit wildem Wein verzierte Packung war fester Bestandteil ihrer Kindheit gewesen. Glücklicherweise hatte vorher ein zeitgenössischer Ebenezer Scrooge in dem Haus gewohnt, der sich gegen den Sechziger-Jahre-Wahn gewehrt hatte, alles zu modernisieren. Es war unversehrt, mit großen Zimmern, hohen Decken, Stuck, Kaminen und gediegenen Eichentüren und -dielen.

Brian hasste es. Er wollte eine »Wohnmaschine«. Er sah sich in einer modernen weißen Küche neben der Espressomaschine auf seinen Morgenkaffee warten. Er wollte keine halbe Meile vom Stadtzentrum entfernt wohnen. Er wollte einen Kasten aus Glas und Stahl im Le-Corbusier-Stil mit Blick auf die Natur und einen weiten Himmel. Dem Makler hatte er erklärt, dass er Astronom war und dass seine Teleskope nicht mit der Lichtverschmutzung klar kamen. Der Makler hatte Brian und Eva angesehen, völlig entgeistert, dass zwei Menschen mit so gegensätzlichen Persönlichkeiten und Geschmäckern überhaupt geheiratet hatten.

Irgendwann hatte Eva Brian darüber in Kenntnis gesetzt, dass sie nicht in einem minimalistischen Baukastensystem jenseits jeder Straßenbeleuchtung leben wollte, sondern in einem richtigen Haus. Brian hatte gekontert, dass er nicht in einem alten Gemäuer leben wollte, in dem Menschen gestorben waren, mit Wanzen, Flöhen, Ratten und Mäusen. Als er das edwardianische Haus zum ersten Mal gesehen hatte, beschwerte er sich, er habe das Gefühl, dass ihm »ein Jahrhundert Staub die Lunge verstopft«.

Eva gefiel, dass sich das Haus gegenüber einer anderen Straße befand. Durch die großen, stattlichen Fenster konnte sie die hohen Gebäude des Stadtzentrums sehen und dahinter Wald und die freie Natur.

Am Ende hatten sie, dank einer extremen Knappheit an modernem Wohnraum im ländlichen Leicestershire, die Villa in der Bowling Green Road 15 für 46 999 Pfund gekauft. Im April 1986 zogen Brian und Eva ein, nachdem sie drei Jahre bei Brians Mutter Yvonne gewohnt hatten. Eva hatte nie bereut, dass sie sich mit dem Haus gegen Brian und Yvonne durchgesetzt hatte. Es war die drei Wochen Schmollen, die folgten, wert gewesen.

Als sie das Licht im Bad anschaltete, sah sie sich mit einer Vielzahl ihrer eigenen Spiegelbilder konfrontiert. Eine dünne Frau mittleren Alters mit kurzen blonden Haaren, hohen Wangenknochen und hellgrauen Augen. Auf ihren Wunsch – sie dachte, der Raum würde dann größer wirken – hatten die Handwerker an drei Wänden große Spiegel eingebaut. Am liebsten hätte sie ihnen gesagt, sie sollen es gleich wieder rückgängig machen, doch sie traute sich nicht. Deshalb sah sie sich selbst, wann immer sie sich aufs Klo setzte, unendlich oft.

Sie zog sich aus und stieg in die Dusche, wobei sie den Blick in die Spiegel vermied.

Ihre Mutter hatte kürzlich zu ihr gesagt: »Kein Wunder, dass du nichts auf den Rippen hast, du setzt dich nie hin. Du isst ja sogar im Stehen.«

Das stimmte. Nachdem sie Brian, Brian junior und Brianne bedient hatte, ging sie zurück an den Herd und pickte Fleisch und Gemüse aus den jeweiligen Töpfen und Pfannen. Der Stress, eine Mahlzeit zu kochen und rechtzeitig auf den Tisch zu bringen, das Essen warmzuhalten und zu hoffen, dass die Unterhaltung bei Tisch friedlich verlief, schien so eine Flut von Magensäure zu produzieren, dass ihr nichts mehr schmeckte.

Auf der Drahtablage in der Ecke der Dusche stand ein Wust Shampoos, Spülungen und Duschgels. In wenigen Augenblicken suchte Eva ihre Lieblingsprodukte heraus und warf den Rest in den Mülleimer neben dem Waschbecken. Dann zog sie sich wieder an und stieg in ihre Pumps. Damit war sie acht Zentimeter größer, und heute Abend brauchte sie ein Gefühl der Stärke. Sie lief auf und ab, während sie innerlich probte, was sie zu Brian sagen würde, wenn er zurückkam und in ihr Bett wollte.

Sie würde schnell handeln müssen, sonst verlor sie den Mut.

Sie würde zur Sprache bringen, dass er sie in der Öffentlichkeit unterminierte, dass er sie seinen Freunden als »die Klingonin« vorstellte. Dass er ihr zum letzten Geburtstag einen Lottoschein im Wert von fünfundzwanzig Pfund geschenkt hatte.

Doch dann fiel ihr ein, wie leicht seine Überheblichkeit verpuffte, und wie traurig er ausgesehen hatte, als sie ihn gebeten hatte, woanders zu schlafen. Sie blieb für ein paar Augenblicke an der Schlafzimmertür stehen und überdachte die Folgen, dann stieg sie wieder ins Bett und zog sich vom potenziellen Kampfgeschehen zurück.

Um 3.15 Uhr morgens wurde sie aus dem Schlaf gerissen, weil Brian schrie und mit der Bettdecke kämpfte. Als ihre Augen sich an die Dunkelheit gewöhnt hatten, sah sie, wie Brian auf einem Bein über den Teppich hüpfte und sich die rechte Wade hielt.

»Krampf?«, sagte sie.

»Kein Krampf! Deine Scheißabsätze! Du hast mir ein Loch ins Bein gerammt!«

»Du hättest in Brian juniors Zimmer bleiben sollen, statt dich in meins zu schleichen.«

Brian sagte: »Deins? Früher war es *unser* Zimmer.«

Brian war weder mit Schmerz noch mit Blut besonders gut, und nun musste er in aller Herrgottsfrühe beides verkraften. Er fing an zu jammern. Nachdem Eva sich orientiert hatte, sah sie, dass er wirklich ein Loch im Bein hatte.

»Viel Blut … Wunde säubern«, sagte er. »Du musst sie mit destilliertem Wasser und Jod auswaschen.«

Eva konnte das Bett nicht verlassen. Stattdessen griff sie nach der Flasche Chanel N° 5 auf dem Nachttisch. Sie richtete die Düse auf Brians Wunde und drückte, den Finger fest auf der Sprühvorrichtung. Brian quiekte und hüpfte über den beigefarbenen Teppich aus dem Zimmer.

Sie hatte das Richtige getan, dachte Eva, während sie

wieder einschlief. Jeder weiß, dass Chanel N° 5 im Notfall ein gutes Desinfektionsmittel ist.

*

Gegen halb sechs wachte Eva erneut auf.

Brian humpelte durchs Schlafzimmer und rief in regelmäßigen Abständen: »Dieser Schmerz! Dieser Schmerz!« Als Eva sich aufsetzte, sagte Brian: »Ich hab den kassenärztlichen Notdienst angerufen. Da arbeiten nur Deppen! Idioten! Trottel! Pappnasen! Schwachköpfe! Dödel! Kretins! Hiwis! Abschaum! Ein afrikanischer Medizinmann wüsste besser Bescheid!«

Erschöpft sagte Eva: »Brian, *bitte*. Bist du es nicht leid, immer gegen die Welt anzukämpfen?«

»Nein, ich mag die Welt nicht besonders.«

Eva empfand tiefes Mitleid mit ihrem Mann, als er am Fußende des Bettes stand, nackt, eine weiße Leinenserviette um ein Bein gewickelt und Toastkrümel im Bart. Sie wandte sich ab.

Er war ein Eindringling in diesem Zimmer, das jetzt ihres war.

Brianne fragte sich, wie lange Poppy noch weinen würde. Sie konnte sie durch die Wand schluchzen hören.

Sie sah auf den Wecker, den sie seit ihrer Kindheit besaß. Barbie zeigte auf die Vier und Ken auf die Eins. So hatte sie sich ihre erste Nacht an der Uni nicht vorgestellt.

Sie dachte: »Dieses schreckliche Mädchen hat mich auf die Seiten eines *EastEnders*-Drehbuchs geschleift.«

Gegen halb sechs riss sie ein Klopfen an der Tür aus ihrem unruhigen Schlaf. Sie hörte Poppy wimmern. Sie erstarrte. Es gab kein Entkommen aus dem sechsten Stock des Gebäudes – und das Fenster ließ sich sowieso nur wenige Zentimeter öffnen.

»Ich bin's – Poppy. Lass mich rein!«

Brianne rief: »Nein! Geh schlafen, Poppy!«

Poppy flehte: »Brianne, hilf mir! Mich hat ein einäugiger Mann überfallen!«

Brianne öffnete die Tür und Poppy fiel ins Zimmer. »Ich wurde überfallen!«

Brianne sah in den Korridor. Er war leer. Die Tür zu Poppys Zimmer stand offen, und es dudelte der Emo-Song, den sie ununterbrochen hörte – »Almost Lover« von A Fine Frenzy. Sie warf einen Blick in Poppys Zimmer. Es gab keine Hinweise auf einen Kampf. Die Bettdecke war faltenlos.

Als sie in ihr eigenes Zimmer zurückkehrte, entdeckte sie zu ihrem Befremden, dass Poppy ihren flauschigen Lieblingsbademantel trug, unter ihre Decke gekrochen war und in ihr Kissen schluchzte. Da Brianne nichts Besseres einfiel, setzte sie Teewasser auf und fragte: »Soll ich die Polizei rufen?«

»Meinst du nicht, dass ich schon genug durchgemacht habe?«, rief Poppy. »Ich werde heute einfach in deinem Bett schlafen, mit dir.«

Dreißig Minuten später klammerte sich Brianne an den Rand des Bettes. Sie nahm sich vor, morgen in die Universitätsbibliothek zu gehen und sich ein Buch darüber auszuleihen, wie man Rückgrat entwickelte.

4

Am zweiten Tag wachte Eva auf, schlug die Decke zurück und setzte sich auf die Bettkante.

Dann fiel ihr ein, dass sie ja gar nicht aufzustehen brauchte, dass sie kein Frühstück machen musste, niemanden wecken, keinen Geschirrspüler ausräumen, keine Waschmaschine befüllen, keinen Stapel Wäsche bügeln, weder den Staubsauger die Treppen hochschleppen noch Schränke oder Schubladen aufräumen, noch den Herd putzen oder diverse Oberflächen wischen, einschließlich der Hälse der Saucen-Flaschen, noch Holzmöbel polieren, Fenster putzen oder Böden feudeln, Teppiche oder Kissen ausklopfen, keine Bürsten in diverse vollgeschissene Klos rammen oder schmutzige Wäsche aufsammeln, keine Glühbirnen wechseln oder Klopapierrollen ersetzen, nichts von unten nach oben räumen oder von oben nach unten, nichts von der Reinigung abholen, kein Unkraut jäten, nicht ins Gartenzentrum fahren, um Blumenzwiebeln oder Pflanzen zu kaufen, keine Schuhe putzen oder zum Schuster bringen, keine Bücher in der Bücherei abgeben, keinen Abfall sortieren, keine Rechnungen bezahlen, nicht eine Mutter besuchen und ein schlechtes Gewissen haben, dass man die Schwiegermutter nicht besucht, keine Fische füttern und den Filter reinigen, keine telefonischen Nachrichten für zwei Teenager entgegennehmen, keine Beine rasieren oder Augenbrauen zupfen oder Fingernägel lackieren, keine drei Betten beziehen (wenn Samstag war), keine Wollpullover mit der Hand waschen oder zum Trocknen auf Badetücher legen, keine Nahrungsmittel einkaufen, die sie selbst nicht aß, sie ins Auto laden, nach Hause fahren, in Küchenschränke und Kühlschrank räumen, keine Dosen und haltbaren Lebensmittel auf Zehenspitzen auf ein Regal stellen, an das sie nicht, Brian aber locker rankam.

Sie würde kein Gemüse schnippeln oder Fleisch anbraten. Sie würde weder Brot noch Kuchen backen, nur weil Brian selbstgebacken besser schmeckte als gekauft. Sie würde kein Gras mähen, Unkraut jäten, nichts pflanzen, keine Wege fegen oder Blätter im Garten einsammeln. Sie würde den neuen Zaun nicht mit Teeöl streichen. Sie würde kein Holz für das Kaminfeuer hacken, an dem Brian in den Wintermonaten abends saß, wenn er von der Arbeit nach Hause kam. Sie würde sich weder die Haare bürsten noch duschen oder sich hastig schminken.

Heute würde sie nichts von alldem tun.

Sie würde sich keine Gedanken machen, ob ihre Kleidungsstücke zusammenpassten, weil sie sich nicht vorstellen konnte, sich je wieder anzuziehen. In absehbarer Zukunft würde sie nur Schlafanzüge und einen Bademantel tragen.

Sie würde darauf vertrauen, dass andere für sie sorgten. Sie wusste nicht, wer diese anderen waren, doch sie glaubte, dass es den meisten Menschen ein Bedürfnis war, ihre Güte zu demonstrieren.

Sie wusste, dass sie sich nicht langweilen würde – sie musste über vieles nachdenken.

Eilig ging sie zum Waschbecken, wusch sich das Gesicht und die Achseln, doch es fühlte sich nicht richtig an aufzustehen. Beide Füße auf dem Boden, bestand die Gefahr, dass ihr Pflichtgefühl sie nach unten lockte. Vielleicht würde sie ihre Mutter um eine Bettpfanne bitten. Sie erinnerte sich an den Porzellantopf unter dem durchgelegenen Bett ihrer Großmutter – als Kind war es Rubys Pflicht gewesen, den Inhalt jeden Morgen auszuleeren.

Eva ließ sich in die Kissen sinken und schlief rasch ein, nur um von Brian wieder geweckt zu werden. »Was hast du mit meinen sauberen Hemden gemacht?«, fragte er.

Eva sagte: »Ich habe sie einer Waschfrau mitgegeben, die zufällig vorbeikam. Sie bringt sie zu einem plätschernden Bach, den sie kennt, und reibt sie über die Steine. Bis Freitag ist sie zurück.«

Brian, der nicht zugehört hatte, schrie: »Freitag! Das bringt mir nichts! Ich brauche jetzt eins!«

Eva drehte das Gesicht zum Fenster. Einige goldene Blätter trudelten vom Ahornbaum. Sie sagte: »Du musst doch nicht unbedingt ein Hemd tragen. Das ist keine Arbeitsbedingung. Professor Brady zieht sich an, als wäre er bei den Rolling Stones.«

»Und das ist sowas von peinlich«, sagte Brian. »Neulich war eine Delegation von der NASA da. Jeder Einzelne in Jackett, Hemd und Krawatte, und die wurden von Brady in knarzender Lederhose, Yoda-T-Shirt und abgetretenen Cowboystiefeln rumgeführt! Bei *seinem* Gehalt! Die blöden Kosmologen sind alle gleich. Wenn sie zusammen im selben Raum sind, sehen sie aus wie eine Therapiegruppe in einer Drogenentzugsklinik! Ich sag dir, Eva, wenn es uns Astronomen nicht gäbe, wären sie am Arsch!«

Eva wandte sich ihm wieder zu und sagte: »Zieh dein dunkelblaues Polohemd an, deine Chinos und deine braunen Budapester.« Sie wollte ihn aus ihrem Zimmer haben. Sie würde ihre ungebildete Mutter bitten, Dr. Brian Biber, BSc, MSc, DPhil (Oxon) zu zeigen, wie man die Waschmaschine bediente.

Bevor Brian ging, fragte sie ihn: »Glaubst du, es *gibt* einen Gott, Brian?«

Er setzte sich aufs Bett, um sich die Schuhe zuzubinden. »Komm mir nicht mit Religion, Eva. Das endet immer mit Tränen. Laut Stephen Hawkings *letztem* Buch taugt Gott nichts. Er ist eine Märchenfigur.«

»Warum glauben dann so viele Millionen Menschen an ihn?«

»Hör zu, Eva, die Statistik spricht dagegen. Es kann tatsächlich etwas aus dem Nichts entstehen. Die Heisenbergsche Unschärferelation ermöglicht, dass sich eine Raum-Zeit-Blase von allein ausdehnen kann ...« Er zögerte. »Aber ich gebe zu, der Teilchenaspekt ist ... schwierig. Die Jungs von der Superstring-Theorie müssen *echt* das Higgs-Boson finden. Und der Kollaps der Wellenfunktion ist immer ein Problem.«

Eva nickte. »Verstehe. Danke.«

Er kämmte seinen Bart mit Evas Kamm und sagte: »Also, wie lange hast du vor, im Bett zu bleiben?«

»Wo ist das Universum zu Ende?«, fragte Eva.

Brian fummelte an seinem Bart rum und zwirbelte das dünne Ende zwischen den Fingern. »Kannst du mir verraten, warum du dich von der Welt zurückziehen willst, Eva?«

»Ich weiß nicht, wie ich darin leben soll«, sagte sie. »Ich kann nicht einmal mit der Fernbedienung umgehen. Mir war es lieber, als es nur drei Sender gab.« Sie drückte die imaginären drei Knöpfe auf dem imaginären Fernsehgerät.

»Dann willst du also im Bett rumlungern, weil du nicht mit der Fernbedienung umgehen kannst?«

Eva murmelte: »Den neuen Herd Schrägstrich Grill Schrägstrich Mikrowelle verstehe ich auch nicht. Und auf unserer Stromrechnung kann ich nicht erkennen, wie viel wir E.ON im Quartal zahlen. Schulden wir ihnen Geld, Brian, oder schulden sie es uns?«

»Keine Ahnung«, gestand er. Er nahm ihre Hand und sagte: »Wir sehen uns heute Abend. Apropos, ist Sex gestrichen?«

5

»Ich schlafe nicht mehr mit Steve«, sagte Julie. »Er wohnt in der Kammer mit seiner Playstation und der *Best of Guns and Roses*.«

»Fehlt er dir nicht? Körperlich?«, fragte Eva.

»Nein, wir haben immer noch Sex! Unten, nachdem die Kinder im Bett sind. Früher mussten wir es immer während der Werbung dazwischen schieben – du weißt ja, wie sehr ich meine Serien liebe –, aber jetzt haben wir Sky+. Es musste etwas geschehen, nachdem ich die Szene verpasst habe, wo Phil Mitchell das erste Mal Heroin nimmt. Also, warum liegst du noch im Bett?«

»Es gefällt mir hier«, sagte Eva. Sie mochte Julie, wünschte jedoch, sie würde endlich gehen.

Julie sagte: »Mir fallen die Haare aus.«

»Kein Krebs?«

Julie lachte. »Es ist der Stress bei der Arbeit. Wir haben einen neuen Geschäftsführer, eine Frau namens Mrs. Damson. Gott weiß, wo die herkommt. Sie gehört zu der Sorte Chef, die erwartet, dass du volle acht Stunden arbeitest. Als Bernard Geschäftsführer war, haben wir praktisch gar nicht gearbeitet. Wir sind um acht gekommen, ich hab Teewasser aufgesetzt, dann hab ich mit den anderen Mädels im Pausenraum rumgealbert, bis die Kunden an die Tür geklopft haben, damit wir sie reinlassen. Manchmal haben wir zum Spaß so getan, als würden wir sie nicht hören, und erst um halb neun aufgemacht. Ja, mit Bernard war es nett. Schade, dass er weg ist. War nicht seine Schuld, dass unsere Filiale keinen Gewinn gemacht hat. Die Kunden sind einfach weggeblieben.«

Eva schloss die Augen und tat, als würde sie schlafen, aber Julie redete weiter.

»Mrs. Damson war gerade drei Tage da, als mein Ausschlag wieder anfing.« Sie schob den Ärmel ihres Pullovers über den Ellbogen und hielt Eva den nackten Arm vor die Nase. »Guck mal, überall.«

Eva sagte: »Ich kann nichts sehen.«

Julie schob den Ärmel runter. »Es ist schon besser geworden.« Sie stand auf und strich im Schlafzimmer umher. Sie nahm ein Fläschchen Olaz Regenerist, das Hautverjüngung versprach, lachte kurz auf und stellte es auf den Frisiertisch zurück.

»Du hast einen Nervenzusammenbruch«, sagte sie.

»Ach ja?«

»Das ist das erste Symptom – als ich nach Scotts Geburt plemplem war, bin ich fünf Tage im Bett geblieben. Steve musste zu seiner Bohrinsel zurückfliegen. Ich hatte Angst um ihn, weil Hubschrauber immer abstürzen, Eva. Ich hab nichts gegessen, nichts getrunken, mich nicht gewaschen. Ich hab nur geheult und geheult. Ich hätte so gern ein Mädchen gehabt. Ich hatte doch schon vier Jungs.«

»Dann hattest du allen Grund, deprimiert zu sein.«

Ohne Eva zu beachten, fuhr Julie fort: »Ich war so *sicher*. Ich hatte nur rosa Sachen besorgt. Wenn ich ihn aus dem Kinderwagen nahm, sagten die Leute: ›Ist die süß, wie heißt sie denn?‹ Ich sagte Amalia, denn so hätte ich mein kleines Mädchen genannt. Glaubst du, deshalb ist unser Scott schwul?«

»Er ist erst fünf«, sagte Eva. »Er ist noch viel zu klein, um irgendwas zu sein.«

»Letzte Woche habe ich ihm ein kleines Porzellan-Teeservice gekauft. Teekanne, Milchkrug, Zuckerschale, zwei Tassen und Untertassen, kleine Miniaturlöffel, sehr hübsch, mit rosa Rosen drauf. Und er hat auch den ganzen Tag damit gespielt – bis Steve nach Hause kam und drüber gestolpert ist.« Sie lachte auf. »Dann hat er geheult und geheult.«

»Scott?«, fragte Eva.

»Nein, Steve! Hör doch zu.«

»Was hat Scott gemacht?«, sagte Eva.

»Dasselbe, was er immer macht, wenn's zu Hause Streit gibt. Er setzt sich in meinen Schrank und streichelt meine Kleider.«

»Ist das nicht ein bisschen …«

»Ein bisschen was?« sagte Julie.

»Ein bisschen komisch?«

»Findest du?«

Eva nickte.

Julie platzierte ihren massigen Körper auf Evas Bett. »Ehrlich gesagt, Eva, werde ich mit meinen Söhnen nicht mehr fertig. Es sind keine schlechten Jungs, aber ich weiß nicht, was ich mit ihnen machen soll. Sie sind so laut und grob zueinander. Was sie für einen *Krach* machen, wenn sie die Treppe hochrennen, wie sie essen und sich um die Fernbedienung streiten, ihre schrecklichen Jungsklamotten, der Zustand ihrer Fingernägel. Ich und Steve überlegen, ob wir noch mal ein Mädchen versuchen sollen, wenn er nächstes Mal Landurlaub hat. Was meinst du?«

Eva sagte: »Nein, das verbiete ich!«

Beide Frauen waren überrascht über die Inbrunst in Evas Stimme.

Eva schaute aus dem Fenster und sah einen Jungen in ihrem Ahornbaum im Vorgarten herumklettern. Sie deutete mit dem Kopf auf den Baum und meinte beiläufig: »Ist das einer von deinen Jungs?«

Julie sah aus dem Fenster und lief hin, um es zu öffnen. Sie schrie: »*Scott!* Komm sofort da runter, du brichst dir noch den Hals!«

Eva sagte: »Er ist ein Junge, Julie. Pack das Teeservice weg.«

»Tja, vielleicht klappt's ja doch noch mit einem Mädchen.«

Als sie die Treppe nach unten ging, dachte Julie: »Ich wünschte, *ich* läge im Bett.«

6

Brianne sah auf ihre Uhr. Es war 11.35 Uhr. Sie war seit 5.30 Uhr wach, dank Poppys chronischem Bedarf an Aufmerksamkeit.

Poppy hing seit fast einer Stunde mit jemandem namens Marcus an Briannes Telefon.

Brianne dachte: »Sie trägt *mein* Bettelarmband und benutzt *mein* Telefon und ich trau mich nicht, sie zu bitten, mir beides zurückzugeben – nein, es zurückzu*verlangen*.«

Poppy sprach ins Telefon: »Du willst mir nicht mal mickrige hundert Pfund pumpen? Du bist so ein Geizhals.« Sie schüttelte das Telefon, dann warf sie es auf das schmale Bett. »Das Guthaben ist alle!«, sagte sie wütend und sah Brianne an, als sei es ihre Schuld.

Brianne sagte: »Ich sollte meine Mutter anrufen.«

Poppy sagte: »Du kannst froh sein, dass du eine Mutter hast. Ich hab niemanden.« Sie setzte eine »lustige« Kleinmädchenstimme auf: »Ach, arme Poppy, ganz allein auf der Welt. Niemand, der sie lieb hat.«

Brianne zwang sich zu einem Lächeln.

Poppy erklärte, wieder mit normaler Stimme: »Ich bin eine gute Schauspielerin. Es war eine knappe Entscheidung zwischen Leeds und der Schauspielschule. Ehrlich gesagt, gefallen mir die Studenten hier nicht. Sie sind total provinziell. Und ich hab schon gar keine Lust mehr auf Amerikanistik – man kriegt Amerika nicht mal zu sehen. Ich überlege, ob ich nicht lieber dasselbe studiere wie du. Was war das noch mal?«

»Astrophysik«, sagte Brianne.

Es klopfte zaghaft an der Tür. Brianne öffnete. Brian junior stand davor. »Lasziv« war das Wort, das sein frühmorgendliches Aussehen wohl am besten beschrieb. Seine Lider waren schwer, sein Haar vom Schlaf verführerisch zerzaust.

Poppy rief: »Hi, Bri! Was hast du die ganze Zeit in deinem Zimmer gemacht, du ungezogener Junge?«

Brian junior errötete und sagte: »Ich komm nachher noch mal wieder ... wenn ...«

»Nein«, sagte Brianne, »erzähl es mir jetzt.«

Brian junior sagte: »Es ist nicht so wichtig, aber Dad hat angerufen und gesagt, dass Mum sich, nachdem wir weg waren, samt Klamotten ins Bett gelegt hat, mit Schuhen und Strümpfen, und dass sie da immer noch ist.«

Poppy sagte: »Ich trage oft Schuhe im Bett. Es gibt keinen Mann auf der Welt, der eine Frau nicht gern in Stilettos sieht.« Sie drängelte sich zwischen den Zwillingen hindurch zum Korridor und klopfte an die Tür nebenan, wo Ho Lin wohnte – ein chinesischer Medizinstudent. Als er in seinem blau-weiß-gestreiften englischen Pyjama öffnete, sagte Poppy: »Ein Notfall, Schätzchen! Kann ich dein Telefon benutzen?« Sie zwängte sich an ihm vorbei und schloss die Tür.

Brianne und Brian junior sahen sich an. Keiner von ihnen wollte aussprechen, was für ein Monster Poppy war, oder zugeben, dass sie ganz allein ihnen den ersten

Geschmack der Freiheit vermiest hatte. Was man nicht aussprach, existierte auch nicht – so kannten sie es von zu Hause. Ihre Mutter war eine introvertierte Frau und hatte sie mit ihrer Verschlossenheit angesteckt.

Brianne sagte: »So ergeht es Frauen, wenn sie die fünfzig überschritten haben. Man nennt es Men-o-pause.«

»Und was machen die dann?«, fragte Brian junior.

»Ach, sie drehen durch, klauen, erstechen ihre Männer, legen sich drei Tage ins Bett ... so was eben.«

Brian junior sagte: »Arme Mum. Wir rufen sie nachher an.«

Auf der Einführungsveranstaltung der Studentenvertretung steuerten sie gleich den Mathematikclub an. Sie drängten sich durch die Menge betrunkener Studenten und standen schließlich vor einem Tapeziertisch voll mit großen, fotokopierten, laminierten Gleichungen.

Ein junger Student mit Strickmütze schnappte nach Luft und sagte: »Heilige Scheiße, ihr seid die Biber-Zwillinge. Riesenrespekt. Ihr seid der Hammer! Nein, nein, ihr seid *Legenden*. Jeder eine Goldmedaille bei der Internationalen Mathematik-Olympiade.« Er sah Brian junior an und sagte: »Und der Sonderpreis. Megarespekt. ›Eine Lösung von herausragender Eleganz.‹ Kannst du sie mir erklären? Das wäre mir eine Ehre.«

Brian junior sagte: »Na ja, wenn du zwei Stunden Zeit hast.«

Der Junge sagte: »Wann du willst, wo du willst. Eine Tutorenstunde bei Brian Biber junior würde sich *süperb* in meinem Lebenslauf machen. Ich hol nur schnell einen Stift.«

Eine kleine Ansammlung Schaulustiger hatte sich um Brian junior und Brianne gebildet. Es hatte sich herumgesprochen, dass die Biber-Zwillinge im Saal waren. Während Brian aus dem Gedächtnis den Beweis aufsagte, den er aus dem Nichts herbeigezaubert hatte – nicht einmal die Prüfungsprofessoren waren auf diese Lösung gekommen –, hörte er Brianne sagen: »Oh, Scheiße!«

Poppy hatte sich von hinten angeschlichen. Sie rief: »Da seid ihr ja!« Dann drohte sie den beiden ausgelassen mit dem Finger: »Ihr müsst euch wirklich angewöhnen, mir zu sagen, wo ihr hingeht. Schließlich seid ihr meine besten Freunde.« Sie trug ein altes Taftabendkleid über einem schwarzen Rollkragenpullover. Sie wandte sich an den Studenten mit der Mütze und sagte: »Darf ich bitte mitmachen? Trotz meines mickrigen Gehirns könnte ich eurer seriösen kleinen Gruppe ein bisschen dringend nötigen Glamour verleihen. Und ich würde euch auch nicht beim Rechnen stören. Ich setze mich einfach nach hinten und halte meinen hübschen Mund, bis ich voll auf der Höhe bin!«

Der Student, der Brian junior vorübergehend vergessen hatte, reichte Poppy mit begierigem Lächeln ein Anmeldeformular.

7

Eva bedauerte den Tag, an dem Marks & Spencer Elastan-Pyjamas für Männer eingeführt hatte. Für einen Körper mittleren Alters waren sie wenig schmeichelhaft. Brians Genitalien sahen durch den unvorteilhaften Stoff aus wie ein nasser Sack.

Nach drei unruhigen Nächten hatte Brian beantragt, ins Ehebett zurückkehren zu dürfen, sein schlimmes Kreuz zitierend.

Widerstrebend gab Eva nach.

Brian absolvierte sein übliches Ritual vor dem Schlafengehen: Gurgeln und Ausspucken im Bad, Wecker stellen, Seewetterbericht hören, in jeder Zimmerecke und unter dem Bett Spinnen jagen, mit einem Kinderkescher, den er im Schrank aufbewahrte, das, wie er es nannte, »große Licht« ausschalten, das kleine Fenster öffnen, dann aufs Bett setzen und die Hausschuhe ausziehen, den linken immer zuerst.

Eva konnte sich nicht erinnern, wann aus Brian ein Mann mittleren Alters geworden war. Vielleicht als er anfing, Geräusche zu machen, wenn er von einem Stuhl aufstand.

Normalerweise erzählte er öde Details seines Tages, von Leuten, die sie nie kennengelernt hatte, doch heute schwieg er. Als er sich ins Bett legte, rückte er so dicht an die Kante, dass er Eva an einen Mann am Rand einer Schlangengrube erinnerte.

Sie sagte: »Gute Nacht, Brian.«

Er sagte in die Dunkelheit hinein: »Ich weiß nicht, was ich sagen soll, wenn die Leute mich fragen, warum du im Bett bleibst. Es ist mir peinlich. Ich kann mich bei der Arbeit nicht konzentrieren. Außerdem nerven mich meine und deine Mutter mit Fragen, die ich nicht beantworten kann. Und ich bin es gewohnt, die Antworten zu wissen – ich bin Doktor der Astronomie, verfluchte Scheiße. Und Doktor der Planetologie.«

Eva sagte: »Du hast mir nie richtig auf die Frage geantwortet, ob Gott existiert.«

Brian warf den Kopf zurück und rief: »Herrgott noch mal! Benutz dein Gehirn!«

Eva sagte: »Ich hab mein Gehirn schon so lange nicht mehr benutzt, dass sich das arme Ding in eine Ecke verkrochen hat und auf Futter wartet.«

»Du verwechselst ständig das Konzept des Himmels mit dem Scheißkosmos! Und wenn deine Mutter mich noch einmal bittet, ihr die Sterne zu deuten ... Ich habe ihr den Scheißunterschied zwischen einem Astronomen und einem Astrologen eine Million mal erklärt!« Er sprang aus dem Bett, stieß sich den Zeh am Nachtschrank, schrie und humpelte aus dem Zimmer. Sie hörte, wie die Tür zu Brian juniors Zimmer zugeschlagen wurde.

Eva kramte im Fach ihres Nachttischs, wo sie ihre kostbarsten Dinge aufbewahrte, und nahm ihre Schulbücher heraus, die sie seit über dreißig Jahren sicher und sauber verwahrte. Während sie darin blätterte, fiel das Mondlicht auf die goldenen Sternchen, die sie als Auszeichnung bekommen hatte.

Sie war ein sehr schlaues Mädchen gewesen, deren Aufsätze in der Klasse immer laut vorgelesen wurden, und ihre Lehrer meinten, mit Fleiß und einem Stipendium könne sie sogar studieren. Aber dann musste sie arbeiten und Geld verdienen. Und wie sollte Ruby von ihrer Witwenrente eine Schuluniform fürs Gymnasium aus einem Fachgeschäft bezahlen?

1977 ging Eva von der Leicester High School für Mädchen ab und machte eine Lehre zur Telefonistin bei der Post. Ruby verlangte zwei Drittel ihres Gehalts für Kost und Logis.

Als Eva gekündigt wurde, weil sie ständig die falsche Leitung mit dem falschen Kunden verband, traute sie sich nicht, es ihrer Mutter zu sagen, sondern setzte sich in die kleine Jugendstil-Bücherei und las sich durch eine Auswahl englischer Klassiker. Dann, vierzehn Tage nach ihrer Entlassung, hängte der Bibliotheksleiter – ein Mann des Geistes ohne jegliche Führungsqualitäten – ein Stellenangebot für eine Bibliotheksassistentin aus: »Qualifikationen erforderlich.«

Sie verfügte über keinerlei geeignete Qualifikationen. Aber beim zwanglosen Vorstellungsgespräch meinte der Bibliotheksleiter, seiner Meinung nach sei sie äußerst qualifiziert, denn er habe sie *Die Mühle am Floss*, *Lucky Jim* und sogar *Söhne und Liebhaber* lesen sehen.

Eva erzählte ihrer Mutter, sie hätte ihren Job gewechselt und würde in Zukunft in der Bücherei weniger verdienen.

Ruby sagte, sie sei eine Närrin und Bücher seien überschätzt und unhygienisch. »Du weißt nie, wer an den Seiten rumgefummelt hat.«

Doch Eva liebte ihren Job.

Die schwere Außentür aufzuschließen und das stille

Innere zu betreten, während sich das Morgenlicht von den hohen Fenstern auf die wartenden Bücher ergoss, erfüllte sie mit solcher Freude, dass sie auch umsonst gearbeitet hätte.

8

Es war am Nachmittag des fünften Tages, als Peter, der Fensterputzer, anrief. Eva hatte mit Unterbrechungen zwölf Stunden geschlafen. Auf diesen Luxus hatte sie sich gefreut, seit man vor über siebzehn Jahren die Zwillinge aus ihrem Bauch geholt und ihr in den Arm gelegt hatte.

Brianne war ein kränkliches, blasses und unleidliches Kind gewesen, mit schwarzem Haarschopf und permanent gerunzelter Stirn. Sie schlief unruhig und wachte beim geringsten Geräusch auf. Eva hörte das dünne Wimmern ihrer Tochter und beeilte sich, sie auf den Arm zu nehmen, bevor es zu haltlosem Gebrüll wurde. Brian junior schlief nachts durch, und wenn er morgens aufwachte, spielte er mit seinen Zehen und lächelte das Scooby-Doo-Mobile über seinem Kopf an. Ruby pflegte zu sagen: »Dieses Kind ist ein Geschenk des Himmels.«

Wenn Brianne auf Evas Arm schrie, riet Ruby: »Füll ihr drei oder vier Zentimeter Brandy ins Fläschchen. Meine Mutter hat das auch gemacht. Hat mir nicht geschadet.«

Eva betrachtete Rubys verlebtes Gesicht und schauderte.

Seit zehn Jahren sprach sie jeden Monat mit ihrem Fensterputzer, und doch wusste sie nichts über ihn – bis auf die Tatsache, dass er Peter Rose hieß, verheiratet war und eine behinderte Tochter namens Abigail hatte. Sie hörte seine Leiter an der Hauswand entlangschaben, bevor er sie ans Fenstersims lehnte. Hätte sie sich verstecken wollen, hätte sie ins Bad laufen können, doch sie beschloss, es zu »überspielen« – ein Ausdruck, den Brianne häufig verwendete und den Eva als »peinliche Situationen mit einem Lächeln meistern« interpretierte.

Also lächelte Eva und winkte unbeholfen, als Peters Kopf über der Fensterbank auftauchte. Seine Wangen färbten sich vor Verlegenheit rot. Er steckte den Kopf durchs offene Fenster und fragte: »Soll ich später wiederkommen?«

»Nein«, sagte sie. »Lassen Sie sich nicht stören.«

Er schmierte Seifenwasser auf das ganze Fenster und fragte: »Sind Sie krank?«

»Ich wollte einfach nur im Bett bleiben«, sagte sie.

»Das würde ich an meinem freien Tag auch gern machen«, gestand er. »Mich einigeln. Aber das geht nicht. Wegen Abigail ...«

»Wie geht es ihr?«, fragte Eva.

»So wie immer«, sagte Peter, »nur dass sie immer schwerer wird. Sie kann nicht reden, sie kann nicht gehen, sie macht nichts selbst ...« Er verstummte, während er rabiat das Fenster scheuerte. »Sie braucht noch Windeln, und das mit vierzehn. Sie ist nicht mal hübsch. Ihre Mum gibt sich Mühe. Ihre Sachen passen farblich immer zusammen und sie ist immer ordentlich gekämmt. Abigail hat Glück, denk ich. Sie hat die beste Mutter der Welt.«

Eva sagte: »Ich könnte das nicht.«

Peter benutzte ein Gerät, das aussah wie ein abgebrochener Scheibenwischer, um das Fenster vom überschüssigen Wasser zu befreien.

»Warum nicht?«, fragte er, als würde ihn das wirklich interessieren.

Eva sagte: »Der ganze Stress. Eine Vierzehnjährige schleppen und nichts zurückkriegen. Ich könnte das nicht.«

Peter sagte: »Geht mir genauso. Nie lächelt sie, nie würdigt sie, wenn man ihr was Gutes tut. Manchmal hab ich das Gefühl, sie verarscht uns. Simone findet mich deshalb fies. Sie sagt, ich hab ein schlechtes Karma. Sie sagt, Abigail ist meinetwegen so. Vielleicht hat sie recht. Als Kind hab ich schlimme Sachen gemacht.«

Eva sagte: »Ich bin sicher, damit hat es nichts zu tun. Dass Abigail hier ist, hat einen Grund.«

Peter fragte: »Welchen Grund?«

Eva sagte: »Vielleicht, Ihre gute Seite zum Vorschein zu bringen, Peter.«

Während er seine Gerätschaften zusammenpackte, um die Leiter hinunterzuklettern, sagte er: »Abigail schläft jetzt bei uns im Bett. Ich schlafe im Gästezimmer. Ich lebe wie ein alter Mann, dabei bin ich erst vierunddreißig. Als Nächstes wachsen mir Haare aus den Ohren und ich singe: ›It's A Long Fucking Way To Tipperary‹.«

Er verschwand aus ihrem Blickfeld und ein paar Augenblicke später wurde die Leiter entfernt.

Eva war überwältigt von Peters trauriger Geschichte. Sie stellte sich vor, wie er am Schlafzimmer vorbeiging, wo Frau und Tochter zusammen im Bett lagen, bevor er im Gästezimmer verschwand. Sie fing an zu weinen und musste feststellen, dass sie nicht wieder aufhören konnte.

Irgendwann schlief sie ein und träumte, dass sie oben auf einer Leiter festsaß.

*

Das schnurlose Telefon in der klapprigen Halterung schreckte sie mit seinem schrillen elektronischen Klingeln auf. Eva betrachtete es angewidert. Sie hasste dieses Telefon. Nie konnte sie sich die Kombination der Tasten merken, die sie drücken musste, um sich mit dem zu verbinden, der gerade dran war. Manchmal informierte eine schnippische Stimme den Anrufer: »Eva und Brian können Ihren Anruf nicht entgegennehmen. Nach dem Signalton können Sie eine Nachricht hinterlassen.« Eva rannte dann aus dem Zimmer und schloss die Tür. Später hörte sie zutiefst betreten die Nachricht des Anrufers ab.

Eva versuchte, den Anruf entgegenzunehmen, aktivierte aber stattdessen eine Nachricht auf dem Anrufbeantworter, die sie noch nie gehört hatte. Sie wollte weglaufen, aber gefangen im Bett, blieb ihr nichts anderes übrig, als die Ohren mit Kissen zu verbarrikadieren. Trotzdem drang die Stimme ihrer Mutter zu ihr durch.

»Eva! Eva? Ach, ich hasse diese Scheißanrufdingsbumse. Ich ruf an, um dir zu sagen, dass Mrs. Dingsbums, die mit dem Wollgeschäft, du weißt schon wer – lang, dünn, großer Adamsapfel, immer am Stricken, strick, strick, strick, hatte einen kleinen mongoloiden Sohn, der ins Heim kam, hat ihn Simon genannt, was ziemlich grausam ist, wenn man bedenkt – ihr Name liegt mir auf der Zunge ... fängt mit ›B‹ an. Ich hab's!

Pamela Oakfield! Nun, sie ist tot! Man hat sie in ihrem Laden gefunden. Ist auf eine ihrer Stricknadeln gefallen! Ging glatt durchs Herz. Die Frage ist, wer den Laden weiterführt? Simon ist dazu nicht in der Lage. Jedenfalls ist die Beerdigung nächste Woche Donnerstag. Ich werde Schwarz tragen. Ich weiß, heutzutage ist es Mode, sich wie ein Clown anzuziehen, aber ich bin zu alt, um mich noch zu ändern. Na ja, jedenfalls ... Ach, ich hasse diese Anrufdingsbumse. Ich weiß nie, was ich sagen soll!«

Eva stellte sich vor, dass ein Junge mit Down-Syndrom ein Wollgeschäft führte. Und dann fragte sie sich, warum der Junge und seine Freunde ein *zusätzliches* Chromosom hatten. *Fehlte* uns normalen Menschen ein Chromosom? Hatte die Natur sich vertan? Waren diese sanften, ebenso begeisterungsfähigen wie flatterhaften Wesen mit den schmalen Augen und den kurzen Zungen eigentlich dazu bestimmt, die Welt zu beherrschen?

Rubys alte Nachricht lief zwei Minuten, doch als sie zu Ende war, klingelte das Telefon noch immer. Eva griff nach der Schnur und riss sie aus der Steckdose. Dann fielen ihr die Kinder ein. Wie sollten sie Eva im Notfall sonst erreichen? Der Akku ihres Handys war leer und sie hatte nicht vor, ihn aufzuladen. Sie stöpselte das Telefon wieder ein. Es klingelte immer noch. Sie nahm den Hörer ab und wartete, dass jemand sprach.

Schließlich sagte eine gewählte Stimme: »Hallo, ich bin Nicola Forester. Ist das der schwere Atem von Mrs. Eva Biber oder ist das ein Haustier?«

Eva sagte: »Ich bin's, Eva.«

Die Stimme sagte: »Oje, Sie klingen so nett. Leider muss ich einen Eimer kaltes Wasser über Ihre Ehe kippen.«

Eva dachte: »Warum überbringen feine Leute immer schlechte Nachrichten?«

Die Stimme fuhr fort: »Ihr Mann hat seit acht Jahren eine Affäre mit meiner Schwester.«

Die nächsten Sekunden dehnten sich zu einer Ewigkeit aus. Evas Gehirn konnte die Worte, die sie gerade vernommen hatte, nicht ganz verarbeiten. Ihre erste Reaktion bei der Vorstellung, dass Brian sich mit einer anderen Frau vergnügte, in einem Haus, das sie nicht kannte, mit einer Person, die sie nie getroffen hatte, war, laut zu lachen. Der Gedanke, dass Brian ein Leben neben seiner Arbeit und ihrem Zuhause hatte, war undenkbar.

Sie sagte zu der Frau: »Verzeihung, aber könnten Sie in zehn Minuten noch mal anrufen?«

Nicola sagte: »Ich weiß, das muss ein furchtbarer Schock sein.«

Eva hängte den Hörer wieder auf. Sie schwang die Beine aus dem Bett und wartete, bis sie sich sicher genug fühlte, um ins Bad nebenan zu gehen, wo sie sich am Rand des Waschbeckens abstützte. Dann begann sie mit den Schminkutensilien aus ihrem schmuddeligen Mac-Make-up-Täschchen ihr Gesicht zu transformieren. Sie musste ihre Hände irgendwie beschäftigen. Nachdem sie fertig war, ging sie zurück ins Bett und wartete.

Als das Telefon erneut klingelte, sagte Nicola: »Es tut mir schrecklich leid, dass ich so damit herausgeplatzt bin. Aber ich hasse Unannehmlichkeiten, und dann steigere ich mich so hinein, dass ich grob werde. Ich rufe Sie an, weil er meiner Schwester etwas vormacht und sie mit Versprechungen hinhält und Ihnen die Schuld daran gibt, dass er Sie nicht verlässt.«

Eva sagte: »Mir?«

»Ja, angeblich weigern Sie sich, das Bett zu verlassen, und er fühlt sich verpflichtet, bei Ihnen zu bleiben und sich um Sie zu kümmern. Meine Schwester ist außer sich.«

Eva sagte: »Wie heißt Ihre Schwester?«

»Titania. Ich bin furchtbar böse auf sie. Immer gibt es einen neuen Vorwand. Erst die mittlere Reife der Zwillinge, dann das Abi, dann musste er ihnen helfen, eine Universität zu finden. Titania dachte, der Tag, an dem sie nach Leeds gehen, wäre der Tag, an dem sie und Brian sich endlich ein eigenes Liebesnest einrichten, aber wieder hat der Mistkerl sie sitzen lassen.«

Eva sagte: »Sind Sie sicher, dass es sich um meinen Mann, Dr. Brian Biber, handelt? Er ist gar nicht der Typ.«

»Er ist ein Mann, nicht wahr?«, sagte Nicola.

»Kennen Sie ihn?«

»Oh, ja«, erwiderte Nicola. »Ich bin ihm oft begegnet. Er ist nicht gerade ein Frauentyp ... aber meine Schwester hat was für intelligente Männer übrig und sie steht auf Gesichtsbehaarung.«

Evas Puls raste. Sie fühlte sich recht beschwingt. Ihr wurde bewusst, dass sie auf so etwas gewartet hatte. Sie fragte: »Arbeiten sie zusammen? Wie oft sieht er sie? Lieben sie sich? Hat er vor, uns für sie zu verlassen?«

Nicola sagte: »Er hat vor, Sie zu verlassen, seit die beiden sich kennengelernt haben. Er sieht sie mindestens fünf Mal die Woche und gelegentlich auch am Wochenende. Sie arbeitet mit ihm im National Space Center. Sie bezeichnet sich als Physikerin, obwohl sie erst letztes Jahr promoviert hat.«

Eva sagte: »Du lieber Himmel! Wie alt ist sie?«

Nicola antwortete: »Sie ist keine Lolita. Sie ist siebenunddreißig.«

»Er ist vierundfünfzig«, sagte Eva. »Er hat Krampfadern. Und zwei Kinder! Und er liebt *mich*.«

Nicola sagte: »Eigentlich liebt er Sie gar nicht. Und er hat meiner Schwester erzählt, er weiß, dass Sie ihn auch nicht lieben. Tun Sie es doch?«

Eva sagte: »Früher mal«, und knallte den Hörer in die hässliche Plastikhalterung.

*

Eva und Brian hatten sich in der Universitätsbibliothek in Leicester kennengelernt, wo Eva Bibliotheksassistentin war. Da sie Bücher liebte, verdrängte sie, dass ein Großteil ihrer Arbeit darin bestand, Studenten und Akademikern, deren Bücher überfällig oder verunstaltet waren, böse Brief zu schreiben – einmal hatte sie in einer alten Ausgabe von *Über die Entstehung der Arten* ein Kondom gefunden, das als Lesezeichen diente.

Brian hatte einen ihrer Briefe erhalten und war persönlich vorbeigekommen, um seinem Ärger Luft zu machen: »Mein Name ist Dr. Brian Biber«, sagte er, »und Sie haben mir kürzlich einen reichlich übereifrigen Brief geschrieben, weil ich Dr. Bradys grob vereinfachendes Buch *Das Universum, schnell erklärt* nicht zurückgegeben habe.«

Eva nickte.

Er klang gewiss wütend, doch Gesicht und Hals waren fast vollständig hinter einem schwarzen Vollbart, wilder Haarmähne, schwerer Hornbrille und einem schwarzen Rollkragenpullover verborgen.

Er sah intellektuell und französisch aus. Sie konnte

sich Brian gut vorstellen, wie er Pflastersteine auf die verachtete Gendarmerie lupfte, während er und seine Kameraden für den Umsturz der sozialen Ordnung kämpften.

»Ich werde Bradys Buch nicht zurückgeben«, fuhr er fort, »weil es so voll von theoretischen Fehlern und inhaltlichen Narreteien ist, dass ich es in den Soar geworfen habe. Ich kann nicht riskieren, dass es meinen Studenten in die Hände fällt.«

Er beäugte Eva aufmerksam, während er auf ihre Reaktion wartete. Später, bei ihrem zweiten Rendezvous, sagte er, dass er ihr Aussehen okay finde. Ein bisschen üppig um die Hüften vielleicht, aber er würde schon dafür sorgen, dass sie die überflüssigen Pfunde verliere.

»Hast du studiert?«, hatte er gefragt.

»Nein«, sagte sie, und fügte dann »tut mir leid« hinzu.

»Rauchst du?«

»Ja.«

»Wie viel am Tag?«

»Fünfzehn«, log sie.

»Damit musst du aufhören«, sagte er. »Mein Vater ist wegen einer Zigarette verbrannt.«

»Wegen einer einzigen Zigarette?«, fragte sie.

»Unser Haus hatte keine Heizung bis auf den Petroleumofen, den Dad anmachte, wenn die Temperatur unter den Gefrierpunkt sank. Er hatte ihn mit Petroleum aufgefüllt und etwas davon auf seine Hose und Schuhe gekleckert. Dann steckte er sich eine Zigarette an, ließ das Streichholz fallen und ...« Brian versagte die Stimme. Zu ihrer Besorgnis standen ihm Tränen in den Augen.

Eva sagte: »Du brauchst nicht …«

»Das Haus roch noch jahrelang nach Sonntagsbraten«, sagte Brian. »Es war höchst befremdlich. Ich habe mich in meinen Büchern vergraben …«

Eva sagte: »Mein Vater starb bei der Arbeit. Es ist niemandem aufgefallen, bis die Hühnerpasteten ohne die Pilze über das Fließband liefen.«

Brian fragte: »War er Fabrikarbeiter bei Pukka Pies? Ich habe dort selbst ein paar Schichten geschoben, als ich Student war. Ich war für die Zwiebeln in der Rinderpastete zuständig.«

»Ja«, sagte Eva. »Er war intelligent, hat aber mit vierzehn die Schule abgebrochen. Er hatte einen Bibliotheksausweis«, sagte sie zur Verteidigung ihres toten Vaters.

Brian sagte: »Wir hatten Glück. Wir Babyboomer haben vom Sozialstaat profitiert. Kostenlose Ausgabe von Milch, Orangensaft, Penizillin, kostenlose medizinische Versorgung, kostenlose Bildung.«

»Kostenloses Studium«, sagte Eva und fügte mit missglücktem Brooklyner Akzent hinzu: »Ich hätte was werden können, zumindest ein klasse Boxer.«

Brian war verdutzt. Er kannte nicht viele Filme.

Eva schob die Heirat mit Brian während der unendlichen drei Jahre ihrer Balz immer wieder auf, weil sie hoffte, er würde ihren sexuellen Funken zünden und ihr Verlangen wecken, doch das Brennholz war feucht und die Streichhölzer aufgebraucht. Außerdem konnte sie sich nicht vorstellen, ihren Mädchennamen Eva Brown-Bird für Eva Biber aufzugeben. Sie hatte ihn bewundert und den Respekt genossen, den man ihr auf Universitätsfeiern entgegenbrachte, doch in dem Moment, als sie ihn vor dem Altar stehen sah, mit kurz geschorenem Haar und ohne Bart, war er ihr fremd.

Als sie neben ihm stand, flüsterte jemand – eine weibliche Stimme – vernehmlich: »Sieht nicht nach einer heißen Hochzeitsnacht aus.«

Notdürftig unterdrücktes Gelächter wogte durch die kalte Kirche.

Eva fröstelte in ihrem weißen Spitzenhochzeitskleid, sie war wie gelähmt durch die Schrecklichkeit von Brians Frisur. Um Geld zu sparen, hatte er es selbst geschnitten, mit einem Schergerät mit Hinterkopfspiegel aus einem Katalog.

Die Biber-Familie hatte die Kirchenbänke auf der rechten Seite belegt. Sie waren keine attraktive Sippe. Es wäre stark übertrieben gewesen, sie als biberartig zu bezeichnen, aber irgendetwas an ihren Vorderzähnen und dem glatten braunen Haar ... Man konnte sich unschwer vorstellen, wie sie durchs Wasser wuselten und den Stamm einer jungen Weide anknabberten.

Auf den Kirchenbänken linkerhand saßen die Brown-Birds. Es gab reichlich Dekolleté zu sehen, sowohl bei Männern als auch bei Frauen. Sie waren mit Pailletten, Federn, Rüschen und Edelsteinen geschmückt. Sie waren beschwingt, sie lachten und zappelten herum. Manche begutachteten die Bibel auf der Ablage vor sich, ein Buch, mit dem sie nicht vertraut waren. Die Raucher kramten in Hosen- und Handtaschen nach Kaugummi.

Als Brian die Urkunde unterschrieb, sah Eva sein Haar aus einem anderen Blickwinkel. Dabei fiel ihr sein ungewöhnlicher Hals auf, wohl der dünnste Hals, der je außerhalb des thailändischen Padaung-Stammes gesichtet wurde. Während sie als Mann und Frau den Gang hinuntergingen, bemerkte sie seine winzigen Füße und sah, als er sein Jackett aufknöpfte, seine mit Raketen, Sputniks und Planeten verzierte Seidenweste. Sie mochte Pferde, aber sie wollte doch nicht, dass Bilder davon über ihr Hochzeitskleid galoppierten.

Noch bevor sie das Kirchenportal erreichten, wo der Fotograf sie mit seinem Stativ erwartete, war jede Liebe, die Eva je für Brian empfunden hatte, verpufft.

Da waren sie seit elf Minuten Mann und Frau.

Nach Brians Rede an der Hochzeitsfrühstückstafel, in der er weder seiner Frau noch den Brautjungfern Komplimente machte, sondern die verdutzten Hochzeitsgäste stattdessen um volle Unterstützung für sein neues Weltraumprogramm bat, mochte Eva ihn nicht einmal mehr.

Niemand wundert sich über die Tränen einer Braut – manche Frauen weinen vor Glück, manche vor Erleichterung –, doch wenn die Braut länger als eine Stunde schluchzt, ist ihr Mann zwangsläufig ein wenig irritiert. Und wenn er seine Frau nach dem Grund für die Tränen fragt und als Antwort erhält: »Du. Tut mir leid.« Was macht ein Mann dann?

9

Nachdem Brian an jenem Abend von der Arbeit zurückgekommen war, erschien er in der Tür zu Evas Schlafzimmer mit einem Becher Tee mit Milch und zwei Vollkornkeksen. Seufzend stellte er den kleinen Teller auf den Nachttisch. Der Tee schwappte über die Kekse, doch er schien gar nicht zu bemerken, dass sie sofort zu Brei wurden.

Eva betrachtete ihn mit neuen Augen und versuchte sich ihn mit einer fremden Frau namens Titania im Bett vorzustellen. Ob er dieselbe Technik anwendete wie ein Mal wöchentlich mit Eva – ein bisschen Rückenstreicheln und Nippelzwirbeln? Ob er Titanias innere Schamlippen mit ihrer Klitoris verwechselte, wie bei Eva? Ob er wenige Sekunden, bevor er ejakulierte, »Komm zu Papa!« rief, wie er es bei ihr immer tat?

Eva dachte: »Danke, Titania. Ich bin dir wirklich dankbar, dass ich diese wöchentliche Tortur nie wieder über mich ergehen lassen muss.«

»Warum gehst du rückwärts, Brian?«, lachte sie. »Du siehst aus, als hättest du gerade einen Kranz vor dem Kriegerdenkmal abgelegt.«

Die Antwort auf Evas Frage war, dass Brian nicht mehr wagte, ihr den Rücken zuzukehren. Sie war nicht mehr die fügsame Frau, die er geheiratet hatte, und er fürchtete ihren Spott – den Finger, den sie ihm hinter seinem Rücken zeigte. Das konnte er nicht zulassen, schon gar nicht nach seiner jüngsten Demütigung bei der Arbeit, als Mrs. Hordern, die Putzfrau, Titania und ihn beim Liebesakt erwischt hatte, in den ein Modell des großen Hadronen-Speicherrings verwickelt war.

Brian sagte: »Freut mich, dass du es amüsant findest. Ist dir nicht aufgefallen, dass meine Gesundheit leidet? Nicht genug, dass meine Abhandlung über Olympus Mons von Professor Liechtenstein in Verruf gebracht worden ist. Ich bin mit den Nerven am Ende, Eva.«

»Auf mich wirkst du ganz gesund. Vital, *viril*... vor Testosteron strotzend.«

Brian sah seine Frau an. »Viril? Ich bin ausgelaugt. Warum nimmt der Haushalt so viel Zeit in Anspruch?«

Eva sagte: »Es ist nicht der Haushalt, der dich auslaugt.«

Sie starrten sich an.

Schließlich senkte Brian den Blick und sagte: »Ich war fast gar nicht im Schuppen.« Aggressiv fuhr er fort: »Aber jetzt gehe ich. Die Bügelwäsche kann warten.« Er stapfte die Treppen hinunter und verschwand durch die Hintertür.

Das Haus hatte einen ungewöhnlich großen Garten. Der ursprüngliche Besitzer, ein Mr. Tobias Harold Eddison, hatte die finanziellen Engpässe seiner unmittelbaren Nachbarn nach dem Ersten Weltkrieg ausgenutzt und sie dazu bewogen, ihm nach und nach Land zu verkaufen – bis es für einen kleinen Obstgarten reichte, einen großen Zierfischteich und, für die Zeit ungewöhnlich, ein Baumhaus.

Brians Schuppen befand sich ganz am Ende des Gartens, verborgen hinter einer Reihe Stechpalmen, die in den Wintermonaten eine üppige Ernte roter Beeren trugen.

Im Lauf der Jahre hatte Brian im ursprünglichen Schuppen ein Modell des Sonnensystems gebaut – mit verstärkten Trinkstrohhalmen, Tischtennisbällen und allerlei anderen kugelförmigen Objekten, wie das Obst, das er auf dem Markt in Leicester gekauft und mit so vielen Lackschichten überzogen hatte, dass es steinhart war. Jupiter war ein Problem gewesen – andererseits waren Jupiters riesige Dimensionen immer ein Problem. Er hatte versucht, einen abgewandelten Hüpfball zu verwenden, indem er die Griffe abschnitt und die Löcher mit immer stärkerem Kleber flickte, doch Jupiter verlor immer weiter Atmosphärendruck – oder wie normale Menschen es nannten: Luft.

Brians dreidimensionale Interpretation war allmählich durch ein System aus Computern und Projektionswänden ersetzt worden, die das sichtbare Universum abbilden sollten, doch oft dachte er wehmütig an die Nächte zurück, in denen er seine Planeten bepinselt und dabei Radio 4 gehört hatte.

Im Space Center gehörte er zu den Gebietern der Armee von Großrechnern und der verschlüsselten Informationen, die sie enthielten. Doch sein Herz gehörte seinem Schuppen. Wie das bekannte Universum sich ausdehnte, so tat es auch Brians Mutterschuppen, der jetzt mit drei unwesentlich kleineren Schuppen verbunden war. Brian hatte Durchgänge und Korridore gebaut und vom Haus ein Stromkabel gelegt. Und vor vier Jahren, als Titania über Rückenschmerzen vom Sex auf einem Computertisch klagte, hatte Brian zwei dicke Sitzkissen angeschafft – rosa für sie, blau für ihn. Diese waren auch ersetzt worden, und zwar von einem serienmäßigen Doppelbett, das er in die Schuppenanlage geschmuggelt hatte, als Eva bei der Arbeit war.

Der ursprüngliche Schuppen hatte ein Schiebedach, was ihm erlaubte, mit seinem selbstgebauten Teleskop den Nachthimmel abzusuchen. Es hatte Beschwerden von den Nachbarn gegeben – das knarzende Geräusch beim Öffnen und Schließen des Daches konnte »lästig« sein, hatte Brian eingeräumt, ebenso wie das Knirschen des Getriebes, wenn die Instrumente über den Himmel schwenkten. Aber kapierten es »diese geistigen Pygmäen« denn nicht? Sie hatten es mit Dr. Brian Biber zu tun, einem echten Weltraumforscher. Auf der Erde gab es nichts mehr zu entdecken – nicht, seit entlegene Stämme in Südamerika Marlboro Lights rauchten.

Brian wollte, dass etwas nach ihm benannt wurde, und irgendein x-beliebiger Stern reichte ihm nicht. Schließlich konnte man schon für £50 einen benennen und die Urkunde seiner Frau zu Weihnachten schenken. So eine Urkunde hatte Brian Eva zu ihrem vierzigsten Geburtstag geschenkt. Ihre Reaktion fiel weniger begeistert aus als erwartet – vor allem, als er ihr erzählte, dass Eva Biber, der Stern, eigentlich bekannt als SAO 101276 vor 380 Millionen Jahren erloschen war und es nur sein geisterhaftes Licht war, das man von der Erde aus sehen konnte.

Nein, Brian wollte, dass etwas wirklich Beachtliches seinen Namen trug, etwas, das ihm den Respekt der weltweiten astronomischen Community einbringen würde. Als kleiner Junge von zehn Jahren hatte er mit seiner Mutter einen Ausschnitt der Nobelpreisverleihung gesehen.

Sie hatte gesagt: »Wenn du dich anstrengst, Brian,

kannst du vielleicht den Nobelpreis gewinnen. Das würde Mami sehr glücklich machen.«

Brian hatte sich selbst beigebracht, auf Schwedisch zu sagen: »Ohne die Unterstützung meiner Mutter Yvonne Biber, hätte ich den ... nie entdeckt.«

Schwedisch war eine sehr schwere Sprache. Bei der Aussprache war er sich nicht sicher, und es gab niemanden, den er fragen konnte.

Brian war in der Schule so strebsam gewesen, dass er sich von seinen Mitschülern entfremdet hatte, dafür war er an der Uni ein Überflieger. Jetzt, in seiner Lebensmitte, war er unsanft gelandet und zu der grausamen Erkenntnis gelangt, dass er nur einer von vielen schlauen Wissenschaftlern war, deren Namen die Öffentlichkeit nie erfahren würde, und dass er nie eine Chance gehabt hatte, den Nobelpreis zu gewinnen.

Jeden Abend um halb neun und am Wochenende jeden Nachmittag ging er in seinen Schuppen.

Brianne hatte einmal zu Eva gesagt: »Jahrelang dachte ich, Dad fährt in eine Stadt namens ›Innschuppen‹.«

Erst kürzlich hatte Brian – ohne Evas Wissen – zwei der kleineren Schuppen verbunden, ein neues, äußerst bequemes, extragroßes Bett, zwei Sessel, einen Kühlschrank und einen kleinen Esstisch hineingestellt und so eine kompakte, aber stilvolle Gartenwohnung geschaffen.

Titania, die auf Zehenspitzen durch die Gartenpforte über den Pfad hinter dem Haus zum Schuppen schlich, leistete ihm oft Gesellschaft. Die Zwillinge und Eva wussten, dass sie ihn nicht stören durften, wenn das rote Licht über der Tür des Mutterschuppens brannte und er »arbeitete«.

Jetzt lag Eva im Dunkeln wach.

»Von wegen arbeiten«, sagte sie zu sich selbst. »All die Stunden, all die Jahre, und er hat es vorgezogen, sie mit einer fremden Frau namens Titania zu verbringen.«

10

Brian junior wartete mit den anderen Studenten vor dem Seminarraum auf Professor Nikitanova.

Brianne hatte gerade gesagt: »Sei ein Mann, Bruderherz. Versprich mir, dass du nicht wegläufst, wenn ich gehe.«

Brian junior sagte: »Bruderherz? Warum redest du wie die Schauspieler in *Coronation Street*?«

Brianne senkte die Stimme und wandte den anderen Studenten den Rücken zu. »Bri, wir müssen uns *normalisieren*. Ein bisschen mehr Umgangssprache benutzen. Verstehst du? Wörter wie cool, krass, chillen, Alter, geil, krank, Hammer ...«

Brian junior nickte.

Als Brianne zu ihrem eigenen Tutorentreffen gehen wollte, packte er den Lederärmel ihrer Jacke und sagte: »Brianne, bleib hier, meine Hände und Füße sind ganz taub. Ich glaube, mein Nervensystem ist überfordert, ich könnte bleibende neurologische Schäden davontragen.«

Brianne war Brian juniors Panikattacken im Angesicht neuer Erfahrungen gewohnt. Sie sagte: »Mach deine Primzahlen, Brian, und versuch dich zu entspannen.«

Es gab ein Gewirr aus Lärm und Leuten am Ende des Korridors. Professor Nikitanova schritt in pfauenblauen, zwölf Zentimeter hohen Stöckelschuhen auf ihre Studenten zu, gefolgt vom Vizekanzler und ihrem Team aus wissenschaftlichen Mitarbeitern.

Brianne nahm das federnde blonde Haar in sich auf, den schwarzen Jumpsuit, den knallroten Mund, von dem eine verbotenerweise brennende Zigarette hing, und staunte. Sie hatte den Rest der astrophysikalischen Fakultät gesehen. Geleitet wurde sie von Professor Partridge, einem Mann in einer Strickjacke, die seine Frau aus den Haaren diverser Haustiere der Familie gestrickt hatte.

Nikitanova gab Brian die Schlüssel, und während er am Schloss rumfummelte, sagte sie: »Nur die Ruhe, Schätzchen! Uns bleiben noch zwei Jahre, wenn ich nicht vorher genug von dir habe.«

Sie lachte, und Brian junior fiel das Internetgerücht ein, dass Nikitanovas Ehemann ein gebildeter Oligarch war, der seine schöne, brillante und gutmütige Frau von Ex-KGB-Agenten bewachen ließ. Die Agenten wussten, wenn ihr irgendetwas – *irgendetwas* – zustieß, würden sie qualvoll sterben (dankbar, dass ihr Martyrium bald ein Ende haben würde).

Später am selben Abend lag Brian auf seinem Bett und versuchte eine Aufgabe zu lösen, die Nikitanova ihrer Gruppe gestellt hatte – »um das Gehirn zu trainieren« –, als es an die Tür klopfte.

Es war Poppy. Sie fing an zu reden, bevor sie noch im Zimmer war. »Ich kann nicht schlafen, also komme ich, um mit dir zu parlieren … Heilige Scheiße, ist das heiß hier drin!«

Sie trug ein leichtes Flanellnachthemd, wie es der Wolf in *Rotkäppchen* trägt. Zu Brian juniors Entsetzen bückte sie sich, nahm den Saum in beide Hände, schälte sich aus dem Nachthemd und warf es in eine Ecke.

Bisher hatte Brian junior nackte Frauen höchstens in Pornomagazinen und Internetvideos gesehen, und deren Körper waren von der Farbe gebratener Hähnchen und bar jeder Körperbehaarung, weshalb er schockiert war über den wilden schwarzen Schopf zwischen ihren sehnigen weißen Schenkeln und die Büschel unter ihren Armen.

Brian junior setzte sich auf die Bettkante und begann, die möglicherweise endlose Liste Primzahlen im Kopf runterzurattern:

2, 3, 5, 7, 11, 13, 17, 19, 23, 29, 31, 37, 41, 43, 47, 53, 59, 61, 67, 71, 73, 79, 83, 89, 97, 101, 103, 107, 109, 113, 127, 131, 137 ...

Poppy hatte dünne Hängebrüste, die hin und her pendelten, während sie in dem winzigen Zimmer umherstreifte und seine Sachen durcheinanderbrachte.

Brian junior fiel absolut nichts ein, was er hätte sagen können. Er wollte wieder ins Bett und schlafen. Er spürte, dass ihm etwas sehr Furchtbares bevorstand.

Sie kam und setzte sich zu seinen Füßen im Schneidersitz auf den Boden. »Du bist noch Jungfrau, nicht wahr, mein Schatz?«

Brian junior rutschte ans Ende des Bettes und machte sich daran, den Schreibtisch wieder aufzuräumen, Stifte, Bleistifte und Textmarker zu sortieren. Neben Laptop und Heften streifte seine Hand ein durchsichtiges Kästchen Büroklammern, und er fragte sich, wo ein zufriedenstellender Platz dafür sei. Er kippte sie aus und begann, die Büroklammern in Zehnerlinien zu ordnen.

Poppy kroch neben ihn, schlang die Arme um seine Beine und fing an zu weinen. »*I loved you the moment I saw your face.*«

Brian junior hatte eine Büroklammer übrig. Das war übel. Eine einzige Büroklammer durfte nicht sein. Sie fügte sich nicht ein. Sie zog alle Aufmerksamkeit auf sich – sie war egoistisch, dachte nur an sich selbst. Brian junior betrachtete sein Gesicht im Spiegel über dem Schreibtisch. Er wusste, er sah ungewöhnlich gut aus. Was äußerst lästig war. Er wusste auch, dass Poppy ihre Liebeserklärung aus einem Song von Roberta Flack geklaut und falsch zitiert hatte. Es war eines der Lieblingslieder seiner Mutter. Sie hatte es ihm und Brianne vorgesungen, als sie klein waren.

Er blickte auf Poppy herab und sagte: »Ewan MacColl hat es 1957 komponiert. Roberta Flack nahm es 1972 auf. Coldcut verwendete die A-Capella-Version von Joanna Law für *70 Minutes of Madness*. Gemixt mit Luke Slater und Harold Budd.«

Poppy fragte sich, wann er endlich aufhören würde, über die blöde Platte zu reden.

Wieder blickte er auf sie herab und sagte: »Es ist das beste Mixtape aller Zeiten.«

Schließlich hob sie den Kopf, nahm seine Hand und platzierte sie auf ihrer linken Brust. Sie sah ihm ins Gesicht und sagte: »*My love, it's like the beating throat of a caged bird.*«

Brian junior zog angewidert seine Hand zurück. Eine ihrer Haarsträhnen klebte am Schnodder über ihren Lippen. Er konnte gar nicht hinsehen. Er nahm die Haare und strich sie hinter ihr linkes Ohr.

Sie sagte: »*I think our joy will fill the earth and last till the end of time.*«

Brian junior sagte: »Das glaube ich kaum.«

Poppy fragte: »Was glaubst du kaum?«

Brian junior sagte: »Die Sache mit der Freude, die die Welt ausfüllt und bis ans Ende der Zeit reicht. Beides ist unmöglich. Freude kann weder die Welt ausfüllen, noch kann sie bis ans Ende der Zeit reichen. Da Zeit nicht enden kann.«

Poppy gähnte übertrieben.

Er wollte sie bitten zu gehen, wusste aber nicht wie. Er wollte sie nicht verletzen oder beleidigen, doch er sehnte sich nach einem Entrinnen und nach Schlaf. Er stand auf, befreite sich von ihr und hob ihr Nachthemd auf. Es war kalt und feucht.

Er gab es ihr und sagte: »Ich möchte dir etwas zeigen.«

Poppy hörte auf zu weinen. Er streckte seine Hand aus, zog sie auf die Füße und deutete auf die Büroklammernreihen. Dann nahm er die Übriggebliebene und fragte: »Wo würdest du sie hinlegen?«

Sie starrte auf die Büroklammern, dann wieder in sein Gesicht. Und dann sagte sie, mit einer Stimme, die er noch nicht kannte: »Steck sie dir doch in den Arsch!«

Sie ging hinaus auf den Flur, noch immer nackt.

Brian hörte sie an die Tür des Nachbarzimmers klopfen, wo Ho, der Chinese, wohnte. An jenem ersten Nachmittag hatte Brian ein nervöses Lächeln mit Ho gewechselt, als sie ihr Essen in den großen Kühlschrank und die zugeteilten Küchenschränke räumten. Nun hörte er ihn die Tür öffnen, dann hörte er Poppy schluchzen.

Er ging wieder ins Bett, konnte aber nicht schlafen. Er hielt die übriggebliebene Büroklammer in der Hand und bog sie zu einem winzigen Speer. Er wusste, wenn er sie nicht irgendwo unterbrachte, würde er bis zum Morgengrauen wach bleiben.

Er öffnete das Fenster, so weit es ging, und schnipste die verbogene Büroklammer in die kalte Nacht. Bevor er das Fenster wieder schloss, blickte er in den klaren Himmel, wo Hunderte von Sternen auf ihn herabschienen. Eilig wandte er den Blick ab – bevor er damit anfing, sie zu bestimmen, oder zu intensiv über die Milliarden nachzudenken, die unsichtbar blieben.

Brian junior wurde wach, als es dämmerte, und er verspürte eine innere Unruhe. Er stand auf und ging nach draußen, um die Büroklammer zu suchen. Es dauerte nicht lange, bis er sie fand. Als er ins Gebäude zurückwollte, kam er nicht rein. Er hatte seinen Schlüssel vergessen, was ihm seit seinem dreizehnten Lebensjahr mindestens zweimal pro Woche passierte.

Er setzte sich auf die kalten Betonstufen und wartete.

Es war Ho, der ihn reinließ und ihn informierte, dass Poppy ihn runtergeschickt hatte, um Frühstück für sie zu holen. »Einen doppelten Latte und ein Frühaufsteher-Frühstück. Dann vom Kiosk zwanzig Silk Cuts, eine *Hello!* und die *Sun*. Ich mache Witz mit Poppy. Ich ihr sage: ›Kannicht kaufen Sun.‹ Sie sagen: ›Warum nicht?‹ Dann – das sein Witz – ich sagen: ›Niemand kann Sonne kaufen, ist zu weit weg und zu heiß!‹«

Hos rundes Gesicht strahlte.

Er war entzückt von seinem Witz, bis sie Poppy durch den Spalt von Hos Fenster schreien hörten: »Hey! Ho! Mach hinne!«

Ho ließ Brian junior ins Gebäude und trabte in Richtung Kiosk.

11

Nachdem Eva das Bett eine Woche nicht verlassen hatte, ließ Ruby Dr. Bridges kommen.

Eva konnte hören, was ihre Mutter dem Arzt erzählte, als sie die Treppen hochkamen.

»Sie ist sehr sensibel. Ihr Vater sagte immer, ihre Nerven sind so angespannt, dass man ein Violinkonzert darauf spielen könnte. Meine Beine machen mir zu schaffen, Doktor. Die Venen an meinen inneren Oberschenkeln sehen aus wie rote Weintrauben. Vielleicht können Sie kurz einen Blick darauf werfen, bevor Sie gehen?«

Eva wusste nicht, ob sie liegen oder sitzen sollte. Sie befürchtete, Dr. Bridges könnte denken, er vergeude mit ihr nur seine Zeit.

»Der Doktor ist hier. Sie sind durch den Schnee gelaufen, als sie zehn war und Hirnhautentzündung hatte, stimmt's, Dr. Bridges?«

Eva konnte sehen, dass Dr. Bridges Rubys plumpe Vertraulichkeit schon seit Jahren leid war. Sie setzte sich auf und verschränkte die Arme um ein Kissen.

Dr. Bridges kam drohend näher. Mit seiner Tweedmütze und der Barbourjacke wirkte er eher wie ein Gutsherr als ein Arzt. Mit dröhnender Stimme sagte er:

»Guten Morgen. Ihre Mutter hat mir erzählt, dass Sie seit einer Woche das Bett nicht verlassen haben. Ist das richtig?«

Eva sagte: »Ja.«

Ruby setzte sich auf die Bettkante und hielt Evas Hand. »Sie war als Kind immer so gesund, Doktor. Ich habe sie zweieinhalb Jahre gestillt. Hat mir meine armen Titten ruiniert. Sehen aus wie Ballons, aus denen die Luft raus ist.«

Dr. Bridges musterte Ruby mit fachmännischem Blick. »Überaktive Schilddrüse«, dachte er, »und rotes Gesicht – wahrscheinlich Trinkerin. Und diese schwarzen Haare! Was denkt sie sich dabei?« Zu Eva sagte er: »Ich würde Sie mir gern mal ansehen.« Dann wandte er sich an Ruby: »Würde es Ihnen etwas ausmachen, draußen zu warten?«

Ruby war gekränkt und enttäuscht. Sie hatte sich so darauf gefreut, den Doktor über die Einzelheiten von Evas Krankengeschichte aufzuklären. Widerwillig ging sie in den Treppenflur: »Wenn Sie fertig sind, wartet eine Tasse Tee auf Sie, Doktor.«

Dr. Bridges wandte seine Aufmerksamkeit wieder Eva zu. »Ihre Mutter sagt, Sie sind gesund ...« Er zögerte und fügte hinzu. »Körperlich.« Dann fuhr er fort: »Auf Ihrer Karteikarte habe ich gesehen, dass Sie seit fünfzehn Jahren nicht bei mir waren. Können Sie mir erklären, warum Sie seit einer Woche im Bett liegen?«

»Nein, ich kann es nicht erklären«, sagte Eva. »Ich bin müde – aber das sind alle, die ich kenne.«

»Wie lange fühlen Sie sich schon so?«, fragte der Arzt.

»Seit siebzehn Jahren. Seit der Geburt der Zwillinge.«

»Ah, ja«, sagte er, »die Zwillinge. Begabte Kinder, nicht wahr?«

Vom Treppenabsatz meinte Ruby: »Sie sollten mein Wohnzimmer sehen, alles voller Mathepokale, die die beiden gewonnen haben.«

Das war keine Überraschung für den Doktor, auf den die Biber-Zwillinge schon immer einen ziemlich autistischen Eindruck gemacht hatten. Allerdings mischte Dr. Bridges sich prinzipiell nicht ein. Wenn seine Patienten ohne Beschwerden waren, ließ er sie in Ruhe.

Ruby, die jetzt vorgab, den Staub vom Treppengeländer zu wischen, während sie durch den Türspalt spähte, sagte: »Mein Blutdruck ist furchtbar. Das letzte Mal, als er gemessen wurde, sagte der schwarze Arzt im Krankenhaus, er hätte so etwas noch nie gesehen – er ist niedriger als ein Tausendfüßlerarsch. Er hat mit seinem Handy ein Foto von den Werten gemacht.« Sie stieß die Tür auf und fuhr fort: »Tut mir leid, aber ich muss mich hinsetzen.« Sie schwankte zum Bett. »Es ist ein Wunder, dass ich noch da bin. Ich war schon zwei- oder dreimal tot.«

Eva sagte gereizt: »Also, wie oft *bist* du denn jetzt schon gestorben? *Zweimal* oder *dreimal*? Du solltest deinen eigenen Tod nicht so auf die leichte Schulter nehmen, Mum.«

»Der Tod ist nicht so schlimm, wie behauptet wird«, sagte Ruby. »Man geht einfach durch einen Tunnel auf das goldene Licht zu, stimmt's, Doktor?« Sie wandte sich an Dr. Bridges, der gerade von Evas ausgestrecktem Arm Blut abnahm.

Er sagte, während er begann, das Blut in eine Spritze laufen zu lassen: »Der Tunnel ist eine Illusion, die durch zerebrale Anoxie verursacht wird. Der darauf einsetzende Erwartungsprozess des Gehirns sorgt für das weiße Licht und das Gefühl des Friedens.« Er blickte in

Rubys verständnisloses Gesicht und sagte: »Das Gehirn will nicht sterben. Man nimmt an, das helle Licht ist Teil des Alarmsystems des Gehirns.«

Ruby fragte: »Und warum hab ich dann im Tunnel James Blunt ›You're Beautiful‹ singen hören?«

Dr. Bridges murmelte: »Vielleicht eine rudimentäre Erinnerung.« Er füllte Evas Blut von der Spritze in drei kleine Röhrchen. Er beschriftete jedes und stellte sie in seine Tasche. Er fragte Eva: »Haben Sie in der vergangenen Woche irgendwelche Schmerzen gespürt?«

Eva schüttelte den Kopf. »Keine eigenen Schmerzen, nein. Aber, und ich weiß, das klingt verrückt, ich scheine sehr empfänglich für Schmerz und Traurigkeit anderer Menschen. Das ist sehr strapaziös.«

Dr. Bridges war nur unwesentlich irritiert. Seine Praxis befand sich ganz in der Nähe der Universität. Folglich hatte er reichlich New-Age-Patienten, die glaubten, Mondgestein oder Kristalle könnten sie von Genitalwarzen, Pfeifferschem Drüsenfieber und anderen Krankheiten heilen.

Ruby sagte: »Sie ist kerngesund, Doktor. Das ist dieses Empty-Nest-Syndrom.«

Eva warf das Kissen weg und schrie: »Seit dem Tag ihrer Geburt habe ich die Tage gezählt, bis sie endlich ausziehen! Es hat sich angefühlt, als hätten zwei Aliens von mir Besitz ergriffen. Alles, was ich wollte, war, allein ins Bett gehen und dort so lange bleiben, wie es mir passt.«

Dr. Bridges sagte: »Nun, das verstößt nicht gegen das Gesetz.«

Eva fragte: »Doktor, ist es möglich, dass ich seit siebzehn Jahren eine postnatale Depression habe?«

Dr. Bridges verspürte plötzlich das überwältigende

Verlangen zu gehen. »Nein, Mrs. Biber, ist es nicht. Ich lasse Ihnen ein Rezept hier, um Ihre Nerven zu beruhigen, und Sie sollten Kompressionsstrümpfe tragen, solange Sie...« Er suchte nach den richtigen Worten und entschied sich für »Urlaub machen«.

Ruby sagte: »Deine Sorgen möchte ich haben, was, Doktor? Ich wünschte, ich würde da im Bett liegen.«

Eva murmelte: »Ich wünschte, du würdest in *deinem* Bett liegen.«

Dr. Bridges ließ seine Tasche zuschnappen, sagte: »Einen schönen Tag noch, Mrs. Biber«, und ging, mit Ruby voran, nach unten.

Eva hörte Ruby sagen: »Ihr Vater war genauso überkandidelt. Jeden Abend nach der Arbeit platzte er mit irgendeiner dramatischen Geschichte in die Küche. Ich hab immer gesagt: ›Warum erzählst du mir Geschichten von Leuten, die ich nicht kenne, Roger? Das interessiert mich nicht.‹«

Nachdem der Doktor mit seinem Geländewagen weggefahren war, stieg Ruby die Stufen wieder hoch. Sie sagte: »Ich gehe zur Apotheke und besorge dir das Rezept.«

»Schon gut, hat sich erledigt.« Eva hatte das Rezept zerrissen und die Reste auf ihren Nachttisch gelegt.

Ruby sagte: »Dafür könntest du Schwierigkeiten kriegen.« Sie schaltete den Fernseher ein, zog den Stuhl vom Frisiertisch neben das Bett und setzte sich. »Ich komme jeden Tag und leiste dir Gesellschaft.« Sie nahm die Fernbedienung und Noel Edmonds erschien auf dem Bildschirm. Er war mit hysterischen Kandidaten beschäftigt, die irgendwelche Schachteln öffneten. Das Kreischen des Studiopublikums und der Kandidaten tat Eva in den Ohren weh.

Ruby sah mit leicht geöffnetem Mund zu.

Um sechs Uhr gab es Nachrichten. Zwei acht- und zehnjährige Schwestern waren vor ihrem Haus in Slough von einem Mann in einem weißen Lieferwagen gekidnappt worden. Eine Frau in Derbyshire war bei Hochwasser in einen Fluss gesprungen, um ihren Hund zu retten, und ist ertrunken, wogegen der Hund vier Stunden später unversehrt vor ihrem Haus aufgetaucht war. In Chile hatte es ein Erdbeben gegeben, Tausende waren unter den Trümmern verschüttet. Waisenkinder irrten durch das, was einst Straßen gewesen waren. Ein kleines Kind schrie: »Mama! Mama!« Im Irak hatte eine Selbstmordattentäterin (ein junges Mädchen) eine Nagelbombe gezündet und sich selbst und fünfzehn angehende Polizisten in die Luft gesprengt. In Südkorea waren vierhundert junge Menschen bei einer Massenpanik ums Leben gekommen, nachdem in einem Nachtclub ein Feuer ausgebrochen war. Eine Frau in Cardiff verklagte ein Tattoostudio, das ihrem fünfzehnjährigen Sohn »HUT« auf die Stirn tätowiert hatte.

Eva sagte: »Was für ein Katalog menschlichen Elends. Ich hoffe, der verdammte Hund ist dankbar.«

»Sie müssen irgendwas falsch gemacht haben.«

»Denkst du, Gott bestraft sie?«

Ruby sagte trotzig: »Ich weiß, *du* glaubst nicht an Gott, Eva. Aber *ich* schon, und ich denke, dass diese Menschen Gott irgendwie verärgert haben.«

Eva fragte: »Glaubst du an den altmodischen Gott, Mum? Hat er einen langen weißen Bart und wohnt in den Wolken? Ist er allwissend, allsehend? Sieht er in diesem Moment auf dich herab, Mum?«

Ruby sagte: »Hör zu, ich will mich nicht schon wieder mit dir über Gott streiten. Ich weiß nur, dass er über mich wacht – und wenn ich mich schlecht benehme, bestraft er mich irgendwie.«

Eva sagte sanft: »Aber er hat dich letztes Jahr am East Midlands Airport nicht davor bewahrt, Portemonnaie, Tickets und Pass zu verlieren, oder?«

Ruby sagte: »Er kann nicht überall sein, und zur Hauptreisezeit hat er bestimmt viel zu tun.«

»Und er hat dich auch nicht davor bewahrt, ein malignes Melanom zu kriegen?«

Ruby sagte hitzig: »Nein, aber ich bin nicht dran *gestorben*, oder? Und man sieht die Narbe kaum noch.«

Eva fragte: »Kannst du dir eine Welt ohne Gott vorstellen, Mum?«

Ruby dachte einen Moment nach. »Wir würden uns alle gegenseitig an die Gurgel gehen. Das tun wir aber nicht.«

Eva sagte: »Du denkst nur an England. Was ist mit dem Rest der Welt?«

»Nun, die meisten sind Heiden, nicht? Die gehen ihre eigenen Wege.«

»Und warum hat Gott einen Hund gerettet und eine Frau ertrinken lassen? Ist er vielleicht Hundeliebhaber?« Eva packte die Gelegenheit beim Schopf, sich ein bisschen zu amüsieren. Sie fragte ihre Mutter, welche Hunderasse Gott sich wohl in seinem Himmelreich halten würde.

Ruby sagte: »Ich sehe Gott nicht mit einem dieser bissigen Köter der Queen. Und ich sehe ihn auch nicht mit einem dieser albernen Schoßhunde, die in die Handtasche passen. Ich glaube, Gott würde sich für einen richtigen Hund entscheiden, einen Golden Retriever.«

Eva lachte. »Ja, ich kann mir gut vorstellen, wie ein

Golden Retriever neben Gottes Thron sitzt und an seinem weißen Gewand zupft, weil er endlich Gassi gehen will.«

Ruby sagte wehmütig: »Weißt du, Eva, manchmal kann ich es kaum erwarten, in den Himmel zu kommen. Ich bin es leid, hier unten zu leben, seit alles so kompliziert geworden ist.«

Eva sagte: »Aber die Frau, die ertrunken ist, ich wette, die war das Leben nicht leid. Ich wette, als sich die Wassermassen über ihrem Kopf schlossen, hat sie um ihr Leben gekämpft. Also, warum hat Gott ihr den Hund vorgezogen?«

»Keine Ahnung. Die Frau muss irgendwas getan haben, um seinen Zorn zu erregen.«

Eva lachte: »Zorn?«

Ruby sagte: »Ja, er ist sehr zornig, und so mag ich es. Das hält das Gesindel vom Himmel fern.«

Eva sagte: »Gesindel wie Aussätzige, Prostituierte und die Armen?«

»Das war Jesus«, sagte Ruby. »Der steht auf einem ganz anderen Blatt.«

Eva wandte sich von ihrer Mutter ab und sagte: »Und Gott hat zugesehen, wie sein einziger Sohn elendig an einem Kreuz verendet ist, und hat nichts getan, um ihm zu helfen, als er rief: ›Vater, Vater, warum hast du mich verlassen?‹« Eva wollte nicht weinen, doch sie konnte nicht anders.

Mit acht war sie mal in Ohnmacht gefallen, als die Schuldirektorin die Kreuzigung allzu anschaulich beschrieb.

Ruby sammelte ihre Sachen ein, zog Hut und Mantel an, wickelte sich ihren knallpinken Schal um den Hals und sagte: »Jesus muss irgendwas falsch gemacht haben.

Und wenn du nicht an Gott glaubst, Eva, warum regst du dich dann so auf?«

Eva beruhigte sich genug, um zu antworten: »Wegen der Grausamkeit. Als er rief: ›Mich dürstet!‹, gaben sie ihm Essig.«

Ruby sagte: »Ich gehe nach Hause in *mein* Bett.«

Rubys Zuhause war ein schmales Reihenendhaus in einer ruhigen Straße. Es lag nur eine dreiviertel Meile von Eva entfernt, doch für Ruby war es eine beschwerliche Reise. Wegen der Schmerzen in ihrer Hüfte musste sie mehrmals anhalten und sich irgendwo anlehnen.

Bobby, der vornehme schwarze Kater, wartete auf sie. Als Ruby die Tür aufschloss, schlich er um ihre Beine und schnurrte vor, wie Ruby dachte, Freude, sie zu sehen.

Als beide im blitzeblanken Wohnzimmer standen, sagte Ruby zu Bobby: »Ich wünschte, ich wäre du, Bobbikins. Ich weiß nicht, wie lange ich es noch schaffe, mich um unser Mädchen zu kümmern.«

Ruby legte sich drei Tramadol auf die Zunge und spülte sie mit einem Schluck Feigenlikör runter. Sie ging in die Küche und nahm zwei Becher mit Weidenmuster aus dem Regal, bevor es ihr wieder einfiel und sie einen zurückstellte. Während der Wasserkessel kochte, betrachtete sie den Wandkalender mit einem Bild vom Engel des Nordens. Daneben befand sich ein kleiner Jahresplaner, auf dem mit schwarzem Filzstift die christlichen Feiertage eingetragen waren:

Advent, Weihnachten, Heilige Drei Könige,
Fastnacht, Fastenzeit, Karwoche,
Gründonnerstag, Karfreitag, Ostern, Pfingsten,
Erntedankfest, Allerheiligen

Ruby las sie laut vor, wie eine Litanei. Sie bildeten das Gerüst ihres Lebens. Eva tat ihr leid.

Ohne dieses Gerüst wäre sie mit dem Leben nicht fertig geworden.

12

Später am Abend, nachdem Eva zwei Fernsehkomödien gesehen hatte, ohne zu lachen, stand sie auf und ging widerstrebend ins Bad. Es fühlte sich falsch an, die Füße auf den Boden zu stellen, als wäre der Teppich eine Lagune, in der Piranhas darauf lauerten, an ihren Zehen zu knabbern.

Als Brian sie, in ein weißes Handtuch gewickelt, herauskommen sah, sagte er: »Ah, Eva, schön, dass du wieder auf den Beinen bist. Ich krieg die Waschmaschinentür nicht auf.«

Sie setzte sich auf die Bettkante und sagte: »Du musst kräftig dagegen schlagen, zweimal, mit der Handkante, wie ein Profikiller.«

Brian war enttäuscht, als seine Frau einen rosa karierten Schlafanzug anzog und wieder ins Bett stieg.

Er sagte: »Die Waschmaschine.«

Sie sagte: »Die Halsschlagader«, und machte mit der rechten Hand eine abgehackte Bewegung.

Er sagte: »Es ist nichts zu essen da.«

»Was zu essen gibt's im Supermarkt«, sagte sie. »Und wenn du schon hinfährst ...«

Er unterbrach sie. »Wenn ich hinfahre?«

»Ja«, sagte sie, »wenn *du* zum Supermarkt fährst.

Bringst du mir dann einen großen Trichter, eine Zweiliter-Plastikflasche und eine Packung große Gefrierbeutel mit? Und bewahrst ab jetzt alle Plastiktüten für mich auf? Würdest du das tun? Ich brauche die Sachen für meine Ausscheidungen.«

»Was für Ausscheidungen?«

»Meine körperlichen Ausscheidungen.«

Er sagte, ungläubig: »Nebenan ist ein Scheißbadezimmer!«

Sie drehte sich auf die Seite und sah ihren Mann an. »Ich schaffe die paar Schritte ins Bad nicht, Bri. Ich hatte gehofft, du würdest mir helfen.«

»Du bist ekelhaft«, sagte er. »Ich habe nicht vor, deine Pisse und deine Scheiße zu entsorgen!«

»Aber ich kann dieses Bett nicht mehr verlassen, Brian. Ich schaffe den kurzen Weg ins Bad nicht. Was soll ich denn machen?«

Nachdem Brian gegangen war, lauschte sie eine Weile, wie er fluchend auf die Waschmaschine einschlug. Sie dachte darüber nach, wie viele Probleme Gedärme und Blasen verursachten, und fragte sich, warum die Evolution sich nichts Besseres hatte einfallen lassen, um die Abfallprodukte des Körpers zu entsorgen.

Sie dachte so lange darüber nach, bis sie ein ausgeklügeltes System entwickelt hatte.

Der Körper würde so umgestaltet werden müssen, dass er seine Abfallprodukte vollkommen verarbeitete. Eva hielt das für möglich, da es im Verdauungssystem ein überflüssiges Organ gab. Der Blinddarm lag nur faul herum. Er hatte keinerlei Funktion mehr, seit die Menschen keine Zweige und Wurzeln mehr aßen. Brian hatte ihr erzählt, dass Astronauten sich vor ihrem ersten Flug ins All grundsätzlich den Blinddarm entfernen ließen. Vielleicht konnte man ihn so umfunktionieren, dass er dem Körper half, Urin und Kot komplett zu absorbieren?

Die Art der Adaptation war nicht ganz klar, doch das angepasste Organ musste den Abfall innerlich verbrennen, bis der Körper jegliche Nahrung und Flüssigkeit aufgenommen hatte. Wahrscheinlich würde ein wenig Rauch entstehen, doch der konnte durch den Anus geleitet werden und von einem Kohlefilter, der mit Haftstreifen in der Hose befestigt war, absorbiert werden. Es gab ein oder zwei Details, die noch der Verfeinerung bedurften, aber waren britische Wissenschaftler nicht führend in Biotechnologie? Wie wunderbar wäre es, wenn die menschliche Rasse von der Bürde der Exkremente befreit würde.

Einstweilen, dachte Eva, würde sie ihre Abfallprodukte auf sehr primitive Weise entsorgen müssen. Wie sollte sie sich über einen Trichter hocken, ohne mit den Füßen den Boden zu berühren? Es würde unweigerlich etwas daneben gehen, und noch kompliziertere Verrenkungen waren erforderlich, um sich in einen Gefrierbeutel zu entleeren. Sie würde sich an eine Konfrontation mit ihren körperlichen Ausscheidungen gewöhnen müssen, doch sie brauchte trotzdem jemanden, der die Flasche und die Tüten aus ihrem Zimmer entfernte.

Wer liebte sie genug?

Eva und Ruby waren am nächsten Tag wieder versöhnt, als Ruby einen mit Frischhaltefolie abgedeckten, selbst gemachten Käseteller vorbeibrachte.

Nachdem Eva alles bis auf den letzten Krümel aufgegessen hatte, sagte sie: »Mum, ich möchte dich um etwas bitten.«

Als sie ihr den Plan mit dem Trichter, der Flasche und den Gefrierbeuteln erklärte, war Ruby entsetzt. Sie fing an zu würgen und musste ins Bad laufen und sich übers Waschbecken beugen, einen Stapel Kosmetiktücher vor den Mund gepresst.

Als sie zurückkehrte, blass und erschüttert, sagte sie: »Warum sollte ein normaler Mensch lieber in eine Flasche pinkeln und in einen Plastikbeutel scheißen, wenn er gleich nebenan ein schönes Bad hat?«

Darauf wusste Eva keine Antwort.

Ruby rief: »Sag mir, warum! Ist es *meine* Schuld? Hab ich dich zu früh ans Töpfchen gewöhnt? Hab ich dich zu fest geschlagen, wenn du ins Bett gemacht hast? Du hattest Angst vor der Klospülung. Hast du davon einen Komplex oder ein Syndrom oder was immer die Leute heutzutage haben?«

Eva sagte: »Ich muss im Bett bleiben – sonst bin ich verloren.«

»Verloren?«, wiederholte Ruby. Sie berührte ihr Gold – erst Ohrringe, dann Kette und Medaillon und schließlich ihre Ringe – richtete es, polierte es. Es war ein Kniefall, Ruby huldigte ihrem Gold. Sie hatte zehn Krügerrands in zwei Korsette nähen lassen, die sie in ihrer Unterwäsche-Schublade aufbewahrte. Wenn die Franzosen in England landeten, oder Aliens, konnte sie die ganze Familie mindestens ein Jahr lang mit Lebensmitteln und Waffen versorgen.

Für Ruby war die Invasion von Aliens ein wahrscheinliches Szenario. Eines Nachts, als sie die Wäsche von der Leine nahm, hatte sie ein Raumschiff gesehen. Es schwebte über dem Nachbarhaus, bevor es in Richtung Co-op verschwand. Sie hatte Brian davon erzählt, in der Hoffnung, es würde ihn interessieren, doch er sagte nur, sie habe sich wohl an dem Brandy vergriffen, den sie für medizinische Notfälle in der Speisekammer aufbewahrte.

Jetzt sagte Eva: »Mum, wenn ich einen Fuß auf den Boden setze, erwartet man, dass ich noch einen Schritt mache, und dann noch einen, und ehe ich mich versehe, gehe ich die Treppe runter und in den Vorgarten und dann gehe ich weiter und weiter und weiter, bis ich keinen von euch je wiedersehe.«

Ruby sagte: »Aber warum solltest du damit durchkommen? Warum erwartest du von mir, die ich im Januar neunundsiebzig werde, dass ich dich wieder wie ein kleines Kind behandle? Ehrlich gesagt, Eva, bin ich keine besonders mütterliche Frau. Deshalb wollte ich auch kein zweites Kind. Also glaub nicht, dass ausgerechnet ich mich für deine Pisse und Scheiße zuständig fühle.« Sie nahm den Teller und die zerknüllte Frischhaltefolie und sagte: »Ist Brian der Grund für das alles?«

Eva schüttelte den Kopf.

»Ich hab dir doch gesagt, du sollst ihn nicht heiraten. Dein Problem ist, dass du immer und überall glücklich sein willst. Du bist fünfzig – hast du inzwischen nicht kapiert, dass die meisten von uns sich durchs Leben nur so durchquälen? Glückliche Tage sind dünn gesät. Und wenn ich anfangen soll, einer Fünfzigjährigen den Arsch abzuwischen, würde mich das wahrhaftig sehr unglücklich machen, also frag mich nicht noch mal!«

Als Eva spät nachts die Toilette aufsuchte, fühlte es sich an, als würde sie auf heißen Kohlen laufen.

Sie schlief schlecht.

Wurde sie tatsächlich verrückt?

War sie die Letzte, die das begriff?

13

Die Zweige des Ahornbaums vor dem Fenster bewegten sich im Wind. Yvonne saß auf dem Frisierkommodenstuhl, den sie neben das Bett geschoben hatte.
Sie hatte Eva ein Malbuch zum Punkteverbinden für Fortgeschrittene mitgebracht. »Zum Zeitvertreib.«
Unter Zwang hatte Eva das erste Rätsel gelöst. Nach fünfzehn quälenden Minuten hatte sie den »Flying Scotsman« verbunden, samt Dorfbahnhof, Gepäckwagen, Fahrkartenschalter und Bahnhofsvorsteher mit Pfeife und erhobener Fahne.
Eva sagte: »Du brauchst nicht bleiben.«
Yvonne rümpfte die Nase. »Man sollte nicht allein sein, wenn man krank ist.«
Innerlich kochte Eva. Wann würden sie endlich akzeptieren, dass sie die Wahrheit sagte – sie war nicht krank, sie wollte einfach nur im Bett bleiben.
Yvonne sagte: »Weißt du, das ist ein Zeichen dafür, dass man anfängt zu spinnen.«
»Ja«, sagte Eva, »genau wie ein erwachsener Mensch, der Punkte in einem Malbuch verbindet. Wahnsinn ist relativ.«
Yvonne blaffte: »Nun, in meiner Familie ist niemand verrückt.«

Eva machte sich nicht die Mühe zu antworten, sie war müde und wollte schlafen. Es war anstrengend, mit Yvonne zu reden oder ihr zuzuhören, die, so schien es Eva, die meisten Gespräche absichtlich falsch verstand und ständig wegen irgendetwas beleidigt war. Yvonne war stolz darauf, dass sie kein Blatt vor den Mund nahm, auch wenn andere sie als »unausstehlich«, »unnötig grob« und »totale Nervensäge« bezeichneten.

Eva sagte: »Du sagst doch immer, wie sehr du es schätzt, wenn jemand Klartext redet.«

Yvonne nickte.

»Ich muss dich um etwas bitten ... es fällt mir nicht leicht ...«

Yvonne sagte aufmunternd. »Na los, spuck's aus.«

»Ich kann das Bad nicht mehr benutzen. Ich kann meine Füße nicht mehr auf den Boden stellen. Und ich habe mich gefragt, ob du mir dabei helfen würdest, meine Ausscheidungen zu entsorgen.«

Yvonne schwieg, während sie die Information verarbeitete, dann setzte sie ein Haifischlächeln auf und sagte: »Du bittest *mich*, dein Pipi und Kacka zu beseitigen? Mich? Wer von uns beiden ist bei sowas besonders pingelig? Wer verbraucht jede *Woche* eine Riesenflasche Domestos?«

Eva sagte: »Okay. Ich habe gefragt, und du hast nein gesagt.«

Yvonne sagte: »Ich habe Brian davor gewarnt, dich zu heiraten. Ich hab das alles hier kommen sehen. Ich wusste gleich, dass du neurotisch bist. Ich erinnere mich noch, wie ich mit dir und Brian auf Kreta war und du den ganzen Tag am Strand in ein großes Handtuch gewickelt warst, weil du ›Probleme‹ mit deinem Körper hattest.«

Eva errötete. Sie war kurz davor, Yvonne zu erzählen, dass ihr Sohn seit acht Jahren mit einer anderen Frau schlief, war aber zu müde, um das Nachspiel zu verkraften. »Du warst nach der Geburt der Zwillinge sehr grausam zu mir, Yvonne. Du hast meinen Bauch immer ausgelacht und gesagt: ›Der sieht ja aus wie Wackelpudding.‹«

Yvonne sagte: »Weißt du, was dein Problem ist, Eva? Du verstehst keinen Spaß.« Sie nahm das Malbuch und den Stift. »Ich gehe nach unten und putze deine Küche. Da muss es ja von Salmonellen wimmeln. Ja, wimmeln! Mein Sohn verdient etwas Besseres als dich.«

Nachdem sie gegangen war, zog sich Eva die Decke über den Kopf.

Sie dachte: »Keinen Sinn für Humor? Warum sollte ich mitlachen, wenn Brian und seine Mutter sich darüber amüsieren, dass jemand einen Unfall oder ein Unglück erlitten hat? Hätte ich lachen sollen, als Brian mich mit den Worten vorstellte: ›Und das hier ist mein Superweib – das mich schröpft auf Lebenszeit.‹?«

Sie war froh, dass ihre Schwiegermutter ihre Bitte abgeschlagen hatte. Die Vorstellung, dass Yvonne Farbe und Konsistenz ihres Stuhls kritisierte, war unerträglich. Eva hatte das Gefühl, gerade noch mal davongekommen zu sein. Sie fing an zu lachen, bis die Bettdecke runterrutschte und zu Boden fiel.

In jener Nacht träumte Eva, dass sie Cinderella einen roten Teppich hinunter zurück zur Kürbiskutsche eilen sah. Als sie aufwachte, stellte sie sich vor, der Teppich wäre weiß und führte von ihrem Bett ins Bad. Innerhalb einer Sekunde wurde der weiße Teppich zu Evas schneeweißem Bettlaken, gefaltet und drapiert zu einem fließenden Pfad, der von ihrem Bett zum Bad führte. Solange ihre Füße den weißen Pfad berührten, konnte sie sich mit viel Fantasie vorstellen, noch im Bett zu sein.

Sie kniete sich aufs Bett und zog das Laken ab, warf es auf den Teppich, raffte zwei Enden zusammen und stopfte sie unter die Matratze. Sie stieg vorsichtig aus dem Bett und schlug kleine Falten in die Ränder, bis das Laken aussah wie ein teurer Kartoffelchip.

Der Baumwollpfad endete etwa dreißig Zentimeter vor der Toilette. Eva nahm ein weißes Handtuch vom Halter im Bad und legte es als Verlängerung auf den Boden.

Solange sie auf dem Laken blieb, fühlte sie sich sicher – wovor wusste sie nicht.

Als sie mit der Toilette fertig war, beugte sie sich übers Waschbecken und wusch ihren Körper mit warmem Wasser. Nachdem sie die Zähne geputzt hatte, füllte sie das Becken erneut und wusch sich die Haare. Dann kroch sie über den weißen Pfad zurück in ihr sicheres Bett.

14

Am Samstag wurde Eva erst spät wach, und das Erste, was sie sah, war Brian, der eine Tasse Tee auf ihren Nachttisch stellte.

Das Zweite, was sie sah, war der riesengroße, freistehende Kleiderschrank. Er schien über dem Bett aufzuragen wie eine dunkle, unheilvolle Klippenwand und Luft und Licht aus dem Zimmer zu saugen. Manchmal, wenn ein schwerer Lastwagen am Haus vorbeifuhr, bebte der Schrank. Eva hatte das Gefühl, es war nur eine Frage der Zeit, bis er auf das Bett niederkrachte und sie zerquetschte.

Sie hatte ihre Ängste Brian gegenüber erwähnt und vorgeschlagen, als Ersatz zwei weiße Schränke mit Jalousietüren zu kaufen, doch er hatte sie pikiert angesehen.

»Das ist ein Familienerbstück«, hatte er gesagt. »Meine Mutter hat ihn uns gegeben, als sie ihre Garderobe neu gemacht hat. Mein Vater hat diesen Schrank 1947 gekauft, und er hat meinen Eltern gute Dienste geleistet.«

»Warum hat deine Mutter ihn dann uns angedreht?«, hatte Eva gemurmelt.

Jetzt klingelte das Telefon. Es war für Brian.

Er sagte: »Alex, mein Alter! Was geht ab, Bruder?«

In Evas Richtung formte er mit den Lippen: »Das ist Alexander, der Mann mit dem Lieferwagen.«

Eva wunderte sich, warum Brian so einen komischen Slang sprach. Dem folgenden Gespräch konnte sie nicht entnehmen, welcher Art das Verhältnis zwischen Brian und Alexander war. Sie reimte sich zusammen, dass Alexander später noch einmal anrufen und irgendetwas aus einem von Brians Schuppen wegschaffen sollte. Eva fragte sich, ob Alexander stark genug wäre, den schweren Kleiderschrank ohne Hilfe auseinanderzubauen und wegzuschaffen.

Sie bat Brian, Alexander nach oben zu schicken, wenn er bei ihm fertig war.

Später am Morgen hörte sie den Lieferwagen vor dem Haus. Sie hörte ihn mindestens schon eine Minute, bevor er da war. Er klang wie in einem Trickfilm – als würde der Auspuff über den Boden schleifen – und offenbar war der Motor nicht in Ordnung. Es brauchte vier Versuche, bis die Fahrertür zu war. Eva kniete sich aufs Bett und sah aus dem Fenster.

Ein großer, schlanker Mann mit ergrauten Dreadlocks, die ihm bis zur Taille reichten, und gut sitzenden Kleidern in dezenten Farben nahm eine Werkzeugtasche aus dem Lieferwagen. Als er sich umdrehte, sah sie, dass er sehr attraktiv war. Sie fand, er sah aus wie ein afrikanischer Aristokrat. Er hätte für die Skulpturen im Schaufenster des Ethnoladens in der Innenstadt Modell stehen können.

Er klingelte.

Sie hörte, wie Brian, laut und jovial, Alexander bat, den Seiteneingang zu benutzen. »Kümmere dich nicht um das Durcheinander, meine Alte feiert krank!«

Als Alexander aus ihrem Blickfeld verschwand, fuhr sich Eva mit den Fingern durchs Haar und versuchte, ihm Volumen zu geben. Eilig stand sie auf, breitete wieder das Bettlaken über den Boden und ging ins Bad, wo sie sich schminkte und mit Chanel N° 5 einsprühte.

Dann, nachdem sie ihr Bett wieder erreicht hatte, zog sie das Laken hoch und wartete.

Als Eva Alexanders Stimme im Flur hörte, rief sie: »Oben, zweite Tür rechts.«

Er lächelte zum Gruß, als er sie sah. »Bin ich hier richtig?«

»Ja«, sagte sie und deutete auf den Schrank.

Er sah hin und lachte. »Ja, ich verstehe, warum Sie den loswerden wollen. Sieht aus wie ein Holz-Stonehenge.« Er öffnete die Türen und sah hinein.

Brian und Evas Kleider waren noch drin.

»Wollen Sie ihn nicht ausräumen?«

»Nein«, sagte sie. »Ich muss im Bett bleiben.«

»Tut mir leid, ich wusste nicht, dass Sie krank sind.«

Sie sagte: »Ich bin nicht krank. Ich ziehe mich zurück von der Welt ... denke ich.«

»Ja? Tja, das macht jeder auf seine Weise. Sie bleiben also im Bett?«

Sie sagte: »Ich muss.«

»Und wo soll ich die Sachen hintun?«

Es dauerte Stunden, bis ihre Seite des Schranks leer geräumt war.

Sie entwickelten ein System. Alexander holte vier große Müllsäcke aus der Küche. Einen für den Recyclinghof, einen für die Altkleidersammlung, einen dritten für E-Bay und den letzten für den Secondhandladen,

den Alexanders Schwester im neuerdings angesagten Deptford betrieb. Für Schuhe gab es einen Extrasack.

Es dauerte so lange, weil jedes Kleidungsstück eine Erinnerung wachrief. Da war ihre letzte Schuluniform – grauer Faltenrock, weiße Bluse und grüner Blazer mit roter Borte –, die sie getragen hatte, bis sie von der Schule abgegangen war. Der Anblick schockierte Eva. Sie war wieder sechzehn, die schwere Hand des Versagens auf der einen Schulter, eine wuchtige Tasche mit Schulbüchern auf der anderen.

Die Uniform kam auf den E-Bay-Stapel.

Alexander zog ein Abendkleid aus dem Schrank. Es war aus schwarzem Chiffon und schulterfrei.

»Also, das gefällt mir«, sagte er.

»Mein erster Sommerball mit Brian an der Universität.« Sie schnupperte am Stoff und roch Patchouli-Öl, Schweiß und Zigaretten. Sie konnte sich nicht entscheiden, auf welchen Stapel es sollte.

Alexander nahm ihr die Entscheidung ab. Er legte es in den Secondhandladen-Sack. Von da an war er es, der die Kleider sortierte.

Es gab Strandkleider mit Nackenbändern, die sie am Meer getragen hatte. Es gab jede Menge Jeans: Boot Cut, gerade geschnitten, Schlagjeans, weiße Jeans, blaue, schwarze. Er weigerte sich, ein cremefarbenes Chiffon-Abendkleid auszusortieren, das sie bei einem Dinner zu Ehren von Sir Patrick Moore getragen hatte, bis sie ihn auf den großen roten Fleck aufmerksam machte, an dem Brians nächtliches Ungeschick mit einem Käse-Rote-Beete-Sandwich schuld war.

Alexander sagte: »Sie sind zu voreilig, Mrs. Biber, meine Schwester vollbringt mit Färbemittel und Nähmaschine Wunder. Das Mädchen kann zaubern.«

Eva zuckte die Schultern und sagte: »Machen Sie damit, was Sie wollen.«

Es gab Abendschuhe von Christian Dior, die Brian Eva mit Steuernachlass gekauft hatte, als sie zum ersten Mal in Paris waren.

»Die sind zu gut, um sie wegzuwerfen«, sagte Alexander. »Sehen Sie sich die Nähte an. Wer hat die gemacht? Eine Schar Elfen?«

Eva schauderte bei der Erinnerung daran, wie sie in ihren schönen neuen Schuhen mit Mieder und Strümpfen in der schmuddeligen, kalten Mansarde am Rive Gauche auf und ab hatte stolzieren müssen.

»Vielleicht habe ich mich nicht klar ausgedrückt«, sagte sie. »Alle meine Sachen müssen weg. Ich fange neu an.«

Er sagte: »E-Bay, denke ich«, und sortierte weiter.

»Nein, die sind für Ihre Schwester.«

»Sie sind zu großzügig, Mrs. Biber. Ich bin nicht hier, um sie auszunutzen.«

»Ich möchte, dass sie jemand bekommt, der sie zu schätzen weiß.«

»Wollen Sie nicht wenigstens einen Anteil des Geldes?«

Eva sagte: »Ich brauche kein Geld mehr.«

Nachdem Alexander Brians vorwiegend schlammfarbene Sachen in Säcke gefüllt und auf den Treppenabsatz gestellt hatte, war der Schrank leer. Er benutzte einen Elektroschrauber, um Türen und Einbaufächer abzumontieren.

Erst sprachen sie nicht, wegen des Lärms.

Als es wieder ruhig war, sagte sie: »Tut mir leid, dass ich Ihnen keine Tasse Tee machen kann.«

»Keine Sorge. Ich trinke nur Kräutertee. Ich habe eine Thermoskanne dabei.«

Sie sagte: »Wie ist Brian auf Sie gekommen?«

»Ich und meine Kinder sind durch die Straßen gegangen und haben Handzettel durch die Briefschlitze gesteckt. Ich bin Maler – aber niemand will meine Bilder kaufen. Sie sind meine ersten Kunden.«

Eva fragte: »Was für Bilder malen Sie denn?«

»Landschaftsbilder. Die Fens. Leicestershire. Ich liebe die englische Landschaft.«

Sie sagte: »Als Kind habe ich auf dem Land gelebt. Gibt es auf Ihren Bildern auch Menschen?«

»Ich male früh morgens«, sagte er, »wenn noch niemand unterwegs ist.«

»Um das Licht bei Tagesanbruch einzufangen?«, fragte Eva.

»Nein«, sagte Alexander, »die Leute bekommen es mit der Angst, wenn sie einen schwarzen Mann auf einem Acker sehen. Ich habe öfters Bekanntschaft mit der Polizei von Leicestershire gemacht. Anscheinend fahren Juden nicht Ski und Schwarze malen nicht.«

Eva sagte: »Was können Sie sonst noch?«

»Tischlern. Was man als Handwerker so kann – malen und tapezieren, Gartenarbeit, Sachen schleppen. Ich spreche fließend Italienisch, und ich war zehn Jahre ein böser Bube, ein Börsenfuzzi.«

»Was ist passiert?«

Er lachte: »Die ersten fünf Jahre lief es super. Wir wohnten in einem großen Haus in Islington, und ich habe meiner Mutter daheim in Leicester ein kleines Haus mit Garten gekauft. Sie buddelt gern im Dreck. Aber fragen Sie mich nicht nach den nächsten fünf Jahren – hab mir zu viel Zeug in die Nase gepfiffen, mein Kühlschrank war voll mit lächerlich teurem Schampus. Ich hab's kaputt gemacht – und mich auch. Ich habe die ersten fünf Jahre meiner Kinder verpasst. Ich war am Sterben, nehme ich an – aber es ist niemandem aufgefallen, weil es uns allen so ging. Ich hab für Goldman Sachs gearbeitet. Meine Frau mochte mich nicht mehr.

Wir waren auf dem Weg nach Hause, in einem Wagen, den ich erst seit zwei Tagen hatte. Er war zu groß für mich, zu schwer. Sie fing an zu nörgeln, ich hätte die Kinder seit einer Woche nicht gesehen und niemand würde sechzehn Stunden am Tag arbeiten.« Er sah Eva ins Gesicht und sagte: »Ich *habe* sechzehn Stunden am Tag gearbeitet. Es war irre. Ich wurde laut, sie zeterte über meinen Kokskonsum, ich verlor die Kontrolle, wir kamen von der Straße ab und fuhren gegen einen Baum – kein besonders großer, eher ein mickriger Baum. Man sah gar nicht, dass sie tot war. Danach bin ich mit meinen Kindern zurück nach Leicester.«

Es entstand ein langes Schweigen.

Dann sagte Eva: »Bitte, erzählen Sie mir keine traurigen Geschichten mehr.«

»Ist eigentlich auch nicht meine Art«, sagte Alexander. »Wenn Sie mir eine Liste mit allen Arbeiten machen, die ich für Sie erledigen soll, mache ich Ihnen einen Kostenvoranschlag. Das einzige Problem könnte sein, dass ich meine Kinder von der Schule abholen muss ...« Er zögerte. »Mrs. Biber, darf ich mir eine Bemerkung erlauben? Ihre Kleider sind irgendwie nicht stimmig.«

Eva war ungehalten. »Wie sollen sie stimmig sein, wenn ich nicht weiß, wer ich bin? Manchmal wünschte ich, wir müssten Uniform tragen wie die Chinesen während der Kulturrevolution. Die mussten sich keine Gedanken machen, was sie morgens anziehen. Die hatten eine Uniform – weite Hosen und Kittel. Das hätte ich auch gern.«

»Mrs. Biber, ich weiß, wir haben uns gerade erst kennengelernt«, sagte Alexander, »aber wenn es Ihnen besser geht, würde ich gern mit Ihnen shoppen gehen, um Ihnen von Hosenröcken und Haremshosen und allem, was ärmellos ist, abzuraten.«

Eva lachte. »Vielen Dank. Aber ich bleibe hier, in diesem Bett. Für ein Jahr.«

»Ein Jahr?«

»Ja.«

»Warum?«

»Ich hab ein paar Dinge zu erledigen. Ich muss mich sortieren.«

Alexander setzte sich auf die Bettkante. Eva machte ihm Platz. Sie betrachtete sein Gesicht mit Wohlgefallen. Es strahlte vor Gesundheit und Lebensfreude. »Er könnte jemanden glücklich machen«, dachte sie. »Aber nicht mich.« Eine seiner Dreadlocks musste neu gezwirbelt werden. Eva nahm sie automatisch und fühlte sich daran erinnert, wie sie Briannes Haar jeden Morgen vor der Grundschule geflochten hatte. Sie hatte sie mit Zöpfen und Schleifen losgeschickt und jeden Nachmittag kam Brianne aus der Schule, die Schleifen verschwunden, die Zöpfe aufgelöst.

Alexander legte seine Hand auf Evas, um sie sanft zu bremsen. Er sagte: »Mrs. Biber, fangen Sie lieber nichts an, was Sie nicht beenden können.«

Eva ließ die Strähne fallen.

»Es dauert länger, als Sie denken«, sagte er leise. »Um vier Uhr muss ich meine Kinder abholen. Sie sind auf einer Geburtstagsfeier.«

»Ich habe diesen ›Zeit, die Kinder abzuholen‹-Wecker immer noch im Kopf«, sagte sie.

Später, als die Einzelteile des Schranks nach draußen geräumt waren, fragte Eva Alexander, wie viel sie ihm schuldete.

Er sagte: »Ach, geben Sie mir fünfzig Pfund, zusätzlich zu dem, was Ihr Mann mir schon gegeben hat, um das Doppelbett umzustellen.«

»Welches Doppelbett?«, fragte Eva.

»Das in seinem Schuppen.«

Eva sagte nichts, zog jedoch die Augenbrauen hoch.

Er fragte: »Soll ich das Holz wegbringen? Das ist massives Mahagoni. Ich könnte etwas daraus bauen.«

»Tun Sie damit, was Sie wollen – meinetwegen verbrennen Sie es.«

Bevor er ging, fragte er: »Gibt es sonst noch etwas, das ich für Sie tun kann?«

Aus irgendeinem Grund erröteten beide, er und Eva. Es war ein Moment. Sie war fünfzig, aber hübscher, als sie wusste.

Sie sagte: »Sie könnten die restlichen Möbel für mich entsorgen.«

Er sagte: »Alle?«

»Alle.«

»Also, dann ... *arrivederci, Signora.*«

Sie lachte, als sie hörte, wie der Lieferwagen anfuhr. Einmal war sie im Zirkus gewesen, und das Clownsauto hatte ganz ähnlich geklungen. Sie ließ sich in die Kissen zurücksinken und lauschte angestrengt, bis nichts mehr zu hören war.

Jetzt, wo der Schrank weg war, wirkte das Schlafzimmer riesig. Sie freute sich darauf, Alexander wiederzusehen. Sie würde ihn bitten, ein paar seiner Bilder mitzubringen.

Sie war neugierig, ob sie etwas taugten.

15

Poppy lag ausgestreckt auf Briannes Bett und trug Wimperntusche auf ihre kurzen Stummelwimpern auf. Brianne saß an ihrem Schreibtisch und versuchte, vor der Abgabefrist um vierzehn Uhr einen Essay fertig zu schreiben. Es war 13.47 Uhr.

Poppy ließ das Mascarabürstchen fallen, und es kullerte über ihr weißes T-Shirt. »Fucking fuckety fuck!«, fluchte sie. »Warum kaufst du keine anständige Wimperntusche?« Sie lachte kurz auf – sie wusste, dass sie nicht zu weit gehen durfte. Auf ihrem Flur waren ihr nur wenige Freunde geblieben. Es hatte einige Vorfälle von Diebstahl gegeben, Lebensmittel und Zigaretten waren verschwunden.

Brianne starrte aus dem Fenster und feilte am letzten Absatz eines Essays, den ihre Dozenten mit »Unendlichkeit: Eine endlose Debatte?« betitelt hatten. Der Blick aus dem Fenster fiel auf identische Wohnblocks, junge Bäume und metallisch blaugraue Regenwolken. Sie war seit zwei Wochen hier und hatte immer noch Heimweh nach ihrer Mutter. Ohne die vielen kleinen Dinge, die Eva für sie getan hatte, so lange sie denken konnte, wusste sie nicht, wie sie es hinbekommen sollte, sich wohl zu fühlen.

Brianne sagte: »Meine Mutter hat mir die Schminksachen gekauft, aber ich benutze sie nie.«

»Das solltest du aber«, sagte Poppy. »Du hast echt eine Hackfresse. Es muss dich voll ankotzen, dass dein Bruder so *hübsch* ist. Wie grausam ist das denn? Hat dir noch nie jemand eine Schönheitsoperation nahegelegt?«

Briannes Hände erstarrten über der Tastatur ihres Laptops. Sie wusste, dass sie nicht besonders hübsch war, aber als Hackfresse hatte sie sich bisher nicht gesehen.

»Nein«, sagte sie, »mir hat noch nie jemand nahegelegt, dass ich eine Schönheitsoperation brauche.« Tränen traten ihr in die Augen.

»Jetzt sei nicht so dramatisch. Ich glaube daran, dass man grausam sein muss, um Gutes zu bewirken.« Poppy legte einen Arm um Briannes Schultern. »Ich sag dir, was du brauchst.«

Die Abgabefrist für das Essay verstrich, während Poppy die Mängel aufzählte, die Briannes Zukunft ruinieren würden, wenn sie sich nicht »unters Messer legte«.

Poppy sagte: »Männern ist es piepegal, wie *intelligent* eine Frau ist. Jedenfalls den Männern, die was taugen. Die interessiert nur, wie wir aussehen. Mit wie vielen Typen habe ich seit meinem ersten Tag an der Uni geschlafen?«

»Mit zig«, sagte Brianne. »Mit zu vielen.«

»Spiel hier nicht den Moralapostel«, fauchte Poppy. »Du weißt genau, dass ich nicht allein schlafen kann – nicht, seit dieses Monster meinen Körper geschändet hat.«

Brianne war nicht neugierig auf das »Monster«. Sie wusste, dass es nicht existierte.

Poppy warf sich aufs Bett und fing an zu jammern wie ein Klageweib des mittleren Ostens an einem frisch geschaufelten Grab.

Brianne hatte immer geglaubt, ihre Mutter nur leidlich gern zu haben, doch jetzt sehnte sie sich nach ihrer Stimme. Sie ging nach draußen in den Flur und rief Evas Handy an, doch es war ausgeschaltet. Sie öffnete die Tür zu Brian juniors Zimmer.

Er saß an seinem Schreibtisch, die Hände über den Ohren, die Augen geschlossen.

Sie sagte: »Mums Handy ist tot! Ich muss mit ihr über Poppy sprechen.«

Brian junior öffnete die Augen und sagte: »Ich brauche sie auch, Bri. Poppy ist schwanger, und sie sagt, ich bin der Vater.«

Die Zwillinge sahen sich an und umarmten sich.

Sie versuchten, zu Hause anzurufen. Das Telefon klingelte und klingelte und klingelte.

Brianne sagte: »Mum geht immer ans Telefon. Wir müssen Dad bei der Arbeit anrufen. Jedenfalls kann sie gar nicht wissen, ob sie schwanger ist, ihr habt euch doch erst vor vierzehn Tagen kennengelernt.«

»Ich glaub auch nicht, dass ich sie geschwängert habe«, sagte Brian junior. »Sie ist in mein Bett gekommen. Sie hat sich wegen irgendwas aufgeregt.«

Beide hörten das hysterische Geheul, das aus Briannes Zimmer drang. Auf dem Flur waren besorgte Stimme zu hören.

Das Handy ihres Vaters klingelte achtmal, bevor die Mailbox ansprang: »Dr. Biber kann Ihren Anruf zur Zeit nicht entgegennehmen. Bitte hinterlassen Sie nach dem Signalton eine Nachricht. Oder aber Sie schreiben eine E-Mail an doctorbrian dot biber @ leic dot ac dot uk. Wenn ich Ihre Nachricht für ausreichend wichtig erachte, setze ich mich mit Ihnen in Verbindung.«

Als Brianne in ihr eigenes Zimmer zurückkehrte, fand sie eine kleine Gruppe Studenten vor. Ho saß auf dem Bett und hielt Poppy im Arm.

Er sagte: »Brianne, ich denke, du kein guter Mensch! Du sagen zu Poppy, sie Schlampe und Hure! Und an diese Tag ihre Mutter und Vater abstürzen mit ihre kleine Flugzeug und gebracht auf Intensivstation.«

Ein mitfühlendes Raunen ging durch die kleine Menge, dann richteten sich alle Blicke missbilligend auf Brianne.

Brianne sagte: »Sie hat überhaupt keine Eltern. Sie ist Waise.«

Poppys Schluchzen wurde lauter. »Wie kannst du das sagen? Sie waren besser zu mir als alle leiblichen Eltern es je hätten sein können. Sie haben mich *ausgesucht*.«

Ho sagte: »Bitte verlasse diese Zimmer, sofort!«

Brianne sagte schwach: »Das ist *mein* Zimmer, und sie trägt mein Armband und meine Wimperntusche.«

Ein koreanischer Student mit strengem Pony und amerikanischem Akzent bestürmte Brianne: »Poppy hat in ihrem Leben so viel durchgemacht, und ihre Adoptiveltern ringen mit dem Tod und du beleidigst sie …«

Poppy befreite sich aus Hos Arm und sagte mit Kleinmädchenstimme: »Ich verzeihe dir, Brianne. Ich weiß, es fehlt dir an emotionaler Intelligenz. Ich kann dir helfen, wenn du mich lässt.«

16

Brian führte missmutig eine Gruppe behinderter Kinder durch das Space Center. Er war sicher, dass manche von ihnen absichtlich die Räder ihrer Rollstühle in seine Waden rammten. Jedes Kind hatte einen eigenen Lehrer dabei. Vor dem Rundgang hatte er das Wort an die Kinder und ihre Betreuer gerichtet.

»Ich bin Dr. Brian Biber und ich arbeite hier als Astronom und Mathematiker. Ich trage alle Daten zusammen, die den Weltraum betreffen, wie zum Beispiel die Entfernungen von einem Stern zum anderen, und beschütze euch vor dem Feuertod durch Kollisionen mit erdnahen Objekten. Also, ich werde euch nicht gönnerhaft behandeln. Ich vermute, dass einige von euch ganz intelligent sind und in der Lage, Informationen zu verarbeiten. Die anderen müssen eben versuchen, so gut wie möglich mitzukommen. Es wäre mir eine große Hilfe, wenn ihr aufhören würdet, mit den Armen zu wedeln. Und *bitte*, versucht die Köpfe stillzuhalten. Und die von euch, die komische Geräusche machen, könntet ihr bitte damit aufhören – das ist furchtbar irritierend.«

Die Lehrer sahen sich untereinander an. Sollten sie etwas zu diesem Mann sagen, der nicht zu verstehen schien, dass heutzutage ein anderes Vokabular in Gebrauch war?

Miss Payne, eine Lehrerin, zu deren Kluft die graue Version der unvermeidlichen Ugg Boots und ein Palästinensertuch gehörten, konnte sich nicht beherrschen. Sie sagte: »Die Bewegungen und Geräusche der Kinder sind unfreiwillig. Die meisten haben Zerebralparese. Tut mir leid, aber Ihre Ausdrucksweise ist absolut inakzeptabel.«

Brian sagte trotzig: »Ich sagte anfangs, ich würde die Kinder nicht gönnerhaft behandeln. Es hilft den bedauernswerten Kreaturen nicht, wenn sie mit akzeptablen Formulierungen eingelullt werden, Madam. Also, sollen wir anfangen? Ich habe nämlich zu tun.«

Miss Payne sagte: »Sie sollten die Broschüre umschreiben, Dr. Biber. Darin steht, Schulklassen sind *willkommen*.«

Einer der Fahrstühle war außer Betrieb. Es dauerte über eine halbe Stunde, bis alle im nächsten Stockwerk waren.

Als Brian von der Arbeit nach Hause kam, fand er zwei schwarze Kinder – einen Jungen und ein Mädchen – in Schuluniform am Küchentisch vor, die Toast aßen und Hausaufgaben machten.

Brians erster Impuls war, kehrt zu machen und wieder zur Tür hinauszulaufen – offensichtlich war er im falschen Haus. Dann sah er seinen Mantel und eine von Evas Jacken an den Kleiderhaken im Flur hängen. Doch wer waren diese Kinder? War der Junge ein Einbrecher und das Mädchen seine Komplizin?

Dann sah er Alexander die Treppe runterkommen. »Thomas, Venus, sagt guten Tag.«

Die Kinder drehten sich um und sagten einstimmig: »Guten Tag.«

Brian rauschte die Treppe hoch und in Evas Schlafzimmer. Es wirkte größer und heller. Der Frisiertisch, der Stuhl und die Kommode waren verschwunden, ebenso die Vorhänge.

Brian sagte: »Diese Möbel waren Familienerbstücke. Einige davon wollte ich an die Zwillinge weitergeben.«

»Alexander hat sie für mich entsorgt. Er soll Wände, Boden und Decke weiß streichen.«

Brian öffnete den Mund wie ein Goldfisch. Dann machte er ihn wieder zu.

Unten schloss Ruby die Haustür auf und schrie, als sie Alexander Toastbrote schmieren sah.

»Tun Sie mir nichts«, flehte sie. »Ich bin nur eine Rentnerin mit Angina und schlimmen Beinen.«

»Tut mir leid, das zu hören«, sagte Alexander. »Möchten Sie eine Tasse Tee?«

»Ja, gern.«

Sie starrte die Kinder an. Alexander stellte die beiden vor, und Ruby setzte sich schwerfällig an den Tisch.

»Ich bin Mrs. Brown-Bird. Ich bin Evas Mutter. Sind Sie ein ›Freund‹ von Eva?«, fragte sie.

»Ein neuer Freund«, sagte er.

»Ach, Sie sind das«, sagte Ruby. »Sie hat mir von Ihnen erzählt. Sie hat gar nicht erwähnt, dass Sie farbig sind.«

Alexander schnitt zwei Scheiben Toast diagonal durch und arrangierte die Dreiecke auf einem Teller mit geometrischem Muster. Er fand eine weiße Serviette und ein kleines Tablett. Er goss Tee in eine Porzellantasse mit passender Untertasse.

Ruby sagte: »Ganz schön viel Gedöns für eine Tasse Tee und eine Scheibe Toast.«

»Man muss die kleinen Dinge im Leben genießen, Mrs. Brown-Bird. An den großen Dingen können wir nichts ändern.«

»Ganz richtig«, sagte Ruby. »Wir alle sind in den Händen des Schicksals. Sehen Sie sich nur Eva an. Eben noch ist sie quietschfidel, und jetzt? Räkelt sich im Bett wie die Königin von Saba ... und sie sagt, sie weiß nicht, wann sie wieder aufsteht! Ich habe sie nicht zu einem faulen Weibsbild erzogen. Mein Mädchen musste an Schultagen um halb sieben und am Wochenende um Punkt acht fertig angezogen sein.«

Alexander sagte: »Die Welt wäre langweilig, wenn wir alle gleich wären.«

Ruby sagte: »Mir würde es sehr zupass kommen, wenn wir alle gleich wären.« Sie sog scharf die Luft durch die Zähne, ohne zu wissen, dass Alexanders Mutter immer mit genau derselben wortlosen Geste ihr Missfallen zum Ausdruck gebracht hatte.

Als Alexander das Tablett für Eva nach oben trug, traf er auf angespanntes Schweigen. Es war, als kämpften Brian und Eva mit unsichtbaren Schwertern.

Brian hockte auf der Fensterbank und tat, als würde er aus dem Fenster sehen. Abgesehen von ein paar Schulkindern und dem gelegentlichen Auto, das sich an die Geschwindigkeitsbegrenzung von 30 km/h hielt, gab es da nicht viel zu sehen. Es gab Bäume, doch Brian war nie ein großer Fan von Bäumen gewesen. Er hatte sogar eine Petition zum Abholzen der Bäume zugunsten von mehr Parkplätzen unterschrieben. Zu Eva hatte er gesagt: »Diese Bäume sind zweihundert Jahre alt. Sie haben ihren Dienst getan.«

Jetzt waren Regen und tiefhängende Wolken angesagt,

was bedeutete, dass Brian heute Nacht nicht in die Sterne gucken konnte. Das war in England nicht selten der Fall – Brian beklagte sich oft darüber, dass Eva sich weigerte, in die australische Wüste zu ziehen, wo der Himmel weit und klar war, ohne die englische Dauerbewölkung.

Alexander fragte Brian, ob er ihm etwas bringen könne. »Tee? Kaffee?«

»Nein!«, schnauzte Brian. »Alles, was ich will, Freundchen, ist, dass du und deine Sprösslinge mein Haus verlassen.«

Eva sagte zu Alexander: »Tut mir wirklich leid, ihm wurde in den letzten beiden Wochen viel abverlangt.«

Alexander sagte: »Ich arbeite für Eva«, und machte sich wieder daran, die Klammern aus dem Teppich zu entfernen.

Alles, was man hörte, war, wie Eva den Toast kaute. Brian hätte ihr den Toast am liebsten aus dem Mund geschlagen. Sie nahm ihre Tasse und gab versehentlich ein unelegantes Schlürfgeräusch von sich. Brian konnte sich nicht mehr beherrschen. Er stapfte im Schlafzimmer auf und ab, vorbei an Alexander, der immer noch auf Händen und Knien den Teppich bearbeitete.

»Was haben eigentlich alle mit diesen albernen Heißgetränken? Weißt du, wie viel Energie man für eine einzige Tasse Tee verschwendet? Tja, du würdest es sowieso nicht verstehen, aber ich sage dir, es ist eine Menge! Und wenn man das mit vierundsechzig Millionen multipliziert, das ist die Bevölkerung Großbritanniens, ist es noch mehr. Ganz zu schweigen von der Zeit, die man darauf wartet, dass das Wasser kocht und der Tee abkühlt, und der Zeit, die man zum Trinken braucht. Währenddessen stehen die Maschinen am Arbeitsplatz still, niemand füllt die Supermarktregale auf, Lastwagen sitzen in Parkbuchten fest. Und was ist mit unseren Kollegen von der Gewerkschaft? Deren Teepausen sind im Gesetz verankert! Wer weiß, wie viele Objekte wir im Space Center verpasst haben, weil irgendein Idiot dem Teleskop gerade den Rücken zugewandt hat, als ein wichtiges Weltraumschrottteil vorbeigeflogen ist. Und das alles nur, weil jemand während der Arbeitszeit einen Blätter- oder Bohnenaufguss trinken wollte! Es ist eine Schande für dieses Land!«

Alexander sagte zu Brian: »Dann möchten Sie also *kein* Heißgetränk?«

Eva sagte: »Eine Tasse Tee ist mehr als heißes Wasser und Blätter. Du bist so ein Reduktionist, Brian. Ich erinnere mich noch an die Nacht, in der du gesagt hast: ›Ich verstehe nicht, was die Leute an Sex finden. Was passiert dabei schon groß, außer dass ein Penis in eine Vagina gesteckt wird?‹«

Alexander packte sein Werkzeug ein und lachte. »Schön zu wissen, dass es noch Romantik gibt. Soll ich morgen wiederkommen, Eva?«

»Bitte.«

Eva wartete, bis sie Alexanders Lachen in der Küche hörte, dann sagte sie: »Brian, liebst du mich noch?«

»Ja, natürlich.«

»Würdest du etwas für mich tun?«

»Nun, solange ich nicht mit einem Krokodil ringen soll?«

»Nein, aber ich habe mich gefragt, ob du eine Weile in deinem Schuppen schlafen könntest.«

»Was heißt ›eine Weile‹?«, fragte Brian angriffslustig.

»Ich weiß nicht«, sagte Eva. »Vielleicht eine Woche, ein Monat, ein Jahr?«

»Ein Jahr? Ich schlaf doch nicht ein ganzes Jahr in dem blöden Schuppen!«

»Ich kann nicht denken, wenn du im Haus bist.«

Er sagte: »Sag mal, können wir den Scheiß jetzt lassen? Worüber musst *du* denn nachdenken?«

»Über alles. Schwitzen Elefanten? Ist der Mond nur eine Erfindung der Songwriter? Waren wir je glücklich zusammen?«

Brian sagte sanft: »Ich bin Mensa-Mitglied. Ich kann dir das Denken abnehmen.«

»Brian, ich kann dich durch die Wand atmen hören.«

Er sagte kalt: »Und wie willst du dich ernähren, wenn du das Bett nicht verlässt? Denn ich werde dich nicht füttern. Hoffst du, dass eine fluffige Vogelmutti dich mit Würmern versorgt, wenn du laut genug piepst?«

Sie wusste nicht, wer sie füttern würde, deshalb schwieg sie.

Er kämmte sich den Bart, dann verließ er das Zimmer und knallte die Tür so laut hinter sich zu, dass der Rahmen bebte. Als er am Fuß der Treppe angekommen war, konnte er sich nicht länger beherrschen und schrie: »Du bist ja verrückt. Du brauchst Medikamente! Ich rufe beim Arzt an und mache einen Termin! Es wird Zeit, dass jemand meinen Standpunkt hört!«

Wenige Minuten später stahl sich der Duft von gebratenem Speck die Treppe hoch.

Eva lief das Wasser im Mund zusammen. Brian kannte ihre Schwäche für Speck, es war der Grund dafür, dass sie nichtpraktizierende Vegetarierin war. Sie war sogar so weit gegangen, Speck per Post bei einer renommierten Schweinefarm in Schottland zu bestellen. Immer wenn jemand herausfand, dass Eva Speck per Lastschrift bezahlte, hielt sie eine kleine Rede. Sie sagte dann: »Ich trinke weder, noch rauche ich (eine Lüge) und ich gebe nie etwas für mich aus (unwahr), also darf ich mir wohl ab und zu ein paar Scheiben Speck gönnen.«

Sie lag im Bett, sah das Licht schwinden und bemerkte das letzte sterbende Blatt, das noch an einem Ast des Ahorns hing. Sie beschloss, dass sie die Speckrede nie wieder halten würde. Sie war banal und langweilig – und glatt gelogen.

Unten in der Küche stellte Brian Alexander zur Rede. »Würdest du bitte aufhören, meine Frau zu bedienen? Du ermutigst sie nur dazu, im Bett zu bleiben. Und ich kann dir jetzt schon sagen, dass es mit Tränen endet.«

Venus und Thomas blickten von ihren Hausaufgaben auf. Ruby, die am Spülbecken stand, drehte sich um, erschrocken über den angriffslustigen Ton in Brians Stimme.

Alexander öffnete die Arme und sagte leise: »Ich kann sie schließlich nicht verhungern und verdursten lassen, oder?«

»Doch! Doch, das kannst du!«, schrie Brian. »Dann würde sie ihren faulen Arsch vielleicht in die Küche bewegen.«

Alexander sagte: »Pst, nicht so laut, Mann, es sind Kinder im Raum.« Er fuhr fort: »Eva nimmt sich eine Auszeit. Sie muss nachdenken.«

»Nun, sie denkt wohl kaum über mich nach. Ich weiß nicht, was mit ihr los ist. Ich glaube, sie wird verrückt.«

Alexander zuckte die Schultern und sagte: »Ich bin kein Psychiater. Ich fahre einen Lieferwagen, und morgen entsorge ich den Teppich deiner Frau.«

»Das wirst du schön sein lassen. Wenn du es wagst, in dieses Haus zurückzukommen, rufe ich die Polizei«, sagte Brian.

Ruby sagte: »Immer mit der Ruhe, Brian. Dieses Haus hat noch nie ein Polizist betreten, und so soll es auch bleiben.« Zu den Kindern sagte sie: »So, meine Kleinen, an eurer Stelle würde ich mich jetzt anziehen. Ich glaube, euer Vater möchte los.«

Alexander nickte und reichte den Kindern ihre Jacken. Während sie sich hineinzwängten, ging er zum Fuß der Treppe und rief: »Tschüs, Eva! Wir sehen uns morgen!« Er wartete auf eine Antwort.

Als keine kam, dirigierte er seine Kinder zur Haustür.

Brian folgte ihnen. Als Alexander und die Kinder durch die Tür waren, sagte er: »Du wirst Eva morgen bestimmt nicht sehen. Also, auf Wiedersehen! Und ein schönes Leben noch!«

17

Brian war in Leicester aufgewachsen und ein schlauer kleiner Bursche gewesen. Kaum war er in der Lage, mit seinen sechsundzwanzig ABC-Bauklötzen umzugehen, fing er an, sie zu Mustern zu ordnen. Als Nächstes baute er wackelige Türme, die nicht ein einziges Mal umkippten. Dann, eines Tages, kurz vor seinem dritten Geburtstag buchstabierte er zu jedermanns Erstaunen den Satz: »Mir ist langweilig.«

Sein Vater Leonard begann, Brian leichte Plus-Aufgaben beizubringen. Bald addierte, multiplizierte und dividierte das Kind. Stets schweigend. Sein Vater arbeitete in einer Strumpfhosenfabrik und kam oft erst nach Hause, wenn Brian schon im Bett war. Leider sprach Yvonne nicht mit ihrem kleinen Sohn. Sie wanderte mit grimmiger Entschlossenheit durchs Haus, in einer Hand das Staubtuch, in der anderen einen feuchten Lappen. In ihrem Mundwinkel steckte stets eine Embassy-Filterzigarette. Sie war keine Frau, die ihre Gefühle offen zeigte, doch hin und wieder bedachte sie Brian mit einem derart heimtückischen Blick, dass er kurzzeitig in einen tranceartigen Zustand verfiel.

An seinem ersten Tag in der Vorschule klammerte er sich an Yvonnes Beinen fest. Als sie sich bückte, um seine Hände loszulösen, fiel ein großes Stück glühender Asche von ihrer Zigarette auf seinen Kopf. Yvonne versuchte, die Asche wegzuschnipsen, verteilte sie dabei aber nur auf Brians Gesicht und Hals. Ein Stück schwelte in seinem Haar, so dass Brians erster Morgen, den er auf einem Feldbett in einer Ecke des Klassenzimmers verbrachte, ganz im Zeichen erster Hilfe stand. Seine Lehrerin war ein hübsches junges Mädchen mit goldenem Haar, das zu Brian sagte, er solle sie Miss Nightingale nennen.

Erst am Nachmittag, als die anderen Kinder mit Wachsstiften auf Bastelpapier malten und Brian sein Blatt mit geometrischen Formen füllte, wofür er einen frisch angespitzten Bleistift benutzte, entdeckten Miss Nightingale und die Schule, dass sie ein Wunderkind in ihrer Verantwortung hatten.

Nachdem er das automatische Terminvergabesystem überlistet hatte, war es Brian gelungen, einen persönlichen Termin bei Dr. Lumbogo zu bekommen. Brian hatte am Telefon seinen akademischen Titel benutzt, Dr. Biber. Er fand, dass es sich meist auszahlte, seinen Status vor einem Arzttermin klarzustellen. Das verwies die verdammten Generalisten in ihre Schranken.

Jetzt saß er im Wartezimmer und las ein zerfleddertes Exemplar der *Lancet*. Er war in einen Artikel über die relative Größe des männlichen und weiblichen Gehirns vertieft. Es gab einleuchtende Beweise dafür, dass das männliche Gehirn ein winziges Bisschen größer war. Eine weibliche Hand hatte an den Rand geschrieben: »Und warum können diese schwachsinnigen Hirngiganten keine Klobürste benutzen?«

»Gestörte Feministin«, murmelte Brian vor sich hin.

Ein betagter Sikh tippte ihm auf die Schulter und sagte: »Doktor? Ihre Zeit ist gekommen.«

Für den Bruchteil einer Sekunde dachte Brian, der weise aussehende Sikh würde seinen unmittelbar bevorstehenden Tod prophezeien. Dann sah er, dass die elektronische Anzeige an der Wand über der Rezeption rot blinkte: »Dr. Bee«.

Er sagte zu dem Mann: »Ich kann mir nicht vorstellen, dass es diesen Blinklicht-Quatsch in Pakistan gibt.«

»Keine Ahnung«, erwiderte der Turbanträger. »Ich war noch nie in Pakistan.«

Dr. Lumbogo sah kurz auf, als Brian durch die Tür hastete. »Dr. Bee, bitte nehmen Sie Platz.«

»Ich bin Dr. Biber«, sagte Brian. »Ihre Anlage hat ...«

»Nun, wie kann ich Ihnen helfen?«

»Es geht um meine Frau. Sie liegt im Bett und sagt, sie gedenkt, es ein Jahr lang nicht mehr zu verlassen.«

»Ja«, sagte der Arzt. »Mein Kollege Dr. Bridges war schon bei Ihrer Frau. Die Untersuchungen zeigen, dass sie gesundheitlich in ausgezeichneter Verfassung ist.«

»Davon weiß ich nichts«, sagte Brian. »Reden wir über dieselbe Frau?«

»Oh, ja«, sagte Dr. Lumbogo. »Er hat festgestellt, dass sie kerngesund ist und ...«

Brian sagte: »Aber sie ist nicht bei *Verstand*, Doktor! Sie hat angefangen, sich beim Kochen ein Badehandtuch umzuwickeln! Ich habe ihr jedes Jahr zu Weihnachten eine Schürze gekauft, also warum ...?«

Dr. Lumbogo sagte: »Nicht so schnell! Betrachten wir die Geschichte mit dem Badehandtuch etwas genauer. Sagen Sie, Dr. Bee, wann hat das angefangen?«

»Zum ersten Mal ist es mir vor etwa einem Jahr aufgefallen.«

»Und erinnern Sie sich noch, Dr. Bee, was sie gekocht hat?«

Brian dachte nach. »Keine Ahnung, es war etwas Braunes, das in einem Topf blubberte.«

»Und das spätere Tragen des Badehandtuchs? Erinnern Sie sich noch an die Gerichte, die sie gekocht hat?«

»Ich bin fast sicher, dass es irgendetwas Italienisches oder Indisches war.«

Dr. Lumbogo beugte sich ruckartig über den Tisch, richtete den Zeigefinger auf Brian wie eine Pistole und rief: »Ha! Nie Salat.«

Brian sagte: »Nein, nie Salat.«

Dr. Lumbogo lachte und sagte: »Ihre Frau hat Angst vor den Spritzern, Dr. Bee. Ihre Schürzen sind für ihre Bedürfnisse unzureichend.« Er senkte dramatisch die Stimme. »Ich sollte die Verschwiegenheitspflicht nicht verletzen, aber meine eigene Mutter trägt zum Fladenbrotbacken einen alten Mehlsack. Frauen sind rätselhafte Wesen, Dr. Bee.«

»Das ist nicht das Einzige«, sagte Brian. »Bei den Fernsehnachrichten weint sie: Erdbeben, Überschwemmungen, verhungernde Kinder, Rentner, die man um ihre Ersparnisse betrogen hat. Neulich abends, als ich von der Arbeit nach Hause kam, saß sie schluchzend vor dem Fernseher, weil in Nottingham ein Haus abgebrannt war!«

»Gab es Todesopfer?«, fragte Dr. Lumbogo.

»Zwei«, sagte Brian. »Kinder. Aber die Mutter – alleinerziehend natürlich – hatte noch drei übrig!« Brian kämpfte mit den Tränen. »Sie braucht was Chemisches. Ihre Emotionen schwanken zwischen himmelhoch jauchzend und zu Tode betrübt. Der Kühlschrank ist leer, der Wäschekorb quillt über, und sie hat mich sogar gebeten, ihre körperlichen Ausscheidungen zu entsorgen.«

Dr. Lumbogo sagte: »Sie sind sehr erregt, Dr. Bee.«

Brian fing an zu weinen. »Sie war immer da, in der Küche. Ihr Essen war so lecker. Das Wasser lief mir schon im Mund zusammen, wenn ich aus dem Auto stieg. Der Duft muss durch die Ritzen der Haustür gedrungen sein.« Er nahm ein Taschentuch aus der Box, die der Arzt ihm hinschob, und wischte sich Augen und Nase.

Der Arzt wartete, bis Brian sich gesammelt hatte.

Als er sich beruhigt hatte, fing er an, sich zu entschuldigen. »Tut mir leid, dass ich mich so gehen lasse … ich habe im Moment viel Stress im Job. Einer meiner Kollegen hat einen Aufsatz geschrieben, in dem er die statistische Gültigkeit meiner Abhandlung über Olympus Mons bezweifelt.«

Dr. Lumbago fragte: »Dr. Bee, haben Sie schon mal Cipralex genommen?«, und griff nach seinem Rezeptblock.

18

Jeannette Spears, die 42-jährige Gemeindeschwester, war wenig erfreut, als Dr. Lumbogo sie bat, eine gesunde Frau zu besuchen, die sich weigerte, das Bett zu verlassen.

Während sie ihren kleinen Fiat zu dem ehrbaren Viertel steuerte, wo Mrs. Eva Biber wohnte, beschlugen kleine Tränen des Selbstmitleids ihre Brille, die aussah, als wäre sie von einem Optiker, der mit der Ästhetik der Nazis sympathisierte. Schwester Spears erlaubte sich keine weibliche Zier – es gab nichts, was das harte Leben, das sie für sich gewählt hatte, beschönigte. Die Vorstellung einer gesunden Frau, die sich im Bett herumfläzte, machte sie krank, richtig krank.

Jeannette war jeden Morgen um sieben Uhr startklar – geduscht, in Uniform, Bett gemacht, WC geschrubbt. War es später, geriet sie in Panik – doch vernünftigerweise lagerte sie braune Papiertüten an strategisch günstigen Orten, und nach wenigen Atemzügen war alles wieder in Butter.

Mrs. Biber war ihre letzte Patientin. Es war ein schwieriger Vormittag gewesen: Mr. Kelly mit den stark vereiterten Beinen hatte sie um stärkere Schmerzmittel gebeten, aber, wie sie ihm immer wieder sagte, sie konnte ihm kein Morphium geben. Es bestand die Gefahr, dass er abhängig wurde.

Mr. Kellys Tochter hatte geschrien: »Dad ist zweiundneunzig! Glauben Sie, er endet in der Gosse und spritzt sich Heroin in die Augäpfel?«

Jeannette hatte ihre Schwesterntasche zuschnappen lassen und Kellys Haus verlassen, ohne seine Beine zu behandeln. Sie ließ sich weder anpöbeln noch von den Verwandten der Patienten Vorschriften machen.

Sie verwendete weniger Palliativmedikamente als jede andere Gemeindschwester im Land. Das war offiziell. Schwarz auf weiß. Darauf war sie sehr stolz. Aber sie fand, es hätte ruhig eine Zeremonie mit einer Medaille oder einem Pokal geben können, überreicht von einem V. I. P. der Gesundheitsbehörde – schließlich musste sie im Lauf der Jahre zehntausende von Pfund gespart haben.

Sie parkte vor Evas Haus und blieb kurz sitzen. Das Äußere eines Hauses verriet ihr viel über den Patienten. Ein blühender Blumenkorb war immer ermutigend.

Auf Evas Veranda gab es keinen Blumenkorb. Dafür aber ein Futterhäuschen, Vogeldreck auf dem schwarzweiß gekachelten Boden und nicht ausgespülte Milchflaschen auf der Treppe. In den Ecken lagen Werbeprospekte für Pizza, Curry und chinesisches Essen und tote Ahornblätter. Die Kokosmatte war länger nicht ausgeschüttelt worden. Ein Terracotta-Blumenuntersetzer schien als Aschenbecher zu dienen.

Zu Schwester Spears' Empörung stand die Haustür leicht offen. Sie rieb den Messingknauf mit einem der antibakteriellen Feuchttücher ab, die sie immer in der Tasche hatte. Von oben hörte sie Gelächter. Sie stieß die Tür auf und ging hinein. Sie stieg die Treppe hinauf und folgte dem Lachen. Schwester Spears konnte sich nicht erinnern, wann sie zuletzt laut gelacht hatte. Die Schlafzimmertür war angelehnt, also klopfte sie und ging geradewegs hinein.

Im Bett saß eine glamouröse Frau mit rosa Lippenstift in einem grauen Seidenhemdchen. Sie hatte eine Tüte Thornstons Karamellbonbons in der Hand. Ein junger Mann saß an ihrem Bett und kaute.

Jeannette verkündete: »Ich bin Jeannette Spears. Ich bin die Gemeindeschwester. Dr. Lumbogo hat mich gebeten vorbeizuschauen. Sie sind doch Mrs. Biber?«

Eva nickte. Sie versuchte, mit der Zunge einen Karamellbonbon von einem Weisheitszahn zu lösen.

Der Mann auf dem Bett erhob sich. »Ich bin der Fensterputzer«, sagte er.

Jeannette runzelte die Stirn. »Ich sehe weder Leiter noch Eimer noch Fensterleder.«

»Ich bin nicht im Dienst«, sagte er mit Mühe – wegen des Karamellbonbons. »Ich besuche Eva.«

»Und haben ihr eine Tüte Karamellbonbons mitgebracht, wie ich sehe«, sagte Schwester Spears.

Eva sagte: »Danke, dass Sie gekommen sind, aber ich bin nicht krank.«

»Haben Sie Medizin studiert?«, fragte Schwester Spears.

»Nein«, sagte Eva, die ahnte, worauf der Wortwechsel hinauslief. »Aber ich bin voll qualifiziert, eine Meinung zu meinem eigenen Körper zu haben, ich studiere ihn seit fünfzig Jahren.«

Schwester Spears hatte geahnt, dass sie mit niemandem in diesem Haushalt zurechtkommen würde. Wer immer diese nicht gespülten Milchflaschen auf die Treppe gestellt hatte, war offensichtlich ein Monster.

»Aus Ihrer Karte geht hervor, dass Sie beabsichtigen, mindestens ein Jahr im Bett zu bleiben.«

Eva konnte den Blick nicht von Schwester Spears abwenden, die – zugeknöpft, adrett und blitzblank – aussah wie ein verschrumpeltes Kind in Schuluniform.

»Dann will ich nicht weiter stören. Danke fürs Zuhören, Eva. Wir sehen uns morgen. Sie sind ja hier«, sagte Peter lachend.

Nachdem er gegangen war, knöpfte Schwester Spears ihren marineblauen Gabardinemantel auf. »Ich würde Sie gern auf wund gelegene Stellen untersuchen.«

Eva sagte: »Es gibt keine. Ich trage zweimal täglich Creme auf die betroffenen Stellen auf.«

»Was benutzen Sie?«

»Chanel Bodylotion.«

Schwester Spears konnte ihre Verachtung schwer verbergen. »Nun, wenn Sie Ihr Geld für solche Extravaganzen verschwenden wollen, nur zu.«

»Genau«, sagte Eva. »Vielen Dank.«

Etwas an Schwester Spears störte Eva.

»Ich bin nicht krank«, sagte sie erneut.

»Vielleicht nicht körperlich, aber irgendetwas stimmt mit Ihnen nicht. Es ist wohl kaum *normal*, ein Jahr im Bett bleiben zu wollen und Karamellbonbons zu kauen, nicht wahr?«

Eva kaute ein paar Mal auf ihrem Karamellbonbon und sagte: »Oh, verzeihen Sie, möchten Sie auch einen?« Sie hielt ihr die Tüte hin.

Schwester Spears zögerte, dann sagte sie: »Vielleicht einen kleinen.«

Nach einer gründlichen körperlichen Untersuchung – während der die Schwester noch zwei ziemlich große Brocken Karamell kaute (das war unprofessionell, doch

Süßigkeiten hatten schon immer eine tröstliche Wirkung auf sie gehabt), prüfte sie den geistigen Gesundheitszustand.

Sie fragte: »Welcher Tag ist heute?«

Eva dachte einen Augenblick nach und gab dann zu, dass sie es nicht wusste.

»Wissen Sie, welchen Monat wir haben?«

»Ist noch September oder schon Oktober?«

Schwester Spears sagte: »Wir haben die dritte Oktoberwoche.« Dann fragte sie, ob Eva den Namen des derzeitigen Premierministers wisse.

Wieder zögerte Eva. »Ist es Cameron …? Oder Cameron und Clegg?«

Schwester Spears sagte: »Sie sind also nicht sicher, wer der britische Premierminister ist?«

Eva sagte: »Ich nehme Cameron.«

»Sie haben zwei Mal gezögert, Mrs. Biber. Verfolgen Sie das aktuelle Tagesgeschehen?«

Eva erzählte Schwester Spears, sie habe sich früher sehr für Politik interessiert und nachmittags beim Bügeln die Parlamentsdebatten im Fernsehen verfolgt. Es machte sie wütend, wenn gleichgültige Nichtwähler meinten, alle Politiker wären nur auf den eigenen Vorteil bedacht. Im Stillen schwang sie Reden über die Wichtigkeit des demokratischen Prozesses und betonte die lange und tragische Geschichte des Kampfes für ein allgemeines Wahlrecht – und behauptete irrtümlich, für das Stimmrecht sei sogar ein Rennpferd gestorben.

Doch seit dem Irakkrieg machte sie aus ihrer Verachtung für die politische Klasse keinen Hehl. Was dieses Thema anging, war sie in ihrer Wortwahl nicht zimperlich. Politiker waren »Lügner, Betrüger und Kriegstreiber«.

Schwester Spears sagte: »Mrs. Biber, ich fürchte, ich bin einer der von ihnen geschmähten apolitischen Nichtwähler. Ich würde Ihnen jetzt gern ein wenig Blut abnehmen, für Dr. Lumbogo.«

Sie wickelte einen Venenstauer um Evas Oberarm und nahm die Kappe von einer großen Spritze. Eva starrte auf die Nadel. Eine Nadel dieser Größe hatte sie zuletzt in einer Dokumentation über Nilpferde in Botswana gesehen, wo ein Nilpferd betäubt wurde.

Schwester Spears sagte: »Nur ein kleiner Pieks«, dann vibrierte das kleine Handy am Gürtel ihrer Tracht. Als sie Kellys Nummer sah, war sie erbost. Während sie Eva noch Blut abnahm, stellte sie den Anruf mit einer Hand auf Lautsprecher.

Das erste Geräusch, das Eva hörte, war ein Mann, der schrie, als werde er bei lebendigem Leib verbrannt.

Dann brüllte eine Frauenstimme: »Spears? Wenn Sie nicht in fünf Minuten wieder hier sind, und zwar mit genug Morphium, um Dads Schmerzen zu lindern, werde ich ihm ein Kissen aufs Gesicht drücken! Und ihn *umbringen*!«

Schwester Spears sagte, ziemlich gefasst: »Ihr Vater bekommt das für sein Alter und seinen Zustand angemessene Quantum Tramadol. Noch mehr Opiate könnten zu Überdosierung, Koma und Tod führen.«

»Genau das wollen wir!«, rief die Frau. »Wir wollen ihn erlösen. Wir wollen seinen Tod!«

»Und das wäre Vatermord und Sie würden ins Gefängnis wandern. Und ich habe hier einen Zeugen.«

Schwester Spears sah Eva an und wartete auf ihr Nicken.

Eva beugte sich zum Telefon und rief: »Rufen Sie einen Krankenwagen! Bringen Sie ihn in die Notaufnahme. Die geben ihm etwas gegen die Schmerzen und werden Schwester Spears fragen, warum sie einen Patienten so leiden lässt.«

Mr. Kellys Schreie waren unerträglich.

Evas Herz schlug so schnell wie ein aufziehbares Trommelmännchen.

Schwester Spears rammte die Nadel tiefer in Evas Arm, riss sie heraus und beendete gleichzeitig das Gespräch.

Eva stieß einen Schmerzensschrei aus. »Sie könnten ernsthafte Schwierigkeiten bekommen. Warum geben Sie ihm nicht, was er braucht?«

Schwester Spears sagte: »Harold Shipman ist schuld. Er hat über zweihundert Patienten mit Morphium umgebracht. Seitdem müssen wir vorsichtig sein.«

Eva sagte: »Ich ertrage das nicht.«

Schwester Spears sagte: »Ich werde dafür bezahlt, es zu ertragen.«

19

In den nächsten Tagen sah Alexander Eva häufig. Er entsorgte das Radio, den Fernseher, die Nachttische, das Telefon, die Meeresbilder, das Modell des Sonnensystems, bei dem Jupiter fehlte, und ganz zum Schluss Evas Billy-Regal von Ikea.

Er hatte das gleiche zu Hause, allerdings hätten die Bücher darin nicht unterschiedlicher sein können.

Alexanders Bücher waren makellose schwere Bände über Kunst, Architektur, Design und Fotografie. Zusammen waren sie so schwer, dass das Regal mit langen Mauerschrauben an der Wand befestigt werden musste. Evas Bücher waren englische, irische, amerikanische, russische und französische Literaturklassiker, darunter sowohl zerfledderte Taschenbücher als auch Erstausgaben. *Madame Bovary* befand sich in nächster Nähe von *Tom Jones*, und *Rabbit Redux* stand neben *Der Idiot*. Die arme, brave Jane Eyre wurde von David Copperfield und Lucky Jim flankiert. *Der kleine Prinz* stand Rücken an Rücken mit *Eine Pfarrerstochter*.

Sie sagte: »Viele davon besitze ich seit meiner Jugend. Die meisten Taschenbücher habe ich vom Leicester Market.«

Alexander fragte: »Die behältst du doch, oder?«

»Nein«, sagte Eva.

»Die darfst du nicht weggeben«, sagte er.

»Kannst du sie nehmen?«, fragte sie, und es klang, als wären die Bücher Waisenkinder, die ein neues Zuhause suchten.

»Ich nehme die Bücher gern, aber ich kann kein Regal mehr bei mir unterbringen. Ich wohne in einem Mauseloch«, sagte er. »Aber was ist mit Brian und den Kindern – wollen die sie nicht?«

»Nein, das sind Zahlenmenschen, sie misstrauen Worten. Also, nimmst du sie mit zu dir nach Hause?«

»Na gut.«

Eva sagte: »Lügst du mich bitte an und versprichst mir, sie zu lesen? Bücher müssen gelesen werden.«

»Oh Mann, du liebst diese Bücher. Warum gibst du sie weg?«

»Seit ich lesen gelernt habe, sind sie eine Art Betäubungsmittel für mich. Ich kann mich an die Zeit nach der Geburt der Zwillinge kaum erinnern, aber ich weiß noch genau, welches Buch ich gelesen habe.«

»Und welches war es?«

»Es war *Das Meer, das Meer*. Ich fand es toll, zwei Babys im Arm zu halten, aber – und das findest du sicher schlimm – nach zwanzig Minuten wollte ich zurück zu meinem Buch.«

Sie lachten über diesen Mangel an Mutterinstinkt.

Eva bat Alexander, das Regal zu Brianne nach Leeds zu bringen. Sie sortierte ihren Schmuck und nahm die wertvollen Stücke beiseite – einen Diamantring, den Brian ihr zum zehnten Hochzeitstag geschenkt hatte, diverse Achtzehn-Karat-Goldketten, drei schmale Silberarmbänder, eine Halskette aus mallorquinischen Perlen und Platinohrringe, die sie sich selbst gekauft hatte, in der Form eines Fächers, von dem schwarze Onyxtropfen hingen. Dann schrieb sie eine Nachricht auf eine Seite, die sie aus Alexanders Notizbuch gerissen hatte.

Liebstes Kind,

wie du siehst, schicke ich dir den Familienschmuck. Ich habe dafür keine Verwendung mehr. Das Gold ist achtzehn Karat, und das, was wie Silber aussieht, ist Platin. Vielleicht ist der Schmuck nicht nach deinem Geschmack, aber ich bitte dich, ihn zu behalten. Ich weiß, du hast dir geschworen, nie zu heiraten oder Kinder zu kriegen, aber vielleicht änderst du deine Meinung noch. Vielleicht hast du eines Tages eine Tochter, die etwas davon trägt. Sag Brian junior, ich schicke ihm etwas Gleichwertiges. Es wäre schön, von euch zu hören.

In Liebe,
    Mum

PS: Die Perlen sind echt und die Diamanten wurden in Antwerpen geschliffen (sie sind Klasse D – die besten – und haben keine Einschlüsse). Also, bitte, egal wie arm du bist, lass dich nicht dazu verleiten, etwas von diesem Schmuck zu verkaufen oder zu verpfänden, ohne dich vorher mit mir zu besprechen.

PPS: Bewahr ihn am besten in einem Schließfach bei der Bank auf. Ich lege einen Scheck bei, um die Kosten abzudecken.

Es war immer noch eine Menge Zeugs übrig. Unter dem Bett waren vier Schubfächer mit folgendem Inhalt:

   eine Chanelhandtasche mit Goldkette
   ein Fernglas
   drei Uhren
   eine vergoldete Puderdose
   drei Abendtaschen
   ein silbernes Zigarettenetui
   ein Dunhill-Feuerzeug
   ein Gipsklumpen mit den Hand- und Fuß-
      abdrücken der Zwillinge
   eine Stoppuhr
   eine Urkunde zum Beweis, dass Eva irgendwann
      einen Erste-Hilfe-Kurs absolviert hatte
   ein Tennisschläger
   fünf Fackeln
   eine kleine, aber schwere Leninfigur
   ein Aschenbecher aus Blackpool (inklusive Turm)
   ein Stapel Valentinskarten von Brian.

Auf einer Karte stand:

   Ich werde dich lieben, bis die Welt untergeht,
      Brian

   PS: Die Welt soll voraussichtlich in fünf Milliarden Jahren untergehen, wenn die Sonne sich am Ende der Hauptreihenphase in einen Roten Riesen verwandelt.

Außerdem:

ein Schweizer Messer mit siebenundvierzig
　　　Funktionen (nur die Pinzette war jemals
　　　benutzt worden)
　　ein Hermès-Seidenschal mit weißen Pferden
　　　auf blauem Grund
　　fünf Designersonnenbrillen, jede in einem Etui
　　drei Reisewecker
　　Tagebücher
　　Sammelalben
　　Fotoalben
　　zwei Babyalben.

Morgen, sagte Alexander, würde er den Teppich rausreißen, so dass er anfangen konnte zu streichen. Bevor er ging, fragte er: »Eva, hast du heute schon gegessen?«
Sie schüttelte den Kopf.
»Wie kann er zur Arbeit gehen und dich hungrig zurücklassen?«
»Es ist nicht Brians Schuld. Wir haben unterschiedliche Zeiten.« Eva hatte selbst einiges an Brian auszusetzen, aber sie mochte es nicht, wenn andere ihn kritisierten.
Alexander suchte unten nach etwas zum Essen und fand eine Banane, eine halbe Packung Cracker und fünf kleine Babybels. Außerdem fand er eine Thermoskanne und füllte sie mit Kakao.

Als Brian von der Arbeit nach Hause kam, wusch Alexander gerade die Becher ab, die er und Eva im Laufe des Tages benutzt hatten. Alexander sah ihn die schwarzen Säcke und Kisten im Flur inspizieren.
Brian sagte: »Ich überlege, ob ich nicht allmählich Miete von dir verlangen sollte. Deine Anwesenheit

scheint ein Dauerzustand zu werden. Bald bekommst du noch eine Glückwunschkarte zum Geburtstag von mir.«

»Ich arbeite für Eva, Brian.«

»Ach, Arbeit nennt sich das? Und wie bezahlt sie dich?«

»Per Scheck.«

»Scheck! Niemand schreibt heutzutage noch Schecks«, spottete Brian. »Ich hoffe, du lässt den Scheiß nicht hier stehen.«

»Ich bringe das meiste zu Oxfam.«

Brian lachte. »Tja, wenn Eva glaubt, sie hilft den Armen, indem sie ihre alten Unterhosen spendet, soll sie. Der Rest von uns weiß ja, dass die sogenannten Wohltäter in Mogadischu mit Lamborghinis rumfahren und den Notleidenden und Verhungernden höchstens ein paar Hände Reis zuwerfen.«

Alexander sagte: »Mann, ich möchte nicht du sein. Dein Herz muss aussehen wie diese ekligen eingelegten Walnüsse, die man zu Weihnachten kaufen kann. *Fiiiese* Dinger!«

»Ich bin einer der mitfühlendsten Menschen, die ich kenne«, sagte Brian. »Jeden Monat werden per Lastschrift zehn Pfund von meinem Konto abgebucht, die es einer afrikanischen Familie ermöglichen, zwei Wasserbüffel zu halten. Sicher dauert es nicht mehr lang, bis sie Fair-Trade-Mozzarella exportieren. Und wenn du glaubst, ich lass mich von deinem karibischen Dialekt einschüchtern, liegst du falsch. Ich hab einen Kumpel namens Azizi – er ist Afrikaner, aber ein netter Kerl.«

Alexander hakte nach: »*Aber* er ist ein netter Kerl?«

Brian beäugte Alexanders muskulösen Oberkörper und prallen Trizeps und wünschte, er hätte auch ein enges weißes T-Shirt tragen können. Um die hitzige Konfrontation zu entschärfen, sagte er: »Azizi *ist* ein netter Kerl.«

Alexander wechselte das Thema. »Apropos Mozzarella, wer kümmert sich um Evas Essen?«

»Eva glaubt, das Volk wird für sie sorgen – sehr biblisch, nicht wahr? Doch bis dieses Wunder geschieht, sind wohl meine Mutter, ihre Mutter und ich die Dummen.«

Er gab einen Klumpen Schweineschmalz in eine Pfanne, sah ihm beim Schmelzen zu und warf zwei Scheiben Weißbrot hinein.

»Nein, Mann!«, brach es aus Alexander heraus. »Lass das Fett erst heiß werden!«

Hastig wendete Brian das Brot und zerschlug ein Ei zwischen den Scheiben. Noch bevor das Eiweiß fest war, schob er den Eiermatsch auf einen kalten weißen Teller. Er aß im Stehen am Tresen.

Alexander sah ihm angewidert zu. Bei Alexander war jede Mahlzeit ein Ereignis. Wer mit aß, musste sich hinsetzen, Tischdecke und das richtige Besteck gehörten dazu, Kinder unter zehn hatten keinen Zugriff auf Ketchupflaschen, und vorher mussten die Hände gewaschen werden. Wer aufstehen wollte, musste um Erlaubnis bitten. Alexander behauptete, Essen, das nicht mit Liebe gekocht war, sei schlechtes Essen.

Brian war über die schleimige Masse hergefallen wie ein Hund, der am Verhungern war. Nachdem er fertig war, wischte er sich den Mund und stellte den Teller und die Gabel, die er benutzt hatte, in den Geschirrspüler.

Alexander seufzte: »Setz dich, Mann. Jetzt koche ich. Sieh zu, dann kannst du noch was lernen.«

Brian, der immer Hunger hatte, setzte sich.

20

Am nächsten Morgen brachte Ruby Evas und Brians Wäsche. Sie war gebügelt und so makellos in einem Bastwäschekorb zusammengelegt, dass Alexander, der zehn Minuten vorher gekommen war, um den Teppich aus Evas Schlafzimmer zu entfernen, fast zu Tränen gerührt war über die Mühe, die sie sich gemacht hatte.

Als Ruby fragte: »Kinder in der Schule?«, konnte er kaum antworten.

Er hatte die ersten zehn Jahre seines Lebens in Schmutz und Chaos verbracht und war immer extra früh aufgestanden, um in dem Kleiderhaufen auf dem Schlafzimmerboden die am wenigsten dreckigen Sachen für die Schule herauszusuchen.

Als Ruby nach oben humpelte, legte Alexander sein Gesicht auf die Wäsche und atmete tief ein.

Nachdem er Evas Bett mit ihr darin im Zimmer hin und her geschoben hatte, war Alexander kurz davor, die Geduld zu verlieren, doch er sagte nur: »Es wäre sehr viel einfacher, wenn du aufstehen würdest.«

Sie sagte: »Wenn du es nicht allein schaffst, frage ich Brian, ob er uns helfen kann, wenn er von der Arbeit kommt.«

»Nein«, sagte Alexander. »Ich mach das schon.«

Schließlich gelang es ihm, nach viel Zuspruch von Eva, den Teppich aufzurollen, zusammenzubinden und aus dem Fenster zu werfen. Er ging nach unten und klemmte ein Post-it unter die Schnur, die ihn zusammenhielt. Darauf stand: »ZU VERSCHENKEN.«

Als er Tee und Toast gemacht hatte und eine leere Milchflasche auf die Treppe stellte, war der Teppich weg. Auf die Rückseite des Notizzettels stand geschrieben: »VIELEN DANK. SIE HABEN KEINE AHNUNG, WAS MIR DAS BEDEUTET.«

Während Alexander die alten Dielen abzog, kniete Eva auf dem Bett und blickte aus dem offenen Schiebefenster. Sie trug eine Atemschutzmaske, was schnell zu einem Gerücht in der Nachbarschaft führte, gestreut von Mrs. Barthi, der Frau des Zeitschriftenhändlers, Brian habe seine Frau mit irgendwelchen Mondbazillen infiziert und die Behörden hätten Quarantäne über sie verhängt.

Später an jenem Nachmittag stand Brian vor einem Rätsel, als sich die Schlange beim Zeitschriftenhändler auflöste, bevor er sie erreichte.

Mr. Barthi verbarg seine Nase hinter einem Taschentuch und sagte: »Sir, Sie sollten nicht draußen rumlaufen und Ihre Mondbazillen in unserem Viertel verteilen.«

Brian brauchte so lange, um Mr. Barthi die Situation zu Hause zu erklären, dass der Zeitungsverkäufer anfing sich zu langweilen und sehnlichst hoffte, der bärtige Kunde würde den Laden verlassen. Doch dann hielt Mr. Biber zu seinem Entsetzen auch noch einen langatmigen Vortrag über das Nichtvorhandensein von Bazillen auf dem Mond, der irgendwie in einen Monolog über das Nichtvorhandensein einer Atmosphäre auf dem Mond überging.

Irgendwann, nach vielen vergeblichen Andeutungen – er gähnte zum Beispiel laut und vernehmlich – schloss Mr. Barthi den Laden vorzeitig. »Sonst wäre ich ihn nie losgeworden«, sagte er zu seiner Frau.

Sie drehte das »GEÖFFNET«-Schild wieder zur Straßenseite und sagte: »Und warum hast du Tränen in den Augen, du dummer, dicker Dussel?«

Mr. Barthi sagte: »Ich weiß, du wirst dich über mich lustig machen, Sita, aber ich war tatsächlich zu Tränen gelangweilt. Nächstes Mal, wenn er in den Laden kommt, kannst *du* ihn bedienen.«

Als Brian aus der Metzgerei kam, wo er ein Rumpsteak für sich und acht Chipolata-Würstchen für Eva gekauft hatte, sah er das Licht im Zeitungsladen wieder angehen. Er überquerte die Straße und ging auf den Laden zu. Mr. Barthi blieb gerade noch genug Zeit, das Schild umzudrehen und den Riegel vorzuschieben.

Brian pochte gegen die Tür und rief: »Mr. Barthi! Sind Sie da? Ich habe meinen *New Scientist* vergessen.«

Mr. Barthi kauerte hinter der Ladentheke.

Brian rief durch den Briefkasten: »Barthi, machen Sie auf, ich weiß, dass Sie da sind!«

Als niemand antwortete, trat Brian einmal gegen die Tür, dann drehte er sich um und ging ohne seine Zeitschrift nach Hause, um sich dem dortigen Chaos zu stellen.

Erst nach fünf Minuten wagte es Mr. Barthi, wieder über dem Tresen aufzutauchen.

Brian erzählte Eva später an jenem Abend, dass er seine wissenschaftlichen Zeitschriften in Zukunft abonnieren werde. Er sagte: »Barthi ist übergeschnappt. Erst gähnt er mir ins Gesicht, und dann fängt er an zu heulen. Er verdient uns nicht als Stammkunden.«

Eva nickte, obwohl sie gar nicht richtig zuhörte. Sie dachte über Brian junior und Brianne nach.

Die beiden wussten, dass sie nicht mehr ans Telefon ging, aber es gab ja andere Kommunikationsformen.

*

Ho saß in seinem Zimmer und schrieb einen Brief an seine Eltern. Solche Neuigkeiten konnte er ihnen nicht mailen, er musste sie sanft vorbereiten – wenn sie den Brief mit seiner Handschrift sahen, würden sie wissen, dass er ihnen etwas Wichtiges zu sagen hatte. Er schrieb:

Liebste Mutter, liebster Vater,

ihr seid ausgezeichnete Eltern. Ich liebe und verehre euch. Es schmerzt mich, euch sagen zu müssen, dass ich kein guter Sohn war.

Ich habe mich in ein englisches Mädchen namens Poppy verliebt. Ich habe ihr meine Liebe gegeben, meinen Körper und alles, was ich besitze, einschließlich des Geldes, für das ihr beide in der Croc-Fabrik so hart gearbeitet habt, um mich auf eine englische Universität zu schicken.

Poppys Eltern liegen beide an einem Ort namens Dundee auf der Intensivstation. Sie hat ihr ganzes Geld ausgegeben, deshalb habe ich ihr mein Geld gegeben, bis nichts mehr übrig war. Gestern fragte ich sie, wann sie mir das Geld zurückzahlen kann und sie weinte und sagte: »Nie.«

Mutter und Vater, ich weiß nicht, was ich tun soll. Ich kann nicht ohne sie leben. Bitte, urteilt nicht zu streng über sie. Poppys Eltern sind reiche, wichtige Leute, die mit ihrem Kleinflugzeug an den Kreidefelsen von Dover zerschellt sind. Sie liegen beide im Koma. Poppy sagt, die Ärzte in England sind korrupt, wie bei uns zu Hause. Und sie würden ihre Eltern nur am Leben erhalten, wenn man ihnen genug bezahlt. Sonst schalten sie die Geräte ab.

Würdet ihr mir bitte mehr Geld schicken? Überlegt ihr immer noch, die Wohnung zu verkaufen? Oder euch eure Rente auszahlen zu lassen?

Poppy sagt, am besten wäre eine internationale Zahlungsanweisung, ausgestellt auf Poppy Roberts. Bitte helft mir, liebe Eltern – wenn ich ihre Liebe verliere, bringe ich mich um.

Ich hoffe, es geht euch gut.

Schöne Grüße von eurem Sohn,
Ho

Ho ging nach unten und steckte den Brief in eines dieser roten zylindrischen Gebilde, die den Engländern als Briefkästen dienen. Er war auf dem Weg zurück zum Wohnheim, als ihm Brian junior begegnete, der, während er ging, wie gewöhnlich, gleichzeitig ein Buch mit Gleichungen las und über Kopfhörer einem MP3-Player lauschte. Ein Musikfetzen war schwach zu hören – für Ho klang es wie Bach.

Brian junior nahm Hos Anwesenheit zur Kenntnis, indem er hektisch blinzelte und so etwas Ähnliches wie »Hallo« grunzte.

Ho sah zu Brian junior auf und wünschte, er wäre so groß wie er und hätte so ein hübsches Gesicht. Außerdem hätte er gern so dickes blondes Haar gehabt, und solche Zähne! Und wie war es möglich, dass Brian juniors billige, schäbige Kleider an ihm so gut aussahen?

Wäre Ho Engländer gewesen, hätte er die Kleider eines Gentlemans getragen. Burberry-Tweed und Hemden von Savile Row. Schuhe von Church's. Seine Eltern hatten ihm Kleidung für England gekauft, aber es waren Proletarier-Klamotten. Es war äußerst schwierig, in Leeds ein Fußballtrikot von Manchester United zu tragen. Fremde Menschen bepöbelten und beschimpften ihn. Zum Glück hatte er Poppy.

Er sagte: »Brian junior. Kann ich mit dir über Geld reden?«

»Geld?«, wiederholte Brian junior, als hätte er das Wort noch nie gehört. Brian junior hatte sich noch nie im Leben Sorgen über Geld gemacht, und er ging davon aus – er war absolut sicher –, dass er eines Tages reich und unabhängig sein würde.

Ho sagte: »Ich denken, du haben Geld. Und ich nicht. Also, wenn du mir geben etwas von deinem Geld, wir beide glücklich, ja?«

Brian junior murmelte: »Cool.« Dann machte er kehrt und ging in die Richtung zurück, aus der er gerade gekommen war, sein Gesicht knallrot. So peinlich war ihm Hos Selbsterniedrigung.

Später am Abend klopfte es an Hos Tür.

Es war Brian junior, mit einer Handvoll Geldscheine. Er drückte sie Ho in die Hand und lief zurück in sein Zimmer.

Ho zählte die Scheine auf seinem Bett. Es waren £70. Das war nichts, nichts!

Davon konnte er sich Reis und Gemüse kaufen, aber was war mit Poppy?

Wie sollte er ihr sagen, dass er kein Geld für die korrupten englischen Ärzte hatte?

21

Eva war von ihrem ganz und gar weißen Zimmer entzückt. Alexander hatte den ganzen Tag bis in den Abend hinein gearbeitet und die Decke, die Wände, das Gebälk um die Fenster und die Dielen eierschalenweiß gestrichen. Eva hatte ihn gebeten, ihr Bett ans Fenster zu stellen. Von dort konnte sie die Straße sehen und dahinter vage Schatten von Hügeln, immergrüne Kleckse und nackte Kronen von Laubbäumen.

Der Geruch von frischer Farbe war überwältigend, als Brian von der Arbeit nach Hause kam. Er öffnete die Tür zu dem Zimmer, das jetzt »Evas« sein sollte, und war kurzzeitig geblendet vom strahlenden Weiß des Raumes.

Eva sagte: »Nicht reinkommen! Der Boden ist noch feucht!«

Brians rechter Fuß schwebte über dem klebrigen Boden in der Luft, doch es gelang ihm, sein Gleichgewicht zu halten.

Eva entschuldigte sich: »Tut mir leid!«

»Was tut dir leid?«, fragte Brian.

»Ich wollte nicht unfreundlich klingen.«

»Glaubst du ein paar unfreundliche Worte von dir können mich verletzen, nachdem du mein ganzes Leben und unsere Ehe zerstört hast?« Brian verschluckte sich an seinen Worten.

Eine Vision des elternlosen Bambis erschien ihm, und fast hätte er die Beherrschung verloren.

Eva sagte: »Ich habe nur ein Wort für dich…« Sie formte schon das T, doch dann hielt sie sich zurück. Sie wusste, dass sie selbst nicht ganz unschuldig an der Situation war, in der sie sich befanden.

Sie war seit über dreißig Jahren mit ihm zusammen. Er war Teil ihrer DNA.

Schließlich sagte Brian: »Ich muss dringend pinkeln.« Sehnsüchtig sah er zum angrenzenden Bad, doch die feuchte Farbe lag dazwischen wie halb gefrorenes Wasser zwischen zwei Eisbergen. Eva zog an der Schnur, um das Deckenlicht auszuschalten, und Brian ging ins Familienbadezimmer.

Sie wandte sich zum Fenster.

Es war fast ein Vollmond, der durch das Skelett des spätherbstlichen Ahorns schien.

Brian setzte sich unten ins Wohnzimmer. Was war aus dem schönen, gemütlichen Zuhause geworden, das er einst genossen hatte? Er blickte sich im Zimmer um. Die Pflanzen waren eingegangen, ebenso wie die Blumen, die noch im schleimig stinkenden Wasser standen. Die Lampen, die dem Zimmer einst goldenen Glanz verliehen hatten, leuchteten nicht mehr. Er machte sich nicht die Mühe, sie anzuschalten. Im Kamin brannte kein Feuer, und die bunten bestickten Kissen, auf denen er es sich einst gemütlich gemacht hatte, wenn er am Ende des Tages die Spätnachrichten sah, waren zu beiden Seiten des Kamins verstreut.

Er betrachtete das gerahmte Familienfoto auf dem

Kaminsims. Es war in Disneyworld aufgenommen worden. Nach zwei Wochen in Houston hatten sie in Orlando Halt gemacht, und er hatte Tageskarten gekauft. Er war enttäuscht gewesen über die lustlose Reaktion von Eva und den Zwillingen, als er sie hervorgezaubert hatte.

Als sie im Themenpark eine riesige Micky Maus mit piepsiger Stimme fragte, ob sie ein Erinnerungsfoto wollten, hatte Brian eingewilligt und zwanzig Dollar hingeblättert.

Während sie sich aufstellten, wies Brian Eva und die Zwillinge an: »Mehr lächeln!«

Die Zwillinge hatten ihre Zähne gefletscht wie verängstigte Schimpansen, aber Eva hatte stur geradeaus geblickt und sich gefragt, wie Micky Maus mit ihren großen Handschuh-Pseudohänden die Kamera bedienen konnte.

Nach dem letzten Foto war Goofy über den heißen Asphalt vorbeigeschlurft. Durch den Spalt zwischen seinen Zähnen hatte er zu Micky gesagt: »Scheiße Mann, ich hab gerade gekündigt.«

Micky hatte erwidert: »Mensch, Alter! Was ist passiert?«

»Diese dumme Schlampe Cinderella hat mir schon wieder in die Eier getreten.«

Brian hatte gesagt: »Ich muss doch sehr bitten! Es sind Kinder anwesend!«

»Kinder?«, schnaubte Goofy. »Das soll wohl ein Witz sein! Die sehen ja uralt aus, Sie Brite, Sie. Die haben Zähne wie Felsbrocken!«

Brian hatte zu Goofy gesagt: »Sie haben's gerade nötig – passen Sie lieber auf Ihre eigenen Zähne auf! Die können Sie gleich vom Boden aufsammeln, wenn Sie meine Kinder weiter beleidigen!«

Micky hatte sich zwischen Brian und Goofy gestellt und gesagt: »Langsam! Langsam! Kommt schon, das ist Disney World!«

Brian stand auf und studierte Evas Gesicht auf dem Foto. Warum war ihm vorher nie aufgefallen, wie unglücklich sie aussah? Er nahm sein Taschentuch und wischte den Staub vom Glas und vom Rahmen, dann stellte er es dorthin zurück, wo es die letzten sechs Jahre gestanden hatte.

Das Haus war tot, seit Eva nicht mehr da war.

22

Brianne saß auf ihrem schmalen Bett und starrte an die gegenüberliegende Wand. Alexander war vor einer Stunde weggefahren und hatte das Bücherregal und den Schmuck dagelassen, jedoch unwissentlich Briannes bislang unbenutztes Herz mitgenommen. In ihr jubelte es vor Freude.

Sie sagte laut: »Ich liebe ihn.«

Jetzt wünschte sie, sie hätte sich die Mühe gemacht, ein paar Freunde zu finden. Sie wollte jemanden anrufen und die guten Neuigkeiten loswerden. Brian junior würde nichts davon wissen wollen, Poppy würde versuchen, aus der Neuigkeit irgendeinen Nutzen ziehen, und ihre Mutter war verrückt geworden. Nur *ihm* konnte sie es erzählen.

Sie nahm seine Visitenkarte und griff nach ihrem Handy. Er antwortete sofort und gesetzeswidrig – er fuhr 75 Meilen pro Stunde und befand sich auf der Mittelspur der M1 Richtung Süden.

»Hallo?«

»Alexander?«

»Brianne?«

»Ja, ich hab ganz vergessen, mich dafür zu bedanken, dass du mir Mums Kram gebracht hast. Das war sehr nett von dir.«

»Das war keine Nettigkeit, Brianne. Ich werde dafür bezahlt.«

»Wo bist du?«

»Ich bin gerade auf die Autobahn gefahren. Ich bin zwischen zwei Lastern eingeklemmt. Wenn der vordere bremst, bin ich Hackfleisch.«

Brianne rief: »Alexander, du musst sofort auflegen.«

Sie stellte sich seinen zerfleischten Körper auf der Autobahn vor, umgeben von Rettungsfahrzeugen. Sie sah einen Hubschrauber über ihm schweben, der ihn in irgendeine Spezialklinik bringen sollte.

Sie sagte: »Pass auf dich auf. Dein Leben ist kostbar.«

Er tat, worum sie ihn gebeten, und legte auf. Er hatte nicht geahnt, dass dieses Mädchen so gefühlsbetont war – sie hatte kaum eine Gemütsregung gezeigt, als er ihr den Schmuck ihrer Mutter gegeben hatte.

Brianne ging nach draußen und lief vor dem Wohnheim auf und ab. Es war ein kalter Abend und sie war nicht richtig angezogen, aber das kümmerte sie nicht. Die Ahnung einer Liebe hatte ihre Gesichtszüge weicher und ihren Rücken gerader gemacht.

Wie hatte sie so lange leben können, ohne von seiner Existenz zu wissen?

Der ganze Schmalz, den sie einst verachtet hatte: die Herzen, die Songs, Herz/Schmerz, die Blumen. Sie *wollte*, dass er ihr einen weißen Teddybär schenkte, der eine Plastikrose hielt. Bis heute waren Männer ihr egal gewesen, die meisten waren sowieso nur verzogene große Kinder. Aber er – er war anbetungswürdig.

Er sah aus wie ein schwarzer Prinz.

Sie hatte noch nie einem Mann erlaubt, ihre Brüste zu berühren oder das, was sie ihre Intimteile nannte. Doch als sie so in der Kälte auf und ab lief, fühlte sie ihren Körper schmelzen, zerfließen. Sie verzehrte sich nach ihm. Ohne ihn war sie nicht komplett.

Poppy sah aus ihrem Fenster und war verwundert, Brianne im Schlafanzug draußen auf und ab laufen zu sehen, ihr Atem in der Kälte sichtbar wie Ektoplasma. Sie klopfte gegen die Scheibe und Brianne blickte auf, winkte und lächelte. Poppy fragte sich, welche Droge sie genommen hatte. Sie warf sich den roten Seidenkimono über, den sie bei Debenhams geklaut hatte, und lief nach unten.

23

Einen Tag vor der *Guy Fawkes Night* gingen schon verfrühte Feuerwerksraketen hoch, als Brian und Titania zur eilig einberufenen Personalversammlung im National Space Center stießen.

Titanias Ehemann Guy Noble, von seinen Freunden »Gorilla« genannt, hatte sich schriftlich bei Professor Brady beschwert, seine Frau hätte »eine stürmische Affäre mit diesem Blödmann Dr. Brian Biber«. Titania hatte gestanden, Sex im Reinraum gehabt zu haben, wo die nächste Generation Mondsonden lagerte. Sie hießen *Walkers auf dem Mond*, nach ihrem Hauptsponsoren, einem Kartoffelchip-Hersteller.

Die gesamte Belegschaft nahm an der Besprechung teil, einschließlich Reinigungskräften, Wartungspersonal und Gärtnern. Inklusion gehörte zu Professor Bradys (aka Lederhose) Führungsphilosophie. Man nahm im Planetarium Platz, was der Diskussion eine gewisse Universalität verlieh.

Lederhose sagte: »Mir ist egal, wen Sie vögeln, Dr. Biber. Das Problem ist, dass Sie den Reinraum dafür gewählt haben. Sie hätten die Luft verunreinigen, die Messausrüstung zerstören und das ganze Projekt gefährden können.«

Brian fragte trotzig: »Und *haben* wir das?«

Lederhose gab zu: »Nein, die Messwerte sind sauber. Aber wir haben sechsunddreißig Mann- und Fraustunden gebraucht, um das zu prüfen – Zeit, die wir nicht haben. Wir sind jetzt schon hinter dem Zeitplan.«

Titania, die sich hinter einem langen roten Pony versteckte, hob die Hand und sagte: »Darf ich zu meiner Verteidigung sagen, dass die Gefahr minimal war? Wir haben beide Schutzkleidung getragen, und nach neunzig Sekunden war alles vorbei.«

Ihre Kollegen lachten und sahen Brian an.

Diverse Adern in seinem Kopf und seinem Hals klopften.

Er beeilte sich zu kontern. »Bin nur mal kurz drübergestiegen.« Er blickte in die Runde, in der Hoffnung, die Kollegen fänden das amüsant.

Man hörte, wie scharf die Luft eingesogen wurde, und eine der Putzfrauen drückte Titanias Hand.

Brian redete weiter, ohne zu bemerken, dass er dabei war, sein eigenes Grab zu schaufeln. »Ein geiler, kleiner Quickie.«

Eine der Büroangestellten stürmte zur Tür, ein Taschentuch vors Gesicht gepresst.

Lederhose sagte: »Kommt schon, Leute, ganz ruhig, wir sind doch alle Fachleute. Auch das Reinigungspersonal, richtig?« Er lächelte den Putzfrauen zu, um zu demonstrieren, wie sehr er sie und ihre Arbeit schätzte.

Titania schluchzte: »Sex mit dem Gorilla war ein bisschen öde, aber nachdem er über meine Klitoris gestolpert war, hatten wir eine gute Zeit.«

Es herrschte betretenes Schweigen, und die Putzfrau zog ihre Hand zurück.

Ein Techniker flüsterte seinem Nachbarn zu: »Ich bin selbst sehr experimentierfreudig, aber es gibt Grenzen.«

Titania war überrascht von Brians offensichtlicher und öffentlicher Verachtung für sie. Sie arrangierte ihren Pony so, dass er die Falten auf ihrer Stirn bedeckte, und kramte in ihrer Handtasche nach dem Lippenstift, von dem sie glaubte, er mache ihr Gesicht zehn Jahre jünger.

Mit brüchiger Stimme sagte sie: »Jedenfalls brauchst du gar nicht so abgeklärt zu tun, Brian.« Sie wandte sich an die versammelte Belegschaft und gestand: »Erst letzte Woche hat er meine Nippel mit der Bürste seiner Frau gekitzelt und geschrien, ich sei eine dreckige Hure und er würde mich bestrafen, indem er mich an das große Teleskop fesselt und Professor Brady erlaubt, mich von hinten zu vögeln.«

Brian sprang auf und rief: »Nicht von hinten! Ich hab nicht gesagt von hinten!«

Wayne Tonkin, der Gärtner, lachte laut.

Professor Brady sagte verärgert: »Hören Sie, Biber, benutzen Sie nicht *mich* für Ihre kranken Fantasien!«

Titania blickte in die Runde und sagte: »Er hat Sie alle schon benutzt.«

Manche von Brians Kollegen waren von dieser Enthüllung schockiert, doch die meisten fühlten sich heimlich geschmeichelt.

Professor Brady steckte in einem Dilemma. Konnte er Dr. Biber suspendieren oder sonst wie maßregeln, weil er seine Kollegen zur sexuellen Stimulanz missbraucht hatte? Fielen erotische Fantasien unter »sexuelle Belästigung am Arbeitsplatz«? Stand in ihren Verträgen irgendetwas, womit man Bibers Gedanken als Missbrauch interpretieren konnte?

Mrs. Hordern strich ihren Overall glatt und sagte:

»Mir tut nur seine arme Frau leid. Ich wette, sie hat die Bürste überall gesucht.«

Titania sagte: »Verschwenden Sie Ihre Zeit nicht mit Mitleid für Eva Biber, Mrs. Hordern, die liegt die ganze Zeit im Bett. Sie steht nie auf! Brian muss sich sein Essen jeden Abend selbst kochen.«

Lederhose intervenierte. »Hört zu, Leute, das bringt uns doch nicht weiter. Wir sollten uns lieber auf den bevorstehenden Start der *Walkers auf dem Mond* konzentrieren.«

Wayne Tonkin sagte: »Und wie viele Milliarden Pfund wollt ihr für den nächsten Scheißversuch, auf dem Scheißmond zu landen, ausgeben? Hab ihr's noch nicht gehört? Die Amis haben es 1969 schon geschafft. Und ich muss das verdammte Gras so lange mit einem Rasenmäher mähen, der nicht mäht!«

In manchen Momenten bereute Lederhose sein Konzept der Inklusion.

Die Flugingenieure – eine Gruppe bolschewistischer Störenfriede – nutzten die Gelegenheit, eine frühere technische Diskussion über Geschwindigkeit fortzusetzen. Schlagworte wie »regressive Ellipsenbahn« und »Delta-v-Budget« wurden in den Raum geworfen.

Lederhose versuchte, sie zu übertönen: »Hey, Leute!«

Doch keine Stimme tönte lauter als die von Wayne Tonkin, der in seiner Stammkneipe, dem *Köter und Kompass*, als Barry-White-Imitator auftrat. Seine Stimme erschütterte den künstlichen Himmel über ihren Köpfen.

»Hand hoch, wer für einen neuen, modernen, fahrbaren Rasenmäher ist!«

Der Antrag wurde fast einstimmig angenommen.

Titania ging als Erste, gemeinsam mit einer Eskorte solidarischer weiblicher Angestellter. Brian blieb allein zurück.

Er hatte Angst, seinen Job zu verlieren. Es ging das Gerücht, dass Kündigungen geplant waren, und er war fünfundfünfzig, ein gefährliches Alter in einer jungen Branche. Er hatte das Gefühl, dass der Zug ohne ihn abgefahren war und er ihn nie einholen würde, egal, wie schnell er rannte.

24

Eva lag im Bett und blickte in den Nachthimmel, der von prächtigen Farb- und Formexplosionen erfüllt war. In der Ferne konnte sie die Feuerwehrautos hören und den Geruch der unzähligen Feuer riechen. Ihr taten all die Frauen leid, die jetzt da draußen waren und ihre Familien und Gäste bei Guy-Fawkes-Partys beköstigten. Sie dachte an die Guy Fawkes Night 2010 zurück, auch bekannt als Das Große Desaster. Brian hatte bei der Arbeit ein Plakat aufgehängt, auf dem stand:

AN ALLE INTELLIGENZBOLZEN

Feiert mit Brian und Eva den Tod
von Guy Fawkes!
Katholiken, nehmt euch in Acht!

Am Morgen des 5. November hatte Eva eingekauft. Brian hatte sie beauftragt, genug zu essen für dreißig Leute vorzubereiten, deshalb war sie zu Morrisons gefahren und hatte Folgendes geholt:

60 Bratwürste
2 Kilo Zwiebeln
60 Brötchen
35 Backkartoffeln
ein großes Stück Cheddar
eine Palette Heinz Baked Beans
30 Guy-Fawkes-Kekse
eine große Flasche Heinz Tomatenketchup
3 Packungen Butter
Zutaten für dreißig kandierte Äpfel
1 Guy-Fawkes-Maske mit Hut
10 chinesische Lampions
6 Flaschen Roséwein
6 Flaschen Weißwein
6 Flaschen Rotwein
1 Fass Kronenbourg
2 Kisten John Smith's

Sie hatte sich den Rücken verrenkt, als sie das Kronenbourg vom Einkaufswagen in den Kofferraum hievte.

Auf dem Nachhauseweg hatte sie fast £200 für zwei Kisten gemischte Feuerwerksartikel und Wunderkerzen für die Kinder ausgegeben.

Den Nachmittag verbrachte sie damit, eine feuchte Matratze aus der Garage in den Garten zu schleppen und auf das Lagerfeuer zu bugsieren, eine Guy-Fawkes-Puppe zu bauen, Äpfel zu kandieren, das untere Bad zu putzen, das Wohnzimmer zu saugen, die Küche zu schrubben, CDs rauszusuchen und die Terrasse mit einem Hochdruckreiniger zu säubern.

Brian hatte die Gäste für sechs Uhr bestellt, deshalb hatte Eva um halb sechs eine erste Ladung Kartoffeln in den Ofen geschoben, das kalte Essen und die Getränke aufgebaut, die Gläser abgespült und abgetrocknet, Kerzen in Windlichter gestellt und gewartet.

*

Um sieben klingelte es endlich an der Tür, und Eva hörte Brians Stimme sagen: »Mrs. Hordern, schön, dass Sie gekommen sind. Und Sie müssen Mr. Hordern sein!« Während er ihnen die Mäntel abnahm, fragte er: »Sind Sie alle zusammen gekommen? Suchen die anderen noch einen Parkplatz?«

Sie sagte: »Nö, wir sind ganz allein.«

Als sie endlich gegangen waren, erklärte Eva: »Das war der entsetzlichste Abend meines Lebens – und ich zähle die Geburt der Zwillinge mit. Was ist los, Brian? Hassen deine Kollegen dich so sehr?«

»Ich verstehe das nicht«, erwiderte er. »Vielleicht ist mein Zettel von der Pinnwand gefallen. Ich hab ihn nur mit einer Reißzwecke befestigt.«

»Ja«, sagte sie, »so muss es gewesen sein. Es war die Reißzwecke.«

Später, als sie bei der zweiten Flasche Burgunder waren, fragte Brian: »Ist dir aufgefallen, als ich meine Biber-Spezialraketen gezündet habe? Keiner der beiden hat auch nur ein ›Ohhh‹ oder ›Ahhh‹ rausgekriegt. Saßen einfach nur wie blöd da und haben sich mit Kohlenhydraten und Fett vollgestopft! Ich habe sieben Tage daran gebaut. Unter Einsatz meines Lebens. Ich meine, ich habe mit instabilen Substanzen gearbeitet. Jeden Moment hätten ich und der Schuppen in die Luft fliegen können.«

Eva sagte: »Die Raketen waren wunderschön, Brian.«
Er tat ihr aufrichtig leid.

Sie hatte jedes Mal sein Gesicht betrachtet, wenn er eine Rakete zündete. Er war aufgeregt wie ein Kind und hatte die Flugbahn und Höhe jedes Geschosses mit dem stolzen Blick eines Vaters verfolgt, dessen Kind die ersten Schritte macht.

Jetzt sah sich Eva in ihrem weißen Zimmer um und dachte: »Aber das war damals und jetzt ist jetzt. Ich muss absolut gar nichts machen, außer mir die Lichter am Himmel anzusehen.«

25

Eva lag seit sieben Wochen im Bett und hatte sechs Kilo abgenommen. Ihre Haut war schuppig, und die Haare schienen ihr auszugehen.

Manchmal brachte Brian ihr Tee und Toast, wobei er jedes Mal wehleidig seufzte. Oft war der Tee kalt und der Toast halbgar, doch sie dankte ihm jedes Mal überschwänglich.

Sie brauchte ihn.

An den Tagen, wo er sie morgens vergaß oder es zu eilig hatte, um ans Frühstück zu denken, hungerte sie. Inzwischen verstieß es gegen Evas eigene Regeln, Essen im Zimmer aufzubewahren. Und das einzige Getränk, das sie sich gestattete, war Wasser.

Eines Tages unternahm Ruby den Versuch, Eva zu einem Energy-Drink zu überreden: »Das bringt dich wieder auf die Beine. Als ich Lungenentzündung hatte, auf der Kippe zwischen Leben und Tod – ich war schon am Tunneleingang, ich konnte das Licht am Ende sehen –, kam mich dein Vater mit einer Flasche Lucozade besuchen. Ich trank einen Schluck und, na, ich war wie Frankensteins Monster, nachdem es der Blitz getroffen hat. Ich stand auf und konnte wieder laufen!«

Eva sagte: »Dann hatte das mit den Antibiotika, die sie in dich reingepumpt haben, gar nichts zu tun?«

»Nein!«, schnaubte Ruby. »Mein Arzt, Mr. Briars, hat zugegeben, dass er mit seinem Latein am Ende war. Er hatte alles versucht, sogar Beten.«

Eva sagte: »Also hat Mr. Briars – der zehn Jahre studiert, Vorlesungen gehalten und diverse Arbeiten über Lungenentzündung veröffentlicht hat – versagt? Während ein Schluck Brause dich ins Leben zurückgeholt hat?«

Rubys Augen glänzten. »Ja! Lucozade hat mich gerettet.«

In der Anfangszeit von Evas selbst auferlegter Haft hatte ihre Schwiegermutter Yvonne noch alle zwei Tage gekocht. Ihre Hausmannskost bestand aus einem einfachen, guten Stück Fleisch und zwei Sorten Gemüse, und sie war überzeugt, dass eine großzügige Portion Maggie jede Mahlzeit zu einer Delikatesse machte. Evas saubere Teller machten Yvonne nie misstrauisch, und sie glaubte, dass Eva endlich ihre Vorliebe für exotisches Essen zugunsten ihrer hervorragenden traditionellen englischen Hausmannskost aufgegeben hatte.

Yvonne sollte nie erfahren, dass ihr Essen (zubereitet mit missmutigen Seufzern, zerschmettertem Porzellan und hingepfefferten Pfannen) an eine Fuchsfamilie verfüttert wurde, die hinter einem verwilderten Lorbeerbusch in Evas Vorgarten Quartier bezogen hatte. Diese unerhört zutraulichen Wesen, die es leid waren, sich von Risotto, Taramas und ähnlichen Essensresten der ursprünglich und hauptsächlich gutbürgerlichen Anwohner in Evas Straße zu ernähren, rissen sich um

Yvonnes Koteletts und Hackbraten. Auch sie schienen die traditionelle englische Küche zu bevorzugen.

Gegen sieben Uhr an jedem Yvonne-Abend begab sich Eva ans Fußende des Bettes und kippte den Teller aus dem offenen Fenster. Sie liebte es zuzusehen, wie die Füchse aßen und sich die Schnauzen sauber leckten. Manchmal meinte sie gar, die Füchsin würde am Haus hinaufsehen und sie in einer Geste weiblicher Solidarität grüßen. Doch das bildete sich Eva nur ein.

Einmal wunderte sich Yvonne, als sie ein Stück in Speck gebratene Leber auf der Veranda fand, und eine ihrer hausgemachten Frikadellen auf dem Bürgersteig vor Evas Haus.

Eines Tages, Mitte November, kam Alexander auf dem Weg zu einem Job vorbei, um Eva zu besuchen.

Er sagte: »Weißt du, dass du allmählich aussiehst wie ein Skelett?«

»Ich bin nicht auf Diät«, sagte Eva.

»Du brauchst etwas Gutes im Bauch, etwas, das dir schmeckt. Schreib eine Liste, und ich kläre das mit deinem Mann.«

Eva genoss es, an Sachen zu denken, die ihr schmeckten. Sie ließ sich alle Zeit der Welt, aber schließlich hatte sie eine überraschend kleine und bescheidene Auswahl beisammen.

»Sie würde schon aufstehen, wenn du ihr Feuer unterm Hintern machst«, sagte Ruby zu Brian. »Du bist zu nachsichtig mit ihr.«

»Sie macht mir Angst«, gestand Brian. »Manchmal, wenn ich von meinem Buch oder meinem Teller aufsah, hat sie mich *so komisch* angeguckt.«

Sie schoben einen Einkaufswagen durch Morrisons und suchten die Zutaten für Brians Abendessen zusammen. Brian hatte Evas Liste in der Tasche.

»Diesen Blick hatte sie schon immer«, sagte Ruby und blieb in der Asia-Food-Abteilung stehen. »Ich wollte schon immer mal eine Chinapfanne machen, aber ich besitze keinen Wonk.«

Brian machte sich nicht die Mühe, seine Schwiegermutter zu korrigieren. Er wollte sich auf Eva konzentrieren und den Grund, warum sie das, was einst ihr gemeinsames Bett gewesen war, nicht verlassen wollte.

Er war kein schlechter Ehemann, fand er. Er hatte sie nie geschlagen, jedenfalls nicht fest. Einmal hatte er sie ein bisschen herumgeschubst – nachdem er eine Valentinskarte gefunden hatte, die sie bekommen und hinter dem Boiler versteckt hatte, auf der stand: »Eva, verlass ihn, komm zu mir.« Da hatte er sie kopfüber vom Treppenabsatz baumeln lassen. Das sollte natürlich ein Witz sein. Allerdings hatte er Mühe gehabt, sie wieder hochzuziehen, und kurz hatte es so ausgesehen, als würde er sie runterfallen lassen. Aber Eva hätte wirklich nicht so laut schreien müssen. Das war pure Panikmache.

Sie hatte sehr wenig Sinn für Humor, fand er – obwohl er sie mit anderen oft lachen hörte.

Er und Titania lachten andauernd. Beide liebten Benny Hill und The Goons. Titania war urkomisch, wenn sie nachahmte wie Benny Hills »Ernie (The Fastest Milkman In The West)« sang. Es hatte ihr auch nichts ausgemacht, in das Staubecken des Rutland Water geworfen zu werden. Sie hatte darüber gelacht.

Jetzt fragte Ruby ihn, wie viel Wonks kosteten.

»Etwa vierzig Pfund«, schätzte er.

Sie schauderte und sagte: »Nein, das lohnt sich für mich nicht mehr. Meine Uhr ist ohnehin abgelaufen.«

Brian holte Evas Einkaufsliste hervor. Er zeigte sie Ruby, und beide lachten. Eva hatte geschrieben:

2 Croissants
Basilikum
große Tüte gemischte Nüsse
Bananen
Weintrauben (wenn möglich kernlos)
6 Eier von freilaufenden Hühnern
2 Rollen Smarties für Alex' Kinder
Red-Leicester-Käse
1 Mozzarella
2 feste Fleischtomaten
kleines Meersalz
1 Streuer schwarzer und roter Pfeffer
4 große Flaschen San Pellegrino (H_2O)
2 Tüten Grapefruitsaft
kleines, scharfes Messer
1 Flasche Olivenöl Extra Vergine
1 Flasche Balsamico-Essig
1 große Flasche Wodka (nicht Smirnoff)
2 große Flaschen Diätlimonade (nur Schweppes)
Vogue
Private Eye
Spectator
Dunhill Menthol-Zigaretten

Nachdem sie Tränen gelacht hatte, musste Ruby sich das Gesicht abtrocknen. Keiner von ihnen hatte ein Taschentuch, aber da sie gerade den Gang mit dem Klopapier entlanggingen, öffnete Ruby eine Packung und nahm eine Rolle heraus. Als sie das Ende der Rolle nicht fand, kam Brian ihr zu Hilfe. Ärgerlicherweise war das Ende der Rolle mit den anderen Blättern darunter zusammengeklebt. Nachdem er einige Augenblicke damit gekämpft hatte, machte er seinem Frust lautstark Luft, riss einen Batzen Papier aus der Rolle und stopfte den Rest wieder ins Regal.

Ruby lachte, als sie das San Pellegrino fanden, und noch mehr, als sie das Extra-Vergine-Olivenöl sah. »Ich habe Eva immer Olivenöl in die Löffel gegossen, wenn sie Ohrenschmerzen hatte«, sagte sie. »Und jetzt gießt sie es über ihren Salat.« In der Zeitungsabteilung war sie empört über den Preis der *Vogue*. »Vier Pfund zehn? Dafür kann ich zwei Packungen Backofen-Pommes kaufen! Die macht sich einen Spaß, Brian. An deiner Stelle würde ich sie aushungern.« Und sie echauffierte sich über die Croissants. »Das ist doch nichts weiter als ein bisschen Teig und Luft!«

»Was Essen angeht, war sie schon immer ein Snob«, sagte Brian.

»Das fing an, nachdem sie mit der Schule in Paris war«, sagte Ruby. »Als sie zurückkam, war sie total eingebildet. Es ging nur noch *merci* hier und *bonjour* da, und ›Ach, das *Brot*, Mum!‹ Und Tag und Nacht hatte sie die kleine Frau mit der markerschütternden Stimme laufen.«

»Edith Piaf«, sagte Brian. »Den Froschfresser kenn ich nur zu gut.«

»Nach der Schule fuhr sie wieder hin«, sagte Ruby. »Für die Fahrkarte nach Paris hat sie in einer Frittenbude Doppelschichten gearbeitet.«

Brian war verblüfft. »Das hat sie mir nie erzählt. Wie lang war sie dort?«

»Genau ein Jahr. Sie kam mit einem Louis-Vuitton-Koffer voll schöner Kleider und Schuhe zurück. Handgemacht! Und das Parfum! Große Flaschen. Sie hat nie darüber geredet. Ich glaube, irgendein reicher französischer Homo hat ihr das Herz gebrochen.«

Sie blockierten den Gang. Eine junge Frau mit Kleinkind im Einkaufswagen fuhr in sie hinein. Das Kind rief: »Noch mal!«

»Was hat sie in Frankreich gemacht?«, fragte Brian. »Und warum hat sie mir nie von Paris erzählt?«

Ruby sagte: »Sie war ein verschlossenes Mädchen, und sie hat sich zu einer verschlossenen Frau entwickelt. So, und wo ist jetzt das verdammte Meersalz?«

Eva erklärte Brian, wie man einen Tomaten-Mozzarella-Salat zubereitete.

Sie sagte: »Bitte halte dich an die Mengenangaben.«

Sie sagte ihm, welchen Teller er benutzen sollte und welche Serviette. Die Genauigkeit ihrer Anweisungen führte dazu, dass Brian sich noch ungeschickter anstellte als sonst.

Hatte er zu viel Olivenöl genommen? Sollte er das Basilikum zerpflücken oder hacken? Wollte sie Zitrone und Eis in ihrem Wodka Tonic? Sie hatte nichts davon gesagt, also ließ er beides weg.

Sie konnte das Basilikum und die Tomaten schon riechen, bevor er die Tür zum Schlafzimmer mit seinem Fuß aufstieß.

Er stellte das Tablett auf ihren Schoß und blieb abwartend neben dem Bett stehen.

Sie sah sofort, dass die Tomaten mit einem stumpfen Messer dick geschnitten waren, dass sich die Stängel noch am Basilikum befanden und es offensichtlich nicht gewaschen worden war. Trotz ihrer strikten Anweisung, nichts hinzuzufügen, hatte Brian um den Rand des Tellers ein Muster aus getrocknetem Oregano improvisiert.

Es gelang ihr, sich zu beherrschen, und als er fragte: »Gut so?«, antwortete sie: »Mir läuft das Wasser im Mund zusammen.«

Sie war ihm aufrichtig dankbar. Sie wusste, wie schwer es war, einen Haushalt zu führen, wenn man nebenbei Vollzeit arbeiten musste.

Und sie nahm an, dass ihm Titania fehlte.

26

Es war halb sieben Uhr morgens. Raureif schmückte die Bäume und Sträucher und verlieh dem Parkplatz des Space Center einen ätherischen Schein, als Mrs. Hordern näherkam. An der Stellung der willkürlich geparkten Wagen sah sie sofort, dass etwas passiert war. Normalerweise parkten alle Mitglieder des Personals genau auf den ihnen zugewiesenen Plätzen. In der Vergangenheit war es sogar zu Handgreiflichkeiten wegen geringfügiger Verstöße gegen die Betriebsbedingungen gekommen (die am anderen Ende des Parkplatzes hinter Glas ausgehängt waren).

Mrs. Hordern begegnete Wayne Tonkin, der gerade aus dem Forschungstrakt kam, als sie hineinging.

»Was ist los?«, fragte sie und deutete mit einem Kopfnicken zum Parkplatz.

Wayne sagte: »Ich hoffe, Sie haben Ihren Urlaub noch nicht gebucht, Mrs. Hordern, denn wir werden nächste Woche alle zu Kartoffelchips verbrannt.«

»Um welche Zeit?«

»Zwölf Uhr mittags«, sagte er, um eine saubere Aussprache bemüht.

»Dann muss ich mir also gar nicht erst die Mühe machen, einen Weihnachtsbaum zu kaufen?« Sie lachte auf und dachte, Wayne würde mitlachen.

»Nein«, sagte Wayne.

Als Mrs. Hordern eintrat, sah sie, dass die Mitarbeiter direkt aus dem Bett gekommen waren.

Lederhose trug einen hellblauen Seidenpyjama. Ausnahmsweise bedachte er sie nicht mit seinem Hollywood-Lächeln.

»Was ist los?«, fragte sie.

»Nichts, überhaupt nichts«, antwortete er. »Die Erde dreht sich weiter.«

Mrs. Hordern ging zur Garderobe, um ihren Mantel aufzuhängen und ihre Stiefel gegen die Crocs zu tauschen, die sie immer bei der Arbeit trug. Aus einer Toilettenkabine hörte sie Schluchzen. Sie wusste, dass es Titania war, weil Frau Dr. Klugscheißer oft aufs Klo ging, um zu weinen. Mrs. Hordern klopfte an die Kabinentür und fragte Titania, ob sie irgendwie helfen könne.

Die Tür öffnete sich und Titania schrie: »Ich glaube kaum! Verstehen Sie das Standardmodell der Elementarteilchenphysik und seinen Platz im Raum-Zeit-Kontinuum, Mrs. Hordern?«

Die Putzfrau gab zu, dass sie es nicht verstand.

»Nun, dann halten Sie sich raus! Mein Problem hat lediglich mit meiner Forschungsarbeit zu tun, die ich nun nie vollenden werde. Ich habe diesen Teilchen mein Leben gewidmet!«

Während Mrs. Hordern den Gang entlangging und die Wischmaschine vor sich her schob, dachte sie: »Irgendwas stimmt hier nicht.«

Als sie an der Tür mit der Aufschrift »Erdnahe Objekte«, vorbeikam, schoss Brian Biber heraus und schrie: »Um Himmels Willen, schalten Sie das Scheißding aus! Wir versuchen hier zu denken!«

Mrs. Hordern sagte: »Mag ja sein, aber dieses Stockwerk reinigt sich nicht von selbst. Kein Grund zu fluchen. Das dulde ich zu Hause nicht, und das dulde ich auch hier nicht!«

Brian verzog sich an seinen Schreibtisch, wo Computer Zahlen herunterratterten, und eine rot blinkende Fluglinie zu sehen war, die auf ein großes kugelförmiges Objekt zusteuerte. Der Raum war voll mit Leuten, die stumm auf die Bildschirme starrten. Einige seiner Kollegen drängelten sich näher und spähten nervös über Brians Schulter, als seine Finger über die Tastatur flogen.

Lederhose sagte: »Vielleicht wäre es gut, wenn Sie Ihre australischen Daten noch einmal prüfen, Dr. Biber, bevor sich die Augen der ganzen Welt auf uns richten. Es wäre irgendwie unschön, wenn wir uns irren.«

Brian sagte: »Ich bin fast sicher. Aber die Computermodelle stimmen nicht alle überein.«

»Fast!«, grölte Lederhose. »Sollen wir den Premierminister, den UNO-Generalsekretär und den Präsidenten der Vereinigten Staaten wecken, um ihnen zu sagen, dass wir *fast* sicher sind, dass die Erde am Arsch ist?«

Brian erklärte pedantisch: »Man weckt nicht den Präsidenten. Der Anruf geht an den zuständigen Beamten bei der NASA in Washington.« Dann fuhr er mit schwacher Stimme fort: »Es könnte sein, dass die Metadaten der Sternkarten fehlerhaft sind. Wir haben immer gewusst, dass die Eingliederung unserer Datenbank möglicherweise eine Fehlerquelle ist. Und ich habe mich auf Dr. Abbots Interpolationsverfahren verlassen ...«

Lederhose rief: »Und wo ist sie, wenn man sie braucht? Im Scheißmutterschaftsurlaub auf ihrem schönen walisischen Berg, wo sie das sabbernde Mondgesicht stillt, ohne Festnetz, ohne Handynetz, und das Modernste, was sie in dieser verschimmelten Bruchbude namens Cottage hat, ist ein verfickter Dualit-Toaster. Schaffen Sie diese Lauchfresserin irgendwie her!«

Ein paar Stunden später, als Mrs. Hordern mit ihrer Bohnermaschine erneut am Büro vorbeiging, spähte sie vorsichtig durch die halboffene Tür und sah eine kleine Menschenmenge lachen und Hände schütteln. Die Szene erinnerte sie an Skippy, das Buschkänguru, wenn er und seine menschlichen Freunde am Ende jeder Episode ihre Probleme bewältigt hatten.

Brian saß abseits, die Hände ineinander verschränkt, und starrte zu Boden.

Als Mrs. Hordern ging, begegnete sie Wayne Tonkin. Er polierte seinen neuen fahrbaren Rasenmäher.

Er unterbrach seine Arbeit und sagte: »Also geht die Welt doch nicht nächste Woche unter. Biber, der Depp, hat sich verrechnet. Dieser Asteroid verfehlt uns um siebenundzwanzig Millionen Meilen.«

»Irgendwie hatte ich mich schon gefreut, dass Weihnachten ausfällt«, sagte Mrs. Hordern. »Ist immer so ein Stress. Außer mir rührt keiner zu Hause einen Finger.«

Wayne verdrehte die Augen und ließ den Motor des Rasenmähers an. Er konnte es kaum erwarten, ihn zu benutzen, aber das Dreckswetter würde ihn noch ein paar Monate zappeln lassen.

27

Brian junior und Brianne waren nicht ganz sicher, wie es kam, dass Poppy im Auto ihres Vaters saß, als er sie für die Weihnachtsferien in Leeds abholte. Keiner der beiden wollte sie im Wagen haben, oder im Haus, und die Aussicht, ganze vier Wochen mit ihr zu verbringen, fanden beide gruselig.

Poppy hatte erfahren, dass Brian erwartet wurde, und trieb sich unten in der Lobby herum, um sich ihm vorzustellen. Sie hatte die Zwillinge über den unterirdischen Kleidergeschmack ihres Vaters lästern hören – und sie hatte ein Foto von Dr. Biber gesehen, auf dem sein Gesicht hinter einem wuchernden schwarzen Bart versteckt war – deshalb wusste sie, wonach sie Ausschau halten musste. Diverse ähnliche Kandidaten durchquerten die Lobby, bevor Dr. Biber auftauchte.

Als Brian auf den Knopf drückte, um den ächzenden Fahrstuhl zu rufen, schlüpfte Poppy neben ihn und sagte: »Der Fahrstuhl ist wahnsinnig langsam. Manchmal komme ich mir vor wie in einem Samuel-Beckett-Stück.«

Brian lachte. In einer Studentenaufführung von *Warten auf Godot* hatte er Lucky gespielt und war für seine »hektische Energie« gelobt worden.

Während sie langsam in den sechsten Stock fuhren, erzählte Poppy Brian, dass ihre Eltern im Ninewells Hospital in Dundee im Koma lagen. Es war das erste Mal, dass sie Weihnachten allein war, sagte sie.

Brian dachte schon, sie würde weinen. Sie tat ihm leid.

In Poppys Gehirn blitzte eine Erinnerung auf. Die Wikipedia-Seite für das Ninewells Hospital. Sie lächelte tapfer und sagte: »Aber Mum und Dad haben gewissermaßen Glück im Unglück. Sie liegen im ersten Frank-Gehry-Gebäude in ganz Großbritannien. Bob Geldof hat es eingeweiht. Ich kann es kaum erwarten, ihnen das zu erzählen ... wenn sie aufwachen.«

»Ja, ich mag Gehrys Arbeit«, sagte Brian. »Sehr Weltraum-Zeitalter. Erinnert mich an das Modul, das wir, nun ja, auf dem Mond bauen wollen.« Als sie ihn fragte, was er von Beruf war, sagte er: »Ich bin Dr. Brian Biber, ich bin Astronom.«

Poppy quiekte und klatschte in die Hände. »Wow!«, sagte sie. »Das will ich auch werden! Was für ein erstaunlicher Zufall!«

Brian war derselben Meinung und sagte: »In der Tat, erstaunlich.«

Dann schlug sie die Hand vor den Mund und sagte: »OMG! Sie müssen Briannes Vater sein, der ist Astronom!«

»Schuldig im Sinne der Anklage«, sagte Brian. Er fand Poppy herzallerliebst, ihr wildes Haar und ihre blasse Haut bezaubernd. Ihre sehnige, exotische Sexualität lenkte ihn davon ab, sie nach ihren astronomischen Ambitionen zu befragen.

»Und was machen Sie Weihnachten?«, fragte er. »Wo werden Sie die Feiertage verbringen?«

»Ach, ich bleib einfach hier und geh ein bisschen

spazieren. Ich habe kein Geld. Ich habe alles für die Besuche bei Mum und Dad ausgegeben«, erklärte sie schwermütig.

Einen Moment lang herrschte einträchtiges Schweigen.

»Sie kennen also Brianne?«

»Kennen? Wir sind beste Freundinnen. Ich kann den Gedanken nicht ertragen, vier ganze Wochen von ihr getrennt zu sein.«

Sie lächelte tapfer, doch Brian sah, dass das arme Mädchen innerlich weinte. Er brauchte nicht lang, um eine Entscheidung zu treffen. Als sie aus dem Fahrstuhl stiegen, sagte er, sie solle ihre Sachen packen, und gab ihr seinen Autoschlüssel.

»Wenn Sie fertig sind, setzen Sie sich in den silbernen Peugeot Kombi. Das wird eine fantastische Überraschung für die Zwillinge.«

Poppy fiel ihm um den Hals. Brian hielt sie fest, zunächst lachend, doch als sich der eiserne Griff um seinen Hals nicht lockerte, begann er, ihr junges, festes Fleisch und ihr nach Moschus duftendes Parfum wahrzunehmen. Er zwang sich, an das knorpelige Fleisch zu denken, das er in der Schule hatte essen müssen – das funktionierte normalerweise.

Die Zwillinge fuhren mit dem Fahrstuhl nach unten, während ihr Vater noch in Brian juniors Zimmer die Toilette benutzte.

Brianne sagte: »Vier Wochen ohne diese durchgeknallte Kuh.«

Brian junior lächelte eines seiner seltenen Lächeln. Bevor sich die Fahrstuhltür öffnete, misslang ihnen der Versuch, sich abzuklatschen.

Brianne sagte: »Brian junior, du vermasselst immer das *Timing*! Wie oft haben wir das geübt? Im Bett musst du eine Katastrophe sein. Du hast nicht das geringste Rhythmusgefühl.«

»Es hat gereicht, um Poppy zu schwängern.«

»Du kannst keine Frau schwängern, wenn du deine Unterhose anbehältst und keine Erektion bekommst.«

»*Das* weiß ich! Ich weiß auch, dass die Eier explodieren, wenn man das Sperma nicht rauslässt.«

Als sie das Gebäude verließen, empfing sie ein scharfer Wind mit Schneegestöber. Sie liefen zum Wagen ihres Vaters und sahen jemanden auf dem Beifahrersitz.

Während sie weiter auf das Auto zugingen, öffnete sich die Beifahrertür und Poppy rief: »Überraschung!«

Die Fahrt war furchtbar.

Der Kofferraum war voll mit Poppys Koffern und schwarzen Müllsäcken, die von ihren verrückten Klamotten und Schuhen überquollen. Brianne und Brian junior saßen eingezwängt zwischen ihrem eigenen Gepäck.

Poppy redete die ganze Fahrt über, von Leeds bis nach Leicester. Wäre er nicht gefahren, hätte Brian zu ihren Füßen gesessen – als wäre sie Homer und weise für ihr Alter.

Er dachte: »Sie ist die Tochter, die ich hätte bekommen sollen, ein Mädchen, das kleiner ist als ich. Das ewig im Bad braucht und sich schön macht – anders als Brianne, die grunzt wie ein Schwein, wenn sie sich das Gesicht wäscht, und nach zwei Minuten wieder draußen ist.«

Brian junior dachte an das Kaulquappen-Baby in Poppys Bauch. Er konnte sich nicht erinnern, was in der

Nacht passiert war, als sie in sein Bett gekommen war. Die Bilder, die er heraufbeschwor, waren ein Wirrwarr aus Armen und Beinen und Hitze und Fischstäbchengeruch, dem Aufeinanderschlagen von Zähnen, raschem Atem und dem unglaublich wundervollen Gefühl, aus seinem sterblichen Körper in ein unerwartetes Universum zu fallen.

Brianne wollte die Welt von Poppy befreien und verbrachte die Fahrt damit, bis ins Detail zu planen, wie das zu erledigen wäre.

Während sie bei Ausfahrt 21 die Autobahn verließen, versuchte Brian die Zwillinge auf »die Veränderungen der häuslichen Situation« vorzubereiten.

Er erzählte ihnen: »Mum fühlt sich nicht so wohl.«

»Hat sie deshalb seit drei Monaten nicht mit uns telefoniert?«, fragte Brianne bitter.

Poppy wandte den Kopf und sagte: »Das ist schockierend – eine Mutter, die nicht mit ihren Kindern telefoniert.«

Brian sagte: »Da haben Sie recht, Poppy.«

Brian junior sagte zu Brianne: »Wir hätten es ja weiter versuchen können.«

28

Eva sehnte sich danach, die Zwillinge in den Armen zu halten, um so mehr, als sie nicht dafür zuständig war, ihre Zimmer aufzuräumen oder ihre Betten zu beziehen, und jemand anders für sie kochte und ihre Weihnachtsgeschenke besorgte. Und vielleicht war Brian jetzt mal an der Reihe, sich über ihre Trägheit und Unordnung zu ärgern.

»Ja«, dachte sie. »Ja, soll jemand anders unter ihre Betten kriechen und die Cornflakes-Schalen mit der angetrockneten Milch darunter hervorholen. Die braunen Apfelgehäuse, verschrumpelten Bananenschalen und die dreckigen Socken.« Sie lachte laut in ihrem reinen, weißen Zimmer.

Brianne und Brian junior waren schockiert, als sie ihre Mutter in der weißen Zelle im Bett sitzen sahen, die einst das Schlafzimmer ihrer Eltern gewesen war. Eva breitete die Arme aus, und die Zwillinge ließen sich hineinsinken.

Sie konnte nicht sprechen. Sie war überwältigt vor Freude, sie zu halten, ihre Körper zu fühlen – die sich in den letzten drei Monaten spürbar verändert hatten.

Brianne musste dringend ihre Haare schneiden. Eva

dachte: »Ich gebe ihr sechzig Pfund, damit sie zu einem anständigen Friseur gehen kann.«

Brian junior war aufgeregt – Eva konnte spüren, wie er die Muskeln anspannte – und hatte sich ungewöhnlicherweise einen Dreitagebart stehen lassen, wodurch er, wie sie fand, an einen blonden Orlando Bloom erinnerte. Briannes schwarze Gesichtbehaarung dagegen schrie nach einem Waxing-Termin.

Sie lösten sich von ihr und setzten sich verlegen auf die Bettkante.

Eva sagte: »Also, erzählt mir alles. Seid ihr in Leeds glücklich?«

Die Zwillinge sahen sich an, und Brianne sagte: »Eigentlich schon, bis auf …«

Unten hörte Eva jemanden rufen: »Wow, ich fühl mich schon wie zu Hause!«

Erneut wechselten die Zwillinge einen Blick, dann standen sie auf und eilten aus dem Zimmer.

Brian rief nach oben: »Zwillinge, helft mir mit dem Gepäck!«

Man hörte donnernde Schritte auf der Treppe, und dann warf sich ein sonderbares Mädchen in einem schäbigen Cocktailkleid, über dem sie einen Altherren-Bademantel trug, dessen Gürtel sie sich nach Gaddafi-Art um den Kopf gewickelt hatte, in Evas Arme. Eva tätschelte ihr Rücken und Schultern und bemerkte, dass die weißen BH-Träger des Mädchens schmuddelig waren.

»Bob Geldof hat vierundzwanzig Stunden am Bett meiner Eltern Wache gehalten«, verkündete das merkwürdige Mädchen.

Eva fragte: »Warum?«

»Das wissen Sie nicht?«, sagte das Mädchen. »Ich bin

Poppy. Ich bin die beste Freundin von Brianne und Brian junior.«

Eva konnte Brian junior und Brianne ächzen hören, als sie mit Poppys Gepäck die Treppe hinaufwankten, und war verdutzt, als Poppy rief: »Ich hoffe, das ist nicht mein Gepäck, das ihr da durch die Gegend schleudert. In den Koffern sind wertvolle Kunstobjekte.« Sie stand von Evas Bett auf und ging ins Bad, wobei sie die Tür angelehnt ließ.

Wenige Sekunden später hörte Eva Poppys einseitiges Gespräch.

»Hallo, die Intensivstation, bitte.«
Schweigen.
»Hallo, ist da Schwester Cooke?«
Schweigen.
»Mir geht es gut. Ich bin bei Freunden auf dem Land.«
Schweigen.
»Wie geht es Mum und Dad?«
Schweigen.
»Oh, nein! Soll ich kommen?«
Schweigen.
»Sind Sie sicher? Ich könnte bequem ...«
Schweigen.
»Was glauben Sie, wie viel Zeit ihnen noch bleibt? Sagen Sie es mir, ich muss es wissen!«
Schweigen.
»Nein! Nein! Nicht sechs Wochen! Ich wollte, dass sie meinen Abschluss noch erleben.«
Schweigen.
»Es bricht mir das Herz, wenn ich mir vorstelle, dass es ihr letztes Weihnachten ist! [Pause] Vielen Dank, Schwester, aber ich tue nur, was jede liebende Tochter für ihre sterbenden Eltern tun würde.«

Schweigen.

»Ja, ich wünschte, ich hätte das Geld, sie über die Weihnachtsferien zu besuchen, aber ich bin pleite, Schwester. Ich habe mein ganzes Geld für Bahnfahrkarten und äh ... Weintrauben ausgegeben.«

Schweigen.

»Nein, ich bin Einzelkind und ich habe keine lebenden Verwandten. Meine Familie wurde von der letzten Hühnergrippe-Epidemie ausgelöscht. Aber, na ja.«

Schweigen.

»Nein, ich bin nicht tapfer. Wenn ich tapfer [schluchz] wäre [schluchz], würde ich jetzt nicht heulen.«

Eva sank in die Kissen und tat, als würde sie schlafen. Sie hörte Poppy ins Schlafzimmer zurückkommen, ein verärgertes Schnauben ausstoßen und in ihren Arbeitsstiefeln, die sie ohne Schnürsenkel trug, aus dem Zimmer stapfen. Die Stiefel polterten die Treppe hinunter, aus dem Haus und auf die Straße.

Brian, Brianne und Brian junior standen auf dem Treppenabsatz und diskutierten darüber, in welches Zimmer sie Poppys Gepäck schaffen sollten.

Brian junior klang ungewöhnlich leidenschaftlich. »Nicht in meins, *bitte*, nicht in meins.«

Brianne sagte: »Du hast sie eingeladen, Dad. Sie sollte in deinem Zimmer schlafen.«

Brian sagte: »Zwischen mir und Mum steht es nicht so gut. Ich schlafe im Schuppen, auf Mums Wunsch.«

Brianne sagte: »Oh, Gott! Lasst ihr euch scheiden?«

Und Brian junior fragte genau gleichzeitig: »Kaufen wir dann dieses Jahr zwei Weihnachtsbäume, Dad? Einen für uns im Haus und einen für dich im Schuppen?«

Brian sagte: »Was quatscht ihr da von Scheidung und

Scheißweihnachtsbäumen? Ihr brecht mir gerade das Herz. Aber vergesst euren alten Vater! Warum sollte ausgerechnet er in den Genuss des Hauses kommen, für das er immer noch zahlt?«

Er hätte sich gewünscht, dass seine Kinder ihn zum Trost in den Arm nehmen. Er erinnerte sich, wie er als Kind *Die Waltons* gesehen hatte, während seine Mutter ihr Gesicht schminkte und sich für den jeweils neuesten »Onkel« schön machte. Brian erinnerte sich an den Geruch ihres Puders und daran, wie geschickt sie mit ihren kleinen Pinseln war. Bei der letzten Szene, wenn die ganze Familie sich gute Nacht wünscht, hatte er immer einen Kloß im Hals bekommen.

Doch stattdessen sagte Brianne verärgert: »Also, wohin mit dem Gepäck von dem durchgeknallten Weib?«

»Brian sagte: Sie ist deine beste Freundin, Brianne. Ich bin natürlich davon ausgegangen, dass sie in deinem Zimmer schläft.«

»Mein beste Freundin! Lieber hätte ich eine inkontinente Pennerin mit psychischen Problemen als Freundin als diese ...«

Brianne fehlten die richtigen Worte für ihre Abscheu. Beim Nachhausekommen hatte sie ihre Mutter im Bett vorgefunden, in einem vollkommen weißen Kasten, offensichtlich verrückt, und jetzt erwartete ihr Vater noch, dass sie ihr Zimmer mit dieser Blutsaugerin Poppy teilte, die ihr das erste Semester an der Uni versaut hatte.

Das Gepäck stand noch immer auf dem Treppenabsatz, als Poppy Brian anrief, um ihm zu sagen, dass »ein alter Mann mit grässlich vernarbtem Gesicht« ihr vom Kiosk gefolgt war, wo sie ihre Blättchen gekauft hatte. Sie hatte die Polizei gerufen und sich vor ihm in einem Park in der Nähe versteckt.

Brian sagte: »Das ist höchstwahrscheinlich Stanley Crossley, ein ganz reizender Mann, er wohnt am Ende unserer Straße.«

Brianne riss ihrem Vater das Telefon aus der Hand. »Sein Gesicht ist vernarbt, weil er fast bei lebendigem Leibe in einer Spitfire verbrannt ist. Schon mal vom Zweiten Weltkrieg gehört? Ruf die Polizei an und sag ihnen, du hast dich geirrt!«

Doch es war zu spät. Sie konnten schon die Sirenen draußen hören. Poppy unterbrach die Verbindung.

Vor Wut und Frust schlug Eva in die Kissen. Ihr Frieden war zerstört. Sie wollte die aufgebrachten Stimmen vor ihrem Fenster nicht hören, und auch nicht die Sirenen auf der Straße. Und sie wollte, dass dieses verrückte Mädchen keine fünf Minuten länger in ihrem Haus blieb. Der Stanley Crossley, den sie kannte, war ein zurückhaltender und höflicher Mann, der es nie versäumte, seinen Hut zu heben, wenn er Eva auf der Straße begegnete.

Einmal, erst im letzten Frühjahr, hatte er sich zu ihr auf die Holzbank gesetzt, die er in Gedenken an seine Frau Peggy aufgestellt hatte. Sie hatten ein paar banale Bemerkungen über das Wetter ausgetauscht. Dann hatte er aus heiterem Himmel über Sir Archie McIndoe gesprochen, den Chirurgen, der sein Gesicht rekonstruiert, ihm Augenlider, eine Nase und Ohren verpasst hatte.

»Ich war noch ein Kind«, hatte er gesagt. »Achtzehn. Ich war ein hübscher Junge gewesen. Es gab keine Spiegel in den Nissenhütten, wo ich und die anderen wohnten.«

Eva hatte gedacht, er würde fortfahren, doch er stand von der Bank auf, tippte sich an den Hut und setzte seinen Weg in die Stadt ungelenk fort.

Jetzt ließ Eva sich in die Kissen zurücksinken. Sie konnte Brian junior und Brianne im Zimmer nebenan zanken hören. Sie hatte Stanley, der nur etwa hundert Meter entfernt wohnte, besuchen wollen. Sie hatte vorgehabt, ihn zum Tee einzuladen. Sie dachte an eine weiße Tischdecke, einen Tortenständer und dreieckige Gurkensandwiches auf einem Porzellanteller. Doch zu ihrer Schande hatte sie, obwohl sie mindestens zweimal täglich an seiner Haustür vorbeiging, so eine Einladung nie ausgesprochen.

Eva war wütend auf Brian. Poppy in die ohnehin angespannte Atmosphäre des Hauses zu bringen war, als würde man Nitroglyzerin auf eine Hüpfburg mitnehmen. Sie sagte: »Brian, geh diese tückische kleine Zicke suchen. Du bist für sie verantwortlich.«

Ein paar Minuten später sah sie Brian in seinen Pantoffeln ans Ende der Straße laufen, wo Polizeiautos, Motorräder und ein Hundetransporter zu parken versuchten.

Brian wandte sich an eine stämmige Polizistin. Er fragte sich, wer oder was ihr die Nase gebrochen hatte.

Er sagte: »Ich glaube, ich kann den ganzen Stalker-Quatsch aufklären.«

»Sind Sie der Gentleman, den wir suchen, Sir?«, fragte Wachtmeister Judith Cox.

»Mitnichten! Ich bin Dr. Brian Biber.«

»Sind Sie in Ihrer Eigenschaft als Arzt hier, Dr. Biber?«

»Nein, ich bin Astronom.«

»Dann sind Sie gar kein Arzt, Sir?«

»So weit ich weiß, lernt ein Arzt nur sieben Jahre, wogegen wir Astronomen bis zu dem Tag lernen, an dem wir sterben. Jeden Tag werden neue Sterne und neue Theorien geboren ...«

»Biber, wie das eifrige kleine Nagetier?« Bevor Brian etwas sagen konnte, fügte sie hinzu. »Es gibt da eine Frage, die ich Ihnen gern stellen möchte, Dr. Biber.«

Brian setzte sein professionelles Zuhör-Gesicht auf.

»Ich bin Widder. Ein Kollege hat mich gefragt, ob ich mit ihm ausgehe. Meine Frage ist, er ist Schütze, passen wir zusammen?«

Verärgert erwiderte Brian: »Ich sagte *Astronom*. Wollen Sie mich provozieren?«

Sie lachte. »Kleiner Scherz, Sir. Ich mag es auch nicht, wenn man mich Bulle nennt.«

Brian begriff den Zusammenhang nicht, fuhr aber fort: »Ich kann persönlich für Stanley Crossleys Charakter bürgen. Er ist ein Gelehrter und ein Gentleman, und ich wünschte, es gäbe in England mehr Menschen wie ihn.«

Wachtmeister Cox sagte: »Das mag ja stimmen, Sir, aber soweit ich weiß, sind Peter Sutcliffes ausgezeichnete Manieren in Broadmoor legendär.« Sie lauschte dem Knistern ihres Funkgeräts am Jackenaufschlag, sagte: »Nein, meins ist das Rinder-Chow-Mein mit Austernsauce«, hinein, winkte Brian und ging in den Park, um Poppy, das Opfer, zu verhören.

Eva kniete auf ihrem Bett und sah aus dem Fenster, als Stanley Crossley in einem Polizeiauto vorbeifuhr. Sie dachte, er würde vielleicht zum Haus sehen, also winkte sie, doch er starrte geradeaus. Es gab nichts, das sie tun konnte, um ihm zu helfen, und es gab nichts, das sie tun konnte, um sich selbst zu helfen. Sie war erfüllt von primitivem Zorn und verstand zum ersten Mal, wie leicht es war, jemanden umzubringen.

Ein weiteres Polizeiauto fuhr am Haus vorbei. Poppy saß darin, und es schien, als würde sie weinen.

Eva sah Brian die Straße hinauftrotten. Sein Bart flatterte im Wind, und er hielt den Kopf im Schneegestöber gesenkt. Sie graute sich davor, dass er hochkommen und berichten würde, was passiert war.

»Im Moment«, dachte sie, »würde ich sogar *ihn* gern umbringen.«

Brian platzte in Evas dunkles Zimmer wie ein dienstbeflissener, haariger Hermes, der unbedingt seine Nachricht loswerden wollte. Er schaltete das Deckenlicht an und sagte: »Poppy ist völlig verstört und selbstmordgefährdet. Ich weiß nicht, was ich mit ihr machen soll.«

Eva fragte: »Wie geht es Stanley?«

»Du weißt ja, wie diese alten Soldaten sind – hat nicht mit der Wimper gezuckt. Oje!«, rief Brian. »Das hätte ich nicht sagen sollen, wo er doch gar keine Wimpern hat. Ich frage mich, was die politisch korrekte Bezeichnung für jemanden wie Stanley wäre?«

Eva sagte: »Man nennt ihn einfach Stanley.«

»Ich soll dir etwas von ihm ausrichten. Er würde gern mal vorbeischauen und dich besuchen, noch vor Weihnachten.«

»Kannst du mir meinen Stuhl hochbringen?«, fragte Eva.

»Den Suppensessel?«

Sie nickte und sagte: »Ich will auf Augenhöhe mit den Leuten reden, und wo Weihnachten vor der Tür steht ...«

29

Am nächsten Morgen, als Brian und Brian junior den Sessel hereintrugen und neben dem Bett abstellten, fragte Eva: »Na, was treibt Fräulein Melodrama?«

»Sie sagt, sie hat Bauchweh«, sagte Brianne, die im Türrahmen auftauchte.

»Offenbar war die Polizei ziemlich grob zu ihr«, sagte Brian.

»Wahrscheinlich hat nur irgendein Polizist die Stimme erhoben. Sie sieht nicht aus wie jemand, der in der Zelle verprügelt wurde.« Brianne sah Brian vorwurfsvoll an. »Schick sie weg, Dad! Jetzt!«

»Soll ich etwa vierzehn Tage vor Weihnachten ein junges mitteloses Mädchen raus in den Schnee schicken?«

»Sie ist ja wohl kaum das kleine Mädchen mit den Schwefelhölzern! Sie fällt immer auf die Füße!«

Brian junior sah das genauso: »Poppy gewinnt immer. Sie glaubt, allen anderen Menschen überlegen zu sein. Sie denkt, wir sind Untermenschen, nur dazu da, ihr zu dienen.«

Poppy erschien in der Tür und hielt sich den Bauch. Sie sagte schwach: »Ich hab einen Krankenwagen gerufen. Ich glaube, ich habe eine Fehlgeburt.«

Brian stützte sie und führte sie zum Suppensessel.

Sie sagte: »Ich darf dieses Baby nicht verlieren, Brian junior. Es ist alles, was mir bleibt ... jetzt, wo ich dich verloren habe.«

Eva bemerkte: »Das schreckliche Dilemma, vor dem wir hier stehen, Brian, ist, dass sie vielleicht die Wahrheit sagt.«

Eva sah von ihrem Bett aus zu, wie Poppy nach draußen zum Krankenwagen getragen wurde. Sie war in eine rote Decke gehüllt.

Es fiel jetzt dichter Schnee.

Poppy hob eine Hand und winkte Eva schwach.

Eva winkte nicht zurück. Ihr Herz war kalt wie das Straßenpflaster draußen. Sie wollte den Eindringling loswerden.

Um elf Uhr abends rief eine Krankenhausangestellte an, um ihnen mitzuteilen, dass Poppy entlassen worden war und ob jemand sie abholen könnte.

Als Brian im Wartezimmer der Notaufnahme ankam, fand er Poppy auf drei Plastikstühlen liegend, eine Pappschale in den Händen und ein Bündel Taschentücher vor dem Mund.

Sie sagte: »Gott sei Dank sind Sie hier, Dr. Biber! Ich hatte gehofft, dass *Sie* kommen würden.«

Ihre Blässe, die Zartheit ihrer Finger, die die Schüssel hielten, berührten etwas in Brian. Er legte eine Hand unter ihre Schultern und hob sie ins Sitzen. Sie zitterte. Brian zog ihr seine Fleecejacke an, lieh sich einen Rollstuhl und setzte sie hinein, obwohl sie protestierte. »Ich kann wunderbar allein gehen.«

Der Schnee bedeckte Bürgersteige und Häuser und

verlieh den brutalen Krankenhausblöcken eine gewisse Milde. Als sie zu Brians Auto kamen, schloss er auf, hob Poppy behutsam auf den Rücksitz und deckte sie zu. Den Rollstuhl ließ er am Parkplatzrand stehen. Normalerweise hätte er ihn zurückgebracht, aber er wollte sie nicht allein lassen.

Er fuhr vorsichtig. Die Hauptstraßen waren gestreut, doch der Schnee fiel so schnell, dass sie bald wieder bedeckt waren.

Von Zeit zu Zeit wimmerte Poppy.

Brian wandte den Kopf, so weit es ging, und sagte: »Wir sind bald da, Kleines.« Er hätte sie gern gefragt, ob sie eine Fehlgeburt erlitten hatte, doch er sah ein, dass er zu wenig über Frauen und ihre Gefühle wusste, und die Vorstellung, über gynäkologische Details zu sprechen, war ihm unbehaglich.

Das Schneetreiben war zu einem Schneesturm angewachsen. Er öffnete sein Fenster, konnte den Rand des Bürgersteigs jedoch nicht erkennen. So fuhr er noch ein paar Minuten weiter und dann, nur hundert Meter vom Haus entfernt, hielt er mit laufendem Motor an.

Poppy setzte sich auf und sagte schwach: »Ich liebe Schnee, Sie nicht auch, Dr. Biber?«

Brian sagte: »Bitte, nenn mich doch Brian. Es ist in der Tat ein fantastischer Stoff. Wusstest du, Poppy, dass keine zwei Schneeflocken gleich sind?«

Poppy schnappte nach Luft, obwohl ihr diese Eigenschaft der Schneeflocken seit der Vorschule bekannt war. »Dann ist jede einzigartig?«, sagte sie mit Staunen in der Stimme.

Brian erinnerte sich: »Die Zwillinge haben in ihrem ersten Krippenspiel Schneeflocken gespielt. Die beschränkte Lehrerin hatte ihnen *identische* Kostüme gemacht. Niemandem im Publikum ist das aufgefallen, außer mir. Mir hat das alles verdorben.«

Poppy sagte: »Ich war immer Maria.«

Brian betrachtete sie aufmerksam. »Ja, ich sehe, warum man dich auserwählt hat.«

»Meinst du, du kannst sehen, dass ich die Auserwählte bin?«

»Oh, ja«, sagte Brian.

Poppy beugte sich vor, nahm Brians Hand vom Lenkrad und küsste sie. Sie kletterte nach vorn, über den Schaltknüppel, und setzte sich auf seinen Schoß. Sie sagte mit ihrer Kleinmädchenstimme: »Bist du mein neuer Daddy?«

Brian erinnerte sich an das letzte Mal, als Titania auf seinem Knie gesessen hatte. In letzter Zeit hatte sie zugenommen, und es war eine ziemlich schmerzhafte Erfahrung gewesen. Jetzt wollte er Poppy auf den Beifahrersitz schieben, bevor sein Schwanz zum Leben erwachte, doch sie schlang die Arme um seinen Hals, streichelte seinen Bart und nannte ihn »Daddy«.

All das fand er unwiderstehlich. Er tat Dinge, die, wie man heutzutage sagt, »völlig unangemessen« waren. Und er fühlte sich geschmeichelt, dass so ein reizendes, junges unschuldiges Mädchen sich zu einem 55-jährigen alten Esel wie ihm hingezogen fühlte.

Er fragte sich, ob Titania im Schuppen auf ihn wartete. Vielleicht hatte der Schnee sie davon abgehalten, die übliche Fahrt anzutreten – hoffentlich nicht, denn heute Nacht brauchte er eine Frau.

Nachdem der Schneesturm ein wenig nachgelassen hatte, stiegen Brian und Poppy aus dem Wagen und gingen zum

Haus. Eva sah sie an die Gartenpforte kommen. Brian strahlte, und Poppy flüsterte ihm etwas ins Ohr.

Eva klopfte so heftig ans Fenster, dass eine der Glasscheiben zerbrach. Schnee drang ins Zimmer wie Wasser durch einen gebrochenen Damm und schmolz dann langsam in der Wärme.

30

Am nächsten Morgen saß Eva im Schneidersitz auf dem Bett, während Alexander das zerbrochene Glas ersetzte, indem er Kitt um die Glasscheibe quetschte wie sie früher Teig um den Rand eines Obstkuchens.

Sie sagte: »Gibt es irgendetwas, das du nicht kannst?«

»Ich kann nicht Saxophon spielen. Ich kenne die Krocket-Regeln nicht. Ich kann mich nicht an das Gesicht meiner Frau erinnern. Mein Orientierungssinn taugt nichts. Ich kann nicht stabhochspringen, und bei Handgreiflichkeiten ziehe ich den Kürzeren.«

Eva gestand: »Ich kann kein Digitalradio programmieren. Bei meinem Smartphone habe ich nach einem Tag aufgegeben. Auf meinem Computer hat sich Microsoft nicht mit dem Internet verbunden, und ich kann auch keinen Film auf einem iPad gucken – und warum sollte ich auch, wenn das nächste Kino nur eine halbe Meile entfernt ist? Ich hätte vor hundert Jahren leben sollen. Ich kann nichts auf meinen MP3-Spieler laden. Warum kaufen mir die Leute immer solche Geräte? Mit einem einfachen Radio, einem Fernseher mit Drehknöpfen, einem Dansette-Plattenspieler und einem Telefon, wie wir es hatten, als ich Kind war, wäre ich glücklicher. Es stand im Flur und klingelte so laut, dass wir es im ganzen Haus und im Garten hören konnten. Und es klingelte nur, wenn es etwas Wichtiges zu sagen gab. Wenn jemand krank war. Eine Reservierung geändert werden musste. Oder wenn derjenige, der krank gewesen war, gestorben ist. Heute rufen die Leute an, um zu erzählen, dass sie bei McDonald's sind und sich gleich einen Cheeseburger mit Pommes bestellen.«

Alexander lachte. »Du bist Technophobiker, genau wie ich, Eva. Wir sind mit dem einfachen Leben glücklicher. Ich sollte nach Tobago zurückgehen.«

Eva sagte leidenschaftlich: »Nein! Das darfst du nicht!«

Wieder lachte er. »Entspann dich, Eva. Ich gehe nirgendwohin. Eine ursprünglichere Lebensweise kostet Geld, und *der* Zug ist für mich abgefahren.«

Sie fragte: »Redest du manchmal über deine Frau?«

»Nein. Nie. Wenn die Kinder fragen, sage ich, sie ist im Himmel. Meine Kinder glauben, dass sie da oben in Jesu Armen ist, und ich werde sie nicht von diesem tröstlichen Bild abbringen.«

»War deine Frau schön?«, fragte Eva leise.

»Nein, nicht schön. Hübsch, elegant – und sie hat auf sich geachtet. Ihre Kleider waren immer geschmackvoll, sie hatte ihren eigenen Stil. Andere Frauen hatten ein bisschen Angst vor ihr. Sie trug nie einen Jogginganzug, besaß nicht mal Turnschuhe. Leger war nicht ihr Ding.«

Evas Blick fiel auf ihre ungepflegten Nägel, und sie versteckte ihre Hände unter der Decke.

Plötzlich ging die Tür auf, und Brianne sagte: »Ach, Alex. Ich wusste nicht, dass du hier bist. Möchtest du eine Tasse Tee oder vielleicht einen Drink? Schließlich ist fast Weihnachten.«

»Danke, aber ich muss arbeiten und fahren.«

Eva sagte: »Ich hätte gern eine Tasse Tee.«

Briannes Gesichtsausdruck veränderte sich, als sie ihre Mutter ansah. »Na ja, ich bin beschäftigt, aber ich versuche, dir einen Tee zu organisieren.«

Ein paar Augenblicke herrschte unbehagliches Schweigen.

Dann sagte Brianne zu Alexander: »Also, bis dann. Sehen wir uns unten?«

Er sagte: »Vielleicht«, und wandte sich wieder dem Fenster zu. »Ich mache dir eine Tasse Tee, Eva, sobald ich hier fertig bin.«

In der nächsten Woche herrschte im Haus eine ungemütliche Atmosphäre.

Funkstille, Getuschel und zugeknallte Türen standen auf der Tagesordnung. Die Frauen umkreisten einander. Eva versuchte sie zu animieren, das Haus zu schmücken und Lichterketten aufzuhängen, und alle erklärten sich dazu bereit – doch letztlich rührte keiner einen Finger.

Poppy hatte ihr Lager im Wohnzimmer aufgeschlagen. Sie hatte jedes Möbelstück für ihre Habseligkeiten und Kleider beschlagnahmt, so dass die Bibers nur noch in der Küche saßen. Wenn Brian und Poppy sich zufällig im Haus begegneten, gelang es ihnen stets, sich kurz zu berühren, und beide genossen das Verschwörerische daran. Besonders Brian fand Gefallen am heimlichen Körperkontakt – vor allem wenn Titania abends im Schuppen auf ihn wartete.

31

Am Abend des 19. Dezember fragte Brian Eva: »Was machen wir eigentlich Weihnachten?«

Eva sagte: »Ich werde gar nichts machen.«

Brian war schockiert. »Du erwartest also von *mir*, dass ich *Weihnachten* mache?« Er stand auf und lief im Zimmer auf und ab wie ein zum Tode Verurteilter, der auf die Morgendämmerung wartet.

Eva zwang sich zu schweigen, während Brian der schrecklichen Tatsache ins Auge blickte, dass er für Weihnachten zuständig war, dem größten aller Familienfeste. Schon viele Frauen und ein paar wenige Männer sind unter der Last der Erwartungen auf ihren Schultern zusammengebrochen.

»Ich weiß nicht einmal, wo du Weihnachten *aufbewahrst*«, sagte er, als hätte Eva Weihnachten in den vorangegangenen Jahren in einem geschlossenen Behälter in einem Lagerhaus vor der Stadt deponiert und müsste es nur vor dem 25. abholen.

»Willst du, dass ich dir sage, wie Weihnachten geht, Brian?«

»Ich glaube, ja.«

Eva riet ihm: »Am besten du schreibst mit.«

Brian nahm ein kleines schwarzes Moleskine-Notizbuch aus seiner Tasche, das Eva ihm zum Trost geschenkt hatte, nachdem er durch die Motorrad-Führerscheinprüfung gefallen war. (Er hatte mit dem Prüfer über die genaue Bedeutung des Wortes »Vollgas« gestritten.) Er öffnete seinen Füller (den er bei einem Schulwettbewerb gewonnen hatte) und wartete.

»Okay«, sagte Eva. »Gehen wir alles Schritt für Schritt durch. Unterbrich mich, wenn du Fragen hast.«

Brian setzte sich wieder auf den Suppensessel, den Stift über dem Notizbuch gezückt.

Eva holte Luft und fing an.

»Die Weihnachtskarten-Liste findest du im Sekretär im Wohnzimmer, zusammen mit Briefmarken und unbenutzten Karten. Schreib sie heute Abend, bevor du ins Bett gehst. Morgen nach der Arbeit klapperst du Gartencenter und Tankstellen nach Weihnachtsbäumen ab. Vor deinem geistigen Auge siehst du den perfekten Baum, saftig grün und aromatisch, unten rund, in abnehmenden Kreisen aufsteigend bis zur Spitze. Solche Bäume gibt es jedoch nicht. Du fährst die ganze Woche rum und findest keinen. Um neun Uhr abends am Tag vor Heiligabend, wenn OBI gerade schließt, gerätst du in Panik und schnappst dir den nächstbesten Baum. Sei nicht zu enttäuscht, wenn du am Ende einen Baum hast, den ein Sozialarbeiter als ›gedeihgestört‹ bezeichnen würde.«

Brian sagte: »Um Himmels willen, Eva, bleib beim *Thema*!«

Eva schloss die Augen und versuchte, sich auf die nackten Tatsachen ihrer Weihnachtsvorbereitungen im letzten Jahr zu beschränken.

»Baumschmuck in mit ›BS‹ beschrifteter Kiste. Lichterketten für Baum in mit ›LKFB‹ beschrifteter Kiste.

Lichterketten für Wohnzimmer, Küche, Esszimmer, Treppenflur, Veranda in mit ›LK allgemein‹ beschrifteter Kiste. Geschmacklose Papiermaché-Glocken und ähnlich missglückte Ornamente *nicht* wegschmeißen. Brian junior und Brianne haben sie in der Vorschule gebastelt, bevor sie die Mathematik entdeckt haben. Notabene – Verlängerungsschnüre und Mehrfachstecker in mit ›Weihnachtskabel‹ beschrifteter Kiste. Merke – auch Ersatzglühbirnen für Lichterketten sind in selbiger. Alle Kisten stehen auf dem Boden neben der Holzgiraffe. Trittleiter im Keller. Feueranzünder, Anzündholz und Holzscheite kaufst du beim Hofladen im Charnwood Forest. Bei der BP-Tankstelle holst du drei Säcke Kohle. Kauf Kerzen für die Leuchter – Klammer auf, auf Durchmesser achten, Klammer zu.

Du fährst in die Natur und sammelst Mistel, Efeu, Tannenzapfen und -zweige. Du trocknest sie auf der Heizung. Du kaufst silbernes und goldenes Farbspray. Du sprühst das getrocknete Laub etc. ein. Du räumst den Kühlschrank auf – aus den verschiedenen Essensresten bereitest du kleine Mahlzeiten und überdeckst den Geschmack mit Chiliflocken und Knoblauch. Du fährst zum Metzger, um einen Truthahn zu bestellen. Du siehst zu, wie er dir ins Gesicht lacht. Du fährst zum Supermarkt und versuchst, einen Truthahn zu bestellen. Unter dem Gelächter der Angestellten verlässt du die Geflügelabteilung. Du kaufst zehn Packungen mit Süßigkeiten für fünfzig Pfund. Du stehst eine Stunde und zehn Minuten an, um dafür zu bezahlen. Du überlegst dir, wie viel du für entfernte oder nahe Verwandte ausgeben willst, durchforstest die Geschäfte, ignorierst deine Geschenkliste und tätigst groteske Spontankäufe. Zuhause packst du die Geschenke aus und bereust deine

Einkäufe sofort. Am nächsten Tag bringst du alles zurück und kaufst siebenundzwanzig Paar rote Wollsocken mit Rentiermotiv. Du gehst ins Internet, um das neueste technische Kultobjekt für Brian und die Zwillinge zu ordern, stellst fest, dass es überall im Land ausverkauft ist, gehst zu Saturn und lässt dir von einem Jugendlichen sagen, dass gerade ein Containerschiff in Harwich angelegt hat und die Lieferung am 23. kommen soll. Der Jugendliche von Saturn rät dir, dich um halb sechs Uhr morgens in die Schlange zu stellen, da es deine einzige Chance ist.«

Brian sagte: »Eva, das war letztes Weihnachten! Ich muss mich auf dieses Jahr konzentrieren! Die Hälfte deiner Ratschläge ist überflüssig!«

Doch in Evas Erinnerung lebte der Alptraum vom vergangenen Weihnachten wieder auf.

»Du gehst dir beim Late-Night-Shopping ein Weihnachts-Outfit kaufen, um einen Streit wie im Vorjahr zu vermeiden, als Brian sagte: ›Eva, du kannst doch Weihnachten keine Jeans tragen.‹ Du kaufst dir spontan eine rote Strickjacke mit Pailletten und einen schwarzen Spitzenrock. Bei Marks kaufst du den Zwillingen Pyjamas und Bademäntel, dito für Brian. In der Lebensmittelabteilung kaufst du die Zutaten fürs Weihnachtsessen für sechs, plus Kuchen, Kekse, Quiche, Mince Pies, geschnittenes Brot für Sandwiches, Lachs und so weiter und so weiter und so weiter…«

Allmählich geriet Brian in Panik. »Wie soll man das alles allein schaffen?«

Aber Eva konnte nicht aufhören.

»Der Leiter der Geflügelabteilung sagt, du sollst dich ab vier Uhr morgens anstellen, um sicherzugehen, dass du einen Truthahn bekommst. Du schwankst mit den

Tüten nach draußen, kannst das Auto nicht finden, rufst die Polizei, um einen Autodiebstahl anzuzeigen, erinnerst dich dann, dass du mit dem Taxi gekommen bist, rufst ein Taxi für die Rückfahrt, ein gestresster Mann sagt: ›Keine Chance, wir sind ausgebucht wegen der ganzen Weihnachtsfeiern.‹ Du rufst Freunde an, alle haben getrunken, du rufst Verwandte an, Ruby sagt: ›Es ist halb zwölf. Wie soll ich dir helfen? Ich habe kein Auto.‹ Dein Telefon hat keinen Saft mehr, du schleuderst es wütend in einen dornigen Busch. Beruhigst dich und suchst das Telefon. Findest es, bist aber von der Suche blutig und zerschrammt. Schließlich meldet dich dein Mann als vermisst, die Polizei sagt, sie hält ein Auge offen, der Streifenwagen bringt dich um halb zwei Uhr nachts nach Hause. Du bekommst zwei Stunden Schlaf, bevor du mit dem Auto zu Marks & Spencer fährst, um dich in die Schlage zu stellen. Um vier Uhr bist du die Neunzehnte. Küchenfertiger Truthahn ist aus, du hast keine andere Wahl, als einen Truthahn mit Kopf, Hals und Krallen dran zu kaufen. Seine Augen starren dich unsäglich traurig an, du entschuldigst dich bei ihm – still, denkst du. In Wahrheit hast du laut gesprochen, und die Leute um dich herum halten dich für verrückt, weil du gesagt hast: ›Tut mir leid, Truthahn, dass man dich der Tradition halber umgebracht hat.‹«

Brian stieß einen tiefen Seufzer aus und sagte: »Eva, Eva, Eva.«

»Du bist auf dem Heimweg, als dir einfällt, dass du dich für das neueste Must-Have anstellen musst. Du fährst zu Saturn und siehst, dass die Schlange schon um den ganzen Parkplatz steht. Anstellen oder nicht anstellen – das ist hier die Frage. Während du überlegst, schläfst du am Steuer ein und verursachst einen winzigen Schaden am Renault vor dir. Der Fahrer reagiert über, als hättest du seine Kinder verletzt und seinen Hund umgebracht. Ihr tauscht Versicherungsdaten, wobei dir auffällt, dass die Versicherung abgelaufen ist. Du beschließt, dich anzustellen, und hältst es vor Spannung kaum aus, weil du dich die ganze Zeit fragst, ob Saturn die Geräte ausgehen, bevor du dran bist. Du schaffst es, bedient zu werden, bevor das Kultobjekt ausverkauft ist. Du versuchst zu bezahlen, deine Karte wird abgelehnt, du kriegst eine Strafpredigt von einer zwölfjährigen Kassiererin, die sagt: ›Wenn Sie die Karte lose in der Tasche haben, ist es kein Wunder, dass sie zerkratzt. Wozu haben Sie denn die Fächer im Portemonnaie?‹ Ich sage dem Kind, dass ich so unorganisiert bin, wie ich will. Sie sagt: ›Haben Sie noch eine andere Karte?‹ Ich sage: ›Ja‹, und suche im BH nach einer anderen Karte. Ich gebe sie der Kassiererin, die sagt, die Karte ist warm, sie funktioniert nur, wenn sie kalt ist. Die Leute in der Schlange hinter mir beschweren sich laut über die Verzögerung. Ich schreie die Schlange an, die Schlange schreit zurück, ein Vorgesetzter bringt ein Tablett mit Mini-Mince-Pies, um durchgefrorene, müde Kunden zu besänftigen. Ein Mann verschluckt sich an einer Rosine. Schließlich ist die Karte kalt genug für das Gerät und wird für die Bezahlung des Must-Have-Gadgets abgelehnt.«

Eva fing an zu weinen.

Brian nahm ihre Hand und sagte: »Eva, Schatz, ich hatte ja keine Ahnung. Warum hast du nichts gesagt? Ich wollte das blöde iPhone 4 überhaupt nicht haben. Es liegt seit dem zweiten Weihnachtstag in irgendeiner Schublade.«

Doch Eva war untröstlich. »Ich flehe die Kassiererin

an, es noch einmal zu versuchen. Sie tut es – flucht dabei aber vor sich hin – ich glaube, sie benutzt das F-Wort, das verstößt gegen Saturns Richtlinien. Ich sage ihr das, erwäge, mich zu beschweren, aber mein Gehirn und Mund sind außer Betrieb, also lasse ich es. Das Gerät akzeptiert die Karte, ich weine vor Erleichterung. Fahre mit angeschnalltem Truthahn und Must-Have-Gadget auf dem Beifahrersitz nach Hause. Packe den Truthahn aus, benebelt von Stress und Übermüdung, und lasse ihn auf dem Tisch stehen. Schleppe die Trittleiter die Kellertreppe hoch, entwirre Lichterketten, drapiere sie auf Bilderschienen, fange mit einem kunstvollen Plan im Kopf an, ende damit, die Lichterketten willkürlich auf Kanten und Oberflächen zu werfen. Glühbirnen gehen kaputt, ich hole Ersatz. Bitte um Hilfe beim Schmücken des Baumes. Zwillinge und Brian traumatisiert vom traurigen Blick des Truthahns und angeblich nicht in der Lage, schwören, nie wieder ein Stück Fleisch anzurühren. Streiche Schweinebraten und Schweinshachse von Weihnachtsessensliste. Gehe in die Küche, sehe die Nachbarskatze den Truthahnkopf zerfleischen, alles Leid der Welt in Truthahnaugen. Schlage die Katze ausnahmsweise nicht mit dem Kochlöffel, sondern jage sie und den Truthahnkopf nach draußen. Auf dem Küchentisch stehen siebzehn Einkaufstüten. Beiße in eine Karotte, gieße winzigen Schluck Whiskey in kleines Glas, beiße vom Mince Pie ab, arrangiere ihn auf festlichem Serviertller, trage ihn zum Kamin im Wohnzimmer. Werde ich das noch machen, wenn die Zwillinge fünfunddreißig sind?«

»Eva, ich sehe, dass du müde bist. Den Rest kann ich googeln. Bestimmt gibt es eine Sarah-Wiener-Weihnachts-App …«

Eva sagte: »Nein, lass mich noch den ersten Weihnachtstag machen. Koche englisches Frühstück. Stoße mit Sekt mit Orangensaft an. Öffne Geschenke. Hebe Geschenkpapier auf, lege es zusammen und ins Altpapier. Rufe Verwandte an, um mich für Geschenke zu bedanken. Ziehe Bademantel aus und Paillettenstrickjacke und Spitzenrock an, Brian sagt, sehe aus wie Puffmutter, ziehe doch Jeans an.«

Brian sagte: »Eva, der Spitzenrock hat kaum deinen Hintern bedeckt!«

»Koche Weihnachtsessen, breche fast zusammen, nachdem alles auf dem Tisch steht. Trinke zu viel, bitte Brian, mir beim Abwasch zu helfen, er sagt: ›Später.‹ Zwillinge irgendwohin verschwunden, mache Weihnachtstee, Truthahnsandwiches, Trifle, Weihnachtskuchen. Zwillinge tauchen wieder auf, weigern sich, Spiele zu spielen, spielen Mathespiele mit Brian. Weigern sich, Weihnachtssendungen zu sehen, alle drei gucken eine DVD-Vorlesungsreihe über Topologie vom MIT. Esse halbe Dose Bonbons. Mache Abendessen. Trinke bis zum Umfallen. Mir ist schlecht von Süßkram und Wodka, gehe ins Bett.

Das also war mein Weihnachten letztes Jahr. Vielleicht hilft es dir«, schloss Eva. »Und Brian, ich werde. Weihnachten. Nie. Wieder. Machen.«

32

Es war fünf Uhr nachmittags am Heiligabend und es schneite noch immer. Eva mochte Schnee – seine Reinheit, die Unterbrechung des Alltags, die er brachte, und das Chaos, das er verursachte. Sie sah aus dem Fenster und hielt Ausschau nach Stanley Crossley, der ihr eine Nachricht geschickt hatte, dass er mit ihr reden wollte. Es war eine Begegnung, die sie fürchtete. Um sich abzulenken, konzentrierte sie sich auf das Fenstersims, auf das sich die Schneeflocken senkten und eine gerade weiße Kante bildeten.

Es erinnerte sie daran, wie sie die Zwillinge mit zehn raus in den Schnee geschickt hatte, weil sie nicht aufhören wollten, sich zu zanken. Die Kinder hatten ans Wohnzimmerfenster geklopft und gefleht, wieder ins Haus kommen zu dürfen, während Eva so tat, als würde sie die *Vogue* lesen. Ein paar Minuten später war Brian von der Arbeit nach Hause gekommen und hatte seinen Sohn und seine Tochter draußen zitternd, ohne Jacken in ihren Schuluniformen vorgefunden, während seine Frau vor dem knisternden Kaminfeuer saß und eine Zeitschrift las, offensichtlich ohne sich der Not ihrer Kinder bewusst zu sein.

Brian hatte gebrüllt: »Unsere Kinder landen noch im

Heim! Du weißt doch, wie viele Sozialarbeiter hier wohnen.«

Das stimmte – in den umliegenden Straßen parkten unverhältnismäßig viele neue VW Käfer.

Bei der Erinnerung musste Eva laut lachen.

Die Zwillinge hatten sich aneinanderkuscheln müssen, um nicht zu erfrieren, bevor Brian sie wieder ins Haus ließ. Sie erzählte Brian, es sei eine erzieherische Maßnahme gewesen, und da er gerade erst von einem Teamentwicklungsseminar in den Brecon Beacons zurückgekehrt war, wo man ihn gezwungen hatte, ein Kaninchen zu fangen, ihm das Fell abzuziehen, es zu kochen und zu essen, hatte er ihr geglaubt.

Sie sah Stanley auf das Haus zukommen und am Gartentor zögern. Er war vollkommen mit Schnee bedeckt, vom Filzhut bis zu den schwarzen Halbschuhen. Sie ging vom Fenster weg und hörte, wie er seine Schuhe auf der Veranda abklopfte. Es klingelte an der Tür, als Eva ins Bett stieg und sich wappnete. Sie hatte Brian gebeten, dafür zu sorgen, dass Poppy nicht im Haus war.

Brian hatte gesagt: »Das kann ich nur garantieren, wenn ich selbst irgendwo mit ihr hinfahre. Das wird kein Vergnügen, aber ich muss es wohl tun.«

Obwohl Stanley ohne Anklage wieder freigelassen worden war, wollte Eva nicht riskieren, dass er Poppy begegnete. Es gab keine Garantie dafür, dass sie nicht wieder dieselben Anschuldigungen vorbringen würde. Eva würde erklären müssen, dass eingebildetes Stalking nur eines von vielen solcher peinlichen Poppy-Dramen war. Die eingebildeten Krankheiten, die dreisten Lügen, die Hysterie, wenn irgendjemand »ihre Sachen« anfasste, die Haushaltsgegenstände, die verschwunden waren ...

Ob Stanley vorhatte, ihr eine Schilderung seiner Nahtoderfahrung in einer brennenden Spitfire aufzubürden? Würde er weinen, wenn er erzählte, wie sein Gesicht geschmolzen und sich abgelöst hatte. Würde er versuchen, seine Qualen zu beschreiben?

Es waren die Einzelheiten, die Eva fürchtete.

Brianne führte Stanley die Treppe hinauf. Sie war stumm vor Verlegenheit und Entsetzen. »Sein Gesicht ist grotesk«, dachte sie. »Armer Mr. Crossley. An seiner Stelle würde ich eine Maske tragen.« Sie wollte ihm sagen, dass Poppy keine Freundin war, dass sie Poppy hasste, sie nicht in ihrem Haus haben wollte und nicht verstehen konnte, warum ihre Eltern sie nicht hinauswarfen. Doch wie üblich wollten die Worte nicht kommen. Als sie oben waren, rief sie: »Mum! Mr. Crossley ist hier.«

Stanley betrat einen weißen Raum, in dem der einzige Farbklecks ein gelber, bestickter Sessel mit einem orangeroten Fleck war, der ihn an einen Sonnenaufgang erinnerte. Er machte eine kleine Verbeugung und streckte die Hand aus. Eva nahm sie und hielt sie ein bisschen länger als üblich.

Brianne sagte: »Darf ich Ihnen Hut und Mantel abnehmen?«

Während Stanley sich aus seinem Mantel mühte und Brianne seinen Hut gab, sah Eva, dass sein Schädel ein Relief aus Narben war. »Setzen Sie sich doch, Mr. Crossley.«

Er sagte: »Hätte ich gewusst, dass Sie indisponiert sind, Mrs. Biber, hätte ich gewartet, bis es Ihnen besser geht.«

»Ich bin nicht indisponiert«, sagte Eva. »Ich mache Urlaub von meinem Ich.«

»Ja, das tut gut, rüttelt einen auf und stärkt Körper und Geist.«

Sie sagte, Brianne könnte ihm Tee, Kaffee oder etwas von dem Glühwein bringen, den Brian über Nacht hatte ziehen lassen.

Er winkte ab: »Sie sind sehr freundlich. Danke, aber nein.«

Eva sagte: »Ich bin froh, dass Sie gekommen sind. Ich möchte mich bei Ihnen für das, was neulich passiert ist, entschuldigen.«

»Sie müssen sich nicht entschuldigen, Mrs. Biber.«

»Dieses Mädchen ist bei uns zu Besuch. Ich fühle mich verantwortlich.«

»Sie ist offensichtlich gestört«, sagte Stanley.

Eva nickte. »Gestört und gefährlich.«

»Es war sehr gütig von Ihnen, sie bei sich aufzunehmen.«

»Gütig wohl kaum ... Ich hatte keinen Einfluss darauf. Und ich finde sie unmöglich.«

Stanley sagte: »Wir sind alle empfindlich, und deshalb bin ich hier. Mir ist wichtig, dass sie wissen, ich habe nichts getan, was das Mädchen verängstigt haben könnte. Ich habe höchstens einen flüchtigen Blick auf ihre seltsame Kleidung geworfen, mehr nicht.«

Eva sagte: »Das müssen Sie mir nicht sagen. Ich weiß, Sie sind ein Ehrenmann, ein Mann mit Prinzipien.«

»Ich habe mit keiner Menschenseele gesprochen, seit ich von der Polizeiwache zurück bin. Das ist eine Feststellung, ich will kein Mitleid. Ich habe viele Freunde, an die ich mich wenden kann, und ich bin Mitglied vieler Clubs und Einrichtungen, aber wie Sie sehen, ist mein Gesicht nicht mein Kapital.« Er lachte. »Ich gestehe, mich nach meinem kleinen Flugzeugunfall anfangs in

Selbstmitleid gesuhlt zu haben – wie die meisten von uns. Einige haben geleugnet, Schmerzen zu haben – haben gesungen, gepfiffen – jedenfalls die mit Lippen. Die waren es, die am ehesten durchdrehten. Der Geruch von vergammeltem Fleisch war unbeschreiblich. Man versuchte, ihn mit Izal zu übertünchen – ein Desinfektionsmittel, hergestellt aus Kohle, glaube ich – aber ... er war immer da, in deinem Mund, auf deiner Uniform. Aber wir haben viel gelacht. Wir nannten uns Laborratten. Weil Sir Archie McIndoe an uns herumexperimentiert hat, er meinte, er würde die Grenzen der plastischen Chirurgie ausloten – was er natürlich auch tat. Sechs Wochen lang klebte ein Hautlappen von meinem Oberarm dort, wo vorher meine Nase war.

Archie hatte einen Narren an uns Jungs gefressen. Ich würde sogar sagen, er liebte uns wie ein Vater. Er lachte immer und sagte: ›Heiratet ein Mädchen mit schlechten Augen.‹ Viele der Jungs heirateten die Krankenschwestern, doch ich befolgte seinen Rat und heiratete ein reizendes Mädchen mit schlechten Augen namens Peggy. Wir waren füreinander da. Im Dunkeln waren wir beide normal.«

Eva sagte: »Ich weiß, das wollen Sie nicht hören, aber ich sag's trotzdem. Ich finde Sie unglaublich tapfer, und ich hoffe, wir werden Freunde.«

Stanley blickte aus dem Fenster und schüttelte den Kopf. »Die unbequeme Wahrheit ist, Mrs. Biber, dass ich die Blindheit meiner Frau ausgenutzt habe, und ich ...« Er verstummte und sah sich im Zimmer um, suchte etwas, worauf sein Blick ruhen konnte. Es war ihm unmöglich, Eva ins Gesicht zu sehen. »Während meiner Ehe, seit wir von unserer vierzehntägigen Hochzeitsreise zurück waren, besuchte ich einmal pro Woche eine sehr ehrbare Dame und bezahlte ihr ziemlich viel Geld dafür, dass sie Sex mit mir hatte.«

Evas Augen weiteten sich. Dann sagte sie: »Ich weiß seit einiger Zeit, dass mein Mann mit einer Kollegin namens Dr. Titania Noble-Forester eine Affäre hat.«

Evas Vertrauen ermutigte Stanley, ihr mehr zu erzählen. »Seit 1941 bin ich voller Wut. Wenn meine Frau etwas fallen ließ oder ihren Tee umkippte oder ein Glas Wasser umstieß, reagierte ich maßlos gereizt. Ständig stieß sie gegen Möbel und stolperte über Teppiche, und sie weigerte sich, irgendwelche Hilfsmittel zu benutzen. Sie beherrschte die Blindenschrift. Gott weiß, warum sie die gelernt hat – ich bestellte ihr Bücher, doch sie rührte sie nicht an. Aber ich habe sie geliebt, und als sie starb, sah ich keinen Sinn mehr im Leben. Mit ihr an meiner Seite waren die schrecklichen Träume nachts fast erträglich. Wenn ich schreiend aufwachte, hielt meine Frau meine Hand und sprach von den Dingen, die wir gemeinsam erlebt, den Ländern, die wir bereist hatten.« Er setzte ein schmales Lächeln auf, das als eine Art Satzzeichen zu dienen schien.

Eva fragte: »Und ihre Freundin, lebt sie noch?«

»Oh, ja, ich sehe sie noch immer einmal im Monat. Wir haben allerdings keine sexuelle Beziehung mehr. Sie ist ziemlich gebrechlich. Ich zahle ihr fünfundzwanzig Pfund, damit sie mir zuhört und mich in den Arm nimmt.«

»Wie heißt sie?«

»Celia. Ich habe mich immer danach gesehnt, ihren Namen laut auszusprechen. Bei jemandem, der es verstehen würde. Sie verstehen es doch, nicht wahr, Mrs. Biber?«

Eva streichelte die Bettdecke neben sich, und Stanley

setzte sich auf die Bettkante und nahm ihre Hand. Beide hörten Brians und Poppys Stimmen unten an der Haustür.

Brian sagte gerade: »Selbstmord hilft dir auch nicht weiter. Niemand verlangt das von dir, Poppy.«

Poppy sagte. »Aber er hat mich auf so grässliche Weise angesehen.«

Brian war schon auf der Treppe, als er sagte: »Er kann nicht anders. Er hat eben ein grässliches Gesicht.«

Brian war verdutzt, als er Crossley und seine Frau Händchen halten sah, aber inzwischen konnte ihn nichts mehr überraschen. Die ganze Welt war übergeschnappt.

Er sagte: »Poppy hat mich um Geld gebeten. Sie möchte Weihnachten ihre Eltern besuchen.«

Eva sagte: »Gib ihr, was sie verlangt. Ich will, dass sie verschwindet. Und Brian, Mr. Crossley wird die Weihnachtsfeiertage mit uns verbringen.«

Brian dachte: »Also, ich sitze diesem hässlichen Kerl bestimmt nicht gegenüber.«

Mr. Crossley sagte: »Tut mir leid, ich bin ein schrecklich langweiliger Gast, Dr. Biber. Ich wünschte, ich wäre geselliger. Ich kenne keine Witze, und die meisten meiner Geschichten sind ziemlich traurig. Sind Sie sicher, dass Sie mich dabeihaben wollen?«

Brian zögerte.

Eva sah ihn an.

Brian sagte hastig: »Doch, natürlich müssen Sie kommen. Und machen Sie sich keine Sorgen – es gibt Knallbonbons und Papierhütchen und Plastikschnickschnack, damit nicht diese englische Unbehaglichkeit aufkommt. Wir sind ein lustiger Haufen. Zwei eingeschnappte, autistische Teenager, meine Mutter – die streitsüchtigste Person, die ich kenne – und meine

Schwiegermutter, die Barack Obama für den Chef von Al Qaida hält. Und ich natürlich, der ich zweifellos eine Scheißlaune haben werde, weil ich noch nie ein Weihnachtsessen gekocht habe. Und dann ist da noch meine Frau, die Sie eingeladen hat und dieses Weihnachten keinen Finger rührt und die in ihrer Koje über unseren Köpfen vor sich hinmüffelt, während wir essen.«

Brians Ansprache stieß auf Schweigen. Und weil er vergessen hatte, warum er gekommen war, verließ er das Zimmer, wobei er die Tür übertrieben vorsichtig hinter sich schloss.

Eva drehte sich schwungvoll um und legte sich flach auf die Matratze. Sie sagte: »Er macht mich fertig. Arme Titania.«

Beide lachten.

Als Mr. Crossley sich immer noch lachend vom Licht abwandte, sah Eva den Schatten eines attraktiven Mannes.

Er sagte: »Ich muss jetzt gehen, Mrs. Biber.«

Sie flehte: »Bitte kommen Sie morgen. Ich habe mir vorgenommen, mich nachmittags zu betrinken und viele Zigaretten zu rauchen.«

Er sagte: »Klingt verlockend. Natürlich werde ich kommen.«

Als er die Tür öffnete, um zu gehen, schlich Brian auf dem Treppenabsatz herum.

Nachdem Stanley Brian höflich mitgeteilt hatte, dass er am ersten Weihnachtsfeiertag kommen würde, folgte Brian ihm nach unten und zischte: »Wenn Sie noch einmal die Hand meiner Frau halten, hacke ich sie ab.«

Stanley sagte ruhig: »Ich kenne Männer wie Sie. Wir hatten einen oder zwei davon im Geschwader. Große Klappen, Prahler. Im Gefecht immer die Letzten, aber immer als Erste wieder zu Hause. Kein Feindkontakt, aber viel Pech mit plötzlicher und rätselhaft schlechter Sicht, Funkstörungen und blockierten Waffen. Schummelten beim Kartenspiel, waren grob zu ihren Frauen und rundum Riesenarschlöcher. Gute Nacht, Dr. Biber.«

Bevor Brian eine Antwort einfiel, hatte Stanley seinen Hut aufgesetzt und war weg.

Der vereiste Bürgersteig glänzte im Laternenlicht. Er musste sich an Mauern und Zäunen abstützen, um sicher nach Hause zu kommen.

33

Früh am Morgen des ersten Weihnachtsfeiertags wachte Eva auf und sah durch das Fenster Schnee von einem marineblauen Himmel fallen. Das Haus war still. Doch als sie lauschte, hörte sie heißes Wasser durch Rohre und Heizkörper zirkulieren und das schwache Ächzen der Bodendielen, die sich kaum merklich ausdehnten und zusammenzogen. Vom Dachvorsprung drangen Vogellaute. Es war kein Gesang, eher verärgertes Schimpfen: »Gack-ack-ack.«

Eva öffnete das Schiebefenster und verrenkte sich den Hals nach dem Vogel. Schnee fiel ihr ins Gesicht und schmolz. Sie sah eine Amsel mit einem gelben Schnabel und einem stechenden Auge. Das andere Auge war weg, an seiner Stelle eine blutige Höhle.

Die Amsel schlug mit den Flügeln und versuchte zu fliegen, sie schrie: »Gack-ack-ack.« Ein Flügel war verdreht und ließ sich nicht an den kleinen Körper ziehen.

Eva sagte: »Was ist denn mit dir passiert?«

Brian junior kam herein, fuhr sich mit den Fingern durchs Haar. »Diese Amsel nervt.«

Eva sagte: »Sie hat ein Auge verloren und einen kaputten Flügel. Was sollen wir tun?«

Brian junior sagte: »*Du* tust nichts und *ich* tue nichts. Wenn sie schwer verletzt ist, wird sie sterben.«

Eva widersprach: »Es muss doch etwas geben ...«

»Mach das Fenster zu, der Schnee fällt auf dein Bett.«

Sie schloss das Fenster und sagte: »Und wenn ich sie ins Haus hole?«

Brian junior schrie: »Nein! Das Leben ist hart! Die Natur ist grausam! Die Starken fressen die Schwachen! Alles stirbt! Auch du, Mum, mit deinem Riesenego, nicht mal du wirst dem Tod entgehen!«

Eva war zu schockiert, um zu sprechen.

»Frohe Weihnachten!«, sagte Brian junior.

»Frohe Weihnachten«, antwortete Eva.

Nachdem er gegangen war, kroch sie unter die Decke, während die Amsel ihren Klagerufe fortsetzte.

»Gack-ack-ack.«

Brian hatte sich auf sein erstes Weihnachtsessen vorbereitet, indem er Zeitangaben und Tipps in den Kochbüchern studierte, die er Eva im Laufe der Jahre geschenkt hatte: »Delia«, »Jamie«, »Rick«, »Nigel«, »Keith«, »Nigella« oder »Marguerite«, wie Eva sie nannte.

Nach sorgfältiger Lektüre hatte er ein bombensicheres Computerprogramm entworfen, dem er mit einer Stoppuhr in der einen Hand und verschiedenen Gerätschaften – zum Schlagen, Marinieren, Schneiden, Abtropfen, Rühren, Pellen, Pürieren, Öffnen, Gießen und Mixen – in der anderen folgen wollte. Seine Gäste hatte er für 12.45 Uhr bestellt, um vorweg einen Aperitif zu nehmen und Nettigkeiten auszutauschen. Nicht später als um 13.10 Uhr sollten sie am Esstisch sitzen, für die Vorspeise aus Avocado und Lavendelsoufflé.

Er bedauerte, dass Poppy zu ihren sterbenden Eltern

nach Dundee gefahren war. Er hatte gehofft, sie mit seinen kulinarischen Fähigkeiten über Weihnachten zu beeindrucken. Sie war am Abend zuvor abgereist, in Brians Fünfzig-Prozent-Kaschmirmantel, mit nur einer kleinen Tasche. Das restliche Chaos ließ sie im Wohnzimmer verteilt zurück. Brian hatte eine Stunde gebraucht, bis der Raum wieder vorzeigbar war.

Am Vormittag kam Brianne in Evas Zimmer, in dem Seidenpyjama mit Teerosenmuster, den Eva bezahlt und den Alexander über sein Handy im Internet bestellt hatte. Das Ganze hatte weniger als fünf Minuten gedauert.

Brianne hatte irgendetwas Gutes mit ihren Haaren gemacht, und ihr Gesicht wirkte weniger hart.

Sie sagte: »Das ist der allerschönste Pyjama. Am liebsten würde ich ihn nie wieder ausziehen!«

»Alexander hat ihn ausgesucht«, sagte Eva.

»Ich weiß. Ist er nicht der allernetteste Mann?«

»Du solltest dich bei ihm bedanken, wenn du ihn siehst.«

»Hab ich schon. Er ist draußen mit seinen Kindern. Ich hab sie zum Essen eingeladen. Hat er nicht die allersüßesten Kinder, Mum?«

Eva war überrascht, aber erfreut, dass Alexander da war. Sie sagte: »Die aller*süßesten*? Das Wort hast du noch nie benutzt.«

»Aber sie *sind* süß, Mum. Und so *intelligent*! Sie kennen Unmengen von Gedichten und alle Hauptstädte der Welt. Alexander ist so stolz auf sie. Und ich liebe seinen Namen – Alexander. Er ist wirklich Alexander der Große, nicht wahr, Mum?«

Eva nickte. »Ja – aber Alexander ist neunundvierzig Jahre alt, Brianne.«

»Neunundvierzig? Das ist das neue dreißig!«

»Du hast dich mal beschwert, dass niemand über fünfundzwanzig Jeans tragen sollte oder in der Öffentlichkeit tanzen.«

»Aber Alex sieht in Jeans so gut aus, und er hat Mathe-Leistungskurs gehabt, Mum! Er versteht inhomogene Gleichungen!«

»Man merkt, dass du ihn *magst*«, sagte Eva.

»Mag?«, sagte Brianne. »Ich *mag* Grandma Ruby, ich mag kleine Kätzchen und glänzende Kupferkessel, aber in Alex Tate bin ich Scheiße noch mal *verliebt*!«

Eva sagte: »Bitte! Keine *Schimpfwörter*.«

»Du bist sowas von scheißscheinheilig!«, rief Brianne. »Du fluchst selbst! Und du versuchst mir meine Beziehung mit Alex madig zu machen!«

»Da gibt es nichts madig zu machen. Du bist keine Julia. Das ist kein Montague-und-Capulet-Drama. Weiß Alex überhaupt, dass du ihn liebst?«

Brianne sagte, trotzig: »Ja, weiß er.«

»Und?«

Brianne senkte den Blick. »Er liebt mich natürlich nicht. Er hatte noch keine Zeit, mich kennenzulernen. Aber als er dieses Bücherregal in Leeds anschleppte, wusste ich sofort, dass er der Mann ist, auf den ich mein ganzes Leben gewartet habe. Ich habe mich immer gefragt, wer es wohl sein würde. Dann klopfte er an meine Tür.«

Eva wollte Briannes Hand nehmen, doch Brianne zog die Hand weg und versteckte sie hinter ihrem Rücken.

Eva fragte: »Und war er nett zu dir?«

»Ich hab ihn drei Mal auf seinem Handy angerufen, als er auf der Autobahn war. Er sagte, ich soll mehr ausgehen und Leute in meinem Alter kennenlernen.«

Eva sagte sanft: »Er hat recht, Brianne. Sein Haar ist grau. Er hat mehr Gemeinsamkeiten mit mir als mit dir. Wir besitzen beide Morrisseys zweites Soloalbum.«

Brianne sagte: »Das weiß ich. Ich weiß alles, was man über ihn wissen kann. Ich weiß, dass seine Frau bei einem Autounfall starb und dass er am Steuer saß. Ich weiß, dass Tate der Sklavenname seiner Familie war. Ich weiß, wie viel er in den Nullerjahren verdient hat. Und wie viel Steuern er gezahlt hat. Und auf welche Schule seine Kinder gehen und welche Noten sie haben. Ich weiß über sein bisheriges Liebesleben Bescheid. Ich weiß, dass sein Konto um £77,15 überzogen ist, und dass er keinen Dispo hat.«

»Und das hat er dir alles erzählt?«

»Nein, wir haben kaum ein Wort gewechselt. Ich habe ihn gedoxt.«

»Was ist ›doxen‹?«

»Rede ich mit einer Neandertalerin? Wenn ich Informationen brauche, finde ich sie im Internet. Ich kenne seine ganze Lebensgeschichte, und eines Tages werde ich Teil davon sein.«

»Aber Brianne, vergiss nicht seine Kinder. Du *magst* doch keine Kinder.«

Brianne kreischte: »Ich mag *seine* Kinder!«

Eva hatte sie noch nie so aufgewühlt gesehen. Sie hörte Brian juniors Zimmertür aufgehen, und Sekunden später platzte er in ihr Zimmer.

»Ich kann hören, wie du meine Schwester runtermachst, Mum. Warum kümmerst du dich nicht um deinen eigenen Kram und lässt uns in Ruhe?«

Die Zwillinge rückten zusammen, wie sie es in ihrer Gebärmutter getan haben mussten.

Sie war froh, als sie gingen, doch sie hatte sich nie einsamer gefühlt. Sie hörte die beiden in Brian juniors Zimmer reden. Ihre Stimmen klangen leise und nachdrücklich, als wären sie Verschwörer, die einen Putsch anzettelten.

Brians Handcomputer war in die Truthahnsoße gefallen. Er versuchte, das Gerät mit einer Zange herauszufischen, doch es fiel wieder in den Topf, so dass ihm kochend heiße Soße ins Gesicht spritzte. Er schrie und bespritzte sich am Waschbecken mit kaltem Wasser. Er versuchte es noch einmal mit der Zange, und diesmal hatte er Erfolg. Er warf das Ding ins bereits überfüllte Spülbecken. Wie er erwartet hatte, war der Bildschirm tot.

Brian geriet in Panik.

Was kam als Nächstes?

Wie lange musste der Truthahn noch garen?

Um welche Zeit musste er den Rosenkohl aufsetzen?

Musste er den Weihnachtspudding aus dem Dampfgarer nehmen?

War die Brotsoße dick genug?

Wo war der Kartoffelstampfer?

Zurückgelehnt in die gemütlichen Sessel im Wohnzimmer, ignorierten Ruby und Yvonne die Geräusche, die aus der Küche kamen, auch die leisen Schreie und das Fluchen, und dachten an die vielen Weihnachtsessen zurück, die sie im Lauf der Jahre gekocht hatten.

»Ohne Computer«, sagte Ruby.

»Oder einen Mann, der hilft«, sagte Yvonne.

Draußen ging Alexander neben seinen Kindern mitten auf der Bowling Green Road und passte auf, dass kein Auto kam. Die Bürgersteige waren vom platt getretenen

Schnee noch immer glatt. Er half Venus, auf einem neuen Fahrrad mit Stützrädern zu fahren. Thomas schob einen Kinderwagen mit einer Stoffgiraffe auf einem rosa Kissen. Alexander fragte sich, ob er es mit der Gleichstellungspolitik übertrieben hatte.

Stanley schlug gerade seine Haustür zu, als sie vorbeigingen. Nachdem er die Weihnachtsgeschenke der Kinder bewundert hatte, sagte er: »Ich hoffe, ich bin nicht zu früh.«

Alexander lachte und sagte: »Könnte sein, dass wir etwas später essen als geplant.«

»Das ist mir gleich«, sagte Stanley.

Vor dem Haus der Bibers erzählte Thomas Stanley, dass seine Giraffe Paul hieß.

Der alte Mann bemerkte: »Das ist ein absolut passender Name für eine Giraffe.«

Venus starrte Stanley an und fragte: »Tut dein Gesicht weh?«

»Nicht mehr«, sagte er. »Aber es sieht schrecklich aus, nicht wahr?«

»Ja«, sagte Venus. »An deiner Stelle, würde ich es hinter einer Maske verstecken.«

Stanley lachte, doch Alexander war es peinlich, und er versuchte, sich zu entschuldigen.

Stanley sagte energisch: »Das ist die ehrliche Reaktion eines Kindes. Sie wird sich bald an mich gewöhnen.«

Als sie die Stimmen draußen hörte, öffnete Eva das Fenster und steckte den Kopf hinaus. »Frohe Weihnachten!«, rief sie.

Sie sahen alle nach oben und riefen: »Frohe Weihnachten!« zurück.

Alexander dachte: »Sie sieht wunderschön aus – selbst mit ihrer zerzausten Frisur.«

Stanley dachte: »Wenn Tiny Tim jetzt um die Ecke gehumpelt käme, wäre niemand überrascht.«

Um 17.15 Uhr setzten sie sich schließlich zum Essen an den Tisch. Brianne gelang es, sich den Stuhl gegenüber von Alexander zu sichern.
Teile der Mahlzeit waren ganz genießbar.
Ruby sagte, nachdem sie ihren Teller geleert hatte: »Es gab nur ein paar Kleinigkeiten, die dir missglückt sind, Brian. Die Bratkartoffeln waren nicht knusprig, und die Soße hatte einen komischen Beigeschmack.«
Yvonne sagte: »Nach Plastik.«
Brian junior korrigierte sie: »Nein, nach Metall.«
Stanley sagte: »Ich fand den Truthahn ganz hervorragend. Meinen Glückwunsch, Mr. Biber.«
Brian war erschöpft. Noch nie hatte er körperlich und geistig eine solche Tortur durchgemacht. Hinter der verschlossenen Küchentür hatte er abwechselnd geweint, geflucht, verzweifelt geschrien und hysterisch gelacht, während er versuchte, alles gleichzeitig aufzutischen und warm zu halten. Doch er hatte es geschafft, alle dreizehn Hauptzutaten des Gerichts auf Servierteller und auf den Tisch zu bringen. Alle hatten Papierhüte auf, erzählten Witze und ließen Knallbonbons platzen.
Ruby gratulierte Alexander zum höflichen Benehmen seiner Kinder.
Venus sagte: »Daddy hat gesagt, er gibt uns zehn Pfund, wenn wir brav sind.«
Alexander lachte und schüttelte den Kopf.
»Definiere brav!«, sagte Brian junior zu Venus.
Yvonne rügte ihn: »Das Kind ist erst sieben Jahre alt, Brian junior!«

Venus meldete sich und sah Brian junior eindringlich an, der ihr zunickte.

Sie sagte: »Brav sein bedeutet notfalls zu lügen, um niemanden mit der Wahrheit zu verletzen.«

Brian sagte: »Venus, ich wüsste gern, wie dir das Essen geschmeckt hat.«

Venus fragte: »Daddy, muss ich brav sein?«

»Nein, sag einfach die Wahrheit, Schätzchen.«

Venus legte ihre Serviette auf den Tisch. Sie faltete das weiße Baumwollquadrat auseinander und enthüllte eine Kugel verbrannte Füllung, eine verkohlte Chipolata, eine fette Bratkartoffelscheibe, drei zerkochte Rosenkohl und einen halbgaren Yorkshirepudding.

Es wurde schallend gelacht, und Alexander versteckte das Gesicht in den Händen. Als er durch die Finger spähte, sah er Brianne die Worte »Ich liebe dich« formen. Er schüttelte den Kopf und wandte den Blick schnell ab.

Brian sagte: »Ich sehe, dass du wenigstens den Truthahn gegessen hast, Venus.«

Thomas rückte sein Krankenschwesterhäubchen zurecht und machte zum ersten Mal den Mund auf, indem er leise sagte: »Den Truthahn hat sie unter den Tisch geworfen.«

Wieder ertönte Gelächter.

Alexander war überrascht und entsetzt, als ihm auffiel, dass er Eva vergessen hatte. In letzter Zeit ging sie ihm ständig im Kopf herum. »Hat irgendjemand Eva etwas zu essen gebracht?«, fragte er.

Alle lachten pikiert, als ihnen einfiel, dass keiner an Eva gedacht hatte. Es war kaum etwas übriggeblieben, nicht einmal vom Truthahn. Doch Alexander gelang es, noch einen passablen Teller voll zusammenzukratzen.

Er packte den Teller in die Mikrowelle und stellte drei Minuten ein. Dann rührte er eine frische Soße an, goss sie in ein Kännchen und machte sich auf die Suche nach einer Packung Cracker.

Die anderen Gäste hatten keine Lust aufzustehen. Der Alkohol floss und das Gespräch plätscherte leicht dahin. Es wurde viel gelacht. Sogar Stanley und Brian beteiligten sich.

Brian sagte gerade: »Ja, Stanley, ich finde, eine Decke mit Tog-Wert fünf ist alles, was man für den Winter braucht«, als die Küchentür aufflog, Poppy praktisch ins Zimmer fiel und verkündete: »Sie sind tot. Mami und Daddy sind tot!«

Das Lachen verstummte.

Ruby sagte: »Deine Mutter und dein Vater sind gestorben?«

Yvonne sagte: »Du armes Kind! Ausgerechnet Weihnachten.«

Brianne spottete: »Das glaub ich erst, wenn ich den Totenschein sehe.«

Yvonne sagte: »Brianne, wie kannst du so etwas sagen! Ich schäme mich für dich.«

Poppy sah Brianne trotzig an und sagte: »Der ist leider noch nicht ausgestellt worden.«

»Solange ich keinen offiziellen Totenschein sehe, kriegst du von mir keinen Funken Mitgefühl, klar?«, sagte Brianne. »Wann sind sie gestorben? Gestern? Heute?«

Poppy sagte: »Heute früh.«

»Und du warst dabei?«

»Ja, ich war bis zum Ende bei ihnen.«

»Sie sind gleichzeitig gestorben, ja?«

»Ja«, sagte Poppy. »Ich habe ihre Hände gehalten.«

Brianne schaute in die faszinierten Gesichter des

Publikums und sagte: »Also, so ein Zufall. Geradezu gespenstisch.«

Poppy erklärte, ein triumphierendes Zucken um die Mundwinkel: »Ihre Maschinen wurden auf meinen Wunsch genau gleichzeitig abgestellt.«

Brianne ließ nicht locker. »Um wie viel Uhr sind sie gestorben?«

»Heute früh um zehn Uhr«, sagte Poppy.

»In Dundee?«, hakte Brianne nach.

»Ja«, sagte Poppy.

»Wie bist du von Dundee so schnell nach Leicester gekommen? Weihnachten fahren doch keine öffentlichen Verkehrsmittel, oder?«

»Nein«, sagte Poppy. »Ich habe ein Taxi genommen.«

Brianne, die mehr und mehr wie Inspector Morse klang, sagte: »Im Schnee? Da oben herrscht Schneesturm. Whiteout.«

Poppy sagte: »Da müssen wir mit dem Wetter Glück gehabt haben.«

»Habt ihr unterwegs was gegessen?«, bohrte Brianne weiter.

»Nein, ich bin am Verhungern«, sagte Poppy. »Ich fühle mich ziemlich schwach.« Sie schwankte etwas und ließ sich auf einen freien Stuhl am Tischende sinken.

Brianne sagte: »Was hast du wirklich mit dem Geld gemacht, das meine Eltern dir gegeben haben, um nach Dundee zu fliegen?«

Brian blaffte: »Das reicht jetzt, Brianne!«

Die Mikrowelle piepte.

Alexander nahm Evas Teller heraus und stellte ihn am Tischende ab, um ein Tablett zu suchen. Poppy zog den Teller zu sich heran, griff nach einem sauberen Besteck und sagte: »Danke.«

Zunächst schwiegen alle entsetzt, als sie sich das Essen in den Mund zu stopfen begann, dann schrien alle auf einmal, es sei Evas Essen. Poppy nahm den Teller und lief aus der Küche.

Alexander rief ihr nach: »Ich hoffe, du bringst es zu Eva rauf!«

Brian junior sagte leise: »Warum ist sie zurückgekommen? Sie wird wieder alles verderben.«

Alexander lief nach oben.

Eva lag mit dem Gesicht zur Wand. Sie drehte sich zu ihm um, und als sie sah, dass er mit leeren Händen kam, drehte sie sich wieder weg und sagte: »Ich hab so einen Hunger, Alexander. Hat man mich vergessen?«

Alexander setzte sich auf die Bettkante und sagte: »Ich nicht. Ich denke ständig an dich, Eva. Fühl mal mein Herz.« Er nahm ihre Hand, legte sie an sein weißes Hemd und sagte: »Hörst du, wie es schlägt? Es sagt: ›Eva‹.«

Eva sagte, bemüht die Situation zu entschärfen: »Im Augenblick könnte ich dein Herz essen, mit Ingwer, Knoblauch und Chillies.« Sie dachte: »Oh nein, was für ein Dilemma, und *ich* muss damit fertig werden.«

Er drehte ihre Hand um und küsste die Handfläche.

Sie studierte sein Gesicht, sah die Altersflecken um seine Augen und die grauen Bartstoppeln auf seinen Wangen. Sie sagte: »Ich kann an nichts anderes denken als ans Essen.«

Er stand unvermittelt auf. »Truthahnsandwich?«

Als er unten war, sah er, wie Poppy sich die letzten Reste auf dem Teller mit den Fingern in den Mund stopfte.

34

Am zweiten Weihnachtsfeiertag um die Mittagszeit stellte Brian ein großes Holztablett auf Evas Schoß. Darauf stand das Gericht, das es bei den Bibers traditionell an jedem zweiten Weihnachtsfeiertag gab.

Er sagte: »Ich komme mir da unten vor wie in *Und täglich grüßt das Murmeltier*. Dieselben Gesichter, nur anderes Essen. Haben alle keine Freunde und kein Zuhause.«

Brianne hatte Alexander und die Kinder wieder eingeladen, obwohl Brian dagegen war, und Alexander hatte zugesagt, weil er so viel Zeit wie möglich mit Eva verbringen wollte, bevor er seine Ex-Schwiegermutter besuchte. Stanley war auf Rubys Einladung gekommen. Sie sagte, es tue gut, einen Gentleman im Haus zu haben.

Nur Poppy fehlte. Sie war in aller Frühe aufgebrochen, um bei einem Weihnachtsbasar der Obdachlosenhilfe im Stadtzentrum, wie sie sagte, ›die Armen zu speisen‹.

Brian sagte: »Das Mädchen hat ein Herz aus Gold.«

Die Zwillinge hatten sich simultan die Finger in den Hals gesteckt.

Eva sagte: »Der Salat sieht lecker aus.«

»Meine Mutter hat heute morgen Sainsbury's geplündert«, sagte Brian. »An dem Truthahn war nichts mehr dran.«

Eva blickte auf ihren Teller, auf dem kalter Braten aufgeschichtet war. »Das sieht alles sehr hübsch aus.«

»Deine Mutter hat den ganzen Morgen daran herumgewurstelt«, sagte Brian verächtlich.

Auf dem Tablett stand eine kleine Schale Salat, arrangiert in konzentrischen Kreisen aus Tomate, Gurke, Rote Beete, Rettich und Stangensellerie. In einer anderen Schale dampfte eine riesige Backkartoffel, kreuzweise eingeschnitten, mit einem rasch schmelzenden Stück Butter in der Mitte. Auf einem kleinen ovalen Teller türmte sich geriebener orangefarbener Käse. Zwei Scheiben Schweinefleischpastete wurden von Karottenstäbchen und Halbmonden aus grüner Paprika flankiert. Ein Eierbecher war mit Barbecuesoße gefüllt. Ihre Serviette war zu einem Fächer gefaltet. Eva freute sich, ein großes Glas Rosé zu sehen.

Brian sagte: »Alexanders Sohn trägt ein rosa Tutu, aber bis jetzt hat es niemand erwähnt.«

»Deine Mutter hat mir erzählt, dass du Dorothys rote Schuhe haben wolltest, nachdem du *Der Zauberer von Oz* gesehen hattest.«

Brian sagte mit giftiger Stimme: »Aber ich habe sie nicht bekommen.«

Als Brian zu den anderen nach unten ging, fragte Alexander ihn: »Geht es Eva gut?«

Brian sagte: »Warum sollte es ihr nicht gut gehen? Sie wird von vorn bis hinten bedient. Wenn sie nicht aufpasst, verlernt sie, ihre Gliedmaßen zu benutzen.«

Yvonne schob sich ein hauchdünnes Schinkenröllchen in den Mund und sagte: »Also, ich bin selten deiner

Meinung, Brian, aber was Eva angeht, stimme ich dir voll zu. Es ist reine Faulheit. Was würde passieren, wenn wir aufhören, sie zu versorgen? Würde sie verhungern oder würde sie runterkommen und sich selbst etwas holen?«

»Wir sollten es ausprobieren«, sagte Ruby.

Alexander sagte: »Bitte nicht nächste Woche, da bin ich weg.«

Brianne erschrak. »Wohin fährst du?«

Venus antwortete: »Wir fahren zu Mamis Mami.«

Thomas sagte: »Und wir legen Blumen an die Stelle, wo unsere Mami unter der Erde liegt.«

Yvonne wandte sich an Alexander und sagte: »Sie schleifen die Kinder doch nicht etwa über Friedhöfe?«

Alexander sagte, ohne zu lächeln: »Nein, nur über diesen einen.«

Brian junior twitterte der weltweiten Twittergemeinde:

Schlimmstes Xmas Essen aller Zeiten.
Echt tödlich, Leute. Jetzt zweiter Weihnachtstag:
Laaaangweilig – umgeben von Scheintoten,
ersehne Zombie-Apokalypse.

Laut sagte er: »Im Moment geht es Brianne und mir vor allem darum, Poppy loszuwerden.«

»Das Kind ist krank«, sagte Brian zu Poppys Verteidigung. »Ich habe heute früh mit ihr gesprochen. Sie wollte heute Nachmittag fahren, aber ich habe gesagt, sie soll bleiben, bis sie so weit ist, dass sie allein klarkommt.«

Ruby sagte: »Ich habe Jahre gebraucht, um über den Tod meiner Mutter hinwegzukommen. Ich sah immer vor mir, wie sie an einem windigen Tag die Wäsche draußen aufhängte. Hoffen wir, dass die arme Poppy eine schöne Erinnerung an ihre Eltern hat.«

Venus sagte zu Stanley: »Ihr Gesicht wird besser.«

»Freut mich sehr, das zu hören«, sagte Stanley. An die anderen gewandt fragte er: »Apropos Poppy, ist sonst noch jemandem aufgefallen, dass sie unter ihrem kitschigen Ring eine Hakenkreuz-Tätowierung trägt? Ich frage mich, ob ihr die Bedeutung bewusst ist.«

Brian sagte: »Junge Menschen spielen gern mit allerlei schockierender Symbolik, das macht sie noch lange nicht zu Eva Braun. Solange ich in diesem Haus wohne, ist sie hier willkommen.«

Stanley sagte: »Sie überraschen mich, Dr. Biber. Stören Sie sich nicht an faschistischen Symbolen? Ich hätte Sie nicht für einen Nazi-Sympathisanten gehalten.«

»Ein Nazi-Sympathisant!«, konterte Brian. »Sie ist achtzehn und flirtet mit verschiedenen Philosophien.«

Es klingelte an der Tür. Thomas kletterte von seinem Stuhl und ging öffnen.

»Ach, Gott segne den Kleinen«, sagte Ruby.

Thomas machte sich lang und zog mit beiden Händen an der Türklinke.

Dr. Titania Noble-Forester sah zu ihrer Überraschung einen kleinen schwarzen Jungen in rosa Tutu und Ballettschühchen.

Thomas sagte: »Hast du geweint?«

»Ja«, sagte sie. »Ja, das habe ich.«

»Ich habe im Auto zehn Minuten lang geweint.«

»Warum?«

»Mir war langweilig«, sagte Thomas. »Wie lange hast du geweint?«

»Die ganze letzte Nacht und heute ein oder zwei Stunden.« Sie fügte hinzu: »Ist dieser Scheißkerl Dr. Biber zu Hause?«

Thomas sagte: »Ja«, und blieb in der Tür stehen.

»Ich möchte ihn sprechen. Würdest du bitte zur Seite gehen?«

Titania hörte aufgebrachte Stimmen. Eine davon war Brians. Er schrie etwas von nordischer Mythologie, heidnischer Symbolik und Odinismus.

»Willst du reinkommen?«, fragte Thomas.

»Ja, bitte«, sagte Titania.

Thomas führte Titania in die Küche.

Brian hätte sich fast an seiner Backkartoffel verschluckt.

Titania verkündete: »Er hat mich rausgeworfen, Brian. Ich kann nicht zu meiner Mutter zurück, das würde sie nicht überleben. Und zu meiner Schwester kann ich auch nicht. Diese Genugtuung gönne ich dem Biest nicht. Du hast gesagt, du verlässt Eva nach Weihnachten. Also, jetzt ist nach Weihnachten.«

Alle schnappten schockiert nach Luft, außer Brian. Seine Körpermasse schnellte vom Stuhl hoch, als wäre er aus einer Kanone abgeschossen worden. Er landete an Titanias Seite, während die Bodenbalken noch unter seinem Gewicht ächzten. Hektisch versuchte er, sie aus der Küche zu schieben, doch Titania hielt stand.

Stanley Crossley, der aufgestanden war, als Titania die Küche betreten hatte, sagte: »Madam, Sie wirken aufgebracht. Darf ich Ihnen etwas zu trinken anbieten?«

Brian brüllte: »Das ist mein Haus! Ich entscheide, wer hier trinkt!«

Titania verschränkte die Arme und rührte sich nicht von der Stelle. Sie sagte: »Ich hätte gern einen doppelten Wodka mit Tonic light, eine Zitronenscheibe und eine halbe Handvoll zerstoßenes Eis mit einem rosa Strohhalm, falls Sie einen haben. Danke.«

Ruby erkundigte sich: »Wer ist diese Person eigentlich?«

Titania sagte: »Alte Dame, ich bin seit vielen Jahren Dr. Brian Bibers Geliebte.«

»Geliebte?«, sagte Ruby. Brian gehörte, ebenso wie die Queen, zu den Menschen, die Ruby mit keiner Art von Sexualität in Verbindung bringen konnte.

Brian blickte sich in seiner Küche um.

Was war mit seiner Welt passiert? Es schien niemanden mehr darin zu geben, den er mochte. Da waren ein Mann mit verbranntem Gesicht, der Titania – eine Frau, die er einst begehrt hatte – einen Drink mixte, ein kleiner Junge im Ballettröckchen und ein siebenjähriges Mädchen, das seine eigene utilitaristische Philosophie zu praktizieren schien, zwei alte Frauen, die ins Mittelalter gehörten (oder in die fünfziger Jahre), seine Zwillinge, die schlauer waren als er und seiner Geliebten demonstrativ Stühle und Rücken zugewandt hatten, und ein enervierend gebildeter Schwarzer, dessen Haar fast bis zur Taille reichte. Und zum Schluss war da noch eine Ehefrau, die *nachdenken* musste und sich dabei alle Zeit der Welt ließ.

War er der einzige normale Homo sapiens, der übrig war? Erwartete das ignorante Volk wirklich, dass es am anderen Ende des Kosmos Wesen wie sich selbst vorfand? Es war höchst unwahrscheinlich, dass irgendein Alien Zettel an den Milchmann schrieb oder Haustierversicherungen abschloss. Kapierten diese Ignoranten denn nicht, dass die Menschen die eigentlichen Aliens waren?

Er dachte an seine Kindheit zurück, als es um 7.30

Uhr Frühstück gab, um 12.45 Mittagessen und Punkt 18.00 Uhr Abendbrot. Schlafenszeit war um 19.15 Uhr, bis er zwölf war, und um 20.00 Uhr, bis er dreizehn war, danach eine halbe Stunde später. Damals gab es keine Computer, die ihn ablenkten – obwohl er schon davon gelesen hatte. Seine Mutter war mit ihm den ersten Computer in Leicester ansehen gegangen, der in den Büroräumen einer Strumpffabrik stand und zweimal so groß war wie sein Zimmer. Einmal mehr beklagte er die Tatsache, dass er in fünfzig Jahren mit Sicherheit tot war und nicht mehr erleben würde, wie sich Nanotechnologie, Quantenrechner oder das daraus resultierende globale Bewusstsein durchsetzten. Bei seinem hohen Blutdruck konnte er froh sein, wenn er die Marslandung noch erlebte.

Yvonne sagte mit schneidender Stimme: »Brian!«
»Ja?«
»Du tust es schon wieder.«
»Was denn?«
»Dieses Stöhnen, das du als Kind gemacht hast, wenn du in den Himmel geguckt hast.«
Brian räusperte sich hartnäckig, als steckte ihm etwas im Hals.
Ruby sagte: »Ich weiß, ich bin ein wenig altmodisch, aber bin ich die Einzige, die die ganze Situation skandalös findet?« Sie beäugte Titania. »Zu meiner Zeit, Brian, wärst du vom Ehemann dieser Frau vermöbelt worden. Du hättest froh sein können, wenn er dir nicht die Kniescheiben zertrümmert hätte. Du solltest dich was schämen.«
Titania sagte energisch: »Brian ist seit Jahren unglücklich in seiner Ehe.« Dann an ihn gewandt: »Ich gehe nach oben und rede mit deiner Frau, Brian.«

Thomas fragte: »Kann ich mitkommen?«

Titania gab einen ihrer bellenden Lacher von sich und sagte: »Warum nicht, Bübchen? Du bist nicht zu jung, um mitzukriegen, dass dein Geschlecht per se dumm und grausam ist.«

Alexander sagte: »Thomas, setz dich hin.«

Ihren Wodka in der Hand stolzierte Titania aus der Küche und rief: »Eva!«

»Hier oben!«

Evas erster Gedanke beim Anblick von Titania war, dass sie in ihrem schwarzen Rock und ihrer weißen Bluse aussah wie eine Bestattungsunternehmerin. Die Haut um ihre Augen war so aufgedunsen, dass sie entweder eine schlimme Allergie haben musste, oder die arme Frau hatte sehr viel geweint.

Titania sagte: »Er hat mir nie erzählt, dass Sie so schön sind. Er hat gesagt, Sie sind eine Schabracke. Sind Sie von Natur aus blond?«

»Ja«, sagte Eva. »Und sind Ihre Haare von Natur aus rot, Titania?«

Titania setzte sich auf den Suppensessel und begann erneut zu weinen. »Er hat mir versprochen, Sie nach Weihnachten zu verlassen.«

»Vielleicht tut er das«, sagte Eva. »Der zweite Weihnachtsfeiertag ist noch Weihnachten. Vielleicht verlässt er mich morgen.«

»Mein Mann hat mich rausgeworfen«, sagte Titania. »Ich kann nirgendwo hin.«

Eva war selten schadenfroh, aber sie war sauer, dass man sie acht Jahre belogen hatte. »Wohnen Sie doch hier bei uns«, sagte sie. »Sie können zu Brian in den Schuppen ziehen.«

Titania sagte: »Ich ahne, dass es sich nicht um eine selbstlose Geste handelt.«

Eva gab zu: »Nein, das stimmt. Er liebt seine Ruhe. Er wird es hassen, wenn jemand seinen kostbaren Schuppen einnimmt.«

Die beiden Frauen lachten, allerdings nicht einträchtig.

Titania sagte: »Ich trinke noch aus, dann hole ich meine Sachen aus dem Auto.«

Eva sagte: »Eins müssen Sie mir noch verraten. Täuschen Sie Ihre Orgasmen auch vor?«

»Gewöhnlich ist dafür keine Zeit, er ist nach ein paar Minuten fertig. Ich mach's mir selbst.«

Eva sagte: »Armer Brian, in der Bundesliga der Liebhaber ist er Alemannia Aachen.«

»Warum hat ihm das noch nie jemand gesagt?«, fragte sich Titania.

»Weil er uns leid tut«, sagte Eva, »und wir stärker sind als er.«

Titania gestand: »Als das CERN mich eingeladen hat, am Hadronenbeschleuniger mitzuarbeiten, sagte er: ›Ehrlich? Die müssen echt in Schwierigkeiten stecken.‹«

Eva sagte: »Als ich ihm zum ersten Mal den bestickten Sessel zeigte, an dem ich zwei Jahre gearbeitet hatte, sagte er: ›So was könnte ich auch, wenn ich wollte. Das bisschen Nähen.‹«

Titania strich mit den Händen über die Sessellehnen und sagte: »Er ist ausnehmend schön.«

Nachdem sie gegangen war, kniete Eva sich vor das Fenster und beobachtete, wie Titania ihren halben Haushalt anschleppte.

35

In der Küche begannen Titania und Brian zu streiten, weil er sich weigerte, ihre Sachen in den Schuppen zu tragen. Die anderen standen nach und nach vom Küchentisch auf und setzten sich auf die Stufen, ratlos, wohin sie gehen oder was sie tun sollten.

Eva hörte ihre gedämpften Stimmen im Flur und lud sie in ihr Zimmer ein.

Ruby ließ sich auf den Sessel sinken, Stanley setzte sich ans Fußende des Bettes, gestützt auf seinen Gehstock, und die anderen setzten sich im Schneidersitz auf den Fußboden, mit dem Rücken zur Wand.

Alexander fing Evas Blick auf und hielt ihn einen Augenblick lang fest.

Thomas und Venus spielten »Strenge Russische Ballettlehrerin«, ein Spiel, das sie über Weihnachten perfektioniert hatten. Als Venus Thomas anschnauzte, seine Arabesque sei »Müll«, und drohte, ihn mit einem imaginären Stock zu schlagen, schickte Alexander sie nach unten.

Brian juniors Handy klingelte.

Es war Ho.

Brian junior sagte: »Ja?«, ins Telefon.

»Wo kann ich abholen Geld von Staat?«, fragte Ho.

Brian junior war vorübergehend verwirrt. »Ich verstehe nicht ganz. Was meinst du?«

Ho sagte: »Ich habe kein Geld für Essen. Und ich bin hungrig. Ich habe Poppy angerufen, aber sie antwortet nicht. Also, weißt du, wo ist das Amt für Geld von Staat in Leeds?«

Brian junior erklärte: »Das hat heute nicht auf. Und selbst wenn sie aufhätten, würden sie dir nichts geben. Du bist Vollzeitstudent.«

Ho fragte erneut: »Wo bekomme ich Geld?«

Brian junior sagte: »Ho, ich kann dir nicht helfen. In meinem Kopf ist kein Platz für die Probleme von anderen Leuten.«

»Wenn ich in eine von euren Kirchen gehe und einen der Priester um Geld bitte, wird er mir dann etwas geben?«

»Wahrscheinlich nicht.«

»Aber wenn ich ihm sage, dass ich sehr hungrig bin und seit zwei Tagen und Nächten nichts gegessen habe?«

Brian junior wand sich. »Bitte, mir wird schlecht.«

»Aber ich bin wie euer Jesus in der Wüste. Manchmal hatte er auch nichts zu essen.«

Brian junior reichte das Telefon an Brianne weiter, die zugehört hatte.

Brianne sagte wütend: »Jetzt hast du schon drei Leuten den Tag vermiest.«

Ho sagte: »Das Telefon sagt, mein Guthaben ist fast alle.«

Brianne sagte: »Ich sag dir jetzt, was du tust. Du nimmst deinen Mantel und deinen roten Schal und gehst zum Sikh-Tempel an der Hauptstraße, hinter unserem Wohnheim. Davor wehen orangefarbene Fahnen. Die geben dir was zu essen. Das weiß ich, weil ein Junge in meinem Seminar sein Stipendium in der ersten Semesterwoche für ein gebrauchtes Motorrad und ein Schlagzeug verpulvert hat, und die Sikhs ihn einen Monat lang durchfüttern mussten. Also, wiederhole die Anweisungen, die ich dir gerade gegeben habe«, sagte sie streng. Sie lauschte einen Moment lang, dann sagte sie: »Genau – Mantel, Schal, Schlüssel. Geh jetzt«, und legte auf.

Alexander murmelte: »Noch ein Nazi im Haus.«

Eva fragte: »Warum befindet sich der arme Junge in so einer Lage?«

Brianne sagte: »Er hat Poppy fast sein ganzes Geld gegeben.«

Stanley bemerkte: »Alle Wege führen zu Poppy. Was machen wir nur mit ihr?«

Brianne sagte: »Ich hätte nichts dagegen, sie barfuß aus dem Haus zu jagen, bis sie im Schnee verreckt.«

Eva legte die Finger an die Schläfen und sagte: »Brianne, bitte rede nicht so. Du klingst so herzlos.«

Brianne schrie: »Du weißt nichts von ihr oder welchen Schaden sie angerichtet hat! Warum lässt du sie in unserem Haus wohnen? Du weißt, dass ich und Bri sie nicht ausstehen können!«

Ruby sagte: »Also, *mir* tut das arme Mädchen leid. Ihre Mama und ihr Papa sind gerade gestorben! Ich habe mich gestern länger mit ihr unterhalten. Die Leichen werden heute nach Leicester überführt, und ich habe ihr das Bestattungsunternehmen der Co-op empfohlen. Bei deinem Großvater haben sie ihre Sache gut gemacht. Es war nicht ihre Schuld, dass sie sich im Haus geirrt haben, als sie seine Leiche abholen wollten. Fairtree Avenue klingt wirklich wie Fir Tree Avenue.«

Brianne kniete sich neben den Sessel, blickte ihrer Großmutter ins Gesicht und sagte, ganz langsam und bedächtig: »Oma, warum sollte die Behörde in Dundee die Leichen ihrer Eltern nach Leicester überführen? Wenn sie doch laut Poppy in einem Haus in Hampstead gelebt haben, umgeben von reichen Verwandten und Promi-Freunden. Hugh Grant war ihr Nachbar.«

Ruby sagte ungeduldig: »Das weiß ich! Poppy hat mir erzählt, dass sie ihn oft in ihrem Flugzeug mitgenommen haben. Einmal hat er sogar das Steuer übernommen, als Poppys Vater krank wurde. Er musste in Hampstead Heath notlanden. Ein Polizist wurde leicht verletzt.«

Brianne schrie: »Du dumme alte Frau! Alles, was sie dir erzählt hat, ist gelogen!«

Rubys Gesicht fiel in sich zusammen. »Du überraschst mich, Brianne. Was ist denn das für ein Ton? Früher warst du so ein nettes, stilles Mädchen. Du hast dich verändert, seit du an dieser Universität bist.«

Brianne sprang auf. »Es gibt keine Leichen, die bestattet werden müssen. Ihre Eltern sind am Leben und wohnen in Maidenhead! Ihre Mutter war heute Morgen auf Facebook und hat ihren ›Freunden‹ erzählt, dass sie zu Weihnachten eine Heizdecke gekriegt hat!«

Eva sagte: »Wie kannst du das wissen?«

Brianne und Brian junior wechselten einen Blick, und Brian junior sagte: »Wir können gut mit Computern umgehen.«

Brianne legte einen Arm um Brian juniors Schultern und sagte: »Sie heißt nicht Poppy Roberts. Ihr Name ist Paula Gibb. Ihre Eltern leben in einer Sozialwohnung. Sie haben kein Privatflugzeug. Sie haben nicht einmal ein Auto oder Zentralheizung.«

Alexander sagte: »Wenigstens haben sie jetzt eine Heizdecke.« Er blickte in die Runde.

Niemand außer Eva lachte.

Stanley fragte: »Wie lange wisst ihr das schon?«

Brianne sagte: »Seit ein paar Tagen. Wir haben es uns aufgespart. Der zweite Weihnachtsfeiertag ist immer so öde.«

Yvonne bemerkte: »Ich meinerseits finde das beschämend. Ihr beiden Superhirne gegen das arme Mädchen.«

Brianne sagte ganz ruhig: »Bri, es ist Zeit für Poppys Akte.«

Brian junior stand auf, streckte die Arme, um seine verspannten Muskeln zu lockern, als wollte er Brianne um etwas mehr Respekt ihm gegenüber bitten. Mit einem tiefen Seufzer ging er in sein Zimmer.

Als er mit einem großen grünen Aktenordner zurückkehrte, sagte Brianne: »Gib die Unterlagen herum.«

»Wie, etwa wahllos?«

Sie nickte.

Er verteilte die offiziell aussehenden Ausdrucke.

Eine Weile herrschte Schweigen, während die Anwesenden die jeweiligen Dokumente lasen.

Ruby sagte: »Also, ich hab den Anfang zweimal gelesen und kapier's trotzdem nicht.«

Yvonne sagte: »Wollen die Superhirne uns testen?«

Brianne sagte: »Du hast die Geburtsurkunde, Yvonne. Lies sie uns vor.«

»Hör auf, mit mir zu reden wie mit einem Köter, einem Straßenköter. Als ich jung war ...«

Brianne fiel ihr ins Wort: »Ja, als du jung warst, hast du mit einem Stück Kreide auf einer Schiefertafel geschrieben.«

Eva befahl ihrer Tochter: »Entschuldige dich sofort bei Oma.«

Brianne murmelte ungnädig: »Sorry.«

»Also, hier steht, dies ist die Geburtsurkunde eines Kindes namens Paula Gibb, geboren am 31. Juli 1993, ihr Vater war Dean Arthur Gibb, Parkplatzwächter, und ihre Mutter Claire Theresa Maria Gibb, Bowlingbahnangestellte.«

Brian junior lachte laut und sagte mit schlechtem amerikanischem Akzent: »Fuck it, dude, let's go bowling.«

Seine Familie hatte Brian junior noch nie zuvor fluchen hören. Eva war erfreut über diesen Beweis, dass Brian junior ein ganz normaler unflätiger Teenager sein konnte.

Brianne wandte sich an ihren Bruder. »Bri, kein Lebowski, bitte. Das ist eine ernste Angelegenheit.«

Alexander sagte: »Ich habe hier den Bericht eines Sozialarbeiters. Mit dreieinhalb kam Paula vorübergehend in eine Pflegefamilie.«

Schweigen senkte sich über den Raum.

Eva blickte von ihrem Ausdruck auf. »Ich habe Einlieferungspapiere der Uniklinik vom 11. Juni 1995 und einen Halbjahresbericht von ihrer Sozialarbeiterin Delfina Ladzinski.« Eva überflog die Unterlagen. »Wo soll ich anfangen?« Sie räusperte sich und las, was sie für die wichtigsten Details hielt, als würde sie einen Seewetterbericht vorlesen.

»Medizinisches Gutachten bei der Aufnahme: Brandwunden durch Zigaretten auf Handrücken und Unterarmen, Kopfläuse, entzündete Flohbisse, Impetigo. Sie war unterernährt, konnte nicht sprechen. Traute sich nicht, aufs Klo zu gehen. Klingt nicht gerade wie ›Unsere kleine Farm‹, oder?«

Yvonne stand auf. »Nun, ich weiß nicht, wie es euch geht, aber mir reicht's. Es ist Weihnachten. Ich will Truthahnsandwiches und eine Runde Mensch ärgere dich nicht, statt mich in anderer Leute Elend zu suhlen.«

Ruby sagte: »Setz dich, Yvonne! Es gibt Dinge, denen man ins Gesicht sehen muss. Ich habe hier einen Polizeibericht über einen Brandanschlag auf ein Waisenhaus in Reading. Paula wurde verhört, doch sie sagte, sie habe nur versucht, mit einem Feuerzeug eine Zigarette anzuzünden. Sie geriet in Panik und warf das Feuerzeug in den Freizeitraum, wo es mitten auf dem Billardtisch landete ...«

Yvonne fiel ihr ins Wort. »Mir wird von all dem übel.«

Eva sagte: »Das erklärt alles.«

Stanley widersprach: »Aber es entschuldigt ihr Benehmen nicht.«

Alexander nickte: »Meine Mutter hat mich im Dunkeln in meinem Zimmer eingesperrt. Ich weiß nicht, wohin sie ging. Sie befahl mir, vom Fenster wegzubleiben, und drohte, mich fortzuschicken, wenn ich weine, also tat ich, was sie sagte. Aber *ich* verhalte mich normal.«

Als er aufblickte, starrte Eva ihn grimmig an, als sähe sie ihn zum ersten Mal.

Yvonne sagte kläglich: »Hätte ich gewusst, dass diese gestörte Person hier wohnt – also, noch eine gestörte Person –, wäre ich nicht gekommen.«

Eva konterte: »Ich bin nicht gestört, Yvonne. Darf ich dich daran erinnern, dass dein Sohn, mein Ehemann, sich unten mit seiner Geliebten streitet?«

Yvonne senkte den Blick und rückte die Ringe an ihren arthritischen Fingern zurecht.

Brian junior sagte: »Ich habe hier ihr Abschlusszeugnis. Kein Fach schlechter als Drei, aber sie hat nur zwei Einsen – in Englisch und in Religion.«

»Sie ist also nicht nur ein Psychopath«, sagte Alexander, »sondern ist ein ziemlich schlauer Psychopath. Nun, das ist beunruhigend.«

Alle sprangen auf und starrten zur Tür, als sie die Haustür zuschlagen hörten, gefolgt von dem vertrauten Trampeln von Poppys Stiefeln im Flur.

Eva sagte: »Ich möchte mir ihr reden. Brian junior, könntest du sie bitte holen?«

»Warum ich, warum muss ich gehen? Ich will nicht mit ihr sprechen. Ich will sie nicht sehen. Ich will nicht dieselbe Luft atmen wie sie.«

Alle sahen sich an, doch niemand rührte sich.

Alexander sagte: »Ich werde gehen.«

Er ging nach unten und fand sie auf dem Sofa im Wohnzimmer unter einer roten Decke, wo sie so tat, als würde sie schlafen. Sie öffnete nicht die Augen, doch Alexander sah am Flackern ihrer Lider, dass sie nicht schlief.

Er sagte laut: »Eva will dich sehen«, dann sah er zu, wie sie jemanden spielte, der gerade aufwachte. Er empfand eine Mischung aus Mitleid und Verachtung für sie.

Poppy/Paula rief: »Ich muss eingeschlafen sein! War ein anstrengender Morgen. Jeder in der Suppenküche wollte ein bisschen Poppy-Zeit.«

Alexander sagte: »Tja, nun möchte Eva ein bisschen Poppy-Zeit.«

Als sie Evas Zimmer betraten, wurde Poppy von einer Reihe vorwurfsvoller Gesichter empfangen. Doch solche Situationen kannte sie zur Genüge. »Nur nichts anmerken lassen«, sagte sie sich.

Eva tätschelte die Bettkante und sagte: »Setz dich, Paula. Du brauchst nicht mehr zu lügen. Wir wissen, wer du bist. Wir wissen, dass deine Eltern leben.« Sie hielt ein Blatt Papier hoch. »Hier steht, dass deine Mutter am 22. Dezember auf dem Arbeitsamt war und um ein Notdarlehen gebeten hat, weil sie Geld für Weihnachten brauchte. Deine Mutter ist doch Claire Theresa Maria Gibb, nicht? Übrigens, heißt du Poppy oder Paula?«

»Poppy«, sagte das Mädchen mit einem schiefen, nervösen Lächeln. »Bitte nennen Sie mich nicht Paula. Bitte. Nennen Sie mich nicht Paula. Ich habe mir einen neuen Namen gegeben. Nennen Sie mich nicht Paula.«

Eva nahm ihre Hand und sagte: »Okay. Du heißt Poppy. Warum versuchst du nicht einfach, du selbst zu sein?«

Poppys erster Impuls war, so zu tun, als würde sie weinen und schluchzen: »Aber ich *weiß* nicht, wer ich bin!« Dann wurde sie neugierig: Wer *war* sie? Sie würde versuchen, die Kleinmädchenstimme abzulegen, dachte sie. Als ihr Blick auf das ausgefranste 50er-Jahre-Abendkleid fiel, kam es ihr plötzlich gar nicht mehr so charmant exzentrisch vor wie die Secondhand-Klamotten bei Helena Bonham Carter. Und ihre schweren Stiefel mit den absichtlich offenen Schnürsenkeln verliehen ihr nicht länger »Charakter«. Sie wechselte den Gang in ihrem Gehirn auf Leerlauf und wartete ein paar Sekunden, wohin sie das führte. Sie sagte, ihre neue Stimme testend: »Kann ich bleiben, bis die Uni wieder losgeht, bitte?«

Brianne und Brian junior sagten einstimmig: »Nein!«

Eva sagte: »Ja, du kannst bleiben, bis das Semester anfängt. Aber das sind die Hausregeln. Erstens: Keine Lügen mehr.«

Poppy wiederholte: »Keine Lügen.«

»Zweitens, kein Faulenzen auf dem Sofa in Unterwäsche. Und drittens: Nicht mehr stehlen.«

Brianne sagte: »Gestern Abend habe ich unsere Eieruhr in ihrer Tasche gefunden.«

Poppy setzte sich neben Alexander, der sagte: »Du bekommst gerade eine Riesenchance. Verbock's nicht.«

Brianne sagte: »Das ist also alles? Ihr wird einfach so verziehen?«

»Ja«, sagte Eva. »So wie ich Dad verziehen habe.«

Stanley hob die Hand und fragte: »Darf *ich* auch etwas sagen?« Er sah Poppy an. »Ich bin kein sehr versöhnlicher Mensch, und ich kann dir nicht sagen, wie sehr mich deine Hakenkreuz-Tätowierung ärgert und betrübt. Es lässt mir keine Ruhe. Ich weiß, du bist jung, aber dir muss doch bewusst sein, wofür das Hakenkreuz steht. Und bitte erzähl mir nicht, deine faschistische Tätowierung steht für einen Hindu-Gott oder irgend so einen Quatsch. Du und ich, wir wissen beide, dass du das Hakenkreuz gewählt hast, weil du entweder ein Nazi bist oder weil du deine Entfremdung von unserer größtenteils anständigen Gesellschaft demonstrieren wolltest, um zu schockieren. Du hättest auch eine Schlange wählen können, eine Blume, einen Hüttensänger, aber du hast dich für das Hakenkreuz entschieden. Ich habe zu Hause eine Videosammlung über den Zweiten Weltkrieg. Eines dieser Videos zeigt die Befreiung des Konzentrationslagers Belsen. Hast du von Belsen gehört?«

»Da ist Anne Frank gestorben. Das hatte ich in meiner Abschlussprüfung.«

Stanley fuhr fort: »Als die alliierten Truppen die Gefangenen befreien kamen, fanden sie skelettartige, halbtote Wesen, die um Essen und Wasser flehten. Eine große Grube wurde entdeckt, voll mit Leichen. Grauenhafterweise waren einige noch am Leben. Ein Bulldozer ...«

Ruby rief: »Es reicht, Stanley!«

»Verzeihung, ich wollte Sie nicht ...« Er wandte sich wieder an Poppy. »Wenn du das Video sehen möchtest, bist du herzlich eingeladen, dann sehen wir es uns gemeinsam an.«

Poppy schüttelte den Kopf.

Es herrschte Schweigen.

Schließlich sagte Poppy: »Ich lasse es entfernen, weglasern. Ich verehre Anne Frank. Hab vergessen, dass sie Jüdin war. Ich hab geweint, als die Nazis sie auf dem Dachboden gefunden haben. Ich hab mir das Tattoo mit vierzehn nur machen lassen, weil ich in einen Jungen verknallt war, der Hitler toll fand. Er hatte einen Koffer unter seinem Bett, voll mit Dolchen und Orden und so. Er hat mir erzählt, Hitler war Tierliebhaber und Vegetarier und wollte der Welt nur Frieden bringen. Wenn wir in seinem Zimmer waren, wollte er, dass wir uns Adolf und Eva nennen.«

Alles sahen Eva an, die sagte: »Meine Mutter ist schuld.«

Ruby sagte verschnupft: »Du bist nach dem Filmstar benannt. Eva Marie Saint.«

»Nach zwei Monaten hat er Schluss gemacht«, sagte Poppy, »aber das Tattoo ist geblieben.«

Stanley nickte: »Ich werde es nie wieder erwähnen.« Er gab ein Hüsteln von sich, das als Satzzeichen diente, dann wandte er sich an Ruby und sagte: »Ah, Eva Marie Saint. Die Szene mit Marlon Brando. Die Schaukel, der Handschuh, ihr bezauberndes Gesicht.«

Das Gespräch hatte sich gewendet.

Alexander war der Letzte, der Evas Zimmer verließ.

»Wenn du mich brauchst, ruf mich«, sagte er und sang: »*I'll come running.*«

Nachdem er fort war, bekam Eva den Song nicht mehr aus ihrem Kopf. Sie fing leise an zu singen. »Winter, spring, summer or fall …«

Mitten in der Nacht, als alle anderen im Haus schliefen, schlich Poppy in Evas Zimmer. Die Wände waren vom Vollmond erhellt, und Poppy kroch zu Eva ins Bett.

Eva bewegte sich, schlief aber weiter.

Poppy legte ihr Gesicht an Evas Schulter, und ihren Arm um Evas Taille.

Am Morgen spürte Eva, dass sie nicht allein war. Doch als sie sich umdrehte, sah sie nur noch die Delle im Kissen.

36

Mr. Lin war ganz aufgeregt, als er Hos Handschrift auf einem Brief entdeckte, den er von seinem Postamt in einem Vorort von Peking abgeholt hatte. Vielleicht war es eine Karte anlässlich der Feiertage. Mr. Lin wusste, dass man in England die Geburt von Jesus Christus feierte – der, wie er gehört hatte, nicht nur der Sohn ihres Gottes war, sondern auch ein kommunistischer Revolutionär, der von den Machthabern gefoltert und exekutiert worden war.

Er wollte damit warten, den Brief zu öffnen, bis er zu Hause war. Vielleicht würde er den Brief auch seiner Frau geben und sich an ihrem Gesicht erfreuen. Beide vermissten ihr Kind. Die Entscheidung, Ho nach England zu schicken, war ihnen nicht leicht gefallen, aber sie wollten nicht, dass er wie sie Fabrikarbeiter wurde. Sie wollten, dass Ho Schönheitschirurg wurde und viel Geld verdiente. Junge Chinesinnen überall auf der Welt schämten sich zusehends ihrer ovalen Augen und kleinen Brüste.

Mr. Lin hielt an einem Stand, um ein lebendes Huhn zu kaufen. Er wählte eines, von dem sie mehrere Tage essen konnten, bezahlte und trug es dann, mit dem Kopf nach unten, zum Obst- und Gemüsemarkt, wo er eine Geschenkschachtel mit heiligen Äpfeln für seine Frau kaufte. Die Äpfel kosteten fünfmal so viel wie normale Äpfel, aber Mr. Lin mochte seine Frau wirklich sehr. Sie zankte fast nie mit ihm, ihr Haar war noch immer schwarz, und ihr Gesicht hatte kaum Falten. Traurig war sie nur, wenn sie von der Tochter sprach, die sie nie haben konnten.

Er erreichte den Spielplatz am Fuße des Hochhauses, in dem er und seine Frau im siebenundzwanzigsten Stock wohnten. Er blickte nach oben und machte ihr Fenster aus. Er hoffte, der Fahrstuhl funktionierte noch.

Als er, keuchend und außer Atem, in ihrer Wohnung ankam, erhob sich seine Frau von ihrem Stuhl, um ihn zu begrüßen.

Er sagte: »Sieh, wer uns schreibt«, und reichte ihr Hos Brief.

Sie lächelte beglückt und befühlte die bunte, rot, grün und goldene Weihnachtsbriefmarke wie ein kostbares Artefakt. »Es stellt die Geburt von ihrem Jesus dar«, sagte sie.

Das Huhn kreischte und versuchte, sich zu befreien. Mr. Lin brachte es in die Küche und warf es ins Spülbecken. Dann setzten er und seine Frau sich einander gegenüber an den kleinen Tisch. Mrs. Lin legte den Brief zwischen sie.

Mr. Lin nahm die heiligen Äpfel aus der Plastiktüte und legte sie neben Hos Brief.

Seine Frau lächelte beglückt.

Er sagte: »Die sind für dich.«

Sie weinte: »Aber ich habe gar nichts für dich!«

»Nicht nötig, du hast mir Ho geschenkt. Öffne du den Brief.«

Sie öffnete ihn langsam und vorsichtig und überflog die ersten Zeilen. Dann hielt sie inne, und ihr Gesicht wurde zu Stein. Sie schob den Brief über den Tisch und sagte: »Du musst stark sein, Ehemann.«

Mr. Lin schrie mehrmals auf, während er das Schriftstück las. Als er zum Ende kam, sagte er: »Poppy heißt Mohnblume. Ich mochte Mohn noch nie. Er ist ordinär und verstreut seine Samen viel zu leichtfertig.«

Das Huhn kreischte.

Mr. Lin stand auf, nahm ein scharfes Messer und einen Holzblock und durchtrennte den Hühnerhals. Er warf das Tier zurück ins Spülbecken und sah zu, wie das helle Blut in den Ausguss strömte.

37

Silvester klingelte eine fremde Frau an der Tür und bat darum, Eva zu sprechen.

Titania, die mit Türöffnen dran war, fragte: »Wen darf ich melden?«

Die Frau sagte: »Ich wohne am Ende der Redwood Road. Meinen Namen möchte ich lieber nicht sagen.«

Titania bat die Frau, im Flur zu warten, während sie nach oben ging.

Als Eva sie sah, sagte sie: »Du trägst die hässliche Schürze, die Brian mir zu Weihnachten geschenkt hat. Was hast du sonst noch in Beschlag genommen?«

Titania lachte und sagte: »Nur deinen Mann.«

Eva bemerkte: »Aber das triste Olivgrün steht dir. Solltest du öfter tragen.« Dann sagte sie: »Schick sie rauf.«

Als Titania wieder nach unten ging, kämmte Eva mit den Fingern ihr Haar und strich die Kissen glatt.

Die Frau wirkte trotz ihres mittleren Alters jugendlich und hatte beschlossen, ihr Haar natürlich wachsen zu lassen. Es war grau und drahtig. Sie trug einen grauen Trainingsanzug und graue Hi-Tec-Sportschuhe. Sie sah aus wie eine Bleistiftzeichnung auf einer weißen Wand.

Eva bot ihr den Suppensessel an.

Die Frau erklärte wortgewandt: »Mein Name ist Bella Harper. Ich gehe mindestens viermal täglich an Ihrem Haus vorbei.«

Eva sagte: »Ja, ich sehe Sie manchmal Ihre Kinder zur Schule bringen.«

Bella zog eine Handvoll Papiertaschentücher aus der Tasche ihres Trainingsanzugs.

Eva wappnete sich für das, was kommen sollte. Sie hatte eine Abscheu gegenüber Tränen entwickelt. Die Leute weinten heutzutage allzu leichtfertig.

Bella sagte: »Ich brauche einen Rat, wie ich meinen Mann am besten und nettesten verlassen kann. Weihnachten war dieses Jahr eine Tortur. Er schikaniert uns alle. Ich habe das Gefühl, als würde ein kalter Wind um meine blank liegenden Nerven pfeifen. Ich weiß nicht, ob ich es noch länger aushalten kann.«

Eva fragte: »Warum kommen Sie zu mir?«

»Sie sind immer hier. Manchmal laufe ich in den frühen Morgenstunden durch die Straßen, und oft sehe ich Sie am Fenster rauchen.«

»Ich bin eine Närrin«, sagte Eva. »Von mir wollen Sie bestimmt keinen Rat.«

»Ich muss mich jemandem anvertrauen, den ich nicht kenne und der mich nicht kennt.«

Eva unterdrückte ein Gähnen und versuchte, interessiert zu gucken. Nach ihrer Erfahrung kam nie etwas Gutes heraus, wenn man Ratschläge gab.

Bella wand ein Taschentuch um ihre Finger.

Eva ermunterte sie: »Okay, es war einmal vor langer, langer Zeit ... würde das helfen?«

Bella sagte: »Ja, es waren einmal ein Junge und ein Mädchen, die im selben Dorf wohnten. Als sie beide fünfzehn waren, verlobten sie sich. Ihre beiden Familien waren darüber sehr glücklich. Eines Tages verlor der Junge die Beherrschung, weil das Mädchen beim Joggen nicht mit ihm mithalten konnte. Er schrie das Mädchen an. Dann, ganz kurz vor der Hochzeit, saßen sie in seinem Auto. Sie zog den Zigarettenanzünder aus dem Armaturenbrett und ließ ihn aus Versehen auf den Boden fallen. Der Junge schlug ihr mit der Faust ins Gesicht. Dann packte er sie, so dass sie ihn ansehen musste, und schlug erneut zu. Sie verlor zwei Zähne und ging zu einem Zahnarzt, der Notdienst hatte. Es dauerte sechs Wochen, bis nichts mehr zu sehen war. Doch die Hochzeit fand statt. Es dauerte nicht lang, bis der Junge das Mädchen jedes Mal schlug, wenn er wütend war. Hinterher bat er mich immer, ihm zu verzeihen. Ich hätte ihn verlassen sollen, bevor die Kinder geboren wurden.«

Eva fragte: »Wie viele Kinder?«

»Zwei Jungs«, antwortete Bella. »Irgendwann hatte ich solche Angst vor ihm, dass ich mich nicht mehr entspannen konnte, wenn er im Haus war. Wenn er von der Arbeit nach Hause kommt, gehen die Jungs auf ihre Zimmer und machen die Tür zu.« Bella knetete ihre Hände. »Das ist das Ende der Geschichte.«

Eva sagte: »Sie wollen wissen, was Sie tun sollen? Wie viele starke Männer kennen Sie?«

Bella sagte: »Oh, nein. Ich halte nichts von Gewalt.«

Eva wiederholte: »Wie viele starke Männer kennen Sie?«

Bella zählte still. »Sieben.«

»Sie müssen diese Männer anrufen und sie bitten, Ihnen zu helfen. Sie selbst wissen am besten, wann der richtige Zeitpunkt gekommen ist.«

Bella nickte.

»Wie heißt Ihr Mann?«

»Kenneth Harper.«

»Und wie lange wollen Sie noch mit Kenneth Harper zusammenleben?«

Bella senkte den Blick und sagte: »Ich möchte das neue Jahr ohne ihn anfangen.« Sie sah auf die Uhr und sagte panisch: »Nein! Er ist in der Kneipe, aber er kommt um neun zum Essen nach Hause. Jetzt ist es acht und ich habe nicht mal eine Kartoffel gepellt! Ich muss los. Er mag es nicht, wenn sein Essen nicht fertig ist.«

Eva rief über Bellas Panik hinweg: »Wo sind Ihre Kinder?«

»Bei meiner Mutter«, sagte Bella, die aufgesprungen war und in großen Schritten vom Bett zur Tür ging.

»Rufen Sie ein paar Männer zusammen. Sie sollen sich hier treffen.«

»Ich halte nichts von Selbstjustiz«, sagte Bella.

»Das ist keine Selbstjustiz, das sind Ihre Freunde und Ihre Familie, die Sie und Ihre Kinder beschützen. Stellen Sie sich vor, wie es ist, ohne ihn im Haus zu leben. Na los, schließen Sie die Augen und stellen Sie es sich vor.«

Bella schloss die Augen so lange, dass Eva schon dachte, sie sei eingeschlafen.

Dann nahm Bella ihr Handy und drückte auf Kurzwahl.

Als Brian mit sechs Flaschen Cava, einer Kiste Carling Black Label, einer Kiste Rosé und zwei Riesentüten Chips für die Silvesterfeier vom Spirituosenhändler zurückkam, fand er zu seiner Überraschung eine Gruppe von Männern vor, die auf der Treppe saßen und im Flur an der Wand lehnten.

Er nickte und sagte: »Tut mir leid, Sie sind zu früh, die Party hat noch nicht angefangen.«

Ein Mann in gefüttertem Karohemd und schlammigen Gummistiefeln, sagte: »Wir sollen meiner Schwester helfen, ihren Mann rauszuschmeißen.«

Brian sagte: »Silvester? Armer Kerl. Ist das nicht ein bisschen übertrieben?«

Ein jüngerer Mann, der die Fäuste ballte und öffnete, sagte: »Das Arschloch hat's verdient. Am Altar hätte ich ihm am liebsten den Kopf abgerissen.«

Ein anderer sagte: »Die Kinder haben Angst vor ihm. Aber sie wollte ihn nie verlassen, weil er gedroht hat, sich umzubringen. Schön wär's.«

Ein älterer Mann mit müden Augen saß auf der Treppe und sagte: »Als er mich gefragt hat, ob er meine Tochter heiraten darf, hätte ich ihn in die verdammte Gärfuttergrube werfen sollen.« Er sah Brian an, einen Mann, von dem er annahm, er sei etwa im gleichen Alter, wie er selbst, und fragte: »Haben Sie eine Tochter?«

Brian sagte: »Allerdings. Sie ist siebzehn.«

»Was würden Sie tun, wenn Sie wüssten, dass Ihre Tochter regelmäßig verprügelt wird?«

Brian stellte die Kiste Wein ab, zupfte sich am Bart und dachte nach.

Schließlich sagte er: »Ich würde ihn fesseln und knebeln, in meinen Kofferraum packen, zu einem Steinbruch in der Nähe fahren, ihn mit Nylonschnur an einen losen Felsen binden und auf das Krachen warten. Problem gelöst.«

Ein nervös wirkender Mann sagte: »Das können Sie nicht machen. Wo wären wir, wenn wir hingehen und jeden umbringen würden, der uns nicht passt?«

Brian konterte: »Dieser Mann hat mich gefragt, was ich tun würde, und ich habe es ihm gesagt. Wie auch immer, ich muss eine Party vorbereiten. Aber wenn Sie die Koordinaten des Steinbruchs brauchen ...«

Der ältere Mann sagte: »Danke, aber ich glaube, so weit wird es nicht kommen. Wenn doch, haben wir eine Gärfuttergrube hinterm Haus, und Schweine, die immer hungrig sind.«

»Tja, ich wünsche Ihnen alles Gute. Guten Rutsch«, sagte Brian. Er wankte mit dem Alkohol in die Küche und packte alles auf den Küchentisch. Titania polierte schon die Gläser.

Brian sagte: »Jedes Mal, wenn ich meine eigene Haustür öffne, werde ich mit anderer Leute Dramen konfrontiert.«

Oben telefonierte Bella mit ihrem Mann. Er schrie so laut, dass Eva halb befürchtete, das Telefon könnte explodieren. Bellas Stimme bebte. Sie sagte: »Kenneth, meine Familie ist bei mir. Wir sind gleich um die Ecke. Wir kommen jetzt nach Hause.« Sie legte auf und sagte zu Eva: »Das kann ich ihm nicht antun.«

Eva sagte: »Die Männer kommen damit durch, weil sie wissen, dass wir Mitleid mit ihnen haben. Sie nutzen unsere Schwäche aus. Wenn Sie es jetzt durchziehen, kann er schon um zehn aus dem Haus sein.«

»Aber wo soll er denn hin?«, jammerte Bella.

»Lebt seine Mutter noch?«, fragte Eva.

Bella nickt und sagte: »Sie wohnt nur fünf Meilen von hier, aber er besucht sie nie.«

»Na, dann wäre das doch eine reizende Silvesterüberraschung.«

Eva sah vom Fenster aus, wie die sieben Männer und Bella sich auf dem Bürgersteig besprachen.

Entschlossen gingen sie die Straße hinunter zu Bellas Haus.

38

Das Läuten der Kirchenglocken und die explodierenden Feuerwerkskörper verrieten Eva, dass Mitternacht war. Unten hörte sie Korken knallen und Brians dröhnende Stimme: »Frohes neues Jahr!«

Sie dachte an all die vergangenen Silvesterfeiern. Sie hatte sich immer mehr davon versprochen. Hatte vergeblich darauf gewartet, dass etwas Besonderes, etwas Magisches passierte, wenn der große Zeiger an der Zwölf vorbei war.

Doch alles war stets beim Alten geblieben.

Sie hatte es immer abgelehnt, bei »Nehmt Abschied, Brüder« mit einzustimmen. Sie mochte den Text und sie beneidete die, die feiern konnten, doch alles in ihr sträubte sich dagegen, sich bei den anderen einzuhaken und im Kreis zu tanzen. Man öffnete den Kreis und lud sie ein, die Lücke zu schließen, doch sie weigerte sich.

»Ich sehe lieber zu«, sagte sie immer.

Brian sagte im Vorbeitanzen: »Eva weiß nicht, wie man Spaß hat.«

Und das stimmte. Sogar das Wort missfiel ihr. »Spaß« suggerierte erzwungene Heiterkeit, Clowns, Slapstick. Nordkoreanische Paraden mit Reihen starr lächelnder Kinder, die synchron tanzten.

Nun hatte sie Hunger und Durst. Offenbar hatte man sie wieder vergessen.

Am Morgen war Brian die Straße abgelaufen und hatte Einladungen an die Nachbarn verteilt. Darauf stand:

> Kommt vorbei und feiert mit uns.
> Wir möchten euch kennenlernen.
> Getränke sind mitzubringen.
> Für Häppchen ist gesorgt.
> Kinder mit Manieren zugelassen.
> Die Party steigt um 21.30 Uhr.
>
> P. S. Dr. Brian Biber bietet eine kurze Führung durch sein Observatorium an und, je nach Seeing (oder wie ihr Nichtastronomen sagt: Witterungsverhältnissen oder Bewölkung) ist es vielleicht möglich, Saturn, Jupiter, Mars und andere, kleinere Planeten zu sehen.

Yvonne hatte Eva im Baumarkt ein balinesisches Messingtempelglöckchen gekauft, um mit den anderen im Haus zu kommunizieren, doch Eva hatte noch nie damit geklingelt. Es war ihr unangenehm, die anderen herbeizuzitieren, um sich bedienen zu lassen. Sie würde warten, bis jemand an sie dachte. Durch die Wand hörte sie die Zwillinge auf ihren Laptops tippen. Das Tempo der Tasten war unheimlich. Von Zeit zu Zeit lachten sie auf und riefen »Bingo!«.

Sie hörte ihre Mutter und Yvonne die Treppe hochkommen.

Ruby sagte: »Ich weiß nicht, ob ich damit zum Arzt gehen soll oder nicht. Es könnte eine harmlose Zyste sein.«

Yvonne sagte: »Wie du weißt, Ruby, war ich dreißig Jahre Arzthelferin. Ich kann eine Zyste von einem Tumor unterscheiden.«

Die beiden gingen zusammen ins Bad.

Ruby klang ausnahmsweise verunsichert: »Soll ich meinen BH ausziehen?«

Yvonne erwiderte: »Nun, durch mehrere Kleiderschichten kann ich wohl kaum etwas erkennen. Sei nicht schüchtern. Ich habe seinerzeit tausende von Titten gesehen.«

Dann herrschte Schweigen, das von Rubys nervösem Plappern unterbrochen wurde: »Glaubst du, Eva hat einen Nervenzusammenbruch?«

Yvonne befahl: »Heb die Arme über den Kopf und halt still ... Ja, hat sie. Das sag ich ja seit dem ersten Tag.«

Wieder herrschte Schweigen.

Dann hörte Eva Yvonne sagen: »Zieh dich wieder an.«

Ruby fragte: »Und? Was meinst du?«

»Ich meine, du solltest dich röntgen lassen. Da ist ein walnussgroßer Knoten. Wie lange weißt du das schon?«

»Ich habe keine Zeit, ins Krankenhaus zu gehen.« Ruby senkte die Stimme. »Ich muss mich doch um *sie* kümmern.«

Eva fragte sich, ob sie wirklich einen Nervenzusammenbruch hatte.

Vor einigen Jahren hatte Jill – eine Kollegin aus der Bücherei – plötzlich angefangen, mit sich selbst zu reden, irgendwas davon gebrummelt, dass sie unglücklich mit Bernie Ecclestone verheiratet sei. Dann fing sie an, alle Bücher mit roten Umschlägen auf den Boden zu werfen, mit der Begründung, die würden sie ausspionieren und die Informationen an den MI5 weitergeben. Wenn sich ihr jemand näherte, hatte sie hysterisch etwas von Agenten des »Systems« geschrien. Irgendein Idiot hatte den Sicherheitsdienst gerufen und versucht, sie durch einen Notausgang zu schleifen. Sie hatte sich gewehrt wie ein wildes Tier und war in den öffentlichen Park geflohen, der ans Universitätsgelände grenzte.

Eva und der Sicherheitsdienst waren ihr gefolgt. Die übergewichtigen Männer waren bald außer Atem. Es war Eva, die sie einholte. Jill hatte sich ins Gras geworfen, sich an den Grasbüscheln festgeklammert und gefleht: »Hilf mir! Wenn ich das Gras loslasse, fliege ich weg.«

Eva hatte sich auf Jills Rücken gesetzt. Als die keuchenden Sicherheitsleute näher kamen, hatte Jill wieder angefangen zu schreien und sich zu wehren. Ein Polizeiauto war mit Vollgas und heulender Sirene durch den Park gefahren. Eva konnte nichts mehr für ihre Freundin tun. Schließlich gelang es Polizei und Sicherheitsdienst, sie zu bändigen, und Jill wurde abtransportiert.

Als Eva sie endlich in der Psychiatrie besuchen durfte, erkannte sie Jill erst nicht wieder. Sie saß auf einem Plastikstuhl in einem nichtssagenden Raum und wiegte sich leicht vor und zurück. Die anderen Patienten machten Eva Angst. Die Lautstärke des Fernsehers war unerträglich.

»Das ist ein Irrenhaus«, dachte sie. »Das ist wirklich ein Irrenhaus.« Während sie über das Anstaltsgelände ging, dachte sie: »Ich wäre lieber tot, als an einem Ort wie diesem eingesperrt.«

Jahre später hatte sie eine Amateurproduktion der Fakultät von *Marat/Sade* gesehen. Brian hatte einen sehr überzeugenden Irren abgegeben. Noch Wochen danach hatte sie der Gedanke verfolgt, dass der Wahnsinn hinter jeder Ecke lauerte und nur darauf wartete, im Schlaf in deinen Kopf zu kriechen und dich zu verschlingen.

Eva schlief ein Weilchen. Als sie aufwachte, sah sie zu ihrer Überraschung Julie, ihre Nachbarin, auf dem Sessel sitzen.

Julie sagte: »Ich habe dir beim Schlafen zugesehen, du hast geschnarcht. Ich wollte dir ein frohes, neues Jahr wünschen – und ich wollte aus dem Irrenhaus da drüben rauskommen. Sie haben jeden Respekt vor mir verloren. Wir haben ein Vermögen für ihre Weihnachtsgeschenke ausgegeben. Steve hat jedem der großen Jungs eine Playstation gekauft, und Scott einen Fernseher, damit er vor dem Einschlafen seine Cartoons sehen kann. Sie haben alle einen großen Sack vom Weihnachtsmann bekommen, voll mit Spielsachen, und die Hälfte davon ist schon kaputt. Steve kann es kaum erwarten, wieder zur Arbeit zu gehen, und ich auch nicht.«

Eva, die der Hunger gereizt machte, sagte: »Um Himmels willen, Julie, wenn sie nerven, konfiszierst du einfach ihre blöden Playstations! Schließ sie weg, bis sie gelernt haben, sich zu benehmen. Und erinnere Steve daran, dass er erwachsen ist. Dieser bettelnde Tonfall funktioniert bei Kindern nicht. Kann er überhaupt laut werden?«

»Nur wenn er im Fernsehen Fußball sieht.«

Eva sagte: »Du und Steve, ihr habt Angst, sie zu erziehen, weil ihr glaubt, dass sie euch dann nicht mehr lieb haben.« Dann brüllte sie: »Ihr irrt euch!«

Julie sprang auf und wedelte mit ihrer Hand vor ihrem Gesicht herum, als müsse sie sich Luft zufächeln.

Es tat Eva leid, dass sie so laut geschrien hatte, und

keiner der beiden, wusste, was er als Nächstes sagen sollte.

Julie warf einen kritischen Blick auf Evas Haar. »Soll ich dir die Spitzen schneiden und den Ansatz nachfärben?«

»Wenn die Jungs wieder in der Schule sind, ja? Tut mir leid, dass ich dich angeschrien habe, Julie, aber ich bin so hungrig. Könntest du mir bitte etwas zu essen holen? Die vergessen ständig, dass ich hier bin.«

»Entweder das, oder sie versuchen, dich auszuhungern«, sagte Julie.

Nachdem Julie in ihren anarchischen Haushalt zurückgekehrt war, verspürte Eva einen Anflug von Selbstmitleid und wünschte fast, sie wäre unten am Buffet. Sie hörte Brian rufen: »›Brown Sugar‹! Na los, Titania.«

Als die Musik begann, stellte sie sich vor, wie sie in der Küche zu den Rolling Stones tanzten und laut mitsangen.

39

Es war Neujahr. Brian und Titania hatten fast den ganzen Nachmittag im Bett verbracht. Brian hatte um 14.15 Uhr Viagra eingenommen und war unermüdlich.

Hin und wieder stöhnte Titania: »OMG!« Doch in Wahrheit hatte sie genug. Brian hatte die meisten ihrer Körperöffnungen gründlich erforscht, und sie freute sich, dass er sich zu amüsieren schien, aber sie hatte noch jede Menge zu tun, jede Menge Leute zu besuchen. Gedankenverloren trommelte sie mit den Fingern auf seinem Rücken. Doch das spornte ihn nur an, und ehe sie sich's versah, hatte er sie auf den Kopf gestellt, so dass sie fast in den Entendaunenkissen erstickt wäre. Sie rang nach Luft. »OMG!«, schrie sie. »Willst du mich umbringen?«

Brian hielt inne, um für einige Augenblicke Atem zu schöpfen, und sagte: »Hör mal, Titania, kannst du nicht wie früher ›Omeingott!‹ sagen? OMG törnt mich nicht an.«

Titania, noch immer kopfüber, die Beine an der Wand, sagte: »Wir sind wie zwei aneinandergekettete Wasserbüffel, die im Kreis laufen. Wie viel Viagra hast du genommen?«

»Zwei«, sagte Brian.

»Eine hätte gereicht«, beschwerte sich Titania. »Ich hätte schon längst mit dem Bügeln fertig sein können.«

Mit schier übermenschlicher Anstrengung beschwor Brian Bilder herauf, die ihm stets gute Dienste geleistet hatten: der Ausschnitt von Miss Fox, die ihn am Kardinal-Wolsey-Gymnasium in Physik unterrichtet hatte; Französinnen, die oben ohne an einem Strand bei Saint Malo lagen; die Frau, die im Café eine Schillerlocke aß, die Sahne auf der Zungenspitze.

Nichts funktionierte. Der Kampf ging weiter.

Titania sah ständig auf die Uhr. Ihr Kopf und ihr Oberkörper hingen jetzt über das Bettende. Sie entdeckte ein aufgerolltes Paar ihrer Socken, die sie unter der Kommode verloren geglaubt hatte. »IMGIH!«, rief sie. »Wie lange noch?«

Brian flüsterte: »Lass uns zornigen Sex haben.«

Titania sagte: »Ich hab längst zornigen Sex. Ich bin total genervt! Wenn du nicht bald kommst ...«

Sie brauchte ihren Satz nicht zu beenden. Brian ejakulierte so heftig und geräuschvoll, dass Ruby, die im Garten mit dem Gartenschlauch einen stinkenden altmodischen Wischmopp reinigte, schon dachte, er hielte sich wilde Tiere in seinem Schuppen.

Nichts konnte sie mehr überraschen. Früher hatte sie gedacht, es gäbe nichts Beklopperes, als £1,70 für eine Flasche Wasser aus Island zu bezahlen – vor allem, wo doch gutes, frisches Wasser aus dem Wasserhahn kam. Doch sie hatte sich geirrt.

Irgendwie war die ganze Welt verrückt geworden, als sie gerade nicht aufgepasst hatte.

Alexander betrat Evas Haus – die Tür war zurzeit meist nur angelehnt – und rief: »Hallo!«

Niemand außer Eva antwortete.

Er lief nach oben und ging im Kopf noch mal durch, was er ihr sagen wollte. Es war lange her, dass er einer Frau seine Liebe erklärt hatte.

Eva sagte: »Frohes neues Jahr. Du siehst aus, als wäre dir kalt.«

»Ist mir auch ... und dir ebenfalls ein frohes neues Jahr. Ich war zum Malen auf dem Beacon Hill. Ich habe vorher noch nie eine Schneelandschaft versucht. Ich wusste nicht, wie viele verschiedene Weißtöne es im Schnee gibt. Ich hab's total in den Sand gesetzt. Ich habe Ruby auf der Hauptstraße getroffen und sie nach Hause gefahren. Sie sagte, dass Brian und Titania im Schuppen sehr laut Tierstimmen nachahmen.«

»Ich höre schon die Nachbarn ihre Bleistifte für die Unterschriftensammlung spitzen.«

Beide lachten.

Eva sagte: »Ihre Beziehung ist mir ein Rätsel.«

»Wenigstens haben sie eine Beziehung.«

»Aber sie scheinen sich nicht mal zu mögen.«

Alexander sagte: »Ich mag dich, Eva.«

Eva hielt seinen Blick und sagte: »Ich mag dich, Alex.«

Der Raum zwischen ihnen hatte etwas Fragiles, als wäre ihr Atem gefroren und drohte zu bersten, wenn das falsche Wort gesagt wurde.

Eva kniete am Fenster, um sich den Schnee anzusehen. »Neuschnee ... gut für Schneemänner, zum Schlittenfahren. Ich hätte Lust ...«

Sie unterbrach sich, doch er sagte schnell: »Du könntest es, Eva! Ich habe einen Schlitten im Auto.«

Eva sagte: »Fang ja nicht an, mich aus dem Bett locken zu wollen!«

Alexander sagte: »Vor einigen Jahren habe ich mich noch bemüht, eine Frau *ins* Bett zu kriegen.«

Sie lächelte. »Ich glaube, mein erster Neujahrsvorsatz ist, keinen neuen Mann in mein Leben zu lassen.«

»Tut mir leid, das zu hören. Ich bin hier, um dir zu sagen, dass ich dich liebe.«

Eva rückte von der Mitte des Bettes an den Rand und drückte sich an die Wand.

Alexander sagte: »Hab ich was Falsches gesagt?«

Vorsichtig, weil sie seine Gefühle nicht verletzen wollte, sagte sie: »Vielleicht habe ich die falschen Signale gesetzt. Sagte der Eisenbahner nach seiner Entlassung.«

»Vielleicht haben wir beide die falschen Signale gesetzt. Darf ich einfach sagen, was ich fühle?«

Sie nickte.

»Ich liebe dich«, sagte er. »Ich möchte den Rest meines Lebens mit dir verbringen. Du müsstest das Bett nicht verlassen. Ich würde dich darin durch den Supermarkt schieben, dich mit aufs Glastonbury Festival nehmen.«

Sie schüttelte den Kopf. »Nein, ich will das nicht hören. Ich möchte nicht für das Glück eines anderen Menschen zuständig sein. Darin bin ich nicht gut.«

Alexander sagte: »Ich werde für dich sorgen. Wir können trotzdem zusammen sein. Ich setze mich zu dir ins Bett. Ich bin die Yoko und du bist John, wenn du willst.«

»Du hast Kinder, und ich habe Kinder«, sagte sie. »Und du musst wissen, dass Brianne in dich verliebt ist. Die möchte ich nicht als Nebenbuhlerin haben.«

»Sie ist ein Kind, das ist nur Schwärmerei. Ihre große Liebe ist Brian junior.«

»Ich habe keine Lust mehr, mich im Alltag um kleine Kinder zu kümmern.«

Er sagte erstaunt: »Magst du meine Kinder nicht?«

»Es sind ganz reizende, drollige Kinder«, sagte Eva. »Aber mit Kindererziehung bin ich durch. Ich kann es nicht ertragen, ihre Enttäuschung zu sehen, wenn sie begreifen, in was für einer Welt sie leben.«

Alexander sagte: »So ist das Leben, aber die Welt ist trotzdem fantastisch. Wenn du heute Morgen gesehen hättest, wie die Sonne auf den Schnee schien ... und die Bäume, von denen das Eis tropfte wie silberner Regen ...«

Eva sagte: »Tut mir leid.«

»Darf ich mich neben dich legen?«

»Auf die Decke.«

Er zog seine nassen Stiefel aus und stellte sie auf die Heizung. Dann legte er sich neben sie.

Das Licht war aus, und die Sonne war untergegangen, doch der leuchtende Schnee draußen erhellte die Umrisse des Zimmers. Sie hielten sich an den Händen und blickten an die Decke. Sie redeten über verflossene Liebhaber, über seine verstorbene Ehefrau und ihren aktuellen Ehemann. Das Zimmer war warm und das Licht gedämpft, und schon bald lagen sie schlafend nebeneinander wie zwei Marmorstatuen.

Als Brianne, nachdem sie ihren Geschenkgutschein für ein gebundenes Skizzenbuch für Alexander eingelöst hatte, zurückkehrte, stieß sie Evas Tür auf und sah, dass ihre Mutter auf der Bettdecke eingeschlafen war.

Auf dem Kissen lag ein Zettel. Sie nahm ihn mit auf den Flur, um ihn zu lesen. Er war von Alexander. Darauf stand:

Liebste Eva,

heute war einer der schönsten Tage meines Lebens. Der Schnee war märchenhaft, und als ich heute Nachmittag neben dir lag, war ich so glücklich wie seit vielen Jahren nicht.

Wir lieben uns, das weiß ich genau. Aber ich werde dich in Ruhe lassen.

Warum tut Liebe immer so weh?
    Alex

Brianne nahm den Zettel mit in ihr Zimmer, zerriss ihn in kleine Schnipsel und versteckte die Fragmente in einer leeren Chipstüte, die sie aus dem Papierkorb fischte.

40

Brian und Titania nahmen nach einer langen Sternengucker-Session ein spätes Abendbrot zu sich. Die Bedingungen waren perfekt, und sie hatten Wunder über Wunder im kalten wolkenlosen Himmel entdeckt. Sie waren immer noch jedes Mal ergriffen von der Realität dessen, was man durch ein echtes Teleskop sah. Die Computerbildschirme im Institut wurden der wahren Schönheit des Universums nicht gerecht.

Auf einem kalten Lammkotelett kauend sagte Brian: »Du warst heute Abend ganz wundervoll, Tit. Du hast meistens den Mund gehalten, und du hast diesen veränderlichen Stern entdeckt, der mit ziemlicher Sicherheit noch nicht erfasst ist.«

Titania pickte mit der Gabel eine Olive aus dem Glas. Sie konnte sich nicht erinnern, je so glücklich gewesen zu sein. Sie wollte, dass Brian vorankam und große Dinge vollbrachte. Er ging vollkommen in seiner Arbeit auf. Titania hatte das Gefühl, dass Eva ihn in der Vergangenheit gebremst hatte, weil sie erwartete, dass er sich an der Kindererziehung beteiligte. Nur wegen Eva hatte der arme Brian sein Buch *Erdnahe Objekte* nicht beenden können. Hatte Mrs. Churchill etwa darauf bestanden, dass ihr Mann den Tisch deckte, bevor er sich um den Krieg kümmerte?

Sie streckte eine Hand aus.

Brian sagte: »Was?«

Titania flüsterte: »Halt meine Hand.«

Brian ermahnte sie: »Ich sollte dich warnen, Tit, dass ich zur Hälfte immer noch meine Frau liebe.«

Titania zog ihre Hand zurück. »Heißt das, du liebst mich nur zur Hälfte?«

Brian sagte: »Seit über zwanzig Jahren haben sich meine Synapsen an ein Leben mit Eva Biber angepasst. Du musst ihnen eine Chance geben, sich auf dich einzustellen, Tit.«

Titania dachte: »Ich werde dafür sorgen, dass er mich liebt. Ich werde ihm die perfekte Geliebte, Kollegin und Freundin sein. Ich werde ihm sogar seine Scheißhemden bügeln.«

Später, als sie im Bett lagen und über ihre Kindheitserinnerungen sprachen und ihre erste bewusste Wahrnehmung der Sterne, sagte Brian: »Ich war sieben und lag auf dem Rücken im Garten meiner Großmutter in Derbyshire. Es dämmerte und die Sterne erschienen, quasi einer nach dem anderen. Dann wandelte sich der Himmel langsam von dunkelblau zu schwarz, bis die Sterne zu funkeln schienen. Am nächsten Tag in der Schule, fragte ich Mrs. Perkins, was sie am Himmel hielt. Warum fielen sie nicht herunter? Sie hat mir erklärt, es seien alles Sonnen und dass sie etwas namens Schwerkraft oben hielte. Da fing ich zum ersten Mal an zu träumen. Nach Schulschluss gab sie mir ein Buch mit, das *Was-ist-was*-Buch *Die Sterne*. Ich hab's immer noch. Und ich will damit beerdigt werden – im Death Valley in Nevada.«

»Wegen des Seeings?«, fragte Titania. Sie wurde

belohnt, indem Brian seinen Arm um ihre kräftigen Schultern legte und ihre rechte Brust hielt. Sie fuhr fort: »Früher habe ich immer das Milky-Way-Einwickelpapier mit in den Garten genommen und die Illustrationen mit dem Nachthimmel verglichen. Ich habe diese Schokoriegel geliebt, weil es in der Werbung hieß, man dürfe sie auch zwischen den Mahlzeiten essen.«

Brian lachte: »Die seltenen Male, die der Himmel in Leicester klar war, konnte ich die Milchstraße sehen, und ich war überwältigt. Ich kam mir sehr winzig vor.« Pedantisch fuhr er fort: »Obwohl, anfangs war ich gar nicht überwältigt. Das kam erst, als ich verstand, dass die Milchstraße ein Spiralarm unserer eigenen Galaxie ist.«

»Galaxy!«, sagte Titania, ermutigt von Brians plumper Vertraulichkeit. »Noch so ein köstlicher Schokoriegel aus der Weltraum-Nomenklatur! Aber Milky Way war moralisch überlegen. Von unseren Eltern genehmigt. ›Milky Way‹ wäre auch ein guter Name für den ›Weißen Pfad‹ deiner Frau.«

Brian hörte nicht auf »Tits Geplapper«, wie er es nannte. Er dachte über den Mars-Riegel nach. Das Schlachtross der Schokoriegel.

Titania sagte: »Glaubst du, sie ist klinisch verrückt, Bri? Da ist das Laken, um aufs Klo zu gehen, und jetzt hat sie auch noch angefangen, Selbstgespräche zu führen. Denn wenn ja, sollten wir darüber nachdenken, sie diagnostizieren und möglicherweise einweisen zu lassen – zu ihrem eigenen Wohl.«

Titanias Gebrauch des Wortes »wir« gefiel Brian nicht. Er sagte gereizt: »Bei Eva ist das schwer zu sagen.« Er kritisierte seine Frau nicht gern vor seiner Geliebten. Er dachte an Evas schönes Gesicht, dann sah er Titania an: Was das Aussehen anging, kein Vergleich. Er sagte:

»Sie führt keine Selbstgespräche, sie sagt sämtliche Gedichte auf, die sie in der Schule auswendig gelernt hat.«

Brian knipste die Nachttischlampe aus und sie legten sich schlafen.

Eine halbe Stunde später waren sie immer noch wach.

Titania plante im Kopf die Hochzeit mit Brian. Sie dachte an eine traditionelle Hochzeit. Sie würde elfenbeinfarbene Seide tragen.

Brian fragte sich, ob er es mit Titania aushalten würde, eine Frau, die *jeden* Abend eine große Tüte Schokokugeln futterte. Er missgönnte es ihr nicht, doch er hasste es, wie sie mehrere davon gleichzeitig im Mund herumrollte.

Er konnte die kleinen Kollisionen mit ihren Zähnen hören.

41

Am 6. Januar, vor ihrer Rückkehr nach Leeds, saßen die Zwillinge im Percy-Gee-Gebäude auf dem Campus der Universität Leicester und schlürften Cola light.

»Du weißt nicht, wie das ist«, sagte Brianne. »Du warst noch nie verliebt.«

Sie und Brian warteten darauf, an einem Mathe-Wettbewerb der Universität Leicester teilzunehmen, der während der vorlesungsfreien Zeit stattfand. Der Norman-Lamont-Cup zog nur wenige britische Bewerber an. Für die Mehrheit der Konkurrenten war Englisch nicht die Muttersprache.

Brian junior sagte: »Ich habe romantische Liebe vielleicht noch nicht selbst erlebt, aber ich habe Bücher darüber gelesen. Und um ehrlich zu sein, ich halte nicht viel davon.«

»Sie tut körperlich weh«, sagte Brianne.

»Aber nur, wenn sie nicht erwidert wird, so wie deine Liebe zu Alexander.«

Brianne schlug ihren Kopf gegen den Plastiktisch. »Warum kann er mich nicht auch lieben?«

Brian junior dachte lange nach. Brianne wartete geduldig. Beide hatten Respekt vor dem Vorgang, präzise Gedanken in klare Worte zu fassen.

Schließlich sagte Brian junior: »Erstens liebt er Mum. Zweitens bist du nicht liebenswert, Brianne. Und drittens bist du auch nicht hübsch.«

Brianne sagte: »Es nervt echt, dass ausgerechnet du Mums Schönheit geerbt hast.«

Brian junior nickte: »Und du hast Dads einschüchternde Männlichkeit geerbt. Davon hätte ich auch gern was abgekriegt.«

Eine Lautsprecheransage ertönte: »Die Teilnehmer von Level eins werden gebeten, sich in den David-Attenborough-Saal zu begeben.«

Die Zwillinge blieben sitzen. Sie sahen zu, wie die Mehrheit der Bewerber in den Prüfungsraum schlurfte, ungefähr so verächtlich wie Passagiere der ersten Klasse, die dabei zusehen, wie Economy-Kunden mit ihren billigen Koffern und quengelnden Kindern zum Gate latschen.

Die Zwillinge genossen den Moment. Sie sagten: »Krass!« und klatschten sich ab.

Die verbleibenden Konkurrenten blickten nervös von ihren Laptops auf. Die Biber-Zwillinge waren ein Respekt einflößendes Team.

Brianne fragte ihren Bruder: »Glaubst du, wir werden jemals irgendjemanden finden, der uns liebt, Bri?«

»Spielt das eine Rolle? Wir wissen doch beide, dass wir unser Leben lang zusammenbleiben werden, wie Schwäne.«

42

Es war drei Uhr morgens. Eine Zeit, zu der gebrechliche Menschen sterben. Eva wachte über ihr Revier. Sie sah Füchse lässig die Straße überqueren, wie bei einem Stadtbummel. Auch andere kleine Säugetiere, die sie nicht identifizieren konnte, waren unterwegs.

Sie beobachtete, wie ein schwarzes Taxi in die Straße gegenüber bog und dann wendete, um vor ihrem Haus zu halten. Sie sah den Fahrer aussteigen; es war ein dicker Mann. Er klingelte an der Tür.

Eva dachte: »Wer im Haus hat um diese Zeit ein Taxi gerufen?«

Nach einer Weile klingelte es erneut.

Sie hörte Poppy durch den Flur laufen, um die Tür zu öffnen, und rufen: »Okay, okay, ich komm ja schon!«

Es folgte eine Auseinandersetzung zwischen Tür und Angel – Poppys hohe Stimme und das tiefe Grollen eines Mannes.

Poppy rief: »Nein, Sie können nicht reinkommen, sie schläft!«

Der Mann widersprach: »Nein, tut sie nicht. Ich habe sie eben am Fenster gesehen. Ich muss mit ihr reden.«

Poppy sagte: »Kommen Sie morgen wieder.«

»Ich kann nicht bis morgen warten«, sagte der Mann. »Ich muss sie jetzt sehen.«

Poppy kreischte: »Sie können nicht reinkommen! Verschwinden Sie!«

»Bitte«, flehte der Mann. »Es geht um Leben und Tod. Also, würde es Ihnen etwas ausmachen, mir aus dem Weg zu gehen?«

»Fassen Sie mich nicht an, fassen Sie mich nicht an! Nehmen Sie Ihre Hände weg!«

Eva war starr vor Angst und Schuldgefühlen. Sie musste runtergehen und dem Mann selbst die Stirn bieten, doch obwohl sie die Beine aus dem Bett schwang, konnte sie die Füße nicht auf den Boden stellen. Nicht einmal um Poppy zu retten. Sie fragte sich, ob sie es geschafft hätte, wenn die Zwillinge sich in ähnlicher Gefahr befänden.

»Tut mir leid, tut mir leid, aber ich muss sie sehen.«

Eva hörte die schweren Schritte auf der Treppe. Sie schwang die Beine wieder ins Bett und zog die Decke bis ans Kinn, wie ein Kind nach einem Alptraum. Sie wappnete sich für den Auftritt des Mannes.

Plötzlich war er da, mitten im Zimmer, und blinzelte in das helle Licht. Er hatte das erschöpfte Gesicht eines Schichtarbeiters. Er war unrasiert und sein Haar, das er sich aus der Stirn hinter die Ohren strich, war strähnig. Seine Kleidung war zerknittert und verwahrlost. Er atmete schwer.

Eva dachte bei sich: »Ich darf ihn nicht gegen mich aufbringen. Ich muss versuchen, ruhig zu bleiben. Er ist offensichtlich verstört.« Sie versuchte zu erkennen, ob er irgendetwas bei sich trug, das als Waffe ausgelegt werden konnte.

»Sie sind Eva Biber, nicht?«

Eva ließ die Decke ein Stück sinken und fragte: »Was wollen Sie?«

»Die anderen Fahrer haben über Sie gesprochen. Die kennen Sie nicht, sehen Sie aber manchmal nachts am Fenster. Manche halten Sie für eine Prostituierte. Ich hab das nie gedacht. Aber dann hat mir einer von Bellas Brüdern erzählt, dass Sie ihr geholfen haben.«

»Bella Harper?«, fragte Eva.

»Ja«, sagte der Mann. »Er hat gesagt, Sie erteilen umsonst Rat, rund um die Uhr. Er hat gesagt, Sie sind eine Heilige.«

Eva lachte: »Ihr Informant irrt sich.«

Poppy war in die Zimmer der Zwillinge gelaufen und hatte sie geweckt. Sie stolperten in Evas Zimmer, Brian junior mit Kricketschläger in der Hand, die Augen vor Angst weit aufgerissen. Brianne stand gähnend und blinzelnd hinter ihm, das Gesicht zur Märtyrermiene verzogen.

Brian junior sagte brutal: »Verlassen Sie sofort das Schlafzimmer meiner Mutter!«

»Ich will ihr nicht wehtun, mein Sohn«, sagte der Taxifahrer. »Ich muss nur mit ihr reden.«

»Um drei Uhr morgens?«, sagte Brianne sarkastisch. »Wieso? Geht die Welt unter? Oder ist es was Wichtigeres?«

Der Mann wandte sich mit so verlorenem Blick an Eva, dass sie sagte: »Ich kenne Ihren Namen nicht.«

»Ich bin Barry Wooton.«

»Ich bin Eva. Bitte, setzen Sie sich doch.« Dann, zu den Zwillingen: »Ist schon gut, geht wieder ins Bett.«

Brian junior sagte: »Wir bleiben hier.«

Barry setzte sich auf den Suppensessel und schloss die Augen.

Poppy, die verzweifelt bemüht war, sich bei Eva einzuschmeicheln, fragte: »Möchte jemand eine Tasse Tee?«

Brianne sagte: »Manchmal denke ich, Dad hat recht, was dieses Land und seinen blöden Tee angeht.«

»Ich sehr gern«, sagte Eva.

»Ja, ich auch«, sagte der Fahrer. »Nicht zu viel Milch, zwei Zucker.«

Brian junior sagte: »Grünen Tee, und ich trinke ihn hier.« Er lehnte sich gegen die Wand und klatschte mit dem Kricketschläger auf die Handfläche seiner rechten Hand.

Brianne trug einen Schlafanzug ihres Vaters. Er passte perfekt. Sie setzte sich aufs Bett und legte schützend den Arm um ihre Mutter.

Poppy sagte: »Soll ich Brian und Titania Bescheid sagen?«

»Auf keinen Fall«, sagte Eva.

Barry blickte in die Runde und sagte: »Normalerweise führe ich mich nicht so auf. Ich erkenne mich selbst nicht wieder. Ich wollte unbedingt mit Ihnen reden, Mrs. Biber. Jedes Mal, wenn ich an Ihrem Haus vorbeigefahren bin, wollte ich das Taxi anhalten und an Ihre Tür klopfen.«

»Warum ausgerechnet heute Nacht?«

»Ich nehme an, ich wollte mit jemandem reden, bevor ich mich umbringe.«

Brianne sagte: »Ach, wie entzückend. Ihnen ist doch klar, Barry, dass meine Mutter mit ihrem sumpfweichen Herz versuchen wird, Ihnen das auszureden.«

Brian junior sagte mit monotoner Stimme: »Sie haben doch gar nicht die Absicht, sich umzubringen, Barry.«

Brianne fragte: »Haben Sie es online gepostet?«

»Was?«, fragte Barry.

»Das ist heutzutage fast obligatorisch, Barry. Wer Aufmerksamkeit braucht, kann sich im Internet hinten anstellen.«

Eva betrachtete ihre Kinder. Was war mit ihnen passiert? Warum waren sie so herzlos?

Barry rutschte auf seinem Sessel hin und her. Er wäre vor Scham gern im Boden versunken. Seine Zunge fühlte sich im Mund riesig an. Er glaubte, nie wieder sprechen zu können. Wasser begann ihm aus den Augen zu laufen. Er war froh, als das sonderbare Mädchen mit drei Bechern Tee zurückkam und ihm einen gab. Er hatte noch nie jemanden gesehen, der so extravagant gekleidet war. Er schlürfte seinen Tee und verbrannte sich den Mund, doch er ließ sich nichts anmerken.

Die Stille war erdrückend.

Schließlich sagte Eva: »Warum wollen Sie sich überhaupt umbringen?«

Barry öffnete den Mund, um etwas zu sagen, doch Brianne unterbrach ihn: »Ich denke, ich gehe jetzt ins Bett. Ich kann den Gedanken an die ganzen Klischees, die Barry gerade durch den Kopf gehen, nicht ertragen.«

Brian junior sagte: »Sie sind echt neben der Spur, Barry.«

Brianne zog ihren Bademantel fest und stolzierte zurück in ihr Zimmer.

Eva sagte: »Poppy, geh jetzt ins Bett.«

Eingeschnappt verließ Poppy den Raum.

Barry war nicht sicher, ob das große, stämmige schwarzhaarige Mädchen ihn beleidigt hatte oder nicht. Er hatte nicht damit gerechnet, dass andere Leute da sein würden, wenn er mit der Frau, mit Eva, sprach. Er hatte alles nur noch schlimmer gemacht, dachte er. Man hatte ihn mit ziemlicher Sicherheit respektlos behandelt, er hatte sich den Mund verbrannt, er hatte Fahrgäste verloren, und erst jetzt fiel ihm ein, dass der Hochgeschwindigkeitszug, vor den er sich werfen wollte, erst um fünf Uhr in Sheffield losfuhr. Ihm blieben also noch drei Stunden.

»Wie üblich«, dachte er, »hab ich alles vermasselt. Das mach ich schon mein ganzes Leben: Sachen verlieren, Sachen kaputtmachen, Sachen klauen, mich bei Sachen erwischen lassen.« Ihm war, als hätte man ihm die Regeln des Lebens nie erklärt, während alle anderen, Männer, Frauen, Kinder und Tiere, sie zu kennen schienen. Er hinkte immer hinterher – manchmal wortwörtlich – und schrie: »Wartet auf mich!« Für ihn blieben immer nur die Frauen übrig, die seine Kumpel ausgemustert hatten.

Einmal hatte ein Mädchen zu ihm gesagt: »Nichts für ungut, Barry, aber du riechst.«

Seitdem badete er zweimal täglich, und seine Warmwasserrechnung hatte sich verdoppelt. Inzwischen verdiente er auch weniger – die Leute gingen selten aus und gaben kaum Trinkgeld. Manchmal bekam er nicht mal die Benzinkosten rein. Er hatte keine Familie. Nachdem er sich beim Hochzeitsempfang mit seinem neuen Schwager geprügelt hatte, verkündete seine Mutter pathetisch: »Du bist nicht mehr mein Sohn. Für mich bist du tot.« Aber, ehrlich gesagt, hatte er es genossen, den Wichser auf der Tanzfläche niederzustrecken. Niemand nannte seine Schwester eine Schlampe. Doch selbst sie hatte sich gegen ihn gestellt. Tagsüber, wenn er versuchte zu schlafen, ging ihm der Streit die ganze Zeit im Kopf herum. Er war so müde, aber er konnte nie richtig schlafen ...

Eva sagte: »Sie sehen erschöpft aus.«

Barry nickte. »Bin ich auch. Und ich habe Sorgen.«

»Was steht ganz oben auf der Liste?«

»Ob es wehtut, wenn der Zug über meinen Hals fährt. Das ist meine Hauptsorge. Sicher tut es weh, bevor ich sterbe.«

Eva sagte: »Es gibt leichtere Wege, Barry. Und denken Sie an den Zugführer, der wird es sein Leben lang mit sich rumtragen. Für die Passagiere wären Sie nichts weiter als eine Stunde Verspätung, während man die Gleise nach Ihren Gliedmaßen absucht. Denken Sie an den fremden Menschen, der Ihren abgetrennten Kopf in einer Plastiktüte herumträgt.«

Brian junior sagte: »Das machen die?«

»Ich habe eine Dokumentation gesehen«, sagte Eva.

Barry sagte: »Also, nicht der Zug?«

»Nein«, sagte Eva. »Definitiv nicht der Zug.«

Barry sagte: »Ich hab daran gedacht, mich zu erhängen. Ich habe einen Balken ...«

»Nein«, sagte Eva bestimmt. »Da können Sie minutenlang hängen. Nach Atem ringen. Man bricht sich nicht immer das Genick, Barry.«

»Gut, dann streichen wir das von der Liste. Was halten Sie von Ertrinken?«

»Nein. Ich hatte eine Freundin namens Virginia Woolf«, log Eva, »die ihre Taschen mit Steinen füllte und ins Meer ging.«

Barry fragte: »Hat es funktioniert?«

»Nein«, log sie weiter. »Es hat nicht funktioniert. Jetzt ist sie froh, dass es nicht funktioniert hat.«

»Was ist mit Paracetamol?«, sagte Barry.

»Nicht schlecht«, sagte Eva, »aber wenn man überlebt, stirbt man unter Umständen vierzehn Tage später an einer Lebervergiftung einen qualvollen Tod. Oder die Nieren versagen und man braucht eine Dialyse. Vier Stunden täglich, fünfmal die Woche, wobei Ihr eigenes Blut vor Ihren Augen durch Plastikschläuche läuft.«

Barry sagte: »Klingt, als wär's einfacher zu leben.« Er lachte trocken auf.

Brian junior sagte missmutig: »Ich könnte Ihnen den Schädel mit diesem Kricketschläger zertrümmern.«

Wieder lachte Barry. »Nein, ich denke, ich verzichte, danke.«

Eva sagte: »Sie können ebenso gut leben, Barry. Was steht als Zweites auf Ihrer Liste?«

»Wie man wahre Freunde gewinnt«, sagte Barry.

Eva fragte: »Rauchen Sie?«

Er schüttelte den Kopf. »Nein, das ist eine widerliche Angewohnheit.«

»Sie sollten damit anfangen, dann können Sie sich zu den ganzen kleinen Grüppchen vor Kneipen und Clubs dazustellen. Sie wären Teil einer verachteten Minderheit, das schweißt zusammen. Sie würden schnell Freunde finden. Und Sie würden die Kippen ja nicht wirklich rauchen müssen, nur anzünden und zwischen den Fingern halten.«

Barry wirkte skeptisch.

Eva sagte: »Die Idee gefällt Ihnen nicht?«

»Nicht so richtig.«

Eva blaffte: »Okay, dann kaufen Sie sich einen Hund.«

Brian junior sagte: »Hast du einen Computer, Alter?«

Barry freute sich wahnsinnig, dass ihn jemand »Alter« nannte. Das war ihm noch nie passiert: »Ja, ich hab einen Laptop, aber ich benutze ihn nur für DVDs.«

Brian junior war empört. »Das darf doch nicht wahr sein! Das ist, als würde man nur den großen Zeh ins

Wasser halten, statt schwimmen zu gehen. Da wartet eine andere Welt, Barry. Und ich rede nicht vom Deep Web. Selbst als Anfänger hast du Zugriff auf unglaubliche Dinge, die dein Leben verändern werden. Es sind Millionen von Typen wie du online, du könntest mit ihnen Kontakt aufnehmen. Nur ein paar Tage und du siehst dein Leben mit ganz anderen Augen. Da draußen gibt es Menschen, die deine Freunde sein wollen.«

»Ich wüsste nicht, wo ich anfangen soll«, sagte Barry. »Ich hab noch das Buch, das dem Computer beilag, aber ich kapier das alles nicht.«

Brian junior ermutigte ihn: »Das ist ganz leicht! Man drückt ein paar Tasten, und schon ist es da – das Internet, die Welt, direkt vor deiner Nase.«

»Was für Tasten?«

Brian junior war Barrys Starrsinn allmählich leid. »Ich kann's dir beibringen, dir ein paar Internetseiten zeigen, aber lass mich mit diesem ganzen Emo-Selbstmord-Scheiß in Ruhe. Ich würde dir ja helfen, aber ich hab es so satt, immer die gleiche Geschichte zu hören. Fett, schlechte Zähne, keine Freunde, kein Mädchen beim Abschlussball. Ende.«

Barry fuhr sich mit der Zunge über die kariösen Zähne.

Eva sagte zu Barry: »Beachten Sie Brian junior und seine Schwester gar nicht, sie leben in einer sehr kleinen Welt namens Internet, wo Zynismus die Norm ist und Grausamkeit den Humor ersetzt.«

Brian junior stimmte ihr zu: »Das ist nicht zu leugnen.«

Eva sagte: »Ich kann Ihnen noch einen praktischen Rat geben, wenn Sie wollen.«

Barry nickte. »Ich nehme alles, was ich kriegen kann.«

»Wenn Sie im Bad sind«, sagte Eva, »waschen Sie sich gründlich die Haare und benutzen Sie eine Spülung. Und gehen Sie zum Friseur. Bitten Sie ihn um einen modernen Schnitt. Und Ihre Kleidung ... tragen Sie nicht so bunte Farben. Sie sind kein Moderator beim Kinderfernsehen.«

Mit leicht geöffnetem Mund beugte Barry sich vor und hörte aufmerksam zu.

Eva fuhr fort: »Suchen Sie sich einen guten Zahnarzt und lassen Sie sich die Zähne machen. Und wenn Sie sich mit Frauen unterhalten, denken Sie daran, dass ein Gespräch wie Pingpong ist. Du sagst etwas, sie sagt etwas. Dann erwiderst du etwas auf das, was sie gerade gesagt hat, dann spielt sie den Ball zurück. Du stellst eine Frage. Sie antwortet. Verstehen Sie?«

Barry nickte.

»Kaufen Sie sich ein Vierundzwanzig-Stunden-Deo. Und lächeln Sie, Barry, zeigen Sie Ihre neuen Zähne.«

Barry sagte: »Ich sollte mir das aufschreiben.«

Brian junior gefiel sich in seiner Rolle des IT-Gurus: »Nicht nötig. Es gibt Internetseiten für Eigenbrötler. Es gibt eine Art Ratgeber für Loser. Nützliche Informationen. Zum Beispiel, wie man die Straße entlanggeht, ohne andere Leute zu verschrecken: kein direkter Blickkontakt mit Frauen, die dir entgegenkommen, und nie im Dunkeln hinter einer Frau hergehen. Essen: keine Spaghetti beim ersten Date. Klamotten: Welche Farbe Socken passt zu braunen Schuhen? *Niemals* graue Schuhe tragen. Und Sextipps, und so weiter.«

Barry lächelte gequält: »Dann geh ich mal nach Hause und sortiere meine grauen Schuhe aus.«

Eva hakte nach: »Dann gehen Sie nicht zu den Bahngleisen?«

»Nein, ich bin platt. Ich fahr nach Hause und leg mich hin.«

Brian junior sagte: »Die beste Internetseite ist Nesthocker dot org. Sie richtet sich eigentlich an Amerikaner, aber den Abschnitt, wo's darum geht, wie man sich bei einem Baseballspiel benimmt, kann man einfach ignorieren.«

Barry gestand: »Ich kann nicht besonders gut lesen, aber ich werd's versuchen. Danke.« Er stand auf und sagte zu Eva: »Tut mir leid, dass ich so reingeplatzt bin. Darf ich trotzdem wiederkommen?«

»Ja, wir wollen doch wissen, wie Sie sich machen, nicht wahr, Brian junior?«

Brian junior sagte: »Ich bin kein besonders neugieriger Mensch, Barry, also ist es mir ziemlich egal, aber ich weiß, dass meine Mutter sich über einen kurzen Besuch freuen würde. Vielleicht nachdem du beim Zahnarzt warst? Ich bring dich nach unten, zeig dir ein paar Internet-Basics und die Adressen.«

An der Tür drehte Barry sich um und ließ ein Lächeln aufblitzen. Sein Mund sah aus wie das Kolosseum, nur ohne die Katzen.

Ein paar Minuten lang hörte man leises Gemurmel im Flur. Als die Tür zuschlug, rutschte Eva zum Fenster und winkte Barry.

Er ließ den Motor an, dann machte er eine Dreipunktwendung ... und noch eine ... und noch eine.

Schließlich begriff sie, dass Barry einen Taxifahrer-Freudentanz aufführte.

43

Der Schnee brachte das ganze Land durcheinander. Verkehrsmittel und Dienstleistungen, einschließlich der Postzustellung, wurden unberechenbar.

Eine Woche später, um halb sieben Uhr abends, fiel eine Postkarte von Alexander durch den Briefschlitz, zusammen mit Werbung und Rechnungen. Brian nahm die Post und sah sie am Küchentisch durch. Auf der einen Seite der Postkarte war ein Aquarell mit Themse, Westminster Bridge und Parlament im Schnee.

Brian drehte die Karte um und las:

Liebe Eva,

ich drehe noch durch im Haus meiner Schwiegermutter, sie besteht darauf, dass wir den Tag gemeinsam um sieben Uhr morgens beginnen und um neun Uhr abends im Bett liegen, »um Strom zu sparen«.

Ich habe vier Bilder verkauft, seit ich hier bin. Obwohl meine Schwiegermutter meint, man könne seinen Lebensunterhalt doch nicht damit bestreiten, »ein bisschen Farbe aufs Papier zu klecksen«.

Nächste Woche sind wir wieder in Leicester. Ich denke jeden Tag an dich.

Brian betrachtete das kleine Bild auf der Postkarte. Für ihn hatte es nicht viel Ähnlichkeit mit dem Parlamentsgebäude. Und seit wann war die Themse blau und schwappte übers Ufer? Er hielt Impressionismus für eine Lüge.

Er warf die Postkarte in eine Schublade der Küchenanrichte, dann wandte er sich dem Tablett zu, das er gerade für Eva vorbereitete. Darauf befanden sich ein Teller mit Käsebroten, ein Apfel, eine Orange und eine halbe Packung Vollkornkekse.

Er goss heißen Tee in eine Thermoskanne, dann trug er das Tablett nach oben zu Eva und sagte: »Das sollte reichen, bis ich zurück bin. Warum zum Teufel wollten sie unbedingt nach Leeds? Wir haben zwei ausgezeichnete Universitäten direkt vor der Haustür. Ich kann sie sehen, wenn ich mich rasiere!«

Im Auto herrschte Schweigen. Poppy spielte die reuige Sünderin.

Nach einigen Meilen sagte Brian zu ihr: »Du bist doch sonst so eine Quasselstrippe, Poppy.«

Poppy sagte leise: »Ich meditiere. Ich versuche herauszufinden, wer ich bin, Brian. Ich habe eine Individuationsstörung.«

Die Zwillinge kicherten.

Brianne sagte vom Rücksitz: »Ich weiß genau, wer du bist, Poppy. Soll ich es dir sagen?«

Poppy sagte kleinlaut: »Nein, aber danke, Brianne.«

Brianne lehnte sich zurück und genoss den Moment.

Brian junior sagte: »Ich kann diese Spannung nicht mehr aushalten. Es ist nicht nur, dass du riskant fährst, Dad, es ist auch, dass wir alle diesen bitteren inneren Monolog führen. Können wir bitte Musik anmachen?«

Brian sagte: »Du kannst meine Fahrweise kritisieren, wenn du selbst ein paar Jahre hinterm Steuer gesessen hast, mein Sohn. Und ich habe immer noch die Hoffnung, dass wir Weihnachten vergessen und nach vorn blicken können. Wie wäre es mit einer interessanten Konversation? Ich habe ein paar Themen zusammengestellt – wollt ihr sie hören?«

Poppy sagte: »Ja«, während die Zwillinge gleichzeitig »Nein« sagten.

Brian sagte: »Okay, wie wär's mit Jugendarbeitslosigkeit?«

Niemand antwortete.

»Der Euro?«

Wieder antwortete niemand.

»Na schön, etwas für euch junge Leute. Was tötet schneller – ein Hai oder ein Löwe?«

Brian junior sagte: »Ein Hai. Mit einem Vorsprung von fünfzehn Sekunden.«

Brianne sagte: »Wie wär's mit, wie lange du schon Titania vögelst? Reden wir doch darüber.«

Brian sagte: »Du bist kein Mann, Brianne. Das würdest du nicht verstehen.«

Brian junior bemerkte ungerührt: »Ich bin ein Mann, und ich versteh's auch nicht.«

»Du bist ein Junge«, sagte Brian. »Und, Brian junior, ich vermute, du wirst dein Leben lang ein Junge bleiben.«

»Das ist eine unglaublich verletzende Äußerung«, bemerkte Brian junior, »vor allem von einem Mann, der manchmal eine Baseballkappe verkehrt herum trägt.«

Brianne fügte hinzu: »Der den Rice Krispies zuhört, nachdem er Milch drauf gegossen hat, und dazu den alten *Snap-Crackle-and-Pop*-Song aus der Werbung singt.«

Poppy hauchte: »Ich bin noch nie in meinem Leben

einem so reifen Mann begegnet. Ich wünschte, du wärst mein Vater gewesen, Brian.« Sie legte ihre Hand auf Brians, die auf dem Schaltknüppel ruhte.

Brian machte keinerlei Anstalten, sich von Poppy zu befreien. Als er in einen anderen Gang schaltete, nahm er ihre Hand mit.

Brianne fragte: »Wie kannst du Titania Mum vorziehen. Mum ist immer noch eine schöne Frau. Und sie ist nett und interessiert sich für Menschen. Titania sieht aus wie ein anatomisches Präparat, und sie ist auch nicht nett, Dad. Sie nennt Alexander hinter seinem Rücken ›Magnum-Mann‹. Sie sagt, er ist außen dunkelbraun und schokoladig und innen weiß wie Vanilleeis.«

Brian lachte und sagte: »Du musst zugeben, Brianne, er klingt wie ein Mitglied des englischen Königshauses.«

Brianne rief: »Seine Adoptiveltern haben ihn auf die Charterhouse geschickt. Er kann nichts dafür, dass er so spricht.«

Brian versuchte, mit Lichthupe und Auffahren, einen Sattelschlepper auf die Mittelspur zu drängen. Über den Lärm des Getriebes hinweg rief er: »Die Dame, wie mich dünkt, gelobt zu viel. Du klingst ja, als wärst du total in ihn verknallt.«

»Mehr als verknallt. Ich liebe ihn.«

Brian vergaß, sich auf die Straße zu konzentrieren, und musste das Lenkrad herumreißen, um auf der Spur zu bleiben. Er sagte: »Er ist zweiunddreißig Jahre älter als du, Brianne!«

Sie sagte: »Mir egal.«

»Es wird dir nicht mehr egal sein, wenn du ihm seinen runzligen Hintern abwischen musst und wenn seine Zähne in einem Glas neben dem Bett stehen. Erwidert er deine Liebe, Brianne?«

Aus dem Fenster sah Brianne durch den Schnee den Schein der Rücklichter. »Nein«, sagte sie.

»Nein«, wiederholte Brian, »weil du ein dummer verknallter Teenager bist. Du bist noch ein Kind.«

Brian junior beugte sich vor, bis sein Mund ganz nah an Brians Ohr war und sagte: »Und du bist scheinheilig. Du bist achtzehn Jahre älter als Titania.«

Brian gestikulierte verzweifelt, während er losdonnerte: »Denkst du, das weiß ich nicht? Jahrelang hatte ich Angst, dass sie mich für einen jüngeren Mann verlassen würde.«

Der Wagen schlingerte hin und her.

Poppy nahm ihre Hand von Brians und kreischte: »Bitte, nimm wieder beide Hände ans Lenkrad!«

Brian junior sagte: »Ich will wissen, wann genau du aufgehört hast, Mum zu lieben. Ich will wissen, seit wann du die ganze Familie schon belügst.«

»Ich habe nie aufgehört, deine Mutter zu lieben. Das Leben von Erwachsenen ist kompliziert.« Nach langem Schweigen fuhr Brian fort: »Wir hätten lieber über den Euro diskutieren sollen. Es bringt nichts, alte Wunden aufzureißen.«

Brianne sagte: »Ich liebe es, Schorf abzukratzen. Es ist so befriedigend, wenn die frische Haut darunter zum Vorschein kommt.«

Brian explodierte: »Na schön! Ihr seid ja beide so verdammt reif! Ich werde euch erzählen, wie das mit mir und Titania war! Fragt mich alles, was ihr wollt!«

Die Zwillinge schwiegen.

Poppy sagte: »War es wahnsinnig romantisch? War es Liebe auf den ersten Blick?«

»Eher auf den zweiten Blick. Ich war beeindruckt von ihrer Intelligenz und ihrer brillanten Forschungsarbeit. Sie war wie ein Terrier, biss sich fest, wenn sie wusste, dass sie recht hatte. Sie machte sich unbeliebt, aber nicht bei mir.«

Die Zwillinge wechselten einen mokanten Blick.

Poppy sagte: »Wann habt ihr zueinander gefunden?«

Brian lächelte im Dunkeln. »Eines Abends in der Universitätsbibliothek zwischen den Philosophieregalen ...«

»In der Bibliothek?« Brianne war entsetzt. »Da hat Mum gearbeitet! Das ist ja ekelhaft!«

Brian sagte: »Jetzt würde das nicht mehr gehen, überall Scheißüberwachungskameras.«

Brian junior fragte: »Wann *war* das?«

»Ungefähr zur gleichen Zeit wie das Columbia-Unglück.«

»Dann hast du also seit 2003 eine Affäre mit Titania?«

»Das Unglück hat mich schwer getroffen, mein Sohn. Ich war sehr verwundbar. Deine Mutter konnte meine Bestürzung nicht begreifen. Aber Titania war da, und genauso betroffen. Es war die Columbia, die uns zusammengebracht hat. Wir haben Trost ineinander gefunden.«

Brian junior sagte: »Na ja, aber du hast doch nicht acht Jahre gebraucht, um über eine missglückte Shuttle-Landung hinwegzukommen, oder?«

Brian drehte sich um, um seinen Sohn anzusehen. »Okay, ich geb's zu. Es war Leidenschaft, und Physik. Ich war die unaufhaltsame Kraft und Titania das unbewegliche Objekt.«

Der Fahrer eines gefährlich nahen skandinavischen Sattelschleppers drückte auf die Hupe. Brian bremste so scharf, dass Poppy sofort an ein Schleudertrauma und mögliche Schadensersatzforderungen dachte.

Nachdem sie sich wieder beruhigt hatten, sagte Brian junior: »Also, erst kommen wir dahinter, dass du ein Ehebrecher bist, und jetzt müssen wir auch noch feststellen, dass du intellektuell bankrott bist. Die Analogie, die du gerade gebraucht hast, deine vermeintliche Anziehungskraft, kann nur aus dem Mund eines geistigen Pygmäen kommen. Deine populärwissenschaftliche Analogie hinkt, und deine fehlerhafte Logik ist genauso gefährlich wie deine Fahrweise. Millionen von Menschen sind wegen Wissenschaftlern wie dir gestorben.«

»Gib's ihm, Bri«, sagte Brianne.

Der anschließende Streit wurde immer heftiger, toste hin und her, gipfelte in schwindelerregenden Missverständnissen, bis Vater und Sohn sich auf einem wissenschaftlichen Plateau wiederfanden und den sechsdimensionalen Raum diskutierten.

Poppy langweilte sich. Um sich die endlose Zeit zu vertreiben (sie waren erst an der Abfahrt zum East Midlands Airport, Herrgott noch mal), gab sie sich einem Tagtraum hin und malte sich aus, Brians Kindbraut zu sein. In ihrem weißen Spitzenkleid würde sie vor dem Altar neben seiner massigen bärtigen Erscheinung spektakulär aussehen. Sie würde ihn dazu bringen, das Haus zu verkaufen, samt Eva, mit Schrumpelgesicht Titania Schluss zu machen und eine Loftwohnung in der Stadtmitte zu kaufen. Sie würde seine Fakultät beschwören, ihm eine ordentliche Professur anzubieten. Sie würde darauf bestehen, dass er £350 hinblätterte, um sich von Nicky Clarke Haare und Bart trimmen zu lassen. Nachdem sie ihn mit einer lässigen akademischen Uniform (Kordhose, Wildlederhalbschuhe, weiches Tweedjackett, Hornbrille) ausgestattet hatte, würde sie als seine

Agentin fungieren, ihn ins Fernsehen bringen, und irgendwann würden sie sich in prominenten Kreisen bewegen. Sie hatte schon immer mal Katie Price kennenlernen wollen, und den Dalai Lama. Sie würde darauf bestehen, dass Brian sich sterilisieren ließ. Sie würde ihm den Sex berechnen, und später – wenn er gebrechlich war oder tütelig wurde – würde sie ihn ins Heim stecken. Obwohl es natürlich auch die Möglichkeit der Sterbehilfe gab. Bei der Gerichtsverhandlung würde sie tiefschwarz tragen, und einen schlichten kleinen Hut. Sie würde ein weißes Leinentaschentuch umklammert halten und sich gelegentlich die Augen tupfen. Wenn der Sprecher der Geschworenen sein »Nicht schuldig!« verkündete, würde sie auf der Anklagebank sehr dekorativ in Ohnmacht fallen. Bis zur Ikea-Ausfahrt hatte sie Brian geheiratet, von Grund auf überholt und beerdigt.

Nichts ahnend fuhr er weiter.

Poppy erwachte aus ihrem Tagtraum, um endlich Brian junior zu unterbrechen, der irgendetwas schwafelte, das sie weder verstehen konnte noch wollte.

»Für mich ist klar, dass dein Vater Titania sehr geliebt hat. Sie muss damals wunderschön gewesen sein. Stimmt's, Brian?«

Brian zögerte. »Schön nicht gerade, nicht einmal hübsch. Und attraktiv konnte man sie auch nicht nennen. Aber sie verstand meine Leidenschaft für meine Arbeit. Wenn ich spät nach Hause kam, war Eva nicht im Geringsten neugierig, was ich getan hatte. Kaum dass sie von ihrer Stickerei aufsah. Und wenn die Welt unterginge, sie würde immer noch dasitzen und sticken, sticken, sticken.«

Brianne sagte traurig: »All die Lügen, Dad, all die Jahre.«

Poppy wandte sich Brian zu, wobei ihr Seidenrock hochrutschte. Brian erhaschte einen Blick auf ihr hellgrünes Spitzenhöschen.

Eine Meile lang schwiegen sie.

Brian sagte: »Zeit für Musik.«

Er drücke eine Taste des CD-Players und das Nelson-Riddle-Orchester erfüllte den Wagen. Für seine Kinder war es Folter, doch es wurde noch schlimmer, als Brian und Poppy anfingen, bei Sinatras »Strangers In The Night« mitzusingen. Brian sang mit pseudoamerikanischem Akzent und Poppy so falsch, dass es wehtat.

Die Zwillinge steckten sich die Finger in den Hals und pressten sich ihre Noise-Cancelling-Kopfhörer fest auf die Ohren. Als sie die Ausfahrt nach Leeds erreichten, waren Brian und Poppy bei »I've Got You Under My Skin« angelangt und schmachteten einander an.

Sobald Brian sie vor dem Wohnheim abgesetzt hatte, liefen die Zwillinge zum Fahrstuhl, um ihre Weihnachtsgeschenke bei E-Bay einzustellen – die iPads der ersten Generation aus zweiter Hand waren lächerlich veraltet und für ihre Bedürfnisse irrelevant. Sie steckten in einer schwarzen Plastiktüte zusammen mit dem Schal, den Ruby für Brian junior gestrickt hatte, und der Tony-Blair-Autobiografie, auf deren Titelseite stand: »Für Brianne, Frohe Weihnachten von Oma Yvonne«.

Poppy jedoch trödelte und versuchte Brian mit Blicken zu beweisen, dass er der faszinierendste Mann war, dem sie je begegnet war, und dass sie sich nicht von ihm losreißen konnte.

Um 3.30 Uhr hörte Brian junior Poppys Tür auf- und ihre Dusche angehen.

Sie sang: »*I've got me under my skin.*«

Das versetzte Brian junior in Wut. Er klopfte mit der Faust gegen die Wand und bekam einen Schreck, als er dachte: »Ich könnte sie wirklich umbringen.«

Er wusste durch seine Recherchen im Deep Web, dass es möglich war, jemanden verschwinden zu lassen und nie erwischt zu werden.

44

Schwester Spears befahl Eva, ihr Nachthemd auszuziehen. Sie wollte ihren Körper auf wund gelegene Stellen untersuchen.

Eva versteckte ihre Nacktheit, so gut sie konnte, unter der Bettdecke.

Schwester Spears sagte: »Ich kenne Menschen, die an wund gelegenen Stellen gestorben sind, Mrs. Biber. Wenn man sie nicht behandelt, können sie zu Entzündungen führen, zu Vereiterungen – und sogar zu Amputationen.« Sie hob Evas Knöchel und betrachtete kritisch ihre Fersen. Dann wandte sie sich Evas Pobacken zu und schließlich ihren Ellbogen. Sie schien fast enttäuscht, keine entzündeten Stellen zu finden. »Offenbar haben Sie eine gute Hautschutzcreme benutzt.«

»Nein«, sagte Eva, »aber ich weiß über wund gelegene Stellen Bescheid, ich bleibe einfach in Bewegung und wechsle die Positionen.«

Als Eva angezogen war, maß Schwester Spears ihren Blutdruck und runzelte die Stirn, obwohl die Werte normal waren. Sie steckte Eva ein Thermometer ins Ohr und runzelte wieder die Stirn über das, was sie sah. Sie steckte das Thermometer ein und fragte: »Wie geht es Ihrer Verdauung?«

Eva sagte höflich: »Danke gut, und wie geht es Ihrer?«

»Es freut mich, dass Sie Ihren Humor nicht verloren haben, Mrs. Biber, unter diesen Umständen. Ich habe von Ihrer Mutter unten gehört, dass Ihr Mann mit einer anderen Frau im Gartenanbau wohnt.«

»Es ist ein Schuppen.«

»Ihre Mutter hat mir auch erzählt, dass Sie sich einen sogenannten ›Weißen Pfad‹ bauen, den Sie als eine Art Verlängerung Ihres Bettes sehen, wenn Sie ins Bad müssen. Ist das wahr?«

»Ja, das stimmt. Es *ist* eine Verlängerung des Bettes. Wenn ich Ihnen eine Kugel in den Kopf schießen würde, Schwester Spears, wäre besagte Kugel dann eine eigene Zustandsgröße oder gehört sie zur Waffe?« Sie erinnerte sich dunkel an ein Gespräch über Quantenphysik zwischen Brian und Brian junior, das sie eines morgens beim Frühstück mitgehört hatte, das erst beendet war, nachdem Brian das Marmeladenglas aus der Hand gerutscht und auf den Boden gefallen war.

Schwester Spears schrieb etwas auf Evas Karteikarte.

Eva sagte: »Ich würde gern sehen, was Sie da geschrieben haben.«

Die Schwester sagte, während sie die Karte außerhalb von Evas Reichweite brachte: »Tut mir leid, Ihre Karte ist vertraulich.«

Eva sagte: »Sie irren sich, Schwester Spears. Das Gesetz erlaubt den Patienten, ihre Karten zu lesen.«

»Nach meinem Ermessen sind Sie psychisch zu labil, um Ihre eigene Karte zu lesen. Es könnte eine weitere Psychose auslösen.«

»Ich bin körperlich und geistig gesund.«

»Psychotiker halten sich selbst häufig für gesund.«

Eva fing an zu lachen. »Sie gewinnen also auf jeden Fall?«

Schwester Spears sagte: »In der Frage liegt eine gewisse Paranoia.«

Eva fragte: »Sind Sie dazu ausgebildet, psychologische Gutachten zu erstellen?«

»Ausgebildet nicht, aber ich kenne mich damit aus. In meiner Familie gab es auch psychische Krankheiten, das ist nichts, dessen man sich schämen muss, Mrs. Biber.«

Eva spürte ein Frösteln, ein körperliches Gefühl der Angst. »Gewiss wollen Sie damit sagen, dass ich psychisch krank bin?«

Schwester Spears sagte: »Ich werde in die Praxis zurückfahren und Ihre Ärzte darüber informieren, dass Sie meiner Meinung nach eine Art Nervenzusammenbruch haben. Noch mal, Mrs. Biber, Sie brauchen keine Angst zu haben. Einige unser bedeutendsten Männer und Frauen haben dasselbe durchgemacht wie Sie. Denken Sie an Churchill, Alastair Campbell, Les Dennis.«

Eva wiederholte: »Aber ich bin nicht psychisch krank!«

»Wir haben Fortschritte gemacht, seit dem schwarzen Hund von Mr. Churchill. Wir haben inzwischen wunderbare Medikamente, und innerhalb weniger Wochen fühlen Sie sich wieder wie Sie selbst. Sie werden Ihr Bett verlassen und wieder am Leben teilhaben können.«

»Ich will nicht am Leben teilhaben.«

Schwester Spears zog ihren marineblauen Regenmantel an und fädelte den Gürtel sorgfältig durch die braune Lederschnalle. »Auf Wiedersehen, Mrs. Biber.«

Als sie fünf Minuten später die Stimme ihrer Mutter im Flur hörte und dann, wie die Haustür zugeschlagen wurde, rief Eva: »Mum!«

Ruby brauchte länger als sonst, um die Stufen hochzusteigen, und war außer Atem, als sie neben Evas Bett ankam.

Eva wollte ihre Mutter nicht verärgern, doch sie musste Klartext mit ihr reden. Sie fragte: »Na, hattest du einen netten Plausch mit der Schwester?«

»Ja«, sagte Ruby. »Sie hat mir von Dr. Bridges erzählt. Er war seit drei Tagen nicht bei der Arbeit. Er hat sich mit einem aromatischen Nasenhaarclipper die Nase ramponiert.«

Eva korrigierte gereizt: »Automatisch. Und sie sollte nicht über die Ärzte tratschen.«

»Den dunklen Arzt, Lumbago, mag sie nicht, sie sagt, er ist faul. Tja, so sind sie, nicht wahr?«

Eva sagte: »Nein, so sind *sie* nicht.«

»Ich würde ihren Job um nichts in der Welt haben wollen. Es ist ekelhaft, womit sich die arme Frau rumschlagen muss.«

»Du hast ihr von Brian und Titania erzählt. Du hast gesagt, sie würden in einem Gartenanbau wohnen.«

»Na ja, ich konnte schlecht Schuppen sagen, oder?«

»Und ich wünschte, du hättest ihr nicht von dem Weißen Pfad erzählt.«

Ruby sagte: »Aber alle wissen über den Weißen Pfad Bescheid.«

»Alle?«

»Na ja, alle, die *ich* kenne. Und ich will dir die Wahrheit sagen, Eva. Alle halten dich deshalb für bekloppt. Und ich sag dir noch was, Schwester Spears hält dich auch für bekloppt.«

»Und du, Mum? Was denkst du? Hältst du mich auch für bekloppt?«

Ruby schüttelte traurig den Kopf und sagte: »Ich

habe das Gefühl, als hätte ich dich nie gekannt, und ich werde dich wohl niemals kennen. Keiner von uns kennt dich noch. Wir wollen die alte Eva zurück.«

»Ich mochte die alte Eva nicht. Sie war ein elender Feigling.«

»Alles, was du brauchst, ist ein Tapetenwechsel. Du hast dich vier Monate erholt. Jetzt steh auf, geh duschen, wasch dir mit deinem Gemüsezeugs die Haare ...«

»*Kräuter*«, sagte Eva.

»Zieh dir was Warmes an, dann machen wir einen Stadtbummel. Im Park gibt es Schneeglöckchen. Ich könnte mir Stanleys Rollstuhl leihen. Du wiegst doch nix, ich könnte dich schieben. Ich möchte mich um dich kümmern, Eva.«

»Du verstehst es nicht, oder, Mum? Betrachte mich als Riesenraupe, die sich hier, in diesem Zimmer, verpuppt.«

Ruby wurde langsam unbehaglich. »Du redest Unfug, hör auf damit!«

Eva sagte: »Aber eines Tages werde ich mich häuten. Darauf freue ich mich schon. Ich frage mich, was ich wohl sein werde?«

»Allein, wenn du so weiter redest.«

Ruby ging nach unten und traf auf Titania, die dabei war, die Waschmaschine zu entleeren. Ihre und Brians Kleidungsstücke waren ineinander verheddert. Eines ihrer Nachthemden steckte in einem seiner Hemden.

Ruby sagte: »Sind Sie gar nicht arbeiten?«

Titania, die Ruby für so ziemlich die dümmste Person hielt, die sie je getroffen hatte, sagte: »Offenbar nicht, ich bin hier, in der Küche, in drei Dimensionen. Vier, einschließlich der Zeit.«

Ruby sagte, mit einem Kopfnicken in Richtung von Evas Schlafzimmer: »Es wird schlimmer, gerade hat sie mir erzählt, sie wäre eine Riesenraupe.«

Titanias Augen weiteten sich. »Sind Sie sicher, dass sie nicht so etwas gesagt hat wie ›Ich krieg noch einen Rappel‹ oder ›Ich hab Lust auf Rhabarber‹ oder etwas in der Art?«

»Ich weiß, ich werd ein bisschen alt, aber ich habe sie definitiv sagen hören, sie sei eine Riesenraupe.«

»Wie ein Insekt?«

»Ja.«

Titania murmelte: »*Très* kafkaesk.«

Ruby sagte: »Würden Sie Brian, wenn er von der Arbeit nach Hause kommt, sagen, dass Eva sich für eine Riesenraupe hält?«

Titania sagte: »Oh ja, es wird mir ein Vergnügen sein, diese Information weiterzugeben.«

»Ich gehe jetzt nach Hause«, sagte Ruby. »Ich fühl mich nicht.« Nachdem sie Hut und Mantel angezogen hatte, sagte sie: »Titania, was wird aus Eva, wenn ich nicht mehr bin?«

Titania sagte: »Das würden wir schon schaffen.«

Ruby setzte nach: »Würden Sie dafür sorgen, dass sie etwas isst?«

»Klar.«

»Ihre Wäsche waschen, ihre Bettwäsche wechseln?«

»Natürlich.«

»Sie waschen?«

»Ja.«

»Aber Sie würden Sie nicht lieben, Sie und Brian, nicht wahr?«

»Es gibt genug Leute, die sie lieben.«

Ruby versagte die Stimme. »Aber sie braucht ihre

Mama, und wenn ich sicher in Jesu Armen ruhe, würde sich niemand *richtig* um sie kümmern, nicht wahr?«

Titania sagte: »Ich habe den Verdacht, dass Alexander sie liebt.«

Ruby nahm ihre leere Einkaufstasche und sagte: »Das ist Sex, ich rede von Liebe.«

Titania sah ihr nach, als sie zur Haustür ging, und fand, dass sie in der letzten Woche sichtlich gealtert war. Sie wirkte unsicher auf den Beinen, und ihre Haltung war gebückt. Vielleicht sollte sie Ruby nahelegen, die halbhohen Pumps durch ein Paar Turnschuhe zu ersetzen.

Als Brian die Haustür öffnete, konnte er Curry riechen, sein Lieblingsessen. Titania stand am Herd und buk über einer Gasflamme Chapatis. Jede Oberfläche, die gewienert werden konnte, glänzte. Ein Hauch von Bleichmittel lag in der Luft. Alles war blitzblank. Auf dem Tisch, der für zwei gedeckt war, stand eine kleine Vase mit Schneeglöckchen und eine Flasche Burgunder. Die Gläser waren poliert und reflektierten die Lichter.

Er hob den Deckel des Kochtopfs und fragte: »Was ist das – Huhn?«

»Nein, Ziege«, sagte Titania. »Und bevor ich's vergesse, deine Frau hält sich jetzt für eine Riesenraupe. Ein ›ungeheures Ungeziefer‹.«

Brian hatte einen empfindlichen Magen. Er schloss den Deckel wieder. Fast wäre ihm der Appetit vergangen. »Eine Riesenraupe?«, sagte er. »Hättest du damit nicht bis nach dem Essen warten können?«

45

Am nächsten Morgen stand Barry Wooton vor der Tür, mit einer Frau, die er Yvonne als »eine neue Freundin« vorstellte.

Yvonne, die Frühschicht hatte, führte sie plaudernd nach oben in Evas Schlafzimmer. Wie ein Dienstmädchen in einem Kostümdrama meldete sie: »Mr. Barry Wooton und Miss Angelica Hedge.«

Eva setzte sich auf und sagte zu Barry: »Sie sind also immer noch hier?«

Barry lachte und sagte: »Ja, dank Ihnen.«

Eva sah zu Miss Hedge, die darauf wartete, vorgestellt zu werden.

Barry sagte: »Sie hat es gern, wenn man sie Angel nennt. Sie hat am Bahnhof auf ein Taxi gewartet. Sie hat gesagt: ›Sie sehen aber fröhlich aus für einen Februarmorgen‹, und ich hab gesagt: ›Tja, das liegt nur an der wunderbaren Eva Biber.‹ Sie wollte Sie kennenlernen.«

Angelica war ein kleines, zartes Mädchen mit undefinierbarem Haarschnitt. Die dicke Schminke konnte ihr eulenartiges Aussehen nicht kaschieren. Sie streckte Eva eine unmanikürte Hand entgegen. Ihre Stimme war hell und ohne jeden Akzent. Sie sagte: »Es ist mir eine Ehre,

Sie kennenzulernen, Mrs. Biber. Ich finde es wundervoll, dass Sie Barry das Leben gerettet haben.«

Barry sagte: »Sie ist eine Heilige.«

Angelica fuhr fort: »Aber Vorsicht, ich glaube, es war Konfuzius, oder vielleicht auch Platon, der sagte: ›Wer einem Menschen das Leben rettet, der ist ein Leben lang für ihn verantwortlich.‹«

Barry sagte: »Nun, dagegen hätte ich nichts, aber ich weiß nicht, wie es Eva geht.«

Eva lächelte schwach und ließ das Händeschütteln unter halbherzigem Protest über sich ergehen.

Angelica fragte: »War das Ihre Schwiegermutter, die uns reingelassen hat?«

»Yvonne«, sagte Eva.

»Und wie alt ist Yvonne?«, fragte Angelica.

Eva sagte: »Wie alt? Keine Ahnung. Fünfundsiebzig, sechsundsiebzig?«

»Und wohnt sie hier?«

»Nein, sie kommt drei oder vier Mal am Tag vorbei.«

»Und Ihre Kinder?«

»Die sind siebzehn«, sagte Eva. Dann fragte sie sich: »Warum will sie wissen, wie alt jeder ist? Vielleicht ist das Mädchen autistisch.«

»Und Sie, wie alt sind Sie?«

Eva dachte: »Ja, sie ist autistisch.« Sie fragte Angelica: »Was glauben Sie denn, wie alt ich bin?«

»Bei älteren Leuten kann ich das nie sagen. Sie könnten eine jung aussehende Sechzig oder eine alt aussehende Vierzig sein. Wer weiß das schon in Zeiten von Botox?«

Eva sagte: »Nun, ich bin eine Fünfzig, die aussieht wie fünfzig.«

»Und wie lang wohnen Sie schon hier?«

»Sechsundzwanzig Jahre«, sagte Eva. Sie dachte: »Langsam wird's langweilig.«

Angelica sagte: »Barry hat mir erzählt, dass Sie bettlägerig sind. Wie tragisch.«

»Nein, ich bin nicht bettlägerig, und es ist auch nicht tragisch.«

»Sie sind so *tapfer*. Heißt Ihr Ehemann Brian?«

»Ja.«

»Und wie alt ist er?«

»Er ist fünfundfünfzig.«

Yvonne kam ins Zimmer und fragte: »Möchten deine Gäste eine Erfrischung, Eva? Wir haben Tee, wir haben Kaffee, wir haben heiße Schokolade und natürlich haben wir diverse kalte Getränke. Und ich könnte wohl auch einen kleinen Imbiss bereiten.«

Eva wäre fast aus dem Bett gesprungen, um Yvonne zu erwürgen und die Treppen runterzuschubsen, so wütend war sie. Sie dachte: »Yvonne hat mich nie richtig gemocht, und hier ist der Beweis.«

Barry und das Mädchen drehten sich dankbar zu Yvonne um und sagten im Chor: »Heiße Schokolade.« Das brachte sie zum Lachen, und Barry bot Angelica den Suppensessel an. Er hockte sich auf die Lehne, und beide starrten Eva an. Eva warf sich aufs Kissen zurück. Yvonne ließ sich mit der Treppe Zeit, nicht ahnend, dass Eva jede Sekunde zählte, bis ihre ungebetenen Gäste wieder gingen.

Es folgten qualvolle fünfunddreißig Minuten, in denen Yvonne Barry und Angelica brühend heiße Becher mit Kakao servierte, welche sie prompt fallen ließen, als ihre Finger mit der fürchterlichen Hitze in Berührung kamen.

Die kochend heiße, braune Flüssigkeit spritzte auf

Barrys Beine und lief über die weißen Dielen. Seine Nylonsocken hielten die Hitze, und er schrie vor Schmerz. Es gab ein Riesentrara, während Yvonne versuchte, die Flut mit einer Handvoll Toilettenpapier aufzuhalten.

Eva rief: »Kaltes Wasser! Stellen Sie Ihre Füße in kaltes Wasser!«

Aber niemand hörte zu.

Über Barrys Schmerzensschreie und Angelicas Kreischen hinweg blaffte Yvonne Eva an: »Gib mir nicht die Schuld, in diesem Zimmer kann man nirgends etwas abstellen! Warum musstest du auch alle Möbel wegschaffen?«

Eva lächelte kühl: »Kleiner Tipp, Yvonne, wenn du Becher mit kochend heißer Flüssigkeit verteilst, denk vorher an die Asbesthandschuhe.«

Yvonne schrie: »Ein *Tipp*, Eva? Hier ist einer für dich! Leute, die sich im Bett räkeln und Nabelschau betreiben, sollten sich nicht über Leute lustig machen, die tatsächlich etwas *leisten*! Ich sollte zu Hause sein. Ich bin heute nicht mal dran, mich um dich zu kümmern, eigentlich sollte *Ruby* hier sein! Aber stell dir vor! Praktischerweise hat sie mal wieder ›Kopfschmerzen‹. Dabei erwarte ich ein Päckchen von Amazon. Alan Titchmarshs *Früher war alles besser*, und sie waren so nett, eine signierte Erstausgabe für mich aufzutreiben. Ich habe einen Zettel an die Tür gemacht und den Paketboten gebeten, es in den Kohlekasten zu legen – aber das setzt voraus, dass er Englisch lesen kann!«

Angelica fragte: »Was ist ein Kohlekasten?«

Yvonne blaffte: »Das ist ein Kasten, in dem man Kohle lagert.«

Eva sagte: »Wollen Sie gar nicht wissen, wie alt der Kohlekasten ist?«

»Nun, wie alt *ist* er denn?«

»Er wird sechzig.«

Es folgte ein großes Palaver, während der Boden gewischt, Kleidungsstücke ausgezogen und verbrühte Haut mit Salben behandelt wurden, die Yvonne aus ihrer großen Handtasche hervorzauberte. Während Yvonne einen Bademantel suchte, der groß genug für Barry war, und seine Socken und Hose wusch, verwickelte Angelica ihn in ein Gespräch.

Sie begann mit: »Wie alt bist du, Barry?«

»Ich bin sechsunddreißig«, sagte Barry. »Sag nicht, dass ich älter aussehe, das weiß ich. Liegt an den Nächten. Tagsüber kann ich nicht schlafen. Auf der einen Seite läuft Massive Attack, auf der anderen was Klassisches. Ich hab sie gebeten, es leiser zu stellen, aber es sind beides Arschlöcher. Über mir habe ich hohe Absätze und unter mir einen kläffenden Köter. Zieh nie in einen Neubau. Kein Wunder, dass ich verzweifelt war. Hätte ich nicht an Evas Tür geklopft, würde mein Kopf jetzt in einer Plastiktüte stecken, stimmt's, Eva?«

Eva sagte schwach: »Möglicherweise.«

»Ich sag dir, diese Frau ist eine Heilige. Wer sonst hätte einem so verzweifelten Mann wie mir die Tür geöffnet?«

Eva murmelte: »Die Seelsorge?«

Barry fuhr fort: »Allein zu wissen, dass es jemanden auf dieser Welt gibt, der auf seinen Schlaf verzichtet, um mitten in der Nacht mit einem Fremden zu reden.«

Eva sagte leise zu Angelica: »Ich hatte keine Wahl. Er hat sich gewaltsam Zutritt verschafft.«

Angelica fragte: »Um wie viel Uhr genau war das?«

Barry sagte: »Das war um drei Uhr siebenundzwanzig.«

»Und wie haben Sie reagiert, als dieser fremde Mann sich gewaltsam Zutritt zu Ihrem Schlafzimmer verschafft hat? Erschrocken, bestürzt, entsetzt?«

Eva sagte: »Nun, ich war auf jeden Fall überrascht.«

Barry sagte: »Sie verdient einen Orden oder so.«

»Würden Sie sich als mitfühlend bezeichnen?«

Eva dachte kurz nach. »Nicht besonders.«

Jeder Nerv in ihrem Körper war zum Zerreißen gespannt. Sie spürte, wie sich Zorn in ihr regte, wie ein Bär, der aus dem Winterschlaf erwacht. Sie versuchte, sich von der Gegenwart zu distanzieren und an andere Dinge zu denken. Sie begann, am Strand einer griechischen Insel entlangzulaufen. Das glitzernde ägäische Meer zu ihrer Linken, ihre gemietete Villa ein paar Schritte weiter zu ihrer Rechten. Doch wenige Augenblicke später verlor sie den Kampf und war wieder in ihrem Schlafzimmer bei ihren Peinigern.

Barry schwafelte weiter: »Ich habe am Computer ein paar Freunde gefunden. Leute wie ich, die sich umbringen wollen. Ein netter Haufen, haben viel Spaß.«

Angelica sagte: »Oft finde ich das Leben auch nicht lebenswert. Hast du die Internetadresse?«

Barry kramte in seiner Jackentasche und zog ein kleines rotes Notizbuch hervor. Mühsam entzifferte er die Adresse. »Das ist Hängdichauf dot org.« Dann wandte er sich an Eva und fragte: »Ist Brian junior zu Hause? Ich würde mich gern bei ihm bedanken. Stört es Sie, wenn ich meinen neuen Freunden Ihre Adresse gebe?«

Eva heulte auf: »Barry, nein!«

Er sagte: »Sie sind zu bescheiden, Eva, die Leute sollten erfahren, was für eine tolle Frau Sie sind. Sie sollten Ihr Licht nicht unter den Dingsda stellen.«

Eva rief: »Yvonne!«

Sie hörte das schneckenartige Vorankommen ihrer Schwiegermutter auf der Treppe, bevor sie endlich das Zimmer betrat.

»Yvonne, Barry und seine Freundin wollen jetzt gehen. Würdest du bitte seine Sachen holen?«

Yvonne sagte: »Die werden noch nicht fertig sein, ich habe sie gerade erst in den Trockner geworfen. Wenn er sie jetzt anzieht, bekommt er eine Lungenentzündung.«

Krampfhaft um eine ruhige Stimme bemüht, sagte Eva: »Das ist ein Mythos, den uralte Rentner aufrechterhalten. Man kann sich keine Lungenentzündung einfangen, indem man feuchte Socken und Hosen trägt. Wenn das so wäre, hätte meine ganze Schule nach einer Regenpause Lungenentzündung gekriegt.«

Der aufgestaute Zorn brach aus ihr hervor. »Ich war die Hälfte meiner Kindheit nass oder feucht. Ein Gabardine-Regenmantel hält weder Schneestürmen noch Regengüssen stand. Ich habe in einem Zimmer geschlafen, wo ein Eimer in der Ecke stand, weil das Dach undicht war. Also, Barry, geh mit Yvonne und Angelica nach unten, zieh deine nassen Sachen an und verschwinde.«

Barry war den Tränen nah, er hatte gedacht, dass Eva seine Freundin war. Das war ein harter Schlag.

Angelica schaltete das kleine Sony-Gerät ab, das in der Brusttasche ihres Cowboyhemds alles aufgezeichnet hatte.

Yvonne sagte zu ihrer Schwiegertochter: »Ist da etwa jemand gereizt? Jedenfalls ist das kein Argument. Ich kann schon nicht mehr zählen, wie viele meiner Verwandten, Freunde und Bekannten sich eine Lungenentzündung eingefangen haben, weil sie ihre Wäsche nicht richtig nachgetrocknet haben!«

Eva schrie zurück: »Und der Mythos ist schuld, dass bei uns bis Samstag überall im Haus die blöde Wäsche hing! Montags wurde gewaschen, dienstags getrocknet, mittwochs zusammengelegt, donnerstags gebügelt, freitags und samstags nachgetrocknet. Sonntags weggeräumt, und montags ging alles wieder von vorn los. Und an jedem dieser verdammten Tage war meine Mutter die Märtyrerin. Es war, als würde man in einer chinesischen Wäscherei wohnen!«

Angelica sagte: »Tja, ich muss sowieso wieder zur Arbeit.«

Barry sagte traurig: »Ich fahr dich.«

Yvonne sagte: »Auf Wiedersehen, Eva, du wirst mich vielleicht eine Weile nicht sehen. Deine Bemerkungen haben mich zutiefst verletzt. Ich fühle mich ausgenutzt.«

Eva sagte: »Barry, Sie sehen fantastisch aus, ein ganz anderer Mann. Tut mir leid, dass ich so zickig war. Wenn Sie vorbeifahren und mich am Fenster sehen, winken Sie. Ich würde gern im Dunklen Ihre Lichter sehen. Dann wüsste ich, dass es Sie noch gibt.«

Barry sagte: »Sie sind eine reizende Frau, Eva. Ich möchte Ihnen ein Geschenk kaufen. Worüber würden Sie sich freuen?«

»Ich freue mich über alles, was auch immer Sie aussuchen, Barry.«

Eva sah Barry und Angelica nach, als sie davonfuhren.

Einige Minuten später verließ Yvonne das Haus.

Eva sah zu ihrer Bestürzung, dass sie stark humpelte. Sie trug ihre gestrickte Baskenmütze mit Bommel verkehrt herum. Eva überlegte, das Fenster zu öffnen und sie darauf aufmerksam zu machen, doch sie wollte nicht riskieren, dass Yvonne sich in irgendeiner Form verspottet fühlte.

Nachdem drei Tage vergangen waren und Yvonne nicht zurückgekehrt war, machte Brian sich auf den Weg, den Grund dafür herauszufinden.

Als er zurückkam, wirkte er besorgt und sagte: »Mutter scheint plötzlich von Alan Titchmarsh besessen zu sein, und droht damit, Mr. Titchmarsh in ihrem Testament zu berücksichtigen.« Er fügte hinzu: »Sie war nicht geschminkt, erst hab ich sie gar nicht erkannt.« Dann traurig: »Ich befürchte, sie verliert den Verstand.«

46

Am nächsten Tag, als Brian bei der Arbeit war, kam Mrs. Hordern in sein Büro und sagte: »Ihre Frau ist vorn auf dem *Mercury*.«

Brian griff nach der Lokalzeitung und sah, dass die Titelseite von einem unscharfen Weitwinkelfoto von Eva im Bett beherrscht wurde. Die Schlagzeile lautete: »MANN VON ›HEILIGER‹ GERETTET.«

Brian blätterte zu Seite drei und las:

> Die Ortsansässige Eva Biber (50) aus der Bowling Green Road in Leicester besitzt nach Aussage des selbstmordgefährdeten schwarzen Taxifahrers Barry Wooton (36) eine »besondere Gabe«.
>
> »Sie hat mir das Leben gerettet«, sagt der korpulente Taxifahrer. (Siehe rechts oben.) »Sie ist eine Heilige.«

Daneben befand sich ein finsteres Schwarzweißfoto von Barry, auf dem er aussah wie Fungus, der Nachtschreck. Mit wachsender Bestürzung las Brian weiter:

> »Am Freitagabend war ich verzweifelt«, erzählt Barry der *Mercury*-Reporterin Angelica Hedge im sauber aufgeräumten Wohnzimmer seiner Wohnung am Arthur

Court in der Glenfield Siedlung. »Ich war down und dachte, mein Leben sei nicht lebenswert.«

Barrys Augen füllen sich mit Tränen, als er von den Schicksalsschlägen erzählt, die zu seinem verzweifelten Zustand führten: »Ich habe meinen eigenen Hund, Sindy, überfahren, Gas und Strom wurden erhöht, meine Heizung ist kaputt, Halbstarke haben die Lederrücksitze in meinem Taxi aufgeschlitzt, und ich habe ein Vermögen für Kontaktanzeigen ausgegeben und noch immer keine Frau gefunden.« Barry meint, er habe sich von Mrs. Bibers Haus »angezogen« gefühlt. »Sie ist bettlägerig, und ich sah sie oft in den frühen Morgenstunden am Fenster. Ich war auf dem Weg zu den Bahngleisen, um meinen Kopf auf die Schienen zu legen, als ich spürte, wie mich etwas zu dem Haus zog. Es war 3.37 Uhr, aber ich klingelte an ihrer Tür.«

Brian las weiter und erfuhr, dass seine Frau »ein Engel« war, »eine Heilsbringerin«, »eine Wundertäterin« und »eine Heilige«. Er, Brian Biber (75), war ein »hochkarätiger Atomwissenschaftler« und sie hatten »18-jährige Drillinge«, Poppy, Brianne und Brian junior.

Sofort setzte er sich an seinen Schreibtisch und tippte einen Leserbrief.

Ich möchte aufs Schärfste gegen Ihre Titelstory über meine Frau Eva Biber protestieren. Sie enthält viele Unwahrheiten und Ungenauigkeiten, beispielsweise bin ich kein Atomwissenschaftler. Ich arbeite in der Astronomie und ich bin 55 Jahre alt, habe das Pensionsalter also noch nicht erreicht.

Ich bin kein Vater von Drillingen. Besagte Poppy ist in unserem Haus zu Gast und gehört nicht zur Familie.

Ferner ist meine Frau weder »Engel«, »Heilsbringerin«, »Wundertäterin« oder »Heilige«, noch ist sie »bettlägerig«. Sie hat aus persönlichen Gründen beschlossen, im Bett zu bleiben.

Sie werden zu gegebener Zeit von meinen Anwälten hören.

Mit freundlichen Grüßen,
Dr. Brian Biber, BSc, MSc, D Phil (Oxon)

Nachdem er auf »Senden« gedrückt hatte, eilte Brian den Korridor hinunter, um Titania die Titelseite zu zeigen. Sie lachte während des ganzen Artikels, und hatte einen leicht hysterischen Anfall, als sie las, dass Brian fünfundsiebzig sei.

Als Brian ihr erzählte, dass er einen Leserbrief gemailt hatte, sagte sie: »Du Idiot! Das machte es doch nur noch schlimmer.«

Einer von Titanias jungen Praktikanten, Jack Box, sagte: »Es ist schon auf Twitter. Unter dem Hashtag ›frauimbett‹. Wollen Sie sehen?«

Brian und Titania hatten noch nie ein Tweet versendet, noch hatten sie je eins gelesen.

Jacks Finger flogen über die Tastatur. Er sagte: »In der letzten Stunde gab es drei Beiträge.«

Brian las, in absteigender Reihenfolge:

Eva Biber eine Heilige? Wohl kaum, eher eine
Schlampe.

Ich brauche deine Hilfe, Eva. Ich will mich
umbringen, wo bist du?

Stirb! Brein Biba!!! 75 Jhr = alter Mann!!
Atomkrft killt uns alle! Und macht
Missgeburten!!!!

Brian sagte: »Jetzt auch noch Hassbriefe, Tit. Und was kümmert es Eva? Gar nichts, mein Leid ist ihr gleichgültig.«
Er las weiter:

#FrauImBett, liest du das? Ich wünschte, ich
wäre bei dir. Du siehst sexy aus.

Während sie auf den Bildschirm starrten, blinkte »Neuer Tweet verfügbar« auf.
Jack Box klickte mit der Maus darauf und der Tweet von GrünerMann2478 öffnete sich:

#FrauImBett. Ich verstehe dein Bedürfnis nach
spiritueller Regeneration. Vergiss nicht, wir sind
alle aus Sternen gemacht, doch du bist mit
Sternenstaub bestäubt. Pass auf dich auf,
Schwester.

Brian sagte: »Sternenstaub, meine Fresse. Wenn Eva die Überreste einer Supernova abbekäme, würde sie das nicht überleben.«

Um 22.00 Uhr waren es 157 Tweets, und um sechs Uhr morgens hatte sich die Zahl fast verdreifacht.

Ein Twitterer stellte die einfache Frage: »Warum liegt sie im Bett?«

Und aus aller Welt kamen Vorschläge für eine Erklärung.

47

Am nächsten Tag, einem Freitag, stand ein lokales Fernsehteam vor der Tür und bat um ein Interview mit Eva.

Ruby, die an die Tür gegangen war, sagte: »Ich bin ihre Mutter. Ich bin Ruby Brown-Bird.« Sie erkannte den Moderator sofort. »Sie sind Derek Plimsoll. Ich bin ein großer Fan von Ihnen, ich sehe Sie jeden Abend in den Nachrichten.«

Das stimmte. Ruby war eine große Bewunderin. Er war so attraktiv und witzig und machte nach dem Sechsuhrnachrichtenüberblick immer noch einen kleinen Scherz. Im Lauf der Jahre hatte sie sein schwarzes Haar grau werden und seinen Körper in die Breite gehen sehen, doch er trug nach wie vor schicke pastellfarbene Anzüge und ausgefallene Krawatten. Wenn er Politiker interviewte, war er sehr respektvoll. Er reagierte nie gereizt, wenn sie seinen Fragen auswichen – anders als dieser Jeremy Paxman. Er war wie ein alter, vertrauter Freund. Und manchmal, wenn er sagte: »Gute Nacht, East Midlands, bis morgen«, sprach sie mit dem Bildschirm und sagte: »Ja, bis morgen, Derek.«

Das Mädchen, das Kamera und Stativ trug, sagte: »Und ich bin Jo.«

Ruby mochte sie nicht. Sie war eine dieser Frauen wie

Poppy, die knallroten Lippenstift trugen und schwere Stiefel. Ruby wurde aus den jungen Frauen heutzutage nicht schlau.

Sie bat die beiden in die Küche und entschuldigte sich für die nicht vorhandene Unordnung.

Derek zog die sonnengebräunte Nase kraus und sagte: »Wonach *riecht* es hier so gut?«

Ruby sagte: »Ich habe einen Kuchen im Ofen.«

»Einen Kuchen!«, sagte er und klang gleichermaßen verblüfft wie erfreut. Er drohte Ruby mit einem fetten Finger und sagte: »Sind Sie sicher, dass Sie keinen Braten in der Röhre haben?«

Ruby kreischte vor Lachen und hielt sich die Hände vors Gesicht. »Ich, einen Braten in der Röhre?« Wieder kreischte sie: »Ich bin neunundsiebzig! Man hat mir die Gebärmutter entfernt!«

Derek sagte: »Ich wette, Sie waren ein richtiges Luder, Ruby. Ach, allein der Gedanke an Sie, meine Liebe, macht mich ganz verrückt.«

Jo verdrehte die Augen und sagte zu Ruby: »Sehen Sie, was ich erdulden muss? Er ist unmöglich.«

Derek sagte: »Wir sind noch alte Schule, nicht wahr, Ruby? Zu unserer Zeit konnte man noch anzügliche Bemerkungen machen, ohne gleich von der Sexpolizei an die Wand gestellt zu werden.«

Ruby stimmte zu: »Heutzutage muss man ja Angst haben, den Mund aufzumachen. Immer tritt man gleich jemandem auf den Schlips. Ich weiß nicht mal mehr, wie man Schwarze nennt.«

Jo sagte nüchtern: »Schwarze. Man nennt sie Schwarze.«

Als Ruby den Tee einschenkte, schwärmte Derek: »Eine Teekanne, ein Milchkännchen, eine Zuckerschale, Porzellantassen und Untertassen und Apostellöffel!«

Ruby freute sich, dass endlich jemand die Feinheiten des Lebens würdigte.

Jo stellte die Kamera auf ihre drei Beine und fummelte am Objektiv herum. Sie murmelte in Dereks Richtung: »Das Licht ist gut«, und schaltete sie ein.

Derek sagte zu Ruby: »Darf ich Ihnen ein paar Fragen zu Ihrer Tochter stellen?«

Ruby fühlte sich geschmeichelt. »Natürlich dürfen Sie.« Es war immer ihr Wunsch gewesen, ins Fernsehen zu kommen.

Derek deutete auf Jo und sagte: »Sie muss ein Kabel an Ihnen befestigen, also, Achtung Ruby, sie kommt vom andern Ufer.«

Ruby stutzte.

Jo sagte: »Er versucht Ihnen zu sagen, dass ich lesbisch bin, und unterstellt, dass ich Sie sexuell belästigen will.«

Ruby guckte etwas ängstlich.

Derek sagte: »Schon gut, Ruby, unsere Jo hat das, was man eine ›gleichgeschlechtliche Lebensgefährtin‹ nennt, sie ist versorgt.«

Nachdem Ruby ihren fuchsienroten Lippenstift aufgetragen und man ein kleines Mikrofon an den Kragen ihrer Bluse gesteckt hatte, begann das Interview.

Derek sagte: »Wir müssen den Sound checken. Mrs. Brown-Bird, was haben Sie zum Frühstück gegessen?«

Ruby zählte auf: »Zwei Tassen Tee, Cornflakes, Ei, Speck, Würstchen, Blutwurst, gegrillte Tomate, frittiertes Brot, Bohnen, Pilze und Toast.«

Oben erwachte Eva aus einem beunruhigenden Traum. Sie war vor Michael Parkinson weggelaufen.

Als sie ganz wach war, tat sie, was sie immer tat. Sie schüttelte die Decke, klopfte die Kissen auf und sah aus dem Fenster. Sie sah einen Mercedes-Transporter mit der Aufschrift *East Midlands Tonight* gegenüber parken. Sie konnte Stimmen aus der Küche hören, darunter die ihrer Mutter.

Sie rief: »Mum!«

Einen Moment später hörte sie die Küchentür aufgehen und Schritte im Flur.

Die Stimme ihrer Mutter drang an ihr Ohr: »Diese Scheißstufen bringen mich noch um.« Sie schwankte in Evas Zimmer und ließ sich schwer in den Suppensessel sinken. »Warum lässt du keinen Treppenlift einbauen?«, keuchte sie. »Ich schaff das nicht mehr fünf- oder sechsmal am Tag.«

Eva fragte: »Wer ist unten?«

»Derek Plimsoll und eine Lesbe.«

Eva sah sie ausdruckslos an.

»*Derek Plimsoll*. Du kennst ihn. Er ist im Fernsehen. *East Midlands Tonight*. Am Ende macht er immer einen Scherz.«

Eva nickte.

»Na, der ist hier, und eine Lesbe. Ich habe ihnen gerade ein Interview gegeben.« Sie berührte ihr Ansteckmikrofon.

Eva sagte: »Hast du den Jackpot geknackt?«

»Nein, es geht um *dich*.«

»Um mich!«, sagte Eva.

»Ja, um dich«, sagte Ruby. »Derek Plimsoll liest den *Mercury* wie jeder in der Gegend. Er will dich für eine, wie er sagt, ›erweiterte Sendezeit‹ interviewen.«

Eva stand im Bett auf und trampelte mit den Füßen auf die Matratze. Sie schrie: »Auf keinen Fall! Lieber würde ich meine eigene Kotze essen! Geh nach unten und sag ihnen, dass ich nicht will.«

Ruby sagte: »Wie heißt das Zauberwort?«

Eva rief: »Bitte!«

Ruby war es nicht gewohnt, von Eva angeschrien zu werden. Unter Tränen sagte sie: »Ich dachte, du würdest dich freuen. Du kommst ins *Fernsehen,* Eva. Das heißt, du bist etwas Besonderes. Ich kann da nicht runter gehen und ihm sagen, dass du nicht willst. Er wird enttäuscht sein, ja untröstlich.«

»Er wird es verkraften«, sagte Eva.

Ruby hievte sich brummelnd aus dem Sessel und begann ihren Abstieg.

Wieder in der Küche berichtete Ruby mit lauter Flüsterstimme: »Sie sagt Nein, sie weigert sich, und sie würde lieber ihr Erbrochenes essen.« Zu Jo sagte sie: »Wir hatten einen Hund, der das machte ... ekelhaft! Ich war froh, als er tot war.«

Derek entglitt sein Lächeln. »Ruby, ich kann dieses Haus nicht verlassen, ohne Eva interviewt zu haben. Ich bin ein äußerst erfahrener und angesehener Journalist. Ich habe meinen Berufsstolz. Also, Madam, wären Sie bitte so nett, nach oben zu gehen und Ihrer Tochter klarzumachen, dass ich jede Berühmtheit interviewt habe, die je den ostmittelenglischen Boden betreten hat. Ich habe mit Muhammad Ali schattengeboxt. Ich habe Mr. Nelson Mandela unbequeme Fragen zu seiner terroristischen Vergangenheit gestellt und, möge ihre Seele in Frieden ruhen, ich habe mit Prinzessin Diana geflirtet.« Er beugte sich hinunter und flüsterte Ruby ins Ohr: »Und, Herrgottsakra, hat die zurückgeflirtet. Ich hatte das Gefühl, wenn sie allein gewesen wäre, ohne ihre Hofschranzen, hätten wir ein paar Drinks nehmen können und ... na ja, wer weiß, was passiert wäre? Ich war nicht abgeneigt, sie war nicht abgeneigt ...« Seine Stimme verstummte, und er zwinkerte Ruby lüstern zu.

Ruby war eine begeisterte Mitverschwörerin. Sie nickte und machte kehrt.

Eva wartete ungeduldig auf Aufbruchsgeräusche, konnte aber nur ihre Mutter hören, die mit der Treppe redete: »Du hast gut lachen, Treppe, du stehst einfach nur da, aber ich muss dich hochsteigen. Ja, ich weiß, du knackst, aber wenigstens bist du aus Holz. Wenn *ich* knacke, sind es meine armen Knochen, die du hörst, und es tut weh.«

Eva war nicht überrascht.

Ihre Mutter hatte schon immer mit Haushaltsgegenständen gesprochen. Erst gestern hatte Eva sie sagen hören: »Komm schon, Bügeleisen, jetzt nicht schlappmachen, ich muss noch drei von Evas Nachthemden machen.«

Ruby lehnte sich an den Türrahmen und versuchte, zu Atem zu kommen.

Eva stand auf dem Bett und starrte auf ihre Mutter herab. »Und?«, sagte sie. »Warum sind sie noch nicht weg?«

Ruby zischte: »Du kannst Derek Plimsoll nicht abblitzen lassen. Er hat Prinzessin Diana interviewt, als sie noch lebte.«

Jo sah sich Rubys Interview auf dem Kamerabildschirm an. Der fuchsienrote Lippenstift ließ sie aussehen, als würde sie aus dem Mund bluten.

Gerade sagte Ruby: »Eva war schon immer ein bisschen seltsam. Jahrelang dachten wir, sie sei zurückgeblieben, plemplem. Sie dachte sich im Garten hinterm Haus Theaterstücke aus, in denen das Kaninchen eine Rolle ohne Text hatte. Sie probten den ganzen Tag, dann musste ich rauskommen und es mir ansehen. Ich nahm mein Strickzeug mit, um mir die Zeit zu vertreiben. Das Kaninchen war Dreck.«

Jo sagte zu Derek: »Wir können keine einzige Totale von Ruby verwenden. Sie hatte die Beine breit, man sieht ihren Riesenschlüpfer.«

Jo hatte die Nase voll. Der Grund für ihr Filmstudium an der Goldsmith's war ihre Liebe zum Cinéma vérité gewesen. Sie hatte gehofft, mit Mike Leigh zu arbeiten und improvisierenden, professionellen Schauspielern. Nicht mit Laien, die hoffnungslos unartikuliert waren und meist in abgegriffene Phrasen verfielen, wie »Es war ein Alptraum«, »Wir sind am Boden zerstört«, »Wir können es noch gar nicht fassen« und – immer wieder gern – »Wir sind überglücklich«.

Fünf Minuten später, als Ruby immer noch nicht wieder runtergekommen war, sagte Derek: »Ich habe die Schnauze voll, ich geh jetzt rauf. Komm mit!«

Ein bisschen hatte er Angst vor dem, was ihn oben erwartete. In der Vergangenheit hatte er manch böse Überraschung erlebt, wie den 103-jährigen Mann, der, als Derek ihn in einem Live-Interview nach dem Geheimnis für sein langes Leben fragte, kreischte: »Wichsen!« Er pfiff die Titelmelodie von *Der Exorzist*, während er langsam die Stufen erklomm.

Jo sagte: »Wir bewegen uns auf dünnem Eis, Derek«, während sie ihm folgte und dabei filmte.

Als Derek den Treppenabsatz erreichte, zischte er

Ruby an: »Aus dem Weg, Sie verstellen die Sicht!«, dann schubste er sie, so dass sie ins Wanken geriet.

Jo sagte: »Schöne Aufnahme von dir, wie du eine alte Dame wegschubst, Derek.«

*

Eva sah Derek Plimsoll und eine Frau mit Kamera auf der Schulter durch die Tür auf sich zukommen. Sie schrie: »Lass sie nicht rein, Mum! Mach die Tür zu!«

Ruby wusste nicht, was sie tun sollte. Jo war ebenfalls hin- und hergerissen; ihr gefiel nicht, was hier ablief. Die hübsche Frau, die sie durch ihr Objektiv sah, hatte offensichtlich Angst, doch Jo war überrascht von der Kargheit des weißen Zimmers. Das Licht war perfekt. Da sie die Kamera nicht ausschalten konnte, regulierte sie den Weißabgleich und filmte weiter.

Eva kroch unter die Decke und rief: »Mum! Mum! Ruf Alexander an! Seine Nummer steht im Buch!«

Jo gelang es, das Gesicht der Frau für ein paar Sekunden zu filmen, bevor sie unter der weißen Bettdecke verschwand.

Derek lief in die Einstellung. Er erklärte: »Ich bin im Schlafzimmer einer Frau namens Eva Biber – oder, wie Zehntausende von Menschen sie inzwischen nennen, ›Die Heilige aus der Vorstadt‹. Ich wurde von einer Mrs. Brown-Bird, Evas Mutter, hierher eingeladen, aber Eva ist schüchtern und nervös und hat darum gebeten, ihr Gesicht nicht zu zeigen. *East Midlands Tonight* wird diese Bitte respektieren. Da ist sie. Sie ist der Klumpen da im Bett.«

Jos Sucher zeigte einen kleinen Hügel unter einer weißen Bettdecke.

Unter der Decke schrie Eva: »Bist du noch da, Mum?«

Ruby sagte: »Ja, aber ich schaff die Treppe gerade nicht.« Sie ließ sich in den Sessel plumpsen. »Ich bin die ganze Zeit hoch und runter gehüpft wie ein Scheißspringstock. Ich bin neunundsiebzig. Ich bin zu alt für dieses Trara. Ich habe unten einen Kuchen, um den ich mich kümmern muss.«

Derek rief: »Mrs. Brown-Bird, wir versuchen hier zu filmen! Bitte nicht reden, pfeifen oder singen.«

Ruby stand auf und sagte: »Wenn ich hier nicht erwünscht bin, gehe ich.«

Sie schwankte zum Treppengeländer und stützte sich daran ab, bis sie sich in der Lage fühlte, nach unten in die Küche zu gehen, wo sie begann, nach Evas Telefonbuch zu suchen. Alexanders Nummer war gleich die erste, geschrieben in seiner Handschrift. Ruby setzte sich an den Küchentisch und drückte umständlich die Telefontasten.

Er nahm sofort ab und sagte: »Eva?«

»Nein, Ruby. Sie will, dass Sie herkommen. Hier sind Leute vom Fernsehen, die sollen gehen.«

»Was? Sie braucht einen Rausschmeißer?«

»Ja, sie will, dass Sie kommen und die rauswerfen«, erläuterte Ruby Evas Anweisungen.

»Warum ich? Ich bin nicht gerade ein Schlägertyp.«

Ruby sagte: »Ja, aber vor schwarzen Männern haben die Leute Angst, oder?«

Alexander lachte ins Telefon. »Okay, ich bin in fünf Minuten da. Ich bringe meine tödlichen Pinsel mit, ja?«

Ruby sagte: »Gut, denn ich hab genug von dem ganzen Hickhack. Ich geh nach Haus.«

Behutsam legte sie den Hörer auf, zog Hut und Mantel an, holte ihre Einkaufstasche hinter der Küchentür hervor und trat in den kalten Nachmittag.

*

Eva hatte Jo überredet, die Kamera auszuschalten, saß mit verschränkten Armen im Bett und sah – in Dereks Augen – so aus wie eine moderne Jeanne d'Arc.

Derek sagte: »Also, sind Sie vernünftig und geben mir ein Interview, von Angesicht zu Angesicht, in Ihren eigenen Worten, oder soll ich für Sie reden? Wenn ja, könnte Ihnen nicht gefallen, was ich zu sagen habe.«

»Ich habe nur eins zu sagen. Verschwinden Sie aus meinem Haus!«

»Mir gefällt das nicht«, sagte Jo. »Du nötigst sie, Derek, eigentlich müsste ich das der Personalabteilung melden.«

Derek sagte: »Schon gut, wir schneiden alles raus, womit du nicht glücklich bist.«

»Aber am Schnitt bin ich gar nicht beteiligt. Ich darf nur die Kamera halten.«

»Bei der trauernden Witwe letzte Woche warst du nicht so etepetete.«

»Welche der beiden? Wir hatten letzte Woche zwei trauernde Witwen.«

»Die, deren bekloppter Mann in die Knetmaschine gefallen ist.«

»Da war ich auch nicht glücklich.«

Derek packte Jo an den Schultern und sagte: »Aber deine Schlussaufnahme war so kunstvoll – die Tränen, die ihr übers Gesicht liefen, und der Regenbogeneffekt, den du rausgeholt hast.«

Jo sagte: »Ich habe ihre Tränen durch eine Kristallvase aufgenommen. Ich bin nicht stolz darauf. Ich schäme mich.«

»Wir alle vom Fernsehen schämen uns, Kleines, aber das hält uns nicht davon ab, es zu tun. Du darfst nie vergessen, dass wir den Leuten geben, was sie *wollen*.«

Derek senkte die Stimme und murmelte in Evas Richtung: »Übrigens, darf ich sagen, wie leid es mir tut, dass Ihr Mann Sie verlässt? Sie sind wahrscheinlich am Boden zerstört.«

Eva sagte: »Wissen Sie überhaupt, was ›am Boden zerstört‹ bedeutet?« Sie wartete nicht auf eine Antwort. »Es bedeutet: vernichtet oder ruiniert, in tausend Teile zerbrochen. Aber hier sitze ich und bin noch ganz. Also, bitte machen Sie die Tür hinter sich zu.«

Während er die Stufen hinunter stapfte, sagte Derek: »Deshalb hasse ich es, mit Frauen zu arbeiten. Die denken doch mit ihrer Möse.« Mit hoher Fistelstimme äffte er: »Ach du liebe Zeit, ich bin ja ganz gerührt und hormongesteuert und alles muss moralisch vertretbar und frauenfreundlich sein!«

Sie hörten, wie sich ein Schlüssel im Schloss drehte, und Alexander kam herein, in der Hand ein großes gerahmtes Bild in Luftpolsterfolie.

»Sind Sie es, der Eva belästigt?«, fragte er.

Derek sagte: »Sind Sie der Alexander, von dem Mrs. Brown-Bird uns erzählt hat? Freund der Familie, wie?«

Alexander sagte mit Nachdruck: »Bitte, verlassen Sie sofort das Haus, Sie sind hier nicht erwünscht.«

»Hören Sie, mein Lieber, das hier ist eine große Story für unsere Gegend. Man findet nicht jeden Tag eine Heilige in der Vorstadt. Wir haben Nahaufnahmen von ihr am Fenster, wir haben ein Interview mit der Mutter, und Barry Wooton hat uns seine furchtbar langweilige, aber furchtbar tragische Geschichte erzählt. Wir brauchen nur noch Eva. Nur ein paar Worte.«

Alexanders breites Lächeln erinnerte Plimsoll an das schwangere Krokodil, das sie kürzlich im Twycrosser Zoo gefilmt hatten.

»Sie haben mich bei der Vernissage meiner ersten Ausstellung interviewt«, sagte er. »Ich glaube, ich kann Ihre Einleitung noch auswendig. ›Das ist Alexander Tate, er ist Maler, doch er malt keine Ghettos, keine Porträts von Gangmitgliedern, keine krassen Darstellungen städtischen Verfalls. Nein, Alexander malt Aquarelle von englischen Landschaften ...‹ Dann hat die Cembalo-Musik eingesetzt.«

Derek sagte: »Ich fand, das war ein schöner, kleiner Beitrag.«

Jo sagte: »Derek, du hast Alexander total gönnerhaft behandelt und durchblicken lassen, dass es für Schwarze ungewöhnlich sei, Aquarelle zu malen.«

Derek sagte: »Ist es ja wohl auch.«

Jo wandte sich an Alexander: »Meine Lebensgefährtin ist schwarz. Kennen Sie sie – Priscilla Robinson?«

Alexander sagte: »Nein, komisch. Eigentlich sollte ich die zehntausend Schwarzen kennen, die in den Baumwollfeldern von Leicester schuften.«

»Schieb den Scheiß nicht mir in die Schuhe, Onkel Tom!«, sagte Jo verärgert.

Derek Plimsoll ließ sich schwer auf die Stufen sinken und sagte: »Das ist das letzte Mal, dass ich Hausbesuche mache. In Zukunft kommen alle zu mir ins Studio.«

Alexander blickte auf Dereks Haaransatz herab. Die weißen Ansätze mussten bald mal wieder nachgefärbt werden, dachte er. Es war zum Erbarmen.

48

Eva sah Derek und Jo schweigend zu ihrem Mercedes-Transporter gehen. Sie sah ihnen nach, bis sie außer Sicht waren.

Eilig breitete sie den Weißen Pfad aus. Jedes Mal, wenn sie einen Schritt darauf machte, stellte sie sich vor, sie würde die Milchstraße entlanggehen, weit weg von der Erde und ihren Komplikationen. Nachdem sie gepinkelt und sich die Hände gewaschen hatte, griff sie nach ihren Schminksachen. Sie wollte so gut wie möglich aussehen. Die teuren, glänzenden schwarzen Tiegel und Bürstchen, die sich im Lauf der Jahre angesammelt hatten, waren Talismane – das dezente Goldlogo beschützte sie. Sie wusste, sie wurde ausgenommen, sie hätte den gleichen Inhalt für ein Sechstel des Preises kaufen können, aber das war ihr egal, durch den überteuerten Preis fühlte sie sich kribbelig und waghalsig, wie ein Zirkusartist, der ohne Sicherheitsnetz über ein Hochseil lief.

Sie sprühte sich mit dem Parfum ein, das sie schon als junge Bibliothekarin benutzt hatte, als sie es sich noch gar nicht leisten konnte. Sie war der Geschichte mit Marilyn Monroe auf den Leim gegangen, die auf die Frage: »Was tragen Sie im Bett?«, »Chanel N° 5« geantwortet hatte.

»Wahrscheinlich stimmt die Geschichte gar nicht«, dachte Eva jetzt. Nichts besaß ewig Gültigkeit. Alles wurde irgendwann dekonstruiert. Schwarz entpuppte sich als Weiß. Die Kreuzritter waren Vergewaltiger, Plünderer und Peiniger. Bing Crosby verprügelte seine Kinder. Winston Churchill engagierte einen Schauspieler für einige seiner berühmtesten Reden. Als Brian ihr all diese Dinge erzählte, hatte sie gesagt: »Aber es *sollte* stimmen.« Sie wollte Helden und Heldinnen in ihrem Leben. Wenn schon keine Helden, dann wenigstens Menschen, die man bewundern und respektieren konnte.

Nachdem sie sich geschminkt hatte, ging sie wieder ins Bett, zog das weiße Laken hoch wie eine Zugbrücke, faltete es sorgfältig zusammen und legte es unter ihre Kissen. Sie war stolz, in den fast fünf Monaten kein einziges Mal vom Weißen Pfad abgewichen zu sein. Eigentlich wusste sie, dass sie sich etwas vormachte, doch sie hatte das Gefühl, wenn sie vom Pfad abkäme, würde sie ins Schleudern geraten, außer Kontrolle, und der Erde auf ihrer Laufbahn um die Sonne folgen.

Alexander blieb auf halbem Wege auf der Treppe stehen. Er rief: »Ist es okay, dass ich raufkomme?«

Eva rief zurück: »Ja.«

Nach zwei weiteren Schritten konnte er Eva im Bett sitzen sehen. Sie sah wunderschön aus. Sie hatte ein bisschen Fleisch auf den Knochen und die Höhlungen in ihren Wangen hatten sich wieder gefüllt.

Er stand in der Schlafzimmertür und sagte: »Du siehst gut aus.«

Sie sagte: »Was hast du da unter dem Arm?«

»Ein Bild, für dich. Ein Geschenk. Für die nackte Wand dir gegenüber.«

Sie sagte sanft: »Aber mir gefällt die nackte Wand.«
»Ich hab mir beim Malen den Arsch abgefroren.«
Eva sagte: »Ich will hier drin nichts haben, was mich vom Denken ablenkt.«

In Wahrheit hatte sie Angst, dass ihr sein Bild nicht gefallen könnte. Sie fragte sich, ob es möglich war, einen Mann zu lieben, dessen Kunst sie nicht bewunderte? Stattdessen sagte sie: »Ist dir aufgefallen, dass wir uns noch gar nicht begrüßt haben?«

»Du musst mich nicht begrüßen, du bist immer bei mir.«

»Ich kenne dich nicht«, sagte Eva, »aber ich denke ständig an dich. Ich kann das Bild nicht annehmen, aber ich liebe Luftpolsterfolie.«

Das war nicht, was Alexander sich erhofft hatte. Er hatte gedacht, sie würde für das Bild schwärmen, besonders, nachdem er ihr die winzige Eva-Gestalt mit ihrem blonden Haarklecks auf einem Hügel gezeigt hatte. Er hatte sie schon in seine Arme fliegen sehen. Sie würden sich küssen, er würde ihre Brüste umfassen, sie würde zärtlich seinen Bauch streicheln. Irgendwann würden sie unter die Decke kriechen und gegenseitig ihre Körper erforschen.

Er hatte sich nicht ausgemalt, an ihrem Bett zu sitzen und die kleinen durchsichtigen Noppen der Luftpolsterfolie zerplatzen zu lassen. Zwischen zwei befriedigenden Plopps sagte er: »Du brauchst einen Torhüter. Jemanden, der entscheidet, wer rein darf und wer nicht.«

»Wie Cerberus«, sagte sie, »den dreiköpfigen Hund, der den Eingang zur Höhle bewacht, wo irgendjemand – ich weiß nicht mehr, wer – wohnt. Irgendwas mit einem Granatapfel und einem Kern, aber nein ... ich kann mich nicht erinnern.«

Es klingelte zaghaft an der Tür.
Eva erstarrte.
Alexander sagte: »Ich geh schon.«

Nachdem er gegangen war, versuchte Eva, sich zu erinnern, wann sie das erste Mal von dem Hund Cerberus gehört hatte.

Sie saß in einem Klassenzimmer, Regen pladderte gegen die langen Fenster. Sie war nervös, weil sie schon wieder ihren Füller vergessen hatte, und die Klasse jeden Moment aufgefordert werden würde, etwas zu schreiben. Mrs. Holmes, ihre Englischlehrerin, erzählte den sechsunddreißig zwölfjährigen Mädchen eine Geschichte.

Eva konnte den Duft der Lehrerin riechen – es war eine Mischung aus Soir de Paris und Wick VapoRub.

Alexander tauchte wieder auf. »Unten ist eine Frau, die im Internet von dir gelesen hat und dich unbedingt sehen will.«

»Tja, aber ich will *sie* nicht unbedingt sehen«, blaffte Eva.

»Ihre Tochter wird seit drei Wochen vermisst.«

»Aber warum kommt sie zu mir? Einer Frau, die das Bett nicht verlassen kann?«

»Sie ist davon überzeugt, dass du ihr helfen kannst«, sagte Alexander. »Sie ist extra aus Sheffield gekommen. Das Kind heißt Amber, sie ist dreizehn Jahr alt ...«

Eva fiel ihm ins Wort: »Du hättest mir nicht ihren Namen oder ihr Alter sagen dürfen, jetzt krieg ich das Kind nicht mehr aus dem Kopf.« Sie nahm ihr Kissen und schrie hinein.

Alexander sagte: »Ist das ein Nein?«

49

Ambers Mutter Jade hatte seit dem Verschwinden ihrer Tochter weder geduscht noch Haare gewaschen, noch hatte sie ihre Kleider gewechselt. Sie trug noch immer den rosa Jogginganzug, jetzt grau vor Dreck, wie an dem Tag, als ihre Tochter verschwunden war.

»Amber war ein quirliges, fröhliches Mädchen. Normalerweise hätte ich sie zur Schule gefahren, aber wir hatten verschlafen, ich war noch nicht angezogen. Ich hatte keine Zeit, ihr ein Schulbrot mitzugeben. Das wollte ich ihr dann später vorbeibringen. Sie kann nicht entführt worden sein... sie ist nicht hübsch genug. Sie ist kräftig. Sie hat furchtbare Haare. Sie hat eine Zahnspange. Sie kann nicht entführt worden sein... diese Perversen stehen doch auf hübschere Mädchen, meinen Sie nicht?«

Eva nickte, fragte dann: »Wann haben Sie zuletzt geschlafen?«

»Oh, ich darf nicht schlafen oder duschen und ich kann meine Haare nicht waschen, bis Amber wieder da ist. Nachts lege ich mich aufs Sofa und lasse Sky News laufen, falls etwas über sie kommt. Meine Mutter gibt mir die Schuld. Mein Mann gibt mir die Schuld. Ich selbst gebe mir die Schuld. Wissen Sie, wo Amber ist, Eva?«

»Nein, keine Ahnung«, sagte Eva. »Legen Sie sich neben mich.«

*

Als Alexander Eva und Jade Tee bringen wollte, schliefen sie tief und fest, Seite an Seite. Der Anblick versetzte ihm einen Stich, Jade lag auf *seinem* Platz. Er wollte wieder gehen, doch Eva hörte eine Diele knarren und öffnete die Augen.

Sie lächelte, als sie ihn sah, schlüpfte vorsichtig unter der Decke hervor und setzte sich ans Bettende.

Alexander fiel auf, dass ihre Zehennägel geschnitten werden mussten und dass der rosa Nagellack fast verschwunden war. Ohne zu sprechen, holte er das Schweizer Messer hervor, das seine Frau ihm geschenkt hatte. Es enthielt diverse Werkzeuge und war schwer und sperrig, doch Alexander trug es immer bei sich. Er nahm Evas rechten Fuß, legte ihn in seinen Schoß und flüsterte: »Hübsche Füße, aber die Fußnägel einer Schlampe.«

Eva lächelte.

Jade schlief noch. Eva hoffte, sie träumte von Amber, von glücklichen Zeiten.

Nachdem Alexander Eva sorgfältig die Fußnägel geschnitten hatte, klappte er den Nagelclipper ein und eine kleine Metallfeile aus.

Eva lachte leise, als er begann, damit über ihre frisch geschnitten Nägel zu fahren. »Glaubst du, Jesus war der erste Fußpfleger?«

»Der erste berühmte«, sagte Alexander.

»Gibt es einen Promi-Fußpfleger?«

»Keine Ahnung. Ich schneide meine Fußnägel selbst,

über einer herausgerissenen Seite des *London Review of Books*. Tut das nicht jeder?«

Sie unterhielten sich jetzt in normaler Lautstärke, denn sie wussten, dass Jade den tiefen Schlaf der Erschöpfung schlief.

Alexander ging nach draußen zu seinem Lieferwagen und kam mit einer Flasche Terpentinersatz und einem weißen Lappen zurück.

Eva sagte: »Willst du die Nachbarschaft abfackeln?«

»Du magst seit Monaten im Bett liegen, aber das ist keine Entschuldigung dafür, sich gehen zu lassen.« Er kippte Terpentin auf den Lappen und entfernte den alten Nagellack von ihren Fingern und Zehen. Als er fertig war, sagte er: »Und jetzt die Haare.« Er zauberte eine winzige Schere aus dem Schweizer Messer.

Eva lachte: »Die ist ja aus *Grimms Märchen*! Was hast du am Wochenende gemacht, das lange Gras auf einer Wiese geschnitten?«

»Ja«, sagte Alexander, »für einen bösen Kobold.«

»Und was wäre passiert, wenn du es nicht geschafft hättest?«

»Sieben Schwäne hätte mir meine großen braunen Augen ausgepickt«, sagte er und lachte dann ebenfalls.

Er brauchte weniger als fünfzehn Minuten, um Evas Haar wieder in eine Frisur zu verwandeln.

»Und zum Schluss«, sagte Alexander, das magische Helferlein, »die Augenbrauen.« Mit großer Konzentration fummelte er eine Pinzette aus seinem Messer, so klein, dass sie zwischen seinen langen Fingern fast verloren ging. »Wir wollen kesse Bögen, keine hirsuten Raupen.«

Eva sagte: »Hirsut?«

»Das bedeutet ...«

»Ich weiß, was es bedeutet. Ich habe die letzten achtundzwanzig Jahre mit einem hirsuten Mann zusammen gelebt.«

Eva verspürte eine Leichtigkeit in ihrem Körper, eine Schwerelosigkeit. Sie erinnerte sich an dieses Gefühl aus ihrer Kindheit, wenn sie sich mit anderen Kindern in Fantasiewelten verloren hatte, bis diese für ein paar Augenblicke realer schien als der schnöde Alltag, der hauptsächlich aus unerfreulichen Dingen bestand. Sie spürte eine wilde Heiterkeit in sich aufsteigen und konnte kaum still halten, während Alexander ihr die Augenbrauen zupfte.

Sie wollte tanzen und singen, stattdessen redete sie. Sie hatte das Gefühl, als hätte man ihr einen Knebel aus dem Mund genommen.

Keiner von ihnen hörte Brian und Titania nach Hause kommen, Abendbrot essen oder zu Bett gehen.

Um halb sechs Uhr morgens, sagte Alexander: »Ich muss nach Hause. Meine Kinder sind Frühaufsteher, und ihre Großmutter nicht.« Er sah zu Jade und sagte: »Sollen wir sie schlafen lassen?«

»Ich will sie nicht wecken«, sagte Eva. »Lass sie in Ruhe zurück ins Leben kommen.«

Alexander nahm das Bild, trug es, mit der nackten Seite der Leinwand zu Eva, nach unten und stellte es in den Flur.

Eva hörte ihn in der Stille des Morgens wegfahren. Er hatte sein Schweizer Messer auf der Fensterbank liegen lassen. Sie nahm es in die Hand, es fühlte sich kalt an.

Sie behielt es in der Hand, bis es warm war.

Eva kniete vor dem Fenster und versuchte, im Spiegelbild ihre Jeanne-d'Arc-Frisur zu begutachten, als Jade sich rührte und aufwachte. Eva beobachtete ihr Gesicht und sah genau den Moment, als die Schlaftrunkenheit sich lichtete und die bittere Erkenntnis, dass ihr Kind verschwunden war, sie traf.

»Sie hätten mich nicht *schlafen* lassen dürfen!«, sagte sie, während sie zu ihren Schuhen krabbelte und sie anzog. Sie schaltete ihr Handy ein und sagte verärgert: »Amber könnte versucht haben, mich zu erreichen.« Sie kontrollierte ihr Telefon. »Nichts«, sagte sie. »Tja, das sind wohl gute Nachrichten, oder?«, sagte sie aufgekratzt. »Das heißt, man hat ihre Leiche nicht gefunden, oder?«

Eva sagte: »Ich bin sicher, dass sie am Leben ist.«

»Sie sind sicher?«

Jade grabschte nach diesem Bröckchen Hoffnung, als wäre Eva die höchste Hüterin allen Wissens. »Im Internet heißt es, Sie hätten besondere Kräfte. Manche sagen, Sie sind eine Hexe und beherrschen schwarze Magie.«

Eva lächelte: »Ich hab nicht mal eine Katze.«

»Ich glaube, Sie sind ein guter Mensch. Wenn wir uns in Ruhe zusammensetzen und uns konzentrieren, könnten Sie dann wohl herausfinden, wo sie ist? Können Sie sie sehen?«

Eva versuchte zurückzurudern. »Nein, ich besitze keine übersinnliche Wahrnehmung. Ich bin kein Kriminologe. Ich bin nicht qualifiziert, überhaupt eine Meinung zu haben, und ich weiß nicht, wo Amber ist. Es tut mir leid.«

»Warum haben Sie dann gesagt, Sie sind sicher, dass sie am Leben ist?«

Eva war ihrer selbst überdrüssig; was sie eigentlich

hatte sagen wollen, war: »Die meisten Ausreißer werden lebend gefunden.«

»Nein, ich glaube, Sie haben recht«, sagte Ambers Mutter. »Ich wüsste, wenn sie tot wäre.«

Eva sagte: »Viele junge Mädchen reißen nach London aus.«

»Sie war schon mal da. Wir haben *Les Misérables* gesehen. Sie sagte, sie sei auf der Seite der Aristokraten. Sie wollte partout nicht zu Woolworth.« Sie schüttelte den Kopf. »Was soll ich als Nächstes tun?«

»Duschen, Haare waschen und Zähne putzen.«

Als Jade aus dem Bad kam, sah Eva, dass sie nun besser gerüstet war, dem Leid zu begegnen, das gedroht hatte sie zu verschlingen.

Eva fragte: »Wo wollen Sie jetzt hin?«

»Ich habe eine EC-Karte, ich habe Benzin. Ich werde nach London fahren und sie suchen.«

Eva gestand: »*Ich* bin mit sechzehn nach Paris gefahren. Mein Gott! Jeden Morgen bin ich woanders aufgewacht, aber wenigstens wusste ich, dass ich *lebe*.«

Keine der beiden Frauen war es gewohnt, Gefühle zu zeigen, doch sie hielten einander ein paar Augenblicke, bevor Eva Ambers Mutter gehen ließ.

Nachdem sie fort war, starrte Eva auf die gegenüberliegende weiße Wand, bis Amber und Jade im hintersten Eck ihres Bewusstseins verschwunden waren. An einem Ort, der für Eva so etwas wie die Rückseite des Mondes war.

50

So wie eine Reise mit dem ersten Schritt beginnt, beginnt sich eine Menge mit dem ersten Menschen zu versammeln. Sandy Lake war eine offensiv englische 41-Jährige, die meinte, die Leute würden sie für schrullig und unkonventionell halten, wenn sie auffällige Farben und eine exzentrische Mütze trug.

Sie war eine der Ersten gewesen, die von ihrem Platz auf dem Center-Court in Wimbledon »Na los, Tim!« gerufen hatte – einmal sogar nachdem der Schiedsrichter um Ruhe gebeten hatte. Der asiatische Schiedsrichter hatte sie zurechtgewiesen, was sie ziemlich albern fand.

Sie hatte auf Twitter von Eva gelesen. Viele Twitterer meinten, Eva sei eine weise Frau, die aus Protest im Bett blieb, weil die Welt so grauenvoll war, wegen Krieg und Hunger und kleinen Babys, die starben, und so (obwohl die Mütter zum Teil selbst schuld waren, weil sie zu viele Kinder hatten und unbedingt meilenweit von der nächsten Wasserstelle entfernt wohnen mussten). Auf SingletonsNet hatte sie außerdem gelesen, dass Eva mit den Toten sprechen und in die Zukunft sehen konnte.

Sandy verspürte den Wunsch, Eva nahe zu sein. Also war sie vorgestern von Dulwich zum Bürgersteig gegenüber von Evas Haus gereist, ausgerüstet mit Pop-up-Zelt, Schlafsack, Isomatte, Klappstuhl, winzigem Primus-Kocher und einer Dose Armeeverpflegung für den Notfall.

Sie hatte Evas unmittelbare Umgebung recherchiert und eine Reihe schöner Läden entdeckt. Sie brauchte einen Zeitungskiosk in Fußnähe. Anderen erzählte sie lachend, sie sei quasi süchtig nach ihren Promi-Zeitschriften. Nichts bereitete ihr mehr Vergnügen als ein Bild von Carol Vorderman mit einem Pfeil, der auf ihre Cellulite deutete.

Sandy hatte ein großes freistehendes Haus in Dulwich geerbt, voll mit dunklen, schweren Möbeln, Perserteppichen und Rüschenvorhängen. Wenn sie zu Hause war, wohnte sie in der Küche und wagte sich nur selten in den Rest des Hauses. Sie bewahrte ihre wenigen Kleidungsstücke auf einer Kleiderstange in der früheren Vorratskammer auf und schlief in ihrem Schlafsack auf dem abgenutzten Sofa, auf dem Mum und Dads Hunde geschlafen hatten.

Sie hatte sich dagegen gewehrt, das Haus für eine »lächerliche Summe« zu verkaufen. Sie wusste, es war über eine Million Pfund wert und die Gegend sehr begehrt, aber sie hatte gehört, dass man Immobilienmakler nicht trauen konnte, und sie hatte keine beste Freundin, die ihr in Geld oder anderen Dingen einen Rat hätte geben können.

Dafür hatte sie Millionen Online-Freunde! Von ihnen erfuhr sie, wo sich die beste Warteschlange bildete oder die nächste Demo stattfand. Schon viele Male war sie für diverse Anliegen zum Trafalgar Square gelaufen. Sie selbst war nicht politisch. Sie marschierte mit jedem, von der Palästinensischen Befreiungsorganisation bis zu den Söhnen Zions, und amüsierte sich immer prächtig. Es waren alles ganz reizende Menschen.

Ihre Lieblingswarteschlange war die für die Centre-Court-Tickets in Wimbledon, dicht gefolgt von den Spaziergängern, die entlang der Albert Hall auf die wenigen verfügbaren Stehplätze für die *Last Night of the Proms* warteten. Sandy kannte jedes Wort von »Land Of Hope And Glory« auswendig.

1999 hatte die Orchesterfassung von »The Floral Dance« sie so sehr ergriffen, dass sie sich bereit erklärte, mit Malcolm Ferret, einem blassen Lehrer mit roten Wimpern, hinter der Albert Hall Geschlechtsverkehr zu haben. Sie konnte sich kaum an ihr Rendezvous erinnern, nur dass es ihr nicht gelungen war, den Ziegelstaub von ihrer pastellgrünen Fleecejacke zu klopfen. Im darauffolgenden Jahr hatte sie Malcolm in der Schlange entdeckt, doch er hatte ihr Winken ignoriert und so getan, als sei er in das Einwickelpapier seines Snickers vertieft.

Eines der Highlights des Jahres war der Verkaufsstart des neuesten iPads gewesen. Die Meute vor dem Apple-Laden in der Regent Street war geradezu hysterisch gewesen. Die Leute waren wesentlich jünger, doch Sandy erzählte ihnen, sie sei im Herzen jung, und kannte jede Menge moderne Ausdrücke wie »drag and drop«. Sie wusste, die jungen Männer um sie herum waren von ihr beeindruckt, wenn sie solche Ausdrücke benutzte.

Sandy war ständig dabei, ihre technischen Geräte zu erneuern. Zum Glück hatten ihr Mum und Dad Geld hinterlassen. Doch was würde passieren, wenn das Geld alle war und sie mit veralteter Technik dastand, ohne die Aussicht, je wieder aufzuholen?

Es gab immer etwas, wo man hin konnte. Der Schlussverkauf nach Weihnachten in der Oxford Street war toll, weil Sandy sonst in der Weihnachtszeit mit niemandem geredet hätte. Zwar war sie in einem Massenansturm auf das Besteck zum halben Preis bei Selfridges umgeschubst worden, aber sie hatte sich wieder aufgerappelt und eine Suppenkelle ergattert, bevor sie erneut niedergetreten worden war.

Sandy war nie einsam, es gab immer eine Schlange, in die sie sich einreihen konnte. Es störte sie nicht, dass sie dreißig Jahre älter war als die anderen, noch hatte sie ein Problem damit zuzugeben, dass sie in der letzten Harry-Potter-Schlange ein Kind ohne Begleitung zur Seite geschubst hatte. Es hatte nur eine begrenzte Anzahl signierter Sonderausgaben gegeben – und diese Bücher waren sowieso viel zu gut für Kinder. Sie war todtraurig gewesen, als JKR verkündet hatte, es würde keine weiteren HP-Bücher geben. Sie tröstete sich mit Fan-Fiction auf MuggleNet.

Und jetzt hatte sie ihre Eva, ihre wunderschöne Eva.

Sandy war nicht sicher, wie lange Eva im Bett bleiben würde, doch egal, was passierte, sie wusste, dass 2012 für sie ein großes Jahr werden würde. Es würde viele Warteschlangen für zurückgegebene Eintrittskarten geben, in die sie sich während der Olympischen Spiele einreihen konnte. Dann kam das iPad 3, und das iPhone 5. Und ihre Reise nach Disneyland in Florida war schon gebucht. Sie hatte gehört, dass die Attraktionen spektakulär waren und dass die Schlangen an diesen Wunderdingen manchmal so langsam vorangingen, dass es zu Stoßzeiten zwei Stunden dauern konnte, bis man dran kam. Bis dahin würde sie viele neue Freunde aus aller Welt gefunden haben.

*

Nach nur einer Stunde auf dem Bürgersteig gegenüber von Evas Haus, während Sandy mit einem fiesen Ostwind kämpfte, der drohte, ihr Zelt fortzuwehen, gesellte sich Penelope dazu, die glaubte, dass Engel unter uns weilten und Eva zweifellos »ein sehr ranghoher Engel« sei, der zwischen Himmel und Erde festhing. Und der Grund, warum sie im Bett blieb, sei, dass sie ihre Flügel verstecken müsse.

Als eine weiße Feder aus Evas Fenster schwebte und neben Sandys Füßen landete, sagte Penelope: »Siehst du! Ich hab's dir doch gesagt!« Mit ehrfürchtiger Stimme fügte sie hinzu: »Das ist ein Zeichen dafür, dass dein persönlicher Engel dir über die Schulter schaut.«

Sandy glaubte ihr aufs Wort.

Als sie darüber nachdachte, wurde ihr bewusst, dass sie Engel schon immer gemocht hatte, und »Hört der Engel helle Lieder« ihr Lieblingsweihnachtslied war. Ja, jetzt ergab alles einen Sinn: Daddy hatte sie »mein kleiner Engel« genannt, obwohl sie doppelt so breit war wie er. Inzwischen wog sie hundert Kilo und war damit gefährlich nah an der Gewichtsbegrenzung für ihren Klappstuhl.

Eva entdeckte Sandy und Penelope, nachdem sie aus einem tiefen, traumlosen Schlaf erwacht war.

Sie sah zwei Frauen mittleren Alters auf dem gegenüberliegenden Bürgersteig, eine mit einer lustigen Zipfelmütze mit Glöckchen, die andere mit einem Fernglas, das auf ihr Fenster gerichtet war.

Beide winkten, und Eva winkte automatisch zurück – bevor sie sich duckte.

*

Zwei Meilen entfernt saß Abdul Anwar gähnend am Küchentisch und sah seiner Frau dabei zu, wie sie kleine Aluminiumbehälter mit Schraubdeckeln in seinen Henkelmann packte. Er betrachtete die Fotos von Eva und seinem Taxifahrerkollegen Barry Wooton auf der herausgerissenen Titelseite des *Leicester Mercury*.

Abduls Ehefrau Aisha kochte Chapatis fürs Abendbrot – obwohl Abdul nicht da sein würde. Gleich fing seine Nachtschicht an. Sie bereitete ihm immer eine Mahlzeit, die er dann aus seiner Sammlung silberner Aluminiumgefäße aß. Seine Kinder nannten es »Papas Picknick«.

Er sagte: »Aisha, vergiss nicht, eine Kopie des Artikels an unsere Familie zu schicken. Ich habe ihnen von meinem Freund Barry erzählt.«

Sie sagte: »Aber nicht mit der Post, ich scanne den Artikel. Du lebst in der Vergangenheit, Abdul.«

Während ihre beiden Hände mit einem Chapati beschäftigt waren, stand Abdul auf und legte die Arme um ihre Taille. Er blickte auf die flache Pfanne, in die seine Frau mit einem gebündelten Geschirrhandtuch den Teig drückte. Als sie ihn mit den Fingern umdrehte, schnappte er nach Luft und sagte: »Gesegnet sei Allah! Das ist die Frau im Bett, die Heilige!«

Aisha sagte: »Gelobt sei Gott!«, und stellte den Herd aus.

Gemeinsam untersuchten sie das Chapati. Die Ähnlichkeit mit Evas Gesicht war unheimlich. Die schwarzen und braunen Flecken stellten ihre Augen, Augenbrauen, Lippen und Nasenlöcher dar, das überschüssige Chapati-Mehl ihr Haar. Abdul holte die Titelseite und verglich die beiden. Weder Mann noch Frau konnten recht glauben, was sie da sahen.

Aisha sagte: »Lass uns warten, bis es abgekühlt ist. Vielleicht verändert es sich noch.«

Sie hoffte, dass es sich nicht änderte. Sie erinnerte sich, wie der indische Bäcker Elvis Presley in einem Donut entdeckt hatte. Der Laden war belagert worden. Dann, nach drei Tagen Lichteinwirkung, hatte Elvis eher wie Keith Vaz, der dortige Parlamentsabgeordnete, ausgesehen, der daraufhin seine Mehrheit bei der nächsten Wahl vergrößert hatte.

Als das Chapati kalt war, machte Abdul Fotos und filmte Aisha am Herd zwischen Evas Bild und dem, wie Anwar es später auf Radio Leicester nennen sollte, »gesegneten Chapati«.

Nachdem Abdul zur Arbeit gegangen war, wobei er vor lauter Aufregung seinen Henkelmann vergessen hatte, setzte Aisha sich an den Computer in der Nische unter der Treppe. Sie erstellte in zehn Minuten eine Facebookseite für »Die Frau im Bett«, dann richtete sie einen Link zu ihrer eigenen Seite ein und nannte diese »Eva – die Heilige erscheint in Aisha Anwars Chapati«. Sie verspürte einen wohligen Nervenkitzel, als sie die Taste drückte, mit der sie ihn an ihre 423 Freunde schickte.

Am nächsten Morgen war die Bowling Green Road gerammelt voll mit Autos. Es entstand eine Kakofonie aus Hupen, Bollywoodmusik und aufgeregten und wütenden Stimmen, während die Leute versuchten zu parken.

Ruby geriet aus der Fassung, als sie drei bärtigen Männern die Tür öffnete, die darum baten, die »Auserwählte« sehen zu dürfen. Ruby sagte: »Heute nicht, danke«, und schloss die Tür.

Inzwischen hatten sich vor Aisha Anwars Haus Warteschlangen gebildet, und sie sah sich gezwungen, die Leute hereinzulassen, um ihnen die Ähnlichkeit zwischen »Wali Eva« und dem Gesicht auf dem Chapati zu zeigen. Außerdem musste sie ihren Gästen etwas zu essen und zu trinken anbieten, doch nachdem sie einen von ihnen laut flüstern hörte: »Ihre Küche ist ein echtes Siebziger-Jahre-Relikt. Diese orangefarbenen Fliesen!«, bereute sie ihre Unbesonnenheit und stellte sich vor, das Eva-Chapati mit Aloo gobi und Kichererbsen zu verspeisen.

51

Im Laufe der nächsten Woche erinnerte sich Eva an immer mehr, was sie in der Schule gelernt hatte. Den längsten Fluss der Welt. Die Hauptstadt von Peru. Welche Länder zu Skandinavien gehörten. Die Neunerreihe. Wie viele Schoppen in eine Gallone passten. Wie viel Zoll in ein Yard. Großbritanniens wichtigste Industriezweige. Wie viele Soldaten am ersten Tag des Ersten Weltkriegs gestorben waren. Wie alt Julia war. Die Gedichte, die sie auswendig gelernt hatte: »I must go down to the seas again, to the lonely sea and the sky«, »Heil dir, Geist der Lieder!«, »Narr'n! Meine Stunde kam zuvor / mit hellem, holden Gruß«. Und währenddessen wuchs die Menge und wurde zu einem stetigen Hintergrundrauschen.

Es gab Beschwerden von den Nachbarn, und das Parkplatzproblem eskalierte. Doch erst als einige der Anwohner in ihrer eigenen Straße keinen Parkplatz mehr fanden und gezwungen waren, ihren Wagen eine halbe Meile oder noch weiter entfernt abzustellen, wurde die Polizei eingeschaltet.

Bedauerlicherweise war es Wachtmeister Gregory Hawk unmöglich, auch nur irgendwo in der Nähe von Evas Haus zu parken, und er musste ziemlich weit laufen. Als er die Haustür endlich erreichte, sah er Ruby in der frühen Frühjahrssonne in Evas Vorgarten sitzen und an einem Tapeziertisch Tee und Obstkuchen verkaufen. Sie hatte einen Strauß Narzissen auf den Tisch gestellt, um Kunden anzulocken, und verlangte unterschiedliche Preise, die einzig und allein davon abhingen, ob ihr die Nasenspitze des Kunden passte.

Wachtmeister Hawk wollte sich gerade vergewissern, ob Ruby einen Gewerbeschein und ein Gesundheitszeugnis besaß und die Formalitäten zur Risikoabschätzung erledigt hatte, als er von einem Übertragungswagen abgelenkt wurde, der rückwärts in die Straße fuhr, nur knapp an den Autos vorbei, die auf beiden Seiten parkten. Nachdem er den Fahrer darüber informiert hatte, dass er hier nirgendwo legal parken konnte, kehrte er gerade noch rechtzeitig zum Tapeziertisch zurück, um Ruby: »Der Nächste für die Toilette!« rufen zu hören und einen Mann mit Druidenkopfbedeckung und -gewand aus dem Haus kommen zu sehen, während eine Frau, die sich »Eva« auf die Stirn geschrieben hatte, hineinging.

Wachtmeister Hawk versuchte sich zu erinnern, ob es strafbar war, Eintritt für eine private Toilette zu verlangen.

Als er Ruby ansprach, sagte sie, das Geld in ihren Anoraktaschen sei eine Spende für die Brown-Bird & Biber Stiftung. Wachtmeister Hawk fragte, ob die Stiftung im Stiftungsverzeichnis eingetragen sei, und erfuhr, die Anmeldung sei »in der Post«.

Dann wandte er sich an die Menge aus, wie er dachte, »Spinnern« und drohte mit einer Anzeige wegen Ruhestörung, wenn sie nicht aufhörten zu singen, zu johlen, mit Glöckchen zu bimmeln und »Eva! Eva! Eva!« zu skandieren.

Ein Anarchist in Militärwintermantel, Tarnhose und einem schwarzen Rollkragenpullover hatte eine Stunde gebraucht, um sich »HELFT DER POLIZEI – SCHLAGT EUCH SELBST ZUSAMMEN« auf die Stirn zu schreiben. Er rief kraftlos: »Wir leben in einem Polizeistaat.«

Wachtmeister Hawks Hand zuckte in Richtung seines Elektroschockers, beruhigte sich aber, als eine dicke Frau mit Zipfelmütze sagte: »England ist das beste Land der Welt, und unsere Polizei ist absolut fantastisch!«

Der Anarchist lachte bitter auf.

Wachtmeister Hawk sagte: »Danke, Madam, es ist schön, zu wissen, dass man gewürdigt wird.«

Er fand das Ganze beschämend. Überall, wo man hinsah, waren Asiaten, manche beteten auf Knien, manche saßen auf Decken und schienen zu frühstücken, und unter Evas Fenster stand eine Gruppe älterer muslimischer, christlicher und hinduistischer Frauen, die klatschten und sangen. Es gab keinerlei Absperrungen, kein Sicherheitspersonal, niemanden, der den Verkehr umlenkte. Er bat um Verstärkung, dann begab er sich zu den beiden alten Frauen, die an der Tür von Nummer 15 standen.

Er verlangte von Yvonne, den Hauseigentümer zu sehen.

Yvonne sagte: »Mein Sohn, Dr. Brian Biber, ist bei der Arbeit. Er bewahrt die Welt vor Meteoritenangriffen. Sie sollten mit Eva sprechen. Sie ist oben, zweite Tür links.«

Wider Willen war Wachtmeister Hawk ein bisschen aufgeregt, dass er diese Eva treffen würde, die er von der Titelseite und aus dem Internet kannte, und aus dem Fernsehen, wo sie sich geweigert hatte, mit dem guten alten Derek Plimsoll zu reden. Das war für ihn der Beweis, dass sie etwas zu verbergen hatte.

Wer will denn nicht ins Fernsehen?

Es war sein Traum, Polizeisprecher bei einer Mordermittlung zu sein. Er kannte alle Phrasen und übte sie manchmal im Stillen, wenn er unterwegs war, um einen jugendlichen Mopedfahrer zu verwarnen, der ohne Licht fuhr.

Er sah Eva, bevor sie ihn sah. Ihre Schönheit verblüffte ihn – hieß es nicht, sie sei eine alte Frau von fünfzig Jahren?

Eva erschrak, als sie einen milchgesichtigen Jungen in Polizeiuniform vor sich sah. Sie sagte: »Hallo, sind Sie hier, um mich zu verhaften?«

Er holte sein Notizbuch hervor und sagte: »Im Moment noch nicht, Madam, aber ich würde Ihnen gern ein paar Fragen stellen. Wie lange sind Sie schon im Bett?«

Eva versuchte im Kopf nachzurechnen, dann sagte sie: »Seit dem neunzehnten September.«

Der Wachtmeister blinzelte einige Male und sagte: »Fast fünf Monate?«

Sie zuckte die Schultern.

»Und Sie sind von Ihrem Mann getrennt?«

»Nein.«

»Haben Sie vor, Ihren Mann in unmittelbarer Zukunft zu verlassen?«, fragte er, ermutigt von ihrer freimütigen Antwort.

Eva hatte genug Krimis im Fernsehen gesehen, um sich mit den Ermittlungsmethoden der Polizei auszukennen. Doch im Lauf des Verhörs begann sie zu begreifen, dass es bei den Fragen von Wachtmeister

Hawk allein um sie ging – und ihre Bereitschaft, mit einem jungen Polizisten zu flirten.

Besonders gegen Ende wurde der Wortwechsel grotesk.

»Was ist Ihre Einstellung zur Polizei?«

»Ich halte sie für ein notwendiges Übel.«

»Würden Sie je in Betracht ziehen, mit einem Polizisten auszugehen?«

»Nein, ich verlasse mein Bett nie.«

Sie war erleichtert, als der errötende Junge schließlich sagte: »Eine letzte Frage. *Warum* wollen Sie das Bett nicht verlassen?«

Eva antwortete ehrlich: »Ich weiß es nicht.«

Als Wachtmeister Hawk zur Polizeiwache zurückkehrte, bat er seinen Vorgesetzten darum, als Opferschutzbeamter für Die Frau im Bett eingeteilt zu werden.

»Sie verursacht eine Menge Ärger, es ist eine noble Gegend, die Anwohner wollen Unterschriften sammeln. Und einer von denen ist Anwalt, Sir.«

Was die Mittelklasse anging war Wachtmeister Price auf der Hut. Einmal war er in eine Gerichtsverhandlung verwickelt gewesen, weil er einem Jugendlichen eine runtergehauen hatte. Woher hatte er wissen sollen, dass der Vater des Jugendlichen Anwaltsgehilfe war?

»Ja, warum nicht?«, sagte er zu Wachtmeister Hawk. Unsere Opferschutzbeamten sind beide im Mutterschaftsurlaub. Und von allen hier kommen Sie einer Frau am nächsten.«

Auf dem Weg zu seinem Wagen schoss Wachtmeister Hawk das Blut in die zarten Wangen. Er dachte: »Ja, ich werde mir definitiv einen Schnurrbart wachsen lassen, wenn der Bartwuchs einsetzt.«

Es war ein Polizist namens Dave Strong, der Amber fand, obwohl er gar nicht im Dienst war. Sie schnorrte zusammen mit einem Siebzehnjährigen namens Timmo, seinen Eltern bekannt als Timothy, am Fuß der »Gurke«.

Wachtmeister Strong hatte auf sein Bauchgefühl gehört – ein junges Mädchen in schmutziger Schuluniform, das die gleichgültigen Büroangestellten mit ausgestreckter Hand um Kleingeld anbettelte, während Timmo daneben seine verworrene Version von »Wonderwall« zum Besten gab, kam ihm verdächtig vor.

Ambers Mutter jedoch schrieb, als sie von der Presse interviewt wurde, die Rettung ihrer Tochter eher Eva zu als dem Polizisten. »Sie hat besondere Kräfte«, erzählte Jade den skeptischen Journalisten vom *Daily Telegraph*. »Sie sieht Dinge, die wir nicht sehen können.«

Bei der Pressemeldung war für alle was dabei – junge Liebe und möglicherweise Sex zwischen Minderjährigen in der *Sun* und (weil Timmo vor den Abi-Prüfungen weggelaufen war) ein Artikel im *Guardian*: »Zerbricht unsere Jugend am Leistungsdruck?«

Die Presse stürzte sich begierig auf diesen Brocken neuer Informationen über Eva. Die *Daily Mail*, die eigentlich »Frau im Bett ist Ex-Bibliothekarin« bringen wollte, verwarf die Titelseite und ersetzte sie durch »Hellseherin Eva findet Ausreißerin«.

52

Am Valentinstag kamen Brian und Titania mittags in Evas Zimmer.

Sie sah gleich, dass beide geweint hatten. Sie war nicht allzu beunruhigt – ihr schien, dass der Brite an sich schon lange aufgehört hatte, sich zusammenzureißen, inzwischen weinte er regelmäßig in der Öffentlichkeit und bekam dafür auch noch *Beifall*. Wer nicht weinte, wurde schnell als »anal« abgestempelt.

Brian sagte schluchzend: »Mami ist tot.«

Als sie wieder Luft bekam, sagte Eva: »Deine Mutter oder meine?«

»Meine«, jammerte er.

»Gott sei Dank«, dachte sie. Zu Brian sagte sie: »Bri, es tut mir so *leid*.«

»Sie war eine wundervolle Mutter«, weinte Brian.

Titania versuchte ihn in den Arm zu nehmen, doch er stieß sie weg und ging zu Eva, die sich verpflichtet fühlte, ihm den Rücken zu tätscheln. Sie dachte: »Und das von einem Mann, der es unnötig fand, seiner Mutter ein Geburtstagsgeschenk zu kaufen, mit der Begründung, dass sie nichts brauchte.«

»Sie ist von der Trittleiter gefallen, als sie an ihre Not-Zigaretten wollte«, sagte Titania, doch ihr versagte die Stimme und Tränen traten ihr in die Augen.

Eva konnte ja nicht wissen, dass Titania in Wahrheit nur weinte, weil sie von Brian weder eine Valentinstagskarte noch eine Packung Türkischer Honig bekommen hatte, wie sonst jedes Jahr seit Anbeginn ihrer Affäre.

Brian sagte: »Ein weiteres Tabakopfer. Sie war seit drei Tagen tot. In was für einer Gesellschaft leben wir, wenn eine alte Dame *drei Tage* tot in ihrer Küche liegen kann, bevor irgendjemand etwas bemerkt?«

»Wer hat sie gefunden?«, fragte Eva.

»Peter, der Fensterputzer«, sagte Brian.

»*Unser* Peter, der Fensterputzer?«, fragte Eva.

»Er hat die Polizei gerufen und die haben die Tür aufgebrochen«, erklärte Titania.

»Ja, und Peter kann auch schön die Reparatur bezahlen. Er weiß ganz genau, dass wir einen Ersatzschlüssel haben«, sagte Brian.

Titania sagte: »Er steht unter Schock.«

Brian schrie: »Er kriegt erst recht einen Schock, wenn er die Rechnung für die neue dreifachverglaste Hart-PVC-Tür sieht!«

»Nein, *du* stehst unter Schock«, meinte Titania mit Nachdruck.

»Sie war die beste Mutter, die ein Mann haben kann«, sagte Brian mit bebenden Lippen.

Eva und Titania tauschten ein heimliches Lächeln.

Es klingelte an der Tür.

Titania sah zwischen Eva im Bett und dem weinenden Brian hin und her und sagte: »Dann muss ich wohl gehen.«

Als sie die Tür öffnete, gab es den üblichen Empfang. »Ehebrecherin!«, »Sünderin!«, »Schlampe!« wurde geschrien. So sehr sie sich auch bemühte, sie konnte sich an die Schmähungen nicht gewöhnen, die man ihr entgegenschleuderte, wenn sie der Menge ausgesetzt war.

Eine Frau in grünem Wappenrock hielt einen riesengroßen Strauß aus verschiedenen weißen Blumen, eingewickelt in weißes Papier mit weißem Satinband. Während Titania die Blumen mit dem Blick absuchte, in der Hoffnung auf eine an sie adressierte Karte von Brian, hielt mitten auf der Straße das Postauto.

Als die Floristin und der Postbote aneinander vorbeigingen, wechselten sie ein paar wohlwollende Worte.

»Alptraumtag!«, sagte sie.

Er erwiderte: »Fast so schlimm wie Weihnachten!«

Sie sagte: »Immerhin gehe ich heute Abend feudal essen.«

Titania zuckte zusammen.

»Weiß dein Mann davon?«, sagte der Postbote.

Die Lautstärke und Dauer ihres Gelächters verblüffte Titania. Ein spontaner Auftritt von Peter Kay höchstpersönlich hätte sie nicht mehr amüsieren können.

Titania fand die kleine Karte. »Für Eva, meine große Liebe.«

Sie schrie die beiden Zusteller an: »Wenn ihr keinen Bock auf den Job habt, sucht euch doch einen anderen!«

Der Paketbote sagte: »Was ist los ... Hat Sie niemand lieb?« Er reichte ihr einen dicken Stapel Briefe und Karten, der von einem Gummiband gehalten wurde. »Gerade als ich losfahren wollte, kam noch ein großer Sack für Eva rein. Morgen brauche ich einen Wagen.«

Titania sagte spitz: »Der Valentinstag ist wieder ein Beispiel dafür, wie der Markt soziosexuelle Beziehungen kommerzialisiert, indem er die Liebe von einem Daseinszustand auf eine materielle Hülse reduziert und uns damit letztlich alle degradiert. Deshalb bin ich froh, dass jene, die *mich* lieben, nicht in die Blumen-und-Pralinen-Falle tappen.«

Sie ging ins Haus und schlug die Tür hinter sich zu, aber sie konnte das spöttische Lachen des Postboten noch immer hören. Vielleicht hätte sie sich schlichter ausdrücken sollen, doch sie lehnte es ab, sich auf das Niveau dieser ungebildeten Menschen herabzulassen.

Die sollten sich ruhig ein bisschen Mühe geben.

Als Eva der weiße Blumenstrauß in die Arme gedrückt wurde, wusste sie sofort, von wem er war. Es war Venus' saubere Handschrift, und sie nahm an, dass Thomas die wackligen Küsse unten auf der Karte gemalt hatte.

Sie sagte: »Wenn ich bei Fleurop was zu sagen hätte, würde ich dafür sorgen, dass Chrysanthemen in Blumensträußen tabu wären. Sie riechen nach Tod.«

Brian saß zusammengesackt auf dem Suppensessel und berichtete, wie er seine Mutter hatte identifizieren müssen. »Sie sah aus, als würde sie schlafen«, sagte er. »Aber sie trug diese scheußlichen Känguru-Pantoffeln, die Ruby ihr zu Weihnachten geschenkt hat. Das sind Todesfallen, ich hab sie gewarnt. Kein Wunder, dass sie von der Trittleiter gefallen ist.« Er sah Eva an. »Deine Mutter ist direkt verantwortlich für den Tod meiner Mutter.«

Eva schwieg.

Brian fuhr fort: »Die Totenstarre hatte schon eingesetzt. Der Arzt musste eine Packung Silk Cut aus ihren toten Fingern pfriemeln.« Er wischte sich die Augen mit einem zusammengeknäuelten Papiertaschentuch. »Sie hatte sich Götterspeise gekocht, in einer kleinen Puddingform. Stand noch auf dem Küchentisch. Bedeckt von einer dünnen Staubschicht. Das hätte sie gehasst.«

Titania sagte: »Erzähl Eva von den Briefen.«

»Ich kann nicht, Tit.« Er begann zu schluchzen, laut.

Titania sagte: »Sie hat sich selbst Briefe geschrieben, Liebesbriefe. Wie in dem Lied. *I'm gonna sit right down and write myself a letter*... Und da war ein Briefumschlag in ihrer Handtasche, adressiert an Alan Titchmarsh.«

Brian jammerte: »Sollen wir ihn frankieren und für sie abschicken? Ich kenne mich mit der Etikette rund um Todesfälle nicht aus.«

Eva sagte: »Ich auch nicht – und mir persönlich ist es egal, ob der Brief an Mr. Titchmarsh abgeschickt wird oder nicht.«

Brian sagte mit leichter Hysterie in der Stimme: »Irgendwas müssen wir mit dem verdammten Ding doch machen. Befolge ich ihre Wünsche oder nicht?«

Titania sagte: »Beruhige dich, Bri. Es ist ja nicht so, dass Alan Titchmarsh auf einen Brief von deiner Mutter wartet.«

Brian weinte. »*Mir* hat sie nie einen Brief geschrieben. Nicht mal, um mir zu meiner Promotion zu gratulieren.«

Eva hörte Alexanders Stimme unterm Fenster und verspürte eine große Erleichterung. Er würde wissen, was mit dem blöden Titchmarsh-Brief zu tun war. Schließlich hatte er eine Privatschule besucht. Sie fühlte, wie sie sich entspannte. Dann hörte sie die Stimme ihrer Mutter. Sie schaute aus dem Fenster und sah, wie Alexander Ruby stützte, die ganz in Schwarz gekleidet war, einschließlich eines schwarzen Filzhutes, dessen schwarzer Schleier ihr Gesicht zur Hälfte verdeckte.

Titania sagte: »Ich habe das Gefühl, wir sollten unsere Lenden gürten.«

Sie warteten – schweigend, bis auf Brians Schluchzen – auf Ruby und Alexander. Sie hörten Ruby sagen:

»Warum hat Gott mich bestraft, indem er mir Yvonne nimmt?«

Alexander antwortete: »Sollen die Wege eures Gottes nicht unergründlich sein?«

Als Ruby ins Zimmer kam und Brian sah, sagte sie: »Ich dachte, Gott würde mich zuerst holen. Ich habe einen rätselhaften Knoten. Ich könnte in einer Woche tot sein. Eine Zigeunerin hat mir im Jahr 2000 gesagt, dass ich die achtzig nicht schaffe. Seit jenem Tag weiß ich, dass meine Zeit abgelaufen ist.«

Während Brian den Sessel für sie räumte, sagte er wütend: »Könnten wir uns auf meine Mutter konzentrieren? Die ist nämlich *wirklich* tot.«

Ruby sagte: »Es macht mich ganz krank, dass Yvonne so gestorben ist, ohne jede Vorwarnung. Mein Knoten pocht. Yvonne wollte mit mir zum Arzt gehen. Da meine Tochter ja nicht aufstehen kann.« Ruby berührte ihre Brust und verzog das Gesicht, in der Hoffnung, dass jemand sich nach ihrem Befinden erkundigte.

Alexander sagte: »Sei nett, Ruby«, als würde er mit einem widerborstigen Kleinkind sprechen.

Eva sagte brav: »Dein Knoten ist wahrscheinlich eine Zyste, Mum. Warum hast du mir nichts davon gesagt?«

»Ich habe gehofft, er würde von selbst weggehen. Ich hab Yvonne davon erzählt, sie wusste alles über mich.« Sie wandte sich an Brian. »Und sie hat mir alles über *dich* erzählt.« Das war eine versteckte Drohung.

Brian sagte: »Ich mache dich für den Tod meiner Mutter verantwortlich. Wenn du ihr nicht diese albernen Känguru-Pantoffeln gekauft hättest, würde sie heute noch leben.«

Ruby schrie: »Du gibst mir die Schuld am Tod deiner Mutter?«

Titania sagte: »Ich weiß, ich gehöre streng genommen nicht zur Familie, aber ...«

Alexander unterbrach sie: »Titania, ich glaube, wir sollten uns da raushalten.«

Eine Gruppe junger Mädchen in Schuluniform hatte sich zur Menge gesellt und animierte sie: »Eva! Eva! Eva!« zu skandieren. Jemand klingelte Sturm. Eva hielt sich die Ohren zu.

Ruby sagte: »Und glaubt nicht, dass ich an die Tür gehe. Das war Yvonnes Aufgabe. Ich hab mich schon gefragt, wo sie die letzten drei Tage war. Sie mochte Menschen. Mir sind sie egal, für die meisten hab ich nicht viel übrig. Yvonne war mir eine große Hilfe. Allein komme ich mit den Leuten da draußen nicht klar. Es werden jeden Tag mehr.«

Titania sagte eilig: »Ich hab meine Arbeit. Und ein eigenes Leben.«

Brian stand am Fußende von Evas Bett und knurrte: »Und jetzt reden wir wie immer über Eva. Ich hätte auf meine liebe *tote* Mutter hören sollen. Sie hat mir geraten auszuziehen und mich daran erinnert, dass meine Ehe vorbei ist. Mein Beitrag zu Evas Betreuung endet hier. Erlaubt mir bitte, als hinterbliebener Sohn, als Waise, um meine Mutter zu trauern.«

Ruby fuhr unbeirrt fort: »Und wir müssen uns um die Beerdigung kümmern. Und es ist Februar. Ich könnte mir eine Lungenentzündung holen. Was wird aus Eva, wenn ich im Krankenhaus liege, im Sauerstoffzelt?«

Alexander sagte: »Ich kümmere mich um Eva.«

»Die Blumen, Alexander, sie sind perfekt«, sagte Eva. »Danke. Aber du kannst dich nicht um mich kümmern, du musst doch arbeiten.«

»Gerade hat ein Auftraggeber seine Rechnung bezahlt. Das reicht erst mal für ein paar Wochen.«

»Was ist mit deinen Kindern?«, fragte Ruby. »Die kannst du doch nicht nachts aus dem Bett zerren.«

Alexander blickte Eva ins Gesicht. »Nein, wir müssten dann hier wohnen.«

Brian wandte sich an Alexander: »Meine Mutter ist tot, und du nutzt die Gelegenheit, um mit deiner Familie in mein Haus einzuziehen. Glaubst du etwa, du kannst hier mietfrei wohnen, meinen Strom benutzen, mein heißes Wasser, mein Glasfaser-Breitband? Tja, tut mir leid, Freundchen, aber es ist kein Zimmer frei.«

Titania sagte: »Bri, es ist furchtbar, entsetzlich, unbeschreiblich grausam, dass Yvonne tot ist, aber es könnte für alle von Vorteil sein, wenn Alexander hier ist.«

Ruby sagte: »Diese Zigeunerin in Blackpool, sie hat etwas von einem großen schwarzen Mann gesagt.«

Brian verlor schließlich die Beherrschung. »Was in Gottes Namen faselst du da? Meine Mutter ist tot! Halt einfach mal die Klappe, Weib! Und was dein Geseiere von vorhin angeht, ich frage mich auch, warum meine liebevolle, selbstlose Mutter von uns genommen wurde, und du – mit deinen törichten Bemerkungen und deinem vorsintflutlichen Grips – noch da bist!«

Ruby rief: »Ich habe deine Mutter nicht umgebracht!«, und bedeckte ihr Gesicht mit den Händen.

Eva schrie: »Nenn meine Mutter nicht dumm! Sie kann nichts dafür, dass sie so ist!« Sie war so erbost, dass sie begann, auf den Knien in Brians Richtung zu rutschen, der am Fußende des Bettes saß.

Man hörte lautes Johlen und ein paar Schreie, als die Menge sie zum ersten Mal seit Tagen am Fenster sah.

Eva spürte, wie sich die Wut in ihr aufbaute und dann

aus ihrem Körper herausbrach und sich in Beschimpfungen und Schuldzuweisungen entlud. »Du hast mich acht Jahre lang jeden Tag angelogen! Du hast gesagt, du würdest aus Leidenschaft für dein Mondprojekt jeden Tag bis halb sieben arbeiten. Doch deine wahre Leidenschaft galt Titania Noble-Forester! Ich habe mich immer gefragt, warum du so erschöpft und ausgehungert bist, dass du drei Gänge essen kannst.«

Titania blaffte Brian an: »Das ist also der Grund, warum du nie mit mir essen gehen wolltest! Dich hat es nach Hause zu Frauchens Krabbencocktail, Schweinekotelett und Plumpudding gezogen.«

Brian sagte leise: »Ich habe nie aufgehört, meine Frau zu lieben. Ich dachte, es ist möglich, zwei Frauen zu lieben. Na ja, drei Frauen, wenn man meine arme Mutter mitzählt.«

»Du hast mir nie gesagt, dass du mich liebst«, sagte Titania und ihr Zorn verebbte. Sie sprach in Brians Ohr. »Oh, wow! Das wirkt wie ein Aphrodisiakum. Warum nehmen wir uns nicht eine kleine Auszeit, mein Eichhörnchen? Komm, wir gehen in den Schuppen.«

Irgendein Irrer klingelte Sturm.

Nach einigen Augenblicken, als niemand reagierte, sah Alexander Brian an und fragte: »Soll *ich* gehen?«

Brian blaffte: »Mach doch, was du willst.«

Alexander fragte: »Eva, soll ich?«

Sie nickte. Es war gut, einen Mann wie ihn im Haus zu haben, wenn ein Irrer vor der Tür stand.

Er salutierte ironisch und ging.

Titania reichte Eva den Stapel Briefe, den sie in der Hand hielt. »Die Hälfte ist Werbung, der Rest ist für dich.« Sie nahm Brian an die Hand wie ein kleines Kind.

Eva sagte: »Eichhörnchen?«

Mit Schrecken besah sie den Stapel Briefe. Die meisten waren an »Die Frau im Bett, Leicester« adressiert. Auf ein paar aus den Vereinigten Staaten stand: »An den Engel im Bett, England«. Auf einem aus Malaysia stand schlicht: »Eva, UK«. Nach den ersten drei schob Eva den Haufen fort.

Jeder Brief enthielt Kummer und falsche Erwartungen.

Sie konnte den Leuten nicht helfen, und die Last ihrer Sorgen war zu viel für sie.

Sie lenkte sich oft ab, indem sie im Kopf Listen erstellte, und jetzt starrte sie an die weiße Wand, bis ihre Sicht verschwamm, und wartete, bis sich ein Thema auftat.

Schlimmste Schmerzen

1. Geburt der Zwillinge
2. Von einem hohen Ast auf Beton stürzen
3. Finger in Autotür klemmen
4. Entzündete Brustwarzen
5. Ins Lagerfeuer fallen
6. Im Urlaub auf dem Bauernhof von einem Schwein gebissen werden
7. Zahnabszess an einem Feiertag
8. Vom Auto eingequetscht werden – als Brian zurücksetzt
9. Heftzwecke im Knie
10. Seeigel im Fuß, Mallorca

53

Am nächsten Tag erfuhr Eva eine ganz andere Art Schmerz, als Brian junior ihr über Alexanders Handy eine E-Mail schickte. Alexander druckte sie mithilfe einer komplizierten Abfolge von Wi-Fi-Geräten aus und brachte sie ihr, zusammen mit einer Tasse echten Bohnenkaffee.

> Mutter, Telefonieren liegt mir nicht, darum lasse ich es von nun an sein. In Zukunft werde ich gelegentlich auf elektronischem Weg mit dir kommunizieren oder gar die Launen des Postwesens riskieren.

»Anmaßender kleiner Scheißer«, sagte Eva. »Für wen hält der sich – Anthony Trollope?«
Sie las weiter.

> Ich höre von meinem Vater, dass meine Großmutter väterlicherseits tot ist. Es wäre scheinheilig, wenn ich Traurigkeit vortäuschen würde, da ich Gleichgültigkeit für ihr Schicksal empfinde. Sie war eine törichte, alte Frau, wie die lächerliche Ursache ihres Todes beweist. Den-

noch werde ich ihrer Beerdigung am Donnerstag
beiwohnen. (Für Brianne kann ich nicht sprechen, sie hat an dem Tag ein Seminar beim
göttlichen Gastprofessor Shing-Tung Yau. Das
ist für einen Studenten im ersten Semester eine
seltene Ehre. Obwohl ich befürchte, dass er
nicht gerade begeistert sein wird, wenn er hört,
was sie von Calabi-Yau-Mannigfaltigkeiten hält.)

Eva unterbrach sich. »Der arme Mann tut mir leid. Weißt du, Alexander, ich verstehe meine Kinder nicht. Hab ich nie.«

Alexander versicherte ihr: »Eva, niemand versteht seine Kinder. Weil sie nicht *wir* sind.«

Ernüchtert wandte sie sich wieder der E-Mail zu.

Da wir uns am Grab nicht begegnen werden,
wird es dich vielleicht interessieren zu erfahren, dass mein Aufsatz über die Bohnenblust-
Hille-Ungleichung für Polynome von den *Annals
of Mathematics* für eine mögliche Veröffent-
lichung in der September-Ausgabe angenommen
und dass mir ein Stipendium am St. John's
College in Oxford angeboten wurde. Letzteres
werde ich wohl ablehnen. Oxford ist nicht
Cambridge, und es gefällt mir hier. Ganz in der
Nähe ist ein Café, wo es ein englisches Frühstück gibt, das ich mir leisten kann. Damit
komme ich über den Tag. Abends reicht mir
dann eine Scheibe Brot und ein Stück Edamer.

Eva versuchte, dieses Indiz für Brian juniors wachsende Wunderlichkeit einzuordnen. Die E-Mail beunruhigte sie. Er war immer der schwächere Zwilling gewesen – der später sprechen und laufen konnte – und derjenige, der am ersten Tag im Kindergarten an ihrem Rockzipfel hing. Doch dann fiel ihr ein, dass es auch Brian junior war, der Passanten mit seinem Lächeln bezaubert hatte, wenn sie mit den beiden in der Zwillingskarre unterwegs war. Schon damals war Brianne weniger hübsch gewesen. Wenn jemand sie ansprach, blickte sie finster drein und versteckte ihr Gesicht.

Eva las weiter. Sie spürte nichts als ein Gefühl des Versagens und musste sich vielleicht zum ersten Mal der Erkenntnis stellen, dass Brian junior wohl ins Silicon Valley ziehen musste, wo er mit Seinesgleichen leben und arbeiten konnte.

> Ich finde es bedauerlich, dass du der Beerdigung deiner verstorbenen Schwiegermutter nicht beiwohnst. Mein Vater ist, und ich zitiere, »am Boden zerstört«. Ich habe auch mit Barbara Lomax gesprochen, der Leiterin der Psychologischen Studentenberatung, und sie meint, der Grund, warum du »unfähig« bist, das Bett zu verlassen, sei akute Platzangst, wahrscheinlich als Folge eines Kindheitstraumas.

Bemüht, die Stimmung aufzuheitern, lachte Alexander und sagte: »Hast du was Ekliges im Holzschuppen gefunden, Eva?«

Sie konnte nicht mitlachen. Die nächsten paar Sätze las sie leise, weil sie nicht wollte, dass Alexander sie hörte.

> Miss Lomax betonte, sie hätte selbst erlebt, dass
> Leute innerhalb von nur sechs Wochen geheilt
> werden können. Trotzdem sind eine spezielle
> Diät, Selbstdisziplin und Mut erforderlich. Ich
> habe Barbara mitgeteilt, dass du meiner Meinung nach keinerlei Mut besitzt, da du zulässt,
> dass mein Vater unter deinem Dach herumhurt,
> und du dazu schweigst.

Eva konnte sich nicht länger beherrschen und schrie laut: »Er ist nicht unter meinem Dach! Er ist in seinem Scheißschuppen!« Dann las sie leise weiter.

> Barbara erkundigte sich: »Empfinden Sie Wut
> auf Ihre Mutter?« Ich sagte ihr, in letzter Zeit
> könne ich es kaum ertragen, mich im selben
> Zimmer aufzuhalten wie meine Mutter.

Eva las den Satz noch mal. Und dann noch mal.
Was hatte sie falsch gemacht?
Sie hatte ihn gefüttert, gebadet, anständige Schuhe gekauft, war mit ihm zum Zahnarzt und zum Optiker gegangen, hatte mit ihm eine Lego-Rakete gebaut, war mit ihm in den Zoo gegangen und hatte sein Zimmer aufgeräumt. Er war mit einem Dampfzug gefahren, der Verbandskasten war stets griffbereit, und sie hatte während seiner Kindheit kaum einmal die Stimme gegen ihn erhoben.
Sie faltete den E-Mail-Ausdruck zur Hälfte zusammen, dann zu Vierteln, dann zu Achteln, dann zu Sechzehnteln, dann zu Zweiunddreißigsteln und Vierundsechzigsteln. Sie versuchte, den Zettel noch kleiner zu falten, gab auf und steckte sich den Klumpen Papier in

den Mund. Obwohl es sich unangenehm anfühlte, konnte sie ihn nicht wieder ausspucken. Alexander reichte ihr beiläufig ein Glas Wasser, und sie begann den Klumpen aufzuweichen wie eine Kuh beim Wiederkäuen, bis er langsam zu Brei wurde.

Mit der Zunge drückte sie den Klumpen in ihre Wange und sagte zu Alexander: »Ich brauche ein Rollo für dieses Fenster. Ein weißes Rollo.«

Am Abend vor der Beerdigung seiner Mutter besuchte Brian Eva. Er bat sie, ihren Entschluss zu überdenken, dem Gottesdienst und der anschließenden Bestattung fernzubleiben.

Eva versicherte Brian, dass sie Yvonne gern gehabt hatte und während der Beerdigung an sie denken würde, sie das Bett jedoch nicht verlassen könne.

Brian sagte: »Und wenn es Ruby wäre, deine eigene Mutter? Würdest du für sie aufstehen?«

»Die Frage kann ich dir nicht beantworten«, sagte Eva.

»Ich kann den Gedanken nicht ertragen, dass sie die ganze Zeit auf den kalten Küchenfliesen gelegen hat«, sagte Brian weinerlich.

Eva streichelte seine Hand. »Sie hatte die moderne Welt sowieso satt, Brian. Sie konnte nicht begreifen, wieso im Fernsehen Pornografie läuft. Als sie anfing fernzusehen, trug der Nachrichtensprecher noch Smoking.«

»Glaubst du, sie hatte ein gutes Leben?«

Eva sagte vorsichtig: »So gut, wie es eben sein kann, wenn man in eine Männerwelt geboren wird, und abgesehen davon, dass dein Vater ihr verboten hat, Hosen zu tragen.«

Er sagte: »Weißt du noch, die Valentinstagskarten, die sie jedes Jahr bekam?«

»Unglaublich viele.«

»*Die* hat sie auch selbst geschrieben.«

»Sie muss furchtbar einsam gewesen sein, Bri. Sie ist nie über den Tod deines Vaters hinweggekommen.«

»Warst du einsam, wenn ich bei der Arbeit war?«, fragte Brian.

Eva sagte: »Ich war einsamer, wenn du nach Hause kamst und wir nebeneinander auf dem Sofa saßen.«

»Aber wir müssen doch auch gute Zeiten gehabt haben.«

»Müssen wir wohl, aber ich kann mich nicht erinnern.«

Brian sagte leicht gereizt: »Die Ferien. Camping in Wales. Florida.«

Eva hätte Brian gern beigepflichtet, aber ihre Erinnerungen lagen hinter einem Schleier aus Mücken, Regen, Matsch, Sonnenbrand, Dehydrierung, endlosen Autofahrten, Gezanke und widerwilligen Versöhnungen.

54

Das Familiengrab der Bibers lag im Schatten eines kleinen, dichten Nadelwäldchens auf dem St. Guthlac's Friedhof. Zwischen den Bäumen war nicht genug Platz für einen Bagger, und die Wurzeln machten das Ausheben neuer Gräber zu einer kräftezehrenden Aufgabe.

Während die Trauergäste die Auffahrt zu der furchteinflößenden normannischen Kirche hinaufchauffiert wurden, sahen sie zwei junge Totengräber, die einander mit kleinen Steinchen bewarfen. Als Brian, Titania und die Zwillinge an den Jungs vorbeifuhren, hörten sie einen der beiden rufen: »Du *Saftsack*, fast hättest du mein Auge erwischt!«

Brian befahl dem Fahrer anzuhalten. Er stieg aus und stapfte entschlossen auf das unfertige Grab seiner Mutter zu.

Die Jugendlichen ließen die Steinchen fallen und griffen nach ihren Spaten.

Brian sagte: »Ich weiß, dass unangemessene Kraftausdrücke an eurer Versagerschule auf dem Lehrplan stehen, aber dieses *Loch*, das ihr da grabt, wird die letzte Ruhestätte meiner Mutter sein. Und über ihrem Grab wird niemand als ›Saftsack‹ beschimpft.«

Er stolzierte zum Wagen zurück.

Kaum hatte sich die Tür geschlossen, traf einer der Jugendlichen Brians Blick, murmelte: »*Saftsack!*« und sprang ins Grab.

Brian war kurz davor, wieder auszusteigen, doch Brian junior hielt ihn zurück. »Lass gut sein, Dad.«

Brian war genervt. Seit drei Meilen folgten sie dem Leichenwagen mit seiner Mutter an Bord. Hinter ihnen fuhr die ganze Zeit Alexander in seinem alten Lieferwagen mit Stanley Crossley und Ruby auf der Beifahrerbank.

Yvonnes Schwestern Linda, Suzanne und Jean standen rauchend vor der Kirche und schnipsten die Asche in ihre Handflächen. Brian fand das, und ihre tiefen Ausschnitte, unpassend. Er hatte seit Jahren nicht mit ihnen gesprochen. Es hatte da einen unerquicklichen Zwischenfall bei einer Taufe gegeben. Seine Mutter hatte sich außerstande gesehen, ihm die Einzelheiten zu erzählen – sie sagte nur: »Alle hatten zu viel getrunken.« Vielleicht war das der Grund, warum sie ihn so gehässig anstarrten.

Noch unverblümter starrten sie Titania an, musterten ihr Gesicht, das Haar, das schwarze Kostüm, ihre Handtasche und Schuhe. Wie konnte Brian es wagen, sein Flittchen öffentlich zur Schau zu stellen? Seine durchgeknallte Frau hatte die ganze Familie blamiert und jetzt auch noch beleidigt, indem sie der Beerdigung ihrer Schwiegermutter fernblieb.

Sie machten Platz, um Alexander, Stanley Crossley und die Zwillinge vorbeizulassen.

Ruby hatte die schlechte Stimmung gespürt und sich aufs Klo verdrückt. Sie schlüpfte erst in die Kirche, als alle schon saßen, verpatzte jedoch ihren Auftritt, weil der Wind ihr die schwere Kirchentür aus der Hand riss. Die Tür knallte so laut zu, dass der Pastor und die Trauernden, die kniend beteten, sich erschrocken zu Ruby umdrehten, die vor Schreck wie angewurzelt stehen blieb. Stanley Crossley, der eine Trauerbinde über seinem dunklen Anzug trug, saß auf einer der hinteren Bänke. Er stand auf und half Ruby den Gang hinunter nach vorn zu ihrer Sippe.

Sie war empört, als sie aufgebockt neben dem Altar etwas erblickte, das aussah wie ein Pappkarton. Sie flüsterte Brian zu: »Wer hat das da in die Kirche gestellt? Wo ist Yvonnes Sarg?«

»Das *ist* ihr Sarg«, flüsterte Brian zurück. »Er ist umweltfreundlich.«

»Was soll das sein?«

Der Pastor begann der kleinen Gemeinde zu erzählen, dass Yvonne in Sünde geboren und in Sünde gestorben sei.

Ruby flüsterte Brian zu: »Sie wollte einen Sarg aus Walnussholz mit Messingbeschlägen und rotbraunem Satinfutter. Wir haben uns zusammen einen Katalog angesehen.«

Brian sagte, aus dem Mundwinkel: »Ihre Bestattungsvorsorge hat nicht für Walnuss gereicht.«

Der Pastor sah aus wie ein Dachs im Chorhemd. Mit seiner tuntigen Stimme sprach er: »Wir sind heute, an diesem fürchterlich feuchten und windigen Morgen, hier versammelt, um unserer Schwester Rita Coddington zu gedenken.«

Die Gemeinde verzeichnete seinen Fehler mit wütendem Raunen und unterdrücktem Gelächter.

Er fuhr fort: »Rita wurde 1939 als Tochter von Edward und Ivy Coddington geboren. Es war eine Zangengeburt, die Rita einen länglichen Kopf eintrug. Sie wurde in der Schule gehänselt, aber ...«

Ruby stand auf und unterbrach ihn: »Verzeihung, aber was Sie das reden, ist Quatsch. Die Frau in dem Pappkarton da ist Yvonne Biber. Ihre Eltern hießen Arthur und Pearl, und sie hatte einen ganz normalen Kopf.«

Der Pastor sortierte die Zettel an seinem Pult und sah sofort, dass er Yvonne Bibers Aufzeichnungen mit denen des nächsten Gottesdienstes durcheinandergebracht hatte. Er wandte sich wieder an die Gemeinde: »Ich kann nur mit den Informationen arbeiten, die ich bekomme. Bevor ich fortfahre, möchte ich noch ein paar Punkte abklären. Erstens, Kirchenlieder. Haben Sie sich ›All Things Bright And Beautiful‹ gewünscht?«

Brian sagte: »Ja.«

»Und ›Immer mutig vorwärts‹?«

Brian nickte.

»Und nun zur Popmusik. Hat sie sich ›Yellow Submarine‹ von den Beatles gewünscht, gesungen von Mr. Frankie Laine?«

Brian murmelte: »Ja.«

»War sie bis zu ihrer Hochzeit Lochkartenstanzerin?«

Wieder nickte Brian.

Brian sagte laut: »Hören Sie, können Sie einfach weitermachen?«

Der Pastor verkündete: »Die Trauerrede hält Yvonnes Enkel Brian junior.«

Wer Brian junior kannte, beobachtete mit Sorge, wie er auf das Pult zuschritt.

Alexander stöhnte: »Oh, Gott bewahre, nein«, und drückte die Daumen.

Brian juniors Trauerrede war das erste Mal, dass er zu einem feierlichen Anlass in der Öffentlichkeit sprach.

Anfangs orientierte er sich an einer Internetseite namens Grabreden.com, dann improvisierte er.

Er sprach von den frühen Erinnerungen der Zwillinge an Yvonne. »Sie war superhygienisch, und wenn wir bei ihr übernachteten, nahm sie meinen Teddy und Briannes Affen und steckte sie in die Waschmaschine, damit sie am nächsten Morgen frisch und sauber waren.«

Er blickte sich in der Kirche um und sah die gemeißelten Säulen, Zeichen und Symbole, die er nicht entschlüsseln konnte. Draußen war es nicht besonders hell, aber das Buntglas leuchtete und hauchte den vertrauten biblischen Figuren darauf Leben ein.

»Sie hat Teddys Geruch weggewaschen«, sagte er.

In der ersten Reihe sagte Brianne: »Und Affis.«

Brian junior wischte sich die Augen mit seinem Jackettärmel und fuhr fort: »Ich weiß, einige von euch stören sich daran, dass Omas Sarg nicht gerade stabil aussieht, deshalb habe ich mich über den Verwesungsprozess des menschlichen Körpers informiert. Angesichts von Körpergröße und -gewicht und unter Berücksichtigung der Klima- und Temperaturschwankungen, gehe ich davon aus, dass ihr Sarg und ihr Leichnam in etwa ...«

Brian rief: »Danke, Brian junior! Das reicht, mein Sohn.«

Der Pastor nahm eilig das Pult ein, und noch bevor Brian junior wieder an seinem Platz war, hatte er dem Organisten das Zeichen gegeben, das erste Lied anzustimmen: »Wir pflügen und wir streuen ...«

Stanley und Ruby sangen mit Inbrunst, keiner von beiden brauchte ein Gesangbuch.

Ruby betrachtete Stanleys Gesicht und dachte: »Es ist erstaunlich, an was man sich mit der Zeit gewöhnt.«

Eva genoss die Stille im Haus. Es hatte aufgehört zu regnen, und am Licht an den weißen Wänden sah sie, dass es auf elf Uhr zuging.

Draußen war es ruhig. Der Platzregen hatte einen Großteil der Menge verscheucht.

Sie dachte an Yvonne, die sie seit fünfundzwanzig Jahren mindestens zweimal pro Woche gesehen hatte. Sie kramte alte Erinnerungen hervor.

Yvonne am Meer, wie sie im Wind sandige Handtücher ausschüttelt.

Yvonne mit einem Kinderkescher, wie sie mit den Zwillingen Kaulquappen fängt.

Yvonne im Bett, wie sie wegen ihrer Arthritis vor Schmerzen weint.

Yvonne, wie sie sich über Norman Wisdom im Fernsehen totlacht.

Yvonnes klackernde Zähne beim Sonntagsessen.

Yvonne, wie sie mit Brian über die Schöpfungslehre diskutiert.

Yvonne, wie sie eine Zigarette in den Auflauf fallen lässt, den sie gerade serviert.

Yvonnes Entsetzen in einem Restaurant in Frankreich, als ihr Steak Tartar sich als rohes Fleisch entpuppt.

Mit Erstaunen stellte Eva fest, dass sie um Yvonne trauerte.

Wieder in der Kirche, führte der Pastor, stets bemüht, mit der Zeit zu gehen, die Gemeinde durch die letzte Strophe von »Yellow Submarine«.

Als das Lied endlich zu Ende war, sagte er: »Wissen Sie, das Leben ist wie eine Banane. Innen ist das Fruchtfleisch, aber die Schale ist grün, also wartet man, bis die Banane reif ist ...« Er hielt inne. »Doch manchmal wartet man zu lange, und wenn es einem wieder einfällt, ist die Schale schwarz, und wenn man sie schließlich schält, was ist dann aus der schönen Frucht geworden?«

In der ersten Reihe sagte Brian junior: »Die Banane hat Ethylen produziert und wird irgendwann oxidieren und zu einer neuen gasförmigen Verbindung abgebaut.«

Der Pastor sagte: »Danke für Ihren Beitrag«, und fuhr fort. »Irgendwann wird Yvonnes Körper zerfallen, doch ihre Seele wird im Reich Gottes ewiges Leben erlangen und in eurer Erinnerung weiterleben.«

Brian junior lachte.

Der Pastor bat die Gemeinde, erneut niederzuknien, während er ihnen einen Abschnitt der Auferstehungsgeschichte aus der King-James-Bibel vorlas. Nur Ruby blieb stehen. Sie deutete auf ihre Knie, formte mit den Lippen das Wort: »Knie!« und schüttelte den Kopf.

Als er fertig gelesen hatte, blickte der Pastor auf die Gemeinde. Sie trat von einem Fuß auf den anderen, sah auf die Uhr und gähnte. Er fand, es war Zeit für den Abschiedssegen. Er räusperte sich, wandte sich zum Sarg und sagte: »Wir wollen nun Yvonne Primrose Biber der Gnade Gottes, unseres Schöpfers und Erlösers, anempfehlen.«

Brian junior sagte ziemlich laut: »Schöpfer? Wohl kaum.« Und als befände er sich in einem Seminar für Fortgeschrittene, fügte er hinzu. »Variation plus differenzielle Fortpflanzung plus Vererbung gleich natürliche Selektion. Darwin – Gott, 1:0.«

Der Pastor sah Brian junior an und dachte: »Armer Kerl, Tourette ist eine grausame Krankheit.«

Alexander dachte: »Wann ist das hier endlich vorbei? Wie lang dauert diese triste Zeremonie noch?«

Bei der letzten Beerdigung, auf der er gewesen war,

gab es einen Gospelchor, Steeldrums, und es wurde getanzt. Die Leute hatten die Hüften geschwungen und die Arme in die Luft geworfen, als wären sie tatsächlich froh, dass der Verstorbene sich bald bei Jesus befinden würde.

Als der Pastor die Worte sprach: »Wir vertrauen Yvonne deiner Gnade an, im Namen unseres Herrn Jesus Christus, der tot war und lebendig ist und mit dir herrscht, jetzt und für immer«, sagte die Gemeinde: »Amen«, als wäre sie aufrichtig dankbar, dass die Zeremonie endlich vorbei war.

Vier Totengräber schritten feierlich den Gang hinauf, stemmten den Ökosarg auf die Schultern und marschierten den Gang zu den Klängen von »Rawhide« wieder hinunter, aus der Kirche hinaus und zum notdürftig ausgehobenen frischen Grab.

Die Trauernden folgten.

Brian sang leise mit Frankie Laine mit. Er ließ eine imaginäre Peitsche knallen und sah sich eine wilde Viehherde über die texanische Prärie treiben.

Während der Sarg zum Grab getragen wurde, schlossen sich einige der Engelsanbeter aus der Bowling Green Road dem Trauerzug an, allen voran Sandy Lake und ihr Anarchofreund William Wainwright.

Sandy trug eine einzelne Lilie, die sie in Mr. Barthis Laden gekauft hatte. Eigentlich hatte er den gebundenen Blumenstrauß aus sechs Stängeln nicht teilen wollen, aber sie war so penetrant, dass er schließlich klein beigab. Später erzählte er seiner Frau, dass er darüber nachdachte, den Laden aufzugeben und sich einen Job zu suchen, wo er nicht mit Menschen interagieren müsse.

Seine Frau hatte geschimpft: »Ha! Jetzt willst du also

mit Robotern spielen? Du willst noch mal studieren und ein Diplom in Robotik machen? Bis dahin bist du siebzig, du fetter Esel! Und ich werde verhungert sein, und unsere Kinder werden in der Gosse landen!«

Während er sich Fertigreis auffüllte, wünschte Mr. Barthi zutiefst, er wäre nicht so offen zu seiner Frau gewesen. Es war sowieso schon ein trauriger Tag für ihn. Mrs. Yvonne Biber war eine gute Kundin und ein interessanter Gesprächspartner gewesen, im Gegensatz zu ihrem Sohn.

Außerdem vermisste er Mrs. Eva Biber. Er pflegte extra für sie eine Kiste Heinz-Tomatensuppe beim Großmarkt zu kaufen. Sie aß jeden Tag einen Teller zum Mittagessen. Niemand sonst in ihrer Familie mochte die Suppe, jeder hatte sein eigenes Lieblingsessen.

In der Bowling Green Road tauschten die gegnerischen Gruppen in der Menge Schreie und Beleidigungen aus. Die Vampir-Anhänger beschimpften die Harry-Potter-Fraktion.

In einem Versuch, den Lärm auszublenden, hatte Eva sich die Aufgabe gestellt, sich all ihre Lieblingslieder ins Gedächtnis zu rufen, von der Kindheit bis zum heutigen Tag. Angefangen hatte sie mit Max Bygraves »I'm A Pink Toothbrush«, dann mit den Walker Brothers, »The Sun Ain't Gonna Shine (Anymore)«, weitergemacht und versuchte gerade, sich an Amy Winehouses »Back To Black« zu erinnern. Sie wusste, dass sie eine gute Stimme hatte – und ein absolutes Gehör. Es regte sie auf, wenn professionelle Sänger einen Ton verfehlten.

Miss Bailey, ihre Musiklehrerin in der Schule, hatte sie bei einem Gesangswettbewerb angemeldet. Eva sollte einer gelangweilten Jury einen Soloklassiker vorsingen,

Schuberts »Forelle«. Danach hatte sie in deren lächelnde Gesichter geblickt, unwillkürlich angenommen, sie würde ausgelacht, und war von der Bühne geflohen, durch lange Korridore in einen Garten mit Bänken, wo die anderen Teilnehmer ihre Lunchpakete aßen. Alle hatten sie angestarrt.

Bei der Schülerversammlung am Montag hatte die Rektorin Miss Fosdyke nach der Andacht verkündet, dass Eva Brown-Bird beim Gesangswettbewerb die Goldmedaille gewonnen hatte. Eva war schockiert, und der donnernde Applaus war ihr unerträglich. Sie lief rot an und senkte den Kopf. Als Miss Fosdyke sie aufforderte, auf die Bühne zu kommen, drängelte sie sich durch die Reihen von Mädchen und floh durch die nächste Tür. Auf dem Weg zur Toilette hörte sie lautes Gelächter aus dem Saal. Daraufhin holte sie Mantel und Ranzen und lief im strömenden Regen durch die Straßen ihres Viertels, bis es Zeit war, nach Hause zu gehen.

55

Als die Trauergesellschaft zu Hause ankam, schleuderte die Menge Brian und Titania ihren Unmut entgegen. Dann, nach einer Geste von Alexander, verstummte sie. Im Internet kursierten bereits Fotos von Yvonnes Beerdigung. Einige der Dauergäste hatten ihre Befürchtung gewittert, dass es nach ihrem Tod mit der Benutzung der Toilette vorbei war.

Kaum waren die Trauernden im Flur versammelt, hörten sie Eva eine vertraute Melodie singen. »*I stood upon the shore, And watched in sweet peace, The sheery fish's bath, In the clear little brook.*«

Titania flüsterte Ruby zu: »Das ist Schubert, ›Die Forelle‹.«

Ruby sagte: »Warum erzählen mir die Leute ständig Sachen, die ich schon weiß?«

Als Eva zu Deutsch wechselte, stimmte Ruby mit ein: »Ich stand an dem Gestade, und sah in süßer Ruh, des muntern Fischleins Bade, im klaren Bächlein zu.«

Die anderen sahen sich an und lächelten, und Brian sagte: »Los, zeig's ihnen, G'ma.«

Ohne die Stimme zu senken, sagte Ruby: »Sie hat das blöde Lied wochenlang geübt, auf Englisch und auf Deutsch. Ich bin bald durchgedreht.«

Eva schrie nach unten: »Ja, und was ist mit der Goldmedaille passiert, Mum?«

»Oh, nein, nicht schon wieder die blöde Medaille! Du wirst es überleben, Eva!«

Zu Stanley sagte Ruby: »Sie wusste, dass ich Gerümpel hasse. Sie hätte das Ding wegpacken sollen.«

Stanley lächelte, er war selbst ein ordentlicher Mensch.

Sie humpelte zum Fuß der Treppe und rief nach oben: »Es war sowieso kein echtes Gold.«

Viel später, als Eva Brianne fragte, wie die Beerdigung gewesen war, sagte sie: »Brian junior hat sich bei der Trauerrede zum Affen gemacht, aber es war okay. Geweint hat niemand, außer Dad.«

»Hättest *du* keine Träne rausquetschen können, Brianne? Es gehört doch wohl zum guten Ton, bei einer Beerdigung zu weinen.«

Brianne sagte: »Du bist so bigott! Ich dachte, du bist für Wahrheit und Schönheit und den ganzen Mist aus dem neunzehnten Jahrhundert.«

Brianne war wütend und enttäuscht, dass Alexander ihr so wenig Aufmerksamkeit schenkte. Er hatte mit ihr nicht mehr Zeit verbracht als mit dem Rest der Familie. Okay, dann liebte er sie eben nicht. Aber er hätte wenigstens ihre besondere Verbundenheit erkennen müssen. Es war ihr gelungen, sich in der Kirche neben ihn zu setzen, doch was ihn betraf, hätte sie ebenso gut ein alter Sack Kartoffeln sein können. Er hatte sie einfach ignoriert. Sie war aufgebracht. Sie musste unbedingt ihren Internetfreunden erzählen, was sie empfand. Sie ging in Brian juniors Zimmer und schmiss ihren Laptop an.

Brian junior war schon online und am Twittern. Er tippte:

Oma = Wurmfutter. Unterwegs zu Jesus, der
nicht existiert.

Er wechselte zur Facebook-Fanseite seiner Mutter. Unter einem seiner Troll-Pseudonyme begann er über die Menge vor seinem Haus herzuziehen, insbesondere über Sandy Lake. Er schloss seine Hetzrede, indem er seinen Status zu »Hat jemand eine Handgranate?« aktualisierte.

Brianne war auf derselben Seite, benutzte jedoch ihren richtigen Namen. Sie tippte:

Vor meiner Haustür steht ein schmuddeliger
schwarzer Müllmann. Hält sich für den Tür-
steher, dabei sollte er lieber bei sich selbst
anfangen, denn seine Rastalocken sind ranzig
wie die Schwänze von toten Eseln. Schneid sie ab,
Opa.

Alexander stand vor der Hautür im Schein der Verandabeleuchtung. Er trug seinen marineblauen Crombie-Mantel und rauchte eine Zigarette.

Es waren einige verzweifelte Schreie zu hören, von Leuten, die Eva noch vor dem abendlichen Toresschluss sehen wollten. Sie hatte sich angewöhnt, jeden Tag fünf Leuten Audienz zu gewähren. Wen sie empfing, bestimmte Alexander, der einen erstaunlich bunt gemischten Haufen aus der Menge auswählte.

An diesem Nachmittag war unter den Ratsuchenden eine 57-Jährige gewesen, deren Mutter einen über Siebzigjährigen heiraten wollte – wie sollte sie das verhindern?

Eva hatte gesagt: »Gar nicht, Sie kaufen ihr eine Flasche Champagner und geben den beiden Ihren Segen.«

Der zweite war ein Federenthusiast, der glaubte, Eva verstecke ein schönes Paar Flügel. Eva hatte sich umgedreht, ihr T-Shirt bis zum Hals hochgezogen und dem Enthusiasten ihren nackten Rücken gezeigt.

Dann war da eine Jugendliche, die Eva erzählte, sie wolle sterben und Kurt Cobain im Himmel Gesellschaft leisten. Und ein megafetter Amerikaner, der extra aus New Orleans gekommen war und für zwei Plätze in der Business Class bezahlt hatte, um Eva zu erzählen, sie sei die Reinkarnation von Marilyn Monroe und er würde gern mit ihr plaudern.

Und natürlich gab es die Hinterbliebenen von kürzlich Verstorbenen, die sich nicht mit der harten Realität abfinden konnten, dass sie ihre Lieben nie wiedersehen würden. Sie schickten Briefe und Fotos, baten Eva, mit ihren Toten zu sprechen und deren Botschaften an die Lebenden zu übermitteln. Eva bemühte sich, die Emotionen in ihrem Zimmer runterzukochen. Sie fing an, sich abzuwenden, wenn es Tränen gab.

Alexander trat seine Zigarette aus und warf sie in den Rinnstein. Leise sagte er zu Sandy: »Das war's für heute Abend. Hör auf deine gute Seite. Kein Geschrei heute Abend. Zeig ein bisschen Respekt. Hier hat es heute eine Beerdigung gegeben.«

An jenem Abend sah Alexander, nachdem er Venus und Thomas in Brian juniors altem Zimmer ins Bett gebracht hatte, aus dem Fenster, bevor er selbst schlafen ging. Er sah, dass die einzige Person auf der gegenüberliegenden Straßenseite Sandy Lake war, die vor ihrem Zelt saß.

Sie hatte es sich so gemütlich gemacht, wie es eben ging, hatte ihre Isomatte mit Pappe und Zeitungen gepolstert. Mithilfe einer Kopflampe las sie eine Zeitschrift über Promis, die an Engel glaubten.

Alexander schob das Fenster hoch, um etwas Luft reinzulassen. Sandy sah sofort hoch, und etwas an ihrer Stille beunruhigte ihn. Er schloss das Fenster und verriegelte es.

Sandy war heute Abend deprimiert. Penelope hatte sie im Stich gelassen und war nach Hause gefahren, um ihre Bronchitis auszukurieren. Sandy war am längsten hier und hatte immer noch keine richtige Audienz bei Eva bekommen. Eva hatte ihr einen Termin versprochen, doch aus irgendeinem Grund wurde er immer wieder verschoben, und Sandy verlor allmählich die Geduld. Sie musste Eva ihre Lebensgeschichte erzählen – wie lieblos die Menschen sie ihr ganzes Leben behandelt hatten und wie sich Mr. Barthi, wenn sie bei ihm im Laden um die Ecke war und ihm von Eva und den Engeln erzählte, weigerte, ihr zuzuhören.

Kürzlich hatte er zu ihr gesagt: »Ich kann mit Ihrem Geschwätz nichts anfangen. Ich bin Agnostiker.«

Es war Alexanders Schuld. Er war es, der sie von Eva fernhielt. Er war eifersüchtig, weil Sandy die selbst erkorene wahre Expertin für das Phänomen Eva war. Ihr Sammelalbum enthielt mehr Zeitungsartikel als die aller anderen Eva-Fans, und sie konnte die Höhepunkte von Evas Aufstieg zum Ruhm auswendig aufsagen. Auf ihrem iPad waren Links zu sämtlichen Internetseiten und Blogs, die Eva betrafen, und sie war stolz auf die Effizienz ihrer News Alerts, die ständig nach Updates zu Eva suchten.

Sie war die Hauptquelle für die Verbreitung von Informationen und Fehlinformationen über Evas angeblich spirituellen Kräfte. Eine fiktive Audienz bei Eva beschrieb sie blumig als Begegnung »mit einem weltfremden Geschöpf. Eva besitzt eine ätherische, geradezu jenseitige Schönheit. Und jedes Wort, das sie spricht, ist weise und wahr.«

Wenn Neuankömmlinge sie drängten, zu erzählen, was Eva denn so Beeindruckendes gesagt hatte, wischte Sandy sich die Augen und sagte: »Tut mir leid, mir kommen immer die Tränen, wenn ich von Eva rede...« Und nach einer fürs Publikum aufreizend ausgedehnten Pause, sagte sie dann: »Eva sprach zu mir, und die Worte, die sie sprach, waren einzig für meine Ohren bestimmt. Doch als ich ging, sah ich sie von ihrem Bett aufsteigen und für einige Sekunden schweben. Sie hat mir ein Zeichen gegeben! Es war Evas Art, mir zu sagen, dass ich auserwählt bin.«

Wenn Zyniker Sandys Geschichte anzweifelten und fragten: »Auserwählt wofür?«, antwortete die Auserwählte mit frömmelnder Stimme: »Ich warte auf das nächste Zeichen, es wird am Himmel erscheinen.«

Sandy wollte von Eva, dass sie sich an die Welt wandte und allen Ländern, die sich im Krieg befanden, befahl aufzuhören. Und dass sie all den Kindern half, die weder Wasser noch Essen hatten. Sie war sicher, dass die Welt auf Eva hören würde, und dann würde Freude im Engelhimmel sein, und es würde keine Kriege mehr geben, keine Überschwemmungen oder Hungersnöte oder Erdbeben. Auf der ganzen Welt würden Frieden und Freude und Liebe herrschen, deshalb musste sie unbedingt mit Eva reden.

Was konnte wichtiger sein?

Sie sah zu Evas erleuchtetem Fenster hoch, sprach ein Gebet und krabbelte in ihr Zelt, wo William Wainwright schlief wie ein Baby auf Barbituraten.

Eva kam es so vor, als würde Sandy Lake jedes Mal mit einem seligen Lächeln zu ihr aufschauen, wenn sie aus dem Fenster sah. Die Frau hatte ihr den Blick auf die Welt da draußen verdorben.

Gerade vorhin hatte Eva geflucht und zu Alexander gesagt: »Schläft diese Irre denn nie?«

Alexander sagte: »Selbst *wenn* sie schläft, hält sie die Augen offen. Aber keine Sorge, ich bin ja nebenan. Klopf einfach an die Wand, wenn du mich brauchst.«

56

Ende Februar, nachdem die Zwillinge zu ihrer Erleichterung nach Leeds zurückgekehrt waren, hatten sie sich im Wohnheim wieder eingelebt. In der Bowling Green Road war es unmöglich, sich zu konzentrieren. Laut Brian klingelte es im Durchschnitt 9,05 Mal pro Stunde an der Tür.

Sie vereinbarten, von nun an zusammenzuarbeiten. Jeder würde dem anderen bei Essays und Semesterarbeiten helfen, damit sie mehr Zeit für ihre Sonderprojekte hatten.

Sie begannen mit ihren Finanzen und versetzten den geschenkten Schmuck ihrer Mutter bei einem Pfandleiher im Stadtzentrum. Sie beschlossen, sich in Zukunft nicht von Sentimentalitäten beeinträchtigen zu lassen.

In der zweiten Woche ihres zweiten Semesters hatten sie sich erfolgreich in die Datenbank der Wohnheimverwaltung gehackt und den Status ihrer Konten von »Mietrückstand« auf »Miete bezahlt bis 2013« gesetzt. Am Tag nach diesem Triumph, der beiden monatlich zusätzliche £400 verschaffte, gingen sie Klamotten kaufen.

Sie setzten sich auf ein Sofa gegenüber den Umkleidekabinen bei Debenhams und unterhielten sich lange über ihr Leben und darüber, was sie sich für die Zukunft vorstellten.

Brianne gestand, dass sie, wenn sie Alexander nicht haben konnte, überhaupt keinen Mann wollte.

Brian junior erzählte Brianne, dass er niemals heiraten würde. »Ich fühle mich weder zu Frauen noch zu Männern hingezogen«, sagte er.

Brianne lächelte und sagte: »Dann bleiben wir also ein Leben lang zusammen?«

Brian junior war einverstanden: »Du bist der einzige Mensch, den ich länger als fünf Minuten ertrage.«

Nachdem sie ihre neuen Sachen anprobiert hatten, traten sie aus den jeweiligen Kabinen und waren überrascht, wie ähnlich sie sich sehen konnten. Beide trugen schwarz und gelangten, nach einigem Hin und Her, zu einer Art Uniform. Diese war ganz und gar schwarz, bis auf einen Leopardenfellgürtel und die silbernen Schnallen an ihren schwarzen Cowboystiefeln.

Eingedenk ihres neuen (und des sicheren zukünftigen) Wohlstands ließen sie ihre alten Sachen in den Umkleidekabinen liegen. Während sie Arm in Arm durch das Einkaufszentrum liefen, arbeiteten sie daran, ihre Schritte zu synchronisieren.

Ein Colorist bei Toni & Guy färbte ihnen auf ihren Wunsch die Haare Magentarot. Nachdem ein Friseur ihnen einen strengen geometrischen Schnitt verpasst hatte, verließen sie den Salon in Richtung des besten Tattoo-Studios in ganz South Yorkshire.

Als der Mann dort sie fragte, ob sie mit der Frau im Bett namens Biber verwandt wären, verneinten sie.

Er war enttäuscht. »Die ist cool«, sagte er.

Sie erhielten einen oberflächlichen Allergietest, und während sie auf das Ergebnis warteten, setzten sie sich draußen in ein Café, damit sie rauchen konnten. Nihilisten wie sie empfanden es als ihre *Pflicht* zu rauchen.

Sie zündeten ihre Zigaretten an und rauchten einträchtig, bis Brian junior sagte. »Werden wir je in die Bowling Green Road zurückkehren, Brianne?«

»Wie, und diesen schrecklichen Menschen gegenübertreten, die wir einmal als Mum und Dad tituliert haben? Oder wie wir sie jetzt nennen: Der Große Ehebrecher und seine Frau, die Falsche Prophetin.«

Brian junior sagte: »Als ich klein war, habe ich sie geliebt – und du auch, Brianne, das kannst du nicht leugnen!«

»Kleine Kinder sind Idioten, die glauben ja auch an die Zahnfee, an den Weihnachtsmann, an Gott!«

»Ich hab an sie geglaubt«, lamentierte Brian junior. »Ich habe daran geglaubt, dass sie immer das Richtige tun. Dass sie die Wahrheit sagen. Dass sie ihre fleischlichen Gelüste im Griff haben.«

Brianne lachte: »Fleischliche Gelüste? Entweder hast du das Alte Testament gelesen oder D. H. Lawrence.«

Brian junior sagte: »Disneyland tut weh. Der Gedanke, dass Dad im Hotel mit seiner Kreditkarte eine Prostituierte bezahlt hat, während wir mit Mum für ›It's a Small World‹ anstanden.«

Brianne sagte: »Wir sollten ihm ein letztes Lebewohl sagen.«

Keiner der beiden hatte etwas zu schreiben. Wer brauchte so etwas heutzutage noch? Gemeinsam löschten sie jede Spur ihrer Eltern von ihren Laptops. Dann entfachte Brianne ein virtuelles Feuer auf dem Bildschirm und tippte »Eva Biber« und »Brian Biber« hinein. Brian legte seinen Zeigefinger auf Briannes, und gemeinsam drückten sie die Taste, die die Namen ihrer Eltern verbrannte und die Erinnerung an sie für immer auslöschte.

Sie besprachen, welche Tätowierung sie sich machen lassen wollten. Es waren die beiden Hälften einer Gleichung, die zusammen die perfekte Summe ergaben.

Nachdem sie das Tattoo-Studio verlassen hatten, erregten sie eine Menge Aufmerksamkeit – doch niemand, nicht mal das Gesindel, das mitten am Tag in der Stadt herumlungerte, wagte einen Kommentar.

Seine Schwester verlieh Brian junior Kraft und Selbstvertrauen. Früher war er mit gesenktem Blick durch die Straßen gelaufen. Jetzt starrte er stur geradeaus und die Leute wichen vor ihm zurück.

57

Eva hatte den Ahornblättern beim Sprießen zugesehen. Zum ersten Mal war es möglich, das Fenster offen zu lassen. Sie lag auf dem Rücken und machte auf dem Bett ihre Übungen, hob langsam beide Beine, bis sie ihre Bauchmuskeln spürte. Der Zigarettenrauch, der durchs Fenster hereinkam, verriet ihr, dass Alexander an der Tür war.

Vorhin hatte sie ihn mit Venus und Thomas streiten hören, die ihre Schuhe nicht finden konnten. Eva hatte gelacht, als sie Alexander fragen hörte: »Wo habt ihr sie zuletzt hingestellt?«

Er hielt sich an das inoffizielle Drehbuch für Eltern, dachte sie.

Wie viele tausend Jahre schon wurden Kindern dieselben Fragen gestellt? Wann hatten Kinder angefangen, Schuhe zu tragen, und woraus waren sie gemacht? Aus Tierhaut oder geflochtenen Pflanzen?

Es gab so vieles, das sie nicht wusste.

Dann hatte sie Alexander noch sagen hören: »Esst auf, in Afrika gibt es Kinder, die verhungern.«

In ihrer Kindheit waren es chinesische Kinder gewesen, die verhungerten, dachte Eva.

Er hatte Thomas' Frage: »Warum müssen Kinder

überhaupt zur Schule?« kurz angebunden mit »Darum« beantwortet.

Wäre die Menge auf der anderen Straßenseite nicht gewesen, hätte sie ihnen gern nachgesehen, Alexander trotz Dreadlocks in seinem marineblauen Mantel elegant, die Kinder in ihren rotgrauen Schuluniformen.

Ihre Mutter hatte sich bei ihr beklagt, dass die Bilder und Zeichnungen der Kinder im ganzen Haus herumlagen. »Es würd mir ja nix ausmachen, wenn's nicht so'n Schund wär.«

Eva konnte riechen, dass ihre Mutter heute backte. Im ganzen Zimmer hing der übersüße Geruch der Kuchen, die sie später an die Menge verkaufen würde.

Eva hatte sie gebeten, es nicht zu tun. »Du ermutigst sie zum Bleiben *und* du schlägst noch Kapital daraus.«

Ruby hatte sich von den Einnahmen aus Tee- und Kuchenverkauf einen neuen Wohnzimmerteppich zugelegt. Sie hatte sich geweigert, damit aufzuhören: »Wenn es dir nicht passt, steh doch auf. Die werden schon weggehen, wenn sie sehen, dass du nur eine ganz normale Frau bist.«

Während ihrer Nackenübungen drehte Eva den Kopf und sah ein Elsterpaar mit Stroh in den Schnäbeln vorbeifliegen. Die Vögel brüteten in einem Baumloch im Stamm des Ahorns. Eva beobachtete ihr Kommen und Gehen seit einer Woche mit großem Interesse.

»*Two for joy* – zwei bringen Glück«, dachte sie.

Sie fragte sich, ob es möglich war, dass ein Mann und eine Frau vollkommen glücklich miteinander sind.

Als sie und Brian, auf sein Drängen, noch Pärchenabende veranstaltet hatten, begannen diese meist gesittet. Doch wenn Eva ihre selbstgemachten Windbeutel servierte, hatte sich meist eines der Paare in keifende

Pedanten verwandelt, die die Richtigkeit der Anekdoten des jeweiligen Partners in Zweifel zogen und bei jedem langweiligen Detail widersprachen. »Nein, das war Mittwoch, nicht Donnerstag. Und du hattest deinen blauen Anzug an, nicht den grauen.« Sie brachen zeitig auf, die Mienen versteinert wie Osterinsel-Statuen. Oder blieben bis spät in die Nacht, bedienten sich großzügig beim Schnaps und versanken im alkoholisierten Morast der Depression.

Eva lächelte vor sich hin und dachte: »Ich werde nie mehr einen Pärchenabend veranstalten oder daran teilnehmen müssen.«

Sie fragte sich, ob die Elstern glücklich waren – oder empfanden nur Menschen so etwas wie Glück?

Wer hatte darauf bestanden, das »Recht auf Glück« in die Amerikanische Verfassung aufzunehmen?

Sie wusste, dass Google ihr innerhalb von Sekunden die Antwort liefern würde, doch sie hatte es nicht eilig. Vielleicht würde es ihr wieder einfallen, wenn sie wartete.

Alexander klopfte: »Bist du bereit für einen Fernfahrer mit zwei Familien? Eine in Edinburgh, eine in Bristol.«

Eva stöhnte.

Alexander sagte: »Es kommt noch schlimmer. Nächste Woche wird er fünfzig. Beide Ehefrauen schmeißen ihm eine große Party.«

Sie lachten, und Eva sang: »*It's my party and I'll cry if I want to* ...«

Alexander sagte: »Dich hab ich noch nie weinen sehen.«

»Nein, ich kann nicht weinen.« Dann fragte Eva: »Was tue ich hier eigentlich, Alexander?«

»Du gibst dir selbst eine zweite Chance. Du bist ein guter Mensch, Eva.«

»Bin ich nicht!«, widersprach Eva. »Ich nehme es den Leuten übel, dass sie meinen Frieden stören. Ich spüre förmlich, wie ihr Elend mich verstopft. Ich kann kaum noch atmen. Wie kann ich ein guter Mensch sein? Die Leute sind mir egal. Sie langweilen mich. Ich will einfach nur hier liegen, ohne etwas zu sagen, ohne etwas zu hören. Ohne mir darüber Gedanken zu machen, wer als Nächstes auf deiner Liste steht.«

Alexander sagte: »Glaubst du, mein Job ist leichter? Ich stehe draußen in der Kälte, friere mir die Eier ab und muss mich den ganzen Tag mit Spinnern unterhalten.«

»Das sind keine Spinner«, protestierte Eva. »Es sind Menschen, die sich in eine missliche Lage gebracht haben.«

»Ach, ja? Na, dann solltest du mal die sehen, die ich abweise.« Alexander setzte sich aufs Bett. »Ich will nicht draußen in der Kälte sein. Ich will hier bei dir sein.«

Eva sagte: »Nachts denke ich an dich. Wir teilen eine Wand.«

»Ich weiß. Ich schlafe einen halben Meter von dir entfernt.«

Beide starrten wie hypnotisiert auf die eigenen Fingernägel.

Alexander sagte: »Also, wie lange gibst du dem Bigamisten?«

»So wie immer, mehr als zehn Minuten halte ich nicht aus«, sagte Eva gereizt.

»Hör zu, wenn du ihn nicht sehen willst, lass es. Ich wimmle ihn ab.«

»Ich bin ein Scharlatan. Die Leute glauben, ich helfe

ihnen, aber das tue ich nicht. Warum glauben sie alles, was sie in der Zeitung lesen?«

»Vergiss die Zeitungen. Es ist das Internet. Du hast keine Ahnung, oder? Keine Ahnung, wie verrückt die Leute sind. Du liegst hier oben, wir besorgen den Zimmerservice, und du verkriechst dich buchstäblich unter der Decke, wenn es zu unbequem wird, wenn irgendetwas droht, die kleine Eva aufzuregen. Tja, vergiss einfach nicht, dass die eigentliche Arbeit da unten erledigt wird, gefährliche Arbeit. Ich bin kein ausgebildeter Bodyguard. Ich lese deine Post, Eva. Ich halte einige der Briefe zurück. Ob ich noch male? Nein, tu ich nicht. Weil ich Eva vor den Irren beschützen muss, die sie abstechen wollen. Eva, die Diva.«

Eva setzte sich kerzengerade auf.

Sie wollte aufstehen und dem ganzen Ärger, den sie verursachte, ein Ende bereiten. Doch als sie die Beine aus dem Bett schwang, schien der Boden zu schwanken. Sie hatte Angst, wenn sie sich hinstellte, durch die Bodendielen zu sinken, als wären diese aus Wackelpudding.

Ihr war schwindelig. »Gib mir noch eine Minute, bitte, dann kannst du den Bigamisten rauf schicken.«

»Okay. Und iss mal wieder was. Du siehst aus wie ein Klappergestell.« Er ging hinaus und schloss energisch die Tür hinter sich.

Eva hatte das Gefühl, als hätte man ihr einen Schlag versetzt.

Sie ahnte schon seit einer Weile, dass sie sich schlecht benahm. Sie war egoistisch und anstrengend und hatte fast selbst angefangen zu glauben, dass sie das Zentrum ihres kleinen Universums war. Sie würde Alexander sagen, er solle seine Kinder nehmen und nach Hause gehen.

Sie fragte sich, ob sie es ohne Alexanders Liebe und Fürsorglichkeit schaffen würde. Sie musste den schmerzlichen Gedanken an ein Leben in ihrem selbst auferlegten Gefängnis ohne ihn verdrängen.

Sie setzte ihre Übungen mit gestreckten Beinen fort. Eins, zwei, drei, vier, fünf, sechs, sieben ...

58

Hos Eltern, Mr. und Mrs. Lin, liefen den staubigen schmalen Gehweg an einer achtspurigen Schnellstraße entlang.

Sie redeten nicht. Der Straßenlärm war zu laut.

Vor zwei Jahren hatte es die Schnellstraße noch nicht gegeben. Es war eine Gegend mit einstöckigen Gebäuden, Läden und Werkstätten gewesen, Gassen und geheimnisvollen Gängen, wo die Leute ihr Leben vor den Augen ihrer Nachbarn bestritten. Privatsphäre hatte es nicht gegeben. Wenn ein Nachbar hustete, hörten es alle, und Feiertage wurden gemeinsam begangen.

Sie bogen ab und gingen an einem neuen Hochhauskomplex und einem Autohaus vorbei, wo glänzende Neuwagen zum Verkauf angeboten wurden. Sie kamen zu einem Vorhof mit Elektrorollern, die nach Farben geordnet aufgereiht waren. Mr. Lin hatte sich schon immer einen Roller gewünscht. Er fuhr mit der Hand über Lenker und Sitz eines Rollers in seiner Lieblingsfarbe – aquamarinblau.

Als sie weitergingen, sagte Mrs. Lin: »Sieh nur, die alten Fahrräder.«

Hinter einem Maschendrahtzaun mit Sicherheitsleuchten standen Hunderte davon.

Sie lachten, und Mrs. Lin sagte: »Wer würde auf die Idee kommen, alte Fahrräder zu stehlen?«

Sie bogen um eine Ecke und befanden sich in ihrer alten Straße. Der Schutt war immer noch nicht weggeräumt. Sie gingen an der Stelle vorbei, wo sie neunzehn Jahre gewohnt hatten, wo Ho sicher in den autofreien Gassen gespielt hatte. Nur fünf der ursprünglichen Häuser waren noch bewohnt. Eines gehörte dem Geldverleiher Mr. Qu. Es gab Gerüchte, dass Mr. Qu Beziehungen zum Pekinger Fremdenverkehrsamt hatte und dass er den Planierraupenfahrer bestochen hatte, damit er vor seinem Haus Halt machte. Mr. Qu fürchtete die professionellen Geldverleiher, die ihm das Geschäft verdarben.

Mr. Lin blieb vor der offenen Tür stehen und rief leise: »Sind Sie da, Mr. Qu? Hier ist Mr. Lin, ihr alter Nachbar.«

Mr. Qu kam an die Tür und begrüßte sie. »Ha!«, sagte er. »Wie gefällt es Ihnen so, im Himmel zu wohnen, bei den Vögeln?«

Die Lins waren stolze Leute.

»Es ist gut«, sagte Mrs. Lin, »besser, als am Boden zu wohnen, bei den Hunden.«

Mr. Qu lachte höflich.

Mr. Lin hatte den Geldverleiher nie leiden können. Er fand, dass die Zinsen, die er von seinen Kunden verlangte, Wucher waren. Doch er hatte viele Banken aufgesucht, und jede einzelne hatte ihm ein Darlehen verweigert. Er hatte beteuert, dass er sich einen zweiten Job suchen würde und Tag und Nacht arbeiten, um das neue Peking aufzubauen. Aber er war so gebrechlich, das Fleisch um sein Gesicht so eingefallen, dass er aussah, als würden ihn seine Ahnen jeden Moment zu sich holen. Kein Bankangestellter glaubte, er würde lange genug leben, um seine Schulden abzuzahlen.

Mr. Qu fragte: »Wie geht es Ho in England?«

Mrs. Lin sagte: »Es geht ihm sehr gut. Er lernt fleißig und hat gute Noten.«

»Sind Sie privat oder geschäftlich hier?«, sagte Mr. Qu.

»Geschäftlich«, sagte Mr. Lin.

Mr. Qu führte sie in das kleine Haus und bat sie, sich zu setzen. Er bedeutete Mr. Lin fortzufahren.

Mr. Lin sagte: »Wir haben unvorhergesehene Kosten. Die Familie. Eine Überschwemmung auf dem Land.«

»Höchst bedauerlich«, murmelte Mr. Qu. »Wie hoch genau sind diese Kosten?«

Mrs. Lin sagte: »Ein Fußboden muss ersetzt werden, Matratzen, ein Herd, Kleider für acht Leute, ein Fernseher. Außerdem ...«

Mr. Lin sagte: »Sagen wir fünfzehntausend US-Dollar.«

Mr. Qu lachte fröhlich und sagte: »Ein erheblicher Betrag. Und haben Sie eine Sicherheit?«

Mr. Lin war vorbereitet. »Unser Ho. In sechs Jahren ist er Arzt. Ausgebildet an einer englischen Universität. Er wird es Ihnen zurückzahlen.«

Mr. Qu nickte. »Aber vorerst ist er nur ein Medizinstudent im ersten Jahr ... so viele brechen das Studium ab, bringen Schande über ihre Eltern.«

Mrs. Lin ereiferte sich: »Nicht Ho. Er weiß, welche Opfer wir gebracht haben.«

Mr. Qu sagte: »Um die Zeitspanne auszugleichen, bis ich Rendite mache ... ein Zinssatz von dreißig Prozent.«

Mr. Lin sagte: »Sie können zehn Jahre lang einen Anteil von Hos Gehalt einbehalten. Das Geld kann direkt von seinem Bankkonto abgebucht werden.« Er hoffte auf Mr. Qus Spieltrieb.

Mr. Qu schüttelte den Kopf. »Nein«, sagte er. »Was ist Ihnen das Wertvollste in Ihrem Leben, Mr. Lin?«

Mr. Lin blickte zur Seite und sagte: »Meine Frau, sie ist mein Ein und Alles.«

Auf dem Rückweg setzte Mrs. Lin sich auf halber Strecke hin, dort wo einst ihre Haustür gewesen war.

Ihr Gesicht war gerötet, und sie sagte zu ihrem Mann: »Diese Schande, oh, diese Schande.«

Mr. Lin zog die internationalen Postanweisung aus der Tasche und sagte: »Es war nur ein Geschäft.«

Sie sagte: »Aber er hat uns gedemütigt.«

»Wieso?«

»Er hat uns keinen Tee angeboten.«

59

Evas Ahornbaum war dicht belaubt und bot ein flirrendes limonengrünes Blätterdach zwischen dem Fenster und der Menschenmenge auf der gegenüberliegenden Straßenseite. Eva konnte Sandy Lake zwar nicht sehen, doch sie hörte Tag und Nacht ihre verstörenden Botschaften. Laut gerichtlicher Anordnung musste Sandy mindestens 500 Meter Abstand zur Bowling Green Road 15 wahren. Doch sie verstieß regelmäßig gegen die Auflage und versuchte, ermutigt von der lahmen Reaktion der Polizei, ins Haus einzudringen und Alexander zu provozieren.

Sie bedrängte und schubste ihn dann und schrie: »Aus dem Weg, Nigger! Ich muss mit Oberengel Eva sprechen!«

Als Alexander auf Evas Drängen endlich Anzeige bei Wachtmeister Hawk erstattete, bagatellisierte der Polizist Sandys »Störwert«.

Er sagte: »Ja, ja, sie ist ein bisschen überschwänglich, aber ich persönlich mag das bei Frauen. Ich bin schon mit Frauen ausgegangen, die nach den ersten Minuten praktisch gar nichts mehr gesagt haben.«

Alexander erwiderte mit Nachdruck: »Dann laden Sie die Frau zu einer Pizza ein, und ich garantiere Ihnen, dass Sie nicht mal die Vorspeise überstehen. Sie ist psychisch schwer krank. Und Sie müssten wissen, wie viel Zündstoff das Wort ›Nigger‹ für einen Schwarzen hat. Mich stört das nicht mehr, aber wenn zufällig ein paar gelangweilte schwarze Jugendliche vorbeikommen, tragen Sie, Wachtmeister Hawk, die Verantwortung für die Ausschreitungen.«

Wachtmeister Hawk sagte: »Nein, ich würde die Situation sofort entschärfen. Ich war bei einem Deeskalationstraining. Mr. Tate, warum versuchen Sie es nicht mit Humor? Nächstes Mal, wenn sie ›Nigger‹ sagt, kontern Sie einfach mit ›Fettkloß‹! Wenn sie sich näherkommen, wird Mrs. Lake begreifen, dass Sie auch nur ein Mensch sind, so wie sie. Sagen Sie ihr, dass auch in Ihren Adern rotes Blut fließt.«

Alexander blickte in Wachtmeister Hawks unschuldiges und ignorantes Gesicht und begriff, dass nichts, was er sagte, Eindruck bei diesem Polizisten machen würde. Er hatte seinen Geist im Jugendalter verschlossen und in der Polizeischule zubetoniert. Er würde ihn nicht wieder öffnen.

Eva lag auf dem Bett, den Blick zur Tür gewandt. Es war ein heißer Sommertag und die Hitze und das Surren der Fliegen nervten sie. Sie sehnte sich nach jemandem, der mit einem Tablett mit Essen und Trinken hereinkäme.

Hunger löste bei ihr Panik aus. In letzter Zeit war sie mehrmals auf sich gestellt gewesen, wenn Alexander anderswo Jobs erledigte.

Was würde sie tun, wenn eine Woche lang niemand kam? Würde sie aufstehen und nach unten in die Küche gehen oder würde sie liegen bleiben und sich gestatten zu verhungern – darauf zu warten, dass ihre Organe versagten, eines nach dem anderen, bis das Herz seufzend aufgab, das Gehirn nach ein paar letzten Signalen die Nervenbahnen kappte und das helle Licht am Ende des Tunnels erschien?

Eva stellte sich das Innere ihres Körpers vor, die unzähligen Zellen, kleiner als ein menschliches Haar dick war. Das Immunsystem des Körpers, das bei drohender Krankheit die guten Abwehrzellen zu einer Krisensitzung einberief. Die Zellen, die einen Anführer wählten, der die Entscheidung traf, ob man die Krankheit willkommen hieß oder abwehrte. Wie eine Demokratie im antiken Athen.

Sie fragte sich, ob wir unser eigenes Universum in uns tragen, ob *wir* die Götter sind.

Alexander klopfte und kam mit einem DIN-A4-Zettel herein. Als er sah, wie erhitzt und erschöpft sie aussah, sagte er: »Bist du heute bereit dafür?«

»Keine Ahnung. Wer ist draußen?«

»Die üblichen Wirrköpfe. Die neuen stehen auf der Liste.« Er blickte auf den Zettel und versuchte, seine eigene Handschrift zu entziffern. »Ein Saatguthändler, der sagt, dass ihn noch nie jemand geliebt hat.«

»Ja, den empfange ich«, sagte Eva.

»Dann ist da noch ein Vegetarier, der in einem Schlachthof arbeitet. Der einzige Job, den er finden konnte. Soll er kündigen? Ich durchsuche ihn nach Messern.«

Eva stütze sich auf einen Ellbogen und nahm die Liste. Sie sagte: »Ich hab so einen Hunger, Alexander.«

»Was willst du haben?«

»Bring mir Brot. Käse. Marmelade. Egal was.«

An der Tür blieb er stehen und sagte: »Würde es dir

etwas ausmachen, ›bitte‹ zu sagen? Dann würde ich mir weniger wie ein kastrierter Lakai vorkommen.«

Sie sagte widerwillig: »Okay. Bitte.«

»Danke, Madam. Wäre das dann alles?«

»Hör zu, wenn du mir etwas zu sagen hast ...«

Alexander fiel ihr ins Wort: »Ich habe dir eine Menge zu sagen. Ich habe es satt, dir dabei zuzusehen, wie du dich zugrunde richtest, wie du in deinem Loch verfaulst, und zu entscheiden, wer die große Eva sehen darf und wer je nach Evas Laune abgewiesen wird. Ist dir eigentlich klar, dass ich dich noch nie auf den Beinen gesehen habe? Ich weiß nicht mal, wie groß du bist.«

Sie stieß einen tiefen Seufzer aus. Der Gedanke, sich das Elend anderer Menschen anhören zu müssen, deprimierte sie. Die Hausgemeinschaft, in der sie wohnte, wirkte ständig schlecht gelaunt, und jetzt fing Alexander auch noch damit an.

Sie bat: »Alexander, ich kann im Moment nicht klar denken. Ich habe so einen Hunger.«

Alexander kam mit dem Gesicht ganz nah und empfahl: »Na, dann steh auf und geh selbst in die Küche.«

»Ich dachte, du verstehst mich. Wir haben doch eine Abmachung, oder?«

»Ich glaube nicht. Es fühlt sich an, als wären unsere Beine einbetoniert. Keiner von uns kann sich noch bewegen.«

Er ging hinaus und ließ die Tür weit offen, als hätte er keine Kraft mehr, sie zuzuknallen.

Eva nahm die Liste und las. Zu ihrem Unmut sah sie, dass Alexander einige der Einträge kommentiert hatte.

Verheirateter Mann – hat schwulen Liebhaber.
(Na und?)
Kantinenangestellte – hat mir blaue Flecken
gezeigt. Zugefügt von ihrem Mann.
Drogenfahnder – amphetaminabhängig. Hat bei
Crystal Meth Panik gekriegt.
Schlosser – diverse Wettkonten im Internet. Hat
£15 000 verloren, plus das Kreditkartenlimit
von £5000. Ehefrau weiß nichts. Wettet immer
noch, um »die Verluste wieder reinzuholen«.
Hausfrau und sechsfache Mutter, Ipswich – kann
ihr fünftes Kind nicht leiden.
Tischler – wird morgen aus seiner Wohnung
geworfen.
Lehrerassistentin – zwanghafte Ladendiebin. Will
aufhören.
Pensionierter Maurer – weigert sich, sein Problem
zu verraten.
Jugendlicher – quält Insekten, Hunde und Katzen.
Ist er »normal«? (für einen Psychopathen, ja)
Busfahrer – trinkt am Steuer.
Privatsekretärin – soll sie Mann heiraten, den sie
nicht liebt? (Nein! Nein! Nein!)
Bäcker – spuckt in den Teig. (Finde raus, wo er
arbeitet.)
Vierzehnjährige Schülerin – kann sie schwanger
werden, wenn sie nach dem Sex duscht? (Ja.)
Ehepaar – beide Ende siebzig. Frau hat Gebär-
mutterkrebs. Würdest du beiden die tödliche
Dosis Insulin verabreichen? (Liebe Eva, bitte
erkläre dich nicht bereit, sie umzubringen,
das geht zu weit, Kuss, Alex.)
Schülerin, dreizehn – wurde von einem Familien-

mitglied sexuell und emotional missbraucht und misshandelt. (Sorgentelefon: 0800 11 11. Polizei.)

Muslimisches Mädchen – hasst Burka. Hat das Gefühl zu ersticken.

Phonotypistin – verheiratet mit A, immer noch verliebt in B, hat aber eine Affäre mit C.

Gescheiterter Bankier, ehemaliger Rastafari, am Hungertuch nagender Maler – bezaubert von ans Bett gefesselter, etwas älterer Frau. Möchte das Bett mit ihr teilen und mit ihr spazieren gehen. (Scheint dringend. Schlage vor, du sprichst möglichst bald mit dem Mann.)

Beim letzten Eintrag lächelte sie, dann erstarb das Lächeln, als sie Sandy Lake schreien hörte: »Ich bin wieder da! Ich bin hier! Ich würde für dich sterben, Engel Eva! Ich werde dich nie verlassen! Sie können uns nicht trennen! Du bist meine andere Hälfte!«

Eva wünschte, Sandy Lake würde sterben. Sie wünschte ihr keine Schmerzen, nur einen sanften Tod im Schlaf. Sie wollte irgendjemandem erzählen, dass Sandy Lake ihr Angst machte, aber sie wollte nicht schwach oder hilfsbedürftig wirken.

Als Alexander mit einem Teller belegter Brote zurückkam, nahm Eva eines, biss hinein und spuckte es dann gleich wieder aus.

Sie schrie: »Ich wollte Brot mit Käse oder Brot mit Marmelade, nicht alles zusammen! Wer isst denn alles drei zusammen?«

Alexander sagte ruhig: »Jemand, der exzentrisch ist, vielleicht? Jemand, der nicht aufstehen kann oder will? Jemand, der von anderen Exzentrikern belagert wird?«

Eva zog die Käsescheiben heraus und verschlang die Brote mit Marmelade, bis der Teller leer war. Sie leckte sich die klebrigen Finger sauber.

Alexander sah zu.

Er sagte: »Ich hol die Kinder von der Schule ab, dann fahr ich nach Hause. Ich wollte mich verabschieden.«

Eva sagte: »Das klingt so endgültig.«

»Ich kann das nicht, Eva. Es ist, als würde man sich um ein undankbares Baby kümmern.« Er bückte sich und küsste sie auf die Wange.

Sie drehte ihm den Rücken zu. Sie hörte ihn gehen, seine Schritte im Flur, die Haustür, die Schreie und Pfiffe der Menge, als er daran vorbeiging, seinen Motor, die Gangschaltung, als er um die Ecke bog, und dann nichts mehr.

Sie war allein.

Sofort vermisste sie ihn.

60

Brians Schuppen quoll von Titanias Habseligkeiten geradezu über. Er hatte ihr verboten, noch mehr aus jenem Haus anzuschleppen, das sie einst mit ihrem Mann geteilt hatte, doch es gab einige Dinge, ohne die sie nicht leben konnte: ihre Herbst- und Wintergarderobe, das walisische Spinnrad, das sie aus Florida mitgebracht hatte, die postmoderne Kuckucksuhr von Habitat, die viktorianische Chaiselongue, die sie für £50 bei einem Trödler gekauft hatte, den sie für naiv hielt (bis sie die Holzwürmer entdeckte und £500 plus Mehrwertsteuer für die Restaurierung zahlen musste).

In dem Anbau, den sie Küche nannten, manövrierte Brian seinen massigen Körper zwischen Titanias Sachen hindurch. Gereizt blickte Titania von ihrem Buch auf, *Hadronen und Quark-Gluon-Plasma*. Gerade hatte sie an den Rand geschrieben: »Widerspruch zu Prof Yagi. Siehe sein Aufsatz in JCAP Vol.865, 2 (2010).«

Sie sagte: »Brian, du echauffierst dich wie eine alte Frau. Ich weiß, meine Sachen sind dir im Weg, aber ich kann sie ja nicht einfach zurücklassen, oder? Schon gar nicht, seit er das Haus vermietet hat.«

Brian bemühte sich, vernünftig zu klingen, und sagte: »Tit, ich gestehe, ich bin ein bisschen genervt, mein

Haus mit dem Müll zu teilen, den du im Laufe der Jahre angesammelt hast, aber habe ich mich je beschwert? Nein. Bin ich froh, wenn er weg ist? Ja.«

Titania sagte: »Bitte! Wenn du noch ein einziges Mal eine Frage stellst und sie selbst beantwortest, dreh ich dann durch und tu dir etwas an? Ja, das tue ich!«

Sie verfielen in missmutiges Schweigen, denn beide wussten, wenn sie jetzt weiter machten, wäre es, als würde man die relative Sicherheit eines Schützengrabens bei Ypern verlassen und sich in das Gemetzel auf dem Schlachtfeld stürzen.

Während der langen, angespannten Stille rekapitulierte Titania ihre Affäre. Es war mitunter recht spannend gewesen, und welcher andere Mann brachte schon Verständnis und Mitgefühl auf, wenn die Partikel ungezogen waren und sich nicht ihren Theorien entsprechend verhielten?

Brian stieß sich den Knöchel am walisischen Spinnrad. Er schrie: »Scheißding!« und trat dagegen. Kräftig.

Er konnte ja nicht wissen, dass das Spinnrad für Titanias Rückzug aufs Land stand – sie und Brian würden Hühner halten, und es gäbe einen gutmütigen Hund mit einem schwarzen Fleck am Auge. Sie würden mit Flecki zum Dorfladen gehen und die *Natur* und die *Himmel und Teleskop* holen. Sie würde säckeweise Wolle bei der Genossenschafts-Schaffarm kaufen, sie spinnen und Brian einen Pullover im Muster seiner Wahl stricken. Sie konnte weder stricken noch nähen, aber dafür gab es ja Kurse. So kompliziert konnte das ja nicht sein. Das Seeing würde im hügeligen Wales gut sein. Im Planetarium in Powys gab es einen winzigen Stützpunkt der Weltraumwacht. Sie würden sich mit den Wissenschaftlern dort vernetzen, und Brian würde als Berater tätig sein. Er war ein renommierter und angesehener Astronom. Die Stoßzeiten für Schulführungen konnten sie locker meiden.

Titania sah das Spinnrad auf sich zurollen, die Holzspeichen klapperten. Sie kreischte, als wäre das Rad eine verirrte wärmegesteuerte Rakete. Sie schrie: »Mach nur weiter! Tritt ruhig meine ganzen Sachen kaputt! Du bist so ein Tyrann!«

Brian schrie zurück: »Möbel kann man nicht tyrannisieren, Weib!«

Titania brüllte: »Kein Wunder, dass Eva verrückt geworden ist und in einem Zimmer ohne Möbel wohnt. Du hast sie dazu getrieben!«

Zu ihrer Verblüffung schlängelte sich Brian durch ihre Habseligkeiten, räumte ein paar Kartons von der Chaiselongue, legte sich hin und begann zu schluchzen.

Bestürzt über diesen dramatischen Auftritt sagte sie: »Tut mir leid, Brian, aber ich kann so nicht leben. Ich brauche ein Haus mit richtigen Zimmern. Henry Thoreau mag in einem Schuppen glücklich gewesen sein, und ein dreifaches Hoch auf ihn, Hut ab, aber ich möchte in einem Haus leben. Ich möchte in *deinem* Haus leben.«

Es war ein Plädoyer. Die Flitterwochenphase des Zusammenziehens war vorbei. Sie freute sich darauf, ein zufriedenes, gestandenes Paar zu sein.

Brian jammerte: »Du weißt doch, dass wir nicht in meinem Haus wohnen können. Eva würde das nicht wollen.«

Titania spürte, wie in ihrem Kopf ein Schalter umgelegt wurde. Es war die rasende Eifersucht, die einsetzte. »Ich hab es satt, über Eva zu reden und im Schuppen zu wohnen! Ich halte es hier nicht eine Sekunde länger aus!«

Brian schrie: »Na gut, dann geh doch nach Hause zu Guy dem Scheißgorilla.«

Sie kreischte: »Du weißt genau, dass ich nicht nach Hause kann. Guy hat es an vietnamesische Cannabiszüchter vermietet!«

Sie rannte aus dem Schuppen, über den Rasen und ins Haupthaus.

Brian hatte die Vision, dass Titania mitten durchs Haus laufen würde, zur Tür hinaus und dann die Straße hinunter und um die Ecke. Sie würde immer weiterlaufen: durch Gärten, Nebenstraßen, Feldwege, einen gewunden Pfad bergauf, bergab und weit weg.

Brian wünschte, Titania würde verschwinden, einfach verschwinden.

61

Auf Zehenspitzen trat Alexander aus dem kleinen Reihenhaus seiner Mutter in der Jane Street. Er wollte sie nicht wecken, sie würde ihn fragen, wohin er wollte, und er wollte es ihr nicht erzählen.

Er ließ die Kinder ungern allein mit ihr – sie war inzwischen zu gebrechlich, um sie hochzuheben, und als Erzieherin alter Schule hatte sie kein Verständnis, wenn Thomas nachts Alpträume hatte oder Venus nach ihrer Mutter weinte.

Er schlich den Bürgersteig entlang, bis er außer Hörweite war, dann beschleunigte er seinen Schritt. Die kalte Nachtluft und der schwache Geruch nach Verwesung verrieten, dass der Herbst nahte. Die Straßen waren ruhig. Autos schliefen am Straßenrand.

Er hatte drei Meilen, um zu üben, was er Eva über ihre Beziehung sagen wollte. Obwohl er vielleicht erst klären sollte, ob sie überhaupt eine Beziehung hatten.

Damals, nachdem Alexander mit einem befremdlichen Oberschichtakzent von der Charterhouse zurückgekehrt war, über den selbst seine Mutter gelacht hatte, verbrachte er viele Stunden mit einem altmodischen Kassettenrekorder auf seinem Zimmer und versuchte, seine Vokale zu minimieren und sein Kinn zu lockern.

Er hielt sich bewusst fern von den hiesigen Gangs, der Northanger Abbey Crew und den Mansfield Park Boyz.

Alexanders Schritte hallten in der mondhellen Straße wieder. Sonst war es ruhig.

Dann hörte er ein Auto näher kommen, aus dessen Anlage Gangsterrap wummerte. Er drehte sich um, als der alte BMW an ihm vorbeifuhr. Vier weiße Männer, kurzes Haar, übertrieben muskulös. Eine Dose Kraftnahrung auf der Ablage. Der Wagen hielt kurz vor ihm.

Er wappnete sich und sagte, in der Hoffnung, freundlich zu wirken: »N'Abend, Jungs.«

Der Fahrer des Wagens sagte zu seinem Beifahrer: »Würdest du mir einen Gefallen tun, Robbo, und den Werkzeugkasten aus dem Kofferraum holen?«

Das klang nicht gut. Alles, was Alexander zu seiner Verteidigung hatte, war sein Schweizer Messer, und bis er die passende Klinge gefunden hatte ...

Er sagte: »Nun, dann gute Nacht.« Vor Angst vergaß er seinen Straßenakzent und Charterhouse kam wieder durch.

Die vier Männer lachten humorlos. Auf eine Geste des Fahrers stiegen die drei anderen Männer aus.

»Hübsche Zöpfe«, sagte der Fahrer. »Wie lange hast du die schon?«

»Siebzehn Jahre«, sagte Alexander. Er fragte sich, ob er ihnen davonlaufen könnte, obwohl seine Beine sich wie Brei anfühlten.

»Wäre doch eine Erleichterung, die los zu sein, oder? Die ekligen, dreckigen, versifften Dinger.«

Plötzlich, als hätten sie es geübt, stießen die drei Männer ihn zu Boden. Einer setzte sich auf seine Brust, die anderen beiden hielten seine Beine fest.

Alexander ließ seinen Körper schlaff werden. Er wusste aus Erfahrung, dass jeder Widerstand nur mehr Gewalt zur Folge haben würde.

Mit dem Schlüssel, den Eva ihm gegeben hatte, verschaffte er sich Zutritt zu ihrem Haus. Er zog die Schuhe aus und trug sie nach oben, zusammen mit den abgeschorenen Dreadlocks.

Als er auf dem Treppenabsatz war, rief Eva: »Wer ist da?«

Leise ging er zu ihrer Tür und sagte: »Ich bin's.«

Sie sagte: »Kannst du Licht machen?«

Er sagte: »Nein, ich möchte mich im Dunkeln neben dich legen. Wie neulich.«

Eva sah zum Mond hinauf. »Der Mann im Mond hat was an seinem Gesicht machen lassen.«

Alexander sagte: »Botox.«

Sie lachte, er jedoch nicht.

Sie wandte sich zu ihm um – und sah, dass seine Dreadlocks weg waren. »Warum hast du das getan?«

Er sagte: »Das war ich nicht.«

Sie nahm ihn in den Arm.

Er war starr vor Zorn. Er fragte: »Was ist die wichtigste Eigenschaft, die ein Mensch besitzen kann, etwas, das uns allen zugute kommen würde? Selbst den Mistkerlen, die mein Haar abgeschnitten haben.«

Eva streichelte sein Haar, während sie über seine Frage nachdachte.

Schließlich sagte sie: »Güte. Oder ist das zu einfach?«

»Nein, einfache Güte, dafür bin ich auch.«

In den frühen Morgenstunden erlaubte er Eva, seine verbliebenen Locken nachzuschneiden.

Als sie fertig war, sagte er: »Jetzt weiß ich, wie Samson sich gefühlt hat. Ich bin nicht mehr derselbe, Eva.«

Alexander hatte lange darüber nachgedacht, was wichtig war.

Er sagte: »Wir alle – Toren, Genies, Bettler, Hollywoodstars – wir alle wollen geliebt werden, und wir alle wollen lieben. Und wenn es dieselbe Person ist, Hallelujah! Und wenn man ein Leben ohne Demütigungen führt, kann man sich glücklich schätzen. Mir ist das nicht gelungen, mich haben Menschen gedemütigt, die ich nicht einmal kannte. Meine Rastalocken *waren* ich. Mit ihnen konnte ich alles schaffen. Sie waren ein Symbol für meinen Stolz auf unsere Geschichte. Und, weißt du, meine Kinder haben sich als Babys daran festgeklammert. Meine Frau war die Einzige, die meine Rastalocken waschen und zwirbeln durfte. Aber dich hätte ich gelassen. Wenn ich ans Altwerden gedacht habe, habe ich mich immer mit weißen Rastalocken gesehen, langen weißen Rastalocken. Ich sitze am Strand von Tobago. Bei einem Reiseprospekt-Sonnenuntergang. Du bist schon im Hotel und wäschst dir Sand und Konfetti aus dem Haar. Eva, bitte steh auf, ich brauche dich.«

Von all den verführerischen Worten – Tobago, Strand, Sonnenuntergang – war das einzige Wort, das sie deutlich hörte, »brauche«.

Sie sagte: »Mich kann man nicht brauchen, Alex. Ich würde dich nur enttäuschen, deshalb ist es besser, ich halte mich aus deinem Leben raus.«

Alexander war sauer. »Wofür *würdest* du denn aufstehen? Die Zwillinge, wenn sie in Gefahr sind? Die Beerdigung deiner Mutter? Eine beschissene Chaneltasche?«

Er wartete nicht so lang, bis sie ihn weinen sah. Er

kannte ihre Haltung zu Tränen. Er ging nach unten und setzte sich in den Garten, bis es dämmerte.

Als er aufbrechen wollte, wischte Ruby schon die Veranda mit Desinfektionsmittel. Als sie Alexander sah, stieß sie einen kleinen Freudenschrei aus und sagte: »Ein neuer Haarschnitt. Steht Ihnen wirklich, wirklich gut, Alexander.«

Er sagte leise: »Das ist meine Spätsommerfrisur.«

Ruby sah ihm nach.

Die Leichtigkeit war aus seinen Bewegungen verschwunden. Von hinten sah er aus wie ein gebückter alter Mann.

Am liebsten hätte sie ihn zurückgerufen, ihm eine Tasse des bitteren Kaffees gemacht, den er gern trank. Doch als sie den Mund aufmachte, fiel ihr sein Name nicht mehr ein.

Im Morgengrauen sah Eva zu, wie die Farbe des Himmels von Matschgrau zu schillerndem Blau wechselte. Der Gesang der Vögel war herzzerreißend optimistisch und fröhlich.

»Ich sollte ihrem Beispiel folgen«, dachte sie.

Aber sie war immer noch sauer auf Alexander. Er *durfte* sie nicht brauchen. *Sie* war es, die Unterstützung, Essen und Trinken brauchte. Manchmal musste sie aus dem Wasserhahn im Bad trinken. Ihre Betreuung funktionierte nicht mehr, seit Rubys Vergesslichkeit schlimmer geworden war.

Aber wie kam sie dazu, sich zu beschweren? Alles, was sie tun musste, war aufstehen.

62

Eva lag der Länge nach auf dem Bett und starrte auf den Riss, der sich über die Decke schlängelte wie ein schwarzer Fluss durch eine weiße Wildnis.

Eva kannte jeden Millimeter dieses Risses – die Nebenarme, die Anlegeplätze. Sie stand am Ruder eines Bootes, das den Fluss entlangschipperte, bemüht um das Wohlergehen aller an Bord. Eva konnte Brian junior sehen, der unbewegt auf das tiefe Wasser starrte. Als Nächstes sah sie Brianne, die versuchte, gegen den Wind eine Zigarette anzuzünden. Alexander stand am Steuer, den Arm um die Schulter der Steuerfrau, und Venus war da und versuchte zu zeichnen, was man unmöglich zeichnen konnte – die Geschwindigkeit des Bootes, das Geräusch, das es macht, wenn es durchs Wasser stößt. Und sieh nur, Thomas, der versucht, Eva das Steuer zu entreißen.

Sie wusste nicht, wohin es ging. Der Riss verschwand unter der Plastikleiste. Eva musste das Boot wenden und gegen den Wind und die Strömung ansteuern. Manchmal legten sie an, und die Passagiere gingen von Bord und wanderten durch die Wildnis auf weichem, weißen Sand.

Aber da gab es nichts für sie.

Als sie wieder beim Boot waren, überließ Eva Brianne das Steuer, mit den Worten: »Kümmere dich auch mal um was, Brianne. Bring uns sicher nach Hause.«

Wolken wälzten sich über die Decke, der Wind blies ihnen ins Gesicht. Brianne hatte das Steuer fest im Griff und brachte sie nach Hause.

63

Um Punkt acht Uhr wurde Eva von einem grässlichen Lärm aus dem Schlaf gerissen. Sie setzte sich auf und kniete sich vors Fenster. Ihr Herz schlug so schnell, dass ihr das Atmen schwerfiel.

Ein Mann stand in ihrem Ahorn, mit Sicherheitsgurt, Helm und Schutzbrille. Mit einer Motorsäge rückte er einem Ast zuleibe. Entsetzt sah sie, wie der Ast brach und von einem Seil zu Boden gesenkt wurde. Andere Arbeiter standen bereit, um den Ast aus dem Seil zu befreien, die kleineren Äste und Zweige zu entfernen und in einen lärmenden Schredder zu stopfen.

Eva hämmerte ans Fenster und schrie: »Stopp! Das ist mein Baum!«

Doch draußen war so ein Lärm, dass man ihre Stimme nicht hörte. Sie schob das Fenster hoch und bekam prompt eine Ladung Späne ins Gesicht. Eilig schloss sie das Fenster wieder. Ihr Gesicht brannte, und als sie ihre Wange berührte, hatte sie Blut an den Fingern. Sie schrie und gestikulierte weiter. Kurz traf sie den Blick des Arbeiters, doch er wandte ihr den Rücken zu.

Sie war entsetzt, wie schnell der Baum zerlegt war. Bald war nur noch der Stamm übrig. Sie hegte eine leise Hoffnung, dass ihr Baum nur radikal beschnitten worden war und im Frühjahr des nächsten Jahres neu ausschlagen würde.

Der Lärm verstummte. Die Maschinen waren abgestellt worden. Jetzt, wo die Äste fort waren, konnte sie in den Vorgarten sehen. Die Arbeiter tranken Tee.

Sie klopfte ans Fenster und schrie: »Lassen Sie den Stamm stehen, bitte lassen Sie den Stamm stehen.«

Die Männer sahen zu ihrem Fenster hoch und lachten. Was dachten die, was sie von ihnen wollte? Dass sie zu ihr raufkommen sollten?

Die Maschinen wurden wieder eingeschaltet, und kurz darauf war der Stamm zu Brennholz zerlegt. Im Vergleich zum gedämpften grünen Schimmern, das sie kannte, war das Licht im Zimmer jetzt gleißend.

Sie fror, obwohl sie schweißgebadet war. Sie kroch unter die Decke und zog sie über den Kopf.

Am frühen Nachmittag hörte Eva die Menge halbherzig applaudieren und Peters Leiter erschien am unteren Fensterrand. Sie strich ihr Nachthemd glatt, zog die eingelaufene Kaschmirstrickjacke über, die sie als Bettjacke benutzte, und fuhr sich unwillkürlich mit den Fingern durchs Haar.

Peter rief durchs Glas: »Immer noch da?«

»Ja«, rief sie aufgesetzt gut gelaunt zurück. »Immer noch da.«

Eva fragte sich, wie jemand so herzlos sein konnte. War es ihm denn egal, dass ihr prächtiger Baum fort war?

»Prächtig?«, lachte er, als sie das zu ihm sagte. »Es war ein Ahorn, das Unkraut der Baumwelt.« Er fügte hinzu: »Ich will ja nicht unhöflich sein, Eva, aber was ist mit Ihrem Gesicht passiert?«

Eva hörte nicht zu. »Das war Brian«, sagte sie. »Er hat den Baum gehasst. Er hat gesagt, die Wurzeln wachsen durch das Straßenpflaster.«

»Das stimmt ja auch«, bestätigte Peter. Er wollte gern über etwas anderes reden als den blöden Baum. »Nur noch hundertundzwölf Einkaufstage bis Weihnachten«, sagte er und kletterte ins Zimmer.

Eva konnte Sandy Lake schreien hören. »Eva, langsam bin ich böse! Warum darf ich dich nicht besuchen?«

Peter lachte. »Wir besorgen Abigail einen motorisierten Rollstuhl. Na ja, wir und das Sozialamt.«

Eva fragte: »Peter, würden Sie mir einen Gefallen tun? Würden Sie mir helfen, das Fenster von innen zuzunageln?«

Seiner Meinung nach war es mit ihr rasant bergab gegangen – früher hätten sie zusammen eine Tasse Tee getrunken und eine geraucht. »Klar«, sagte er.

Peter hatte sich in den zwanzig Jahren, die er schon Fenster putzte, daran gewöhnt, dass die Kunden auf seiner Runde ein bisschen exzentrisch waren, kein Einziger von ihnen war normal. Die Klamotten, die die Leute im Bett trugen! Die erschreckende Verwahrlosung ihre Häuser! Die ekligen Sachen, die sie aßen! Mr. Crossley – der so viele Bücher hatte, dass man sich kaum bewegen konnte!

Ein Fenster von innen zu vernageln war für Peter keine große Sache. Das nötige Werkzeug hatte er im Wagen. Man bat ihn oft, ein Fenster zuzunageln, nachdem es bei einem Ehekrach oder durch einen Fußball zu Bruch gegangen war. Unter dem ironischen Beifall der Menge kletterte er die Leiter wieder runter.

Als Peter zu seinem Lieferwagen kam, lungerte Sandy Lake an der Hecktür herum und fragte ihn nach Eva aus.

»Kann sie mich in ihrem Zimmer hören?«

Peter sagte: »Sie kann Sie sehr gut hören.«

Sandy schlug gegen die Seite des Lieferwagens und schrie: »Ich habe eine sehr wichtige Nachricht! Sie betrifft die Zukunft unserer Erde!«

Er wandte ihr den Rücken zu, um die Spanplatte und das Werkzeug aus dem Wagen zu holen. Sandy Lake nutzte ihre Chance. Sie flitzte über die Straße und kletterte die Leiter hoch wie eine fünfundneunzig Kilo schwere Bergziege.

Als Eva Sandys wettergegerbtes Gesicht im Fenster erblickte, zog sie ein Kissen an sich, als wäre es ein Schild.

Sandy starrte Eva an und sagte: »Also, jetzt bin ich wirklich sauer! Wie sehen Sie denn aus? Sie sind ja nur eine ganz normale Frau! Sie sind überhaupt nicht besonders! Sie sollten keine grauen Haare haben, und keine Krähenfüße um die Augen – und das sind keine Lachfalten!«

Sie versuchte, über die Fensterbank zu klettern, doch die Leiter schwankte leicht. Sandy sah nach unten, und noch weiter nach unten, und dann noch weiter nach unten. Manche sagen, dass Sandy das Gleichgewicht verlor und fiel, andere, dass sich der Absatz ihrer Stiefelette im Saum ihres Maxirocks verfing, Peter meinte, er habe eine blasse Hand die Leiter von der Fensterbank wegstoßen sehen.

Eva hatte das Gefühl, dass das Haus leicht wackelte, als Sandy in den verwilderten Lavendelstrauch fiel, den Eva vor Jahren gepflanzt hatte. Man hörte entsetzte und aufgeregte Schreie. Sandy war in einer unvorteilhaften Position gelandet, und der Anarchist eilte herbei, um den Maxirock runterzuziehen, der sich über ihrer Hüfte staute. William liebte Sandy gewissermaßen, aber er musste auch irgendwie ehrlich sein und zugeben, dass der Anblick von Sandys nackten unteren Regionen nicht gerade zweckdienlich war.

Sandy war nicht tot. Sobald sie wieder bei Bewusstsein war, wälzte sie sich aus dem stacheligen Lavendel und legte sich flach auf den Rücken. Der Anarchist zog seine Lederjacke aus und legte sie unter ihren Kopf.

Als der Krankenwagen kam, rügte die Sanitäterin sie, weil sie mit Maxirock und hohen Absätzen eine Leiter hochgeklettert war. »Das musste ja passieren«, sagte sie pikiert.

Eva und Peter begannen, das Fenster zu vernageln, begleitet von Applaus, Gejohle und aufgebrachtem Geschrei. Die Leute sahen Eva jetzt, in ihren unscheinbaren Sachen, mit ihrem ungebürsteten Haar und dem ungeschminkten Gesicht und fielen vom Glauben ab.

Wachtmeister Hawk rief: »Wäre sie eine *echte* Heilige, wäre sie in jeder Hinsicht perfekt!«

Ein Mann mit Fernglas rief: »Sie hat Schweißflecken unter den Armen!«

Eine Frau in einem Herrenanzug und mit Hundehalsband sagte: »Heilige schwitzen nicht. Ich glaube, Mrs. Biber hat nur so getan.«

Wachtmeister Hawk war angewiesen worden, die Menge zu zerstreuen. Er rief: »Ein böser Geist hat von ihr Besitz ergriffen, und der Geist sitzt im Heiligen Chapati.« Einige folgten ihm, um das Chapati in Augenschein zu nehmen, das konserviert und glasiert worden war und in der örtlichen Bücherei ausgestellt wurde. Andere begannen ihre Sachen zu packen. Es gab emotionale Abschiede, Taxis wurden gerufen, bis nur noch

William Wainwright übrig war, der in Sally Lakes Zelt saß. Vielleicht würde er versuchen, sie morgen im Krankenhaus zu besuchen – andererseits, vielleicht auch nicht.

Er war schließlich Anarchist, und niemand konnte ihn festnageln.

64

Die Zwillinge arbeiteten an Briannes neu erworbenem Computer. Sie erforschten die labyrinthartigen Korridore des Verteidigungsministeriums, nachdem der Versuch, die Kreditfähigkeit ihres Vaters zu tilgen, gescheitert war. In Briannes Zimmer war es heiß, und sie saßen in Unterhemd und Unterhose da. Fliegen surrten über halb aufgegessenen belegten Broten.

Durch das offene Fenster hörten sie Studenten, die den Spätsommer genossen. Eine Gruppe von ihnen saß auf dem Rasen vor dem Wohnheim und trank Apfelwein aus Dosen.

Ein Mädchen sang mit dünner Stimme: »*Summer is icumen in*«.

Brianne brummte: »Scheißmusikstudenten, können die nicht einmal Pause machen?«

Andere Stimmen gesellten sich zu der des Mädchens dazu, bis ein komplexer Klangteppich entstand.

Aus einem Zimmer, in dem sich die Politikstudenten versammelt hatten, um polnischen Wodka zu trinken und jedes bekannte politische System zu verteufeln, drang der Lärm fallender Bomben und abgefeuerter Maschinengewehre. Es klang bemerkenswert realistisch – Beleg für langes Üben und für wenig ins Studium investierte Zeit.

Brianne sagte mit einem Blick auf den Bildschirm: »Wie viele Jahre, Bri?«

Es war ihr Insiderwitz, eine Abkürzung für: »Wie viele Jahre Gefängnis?«

Ihre Motivation fürs Hacken war sowohl Neugier als auch Geld.

Ehe Brian junior antworten konnte, hörte man ein entsetzliches Krachen, und die Tür wurde eingetreten, Sekunden später hörte man auch Brian juniors Tür nachgeben. Er versuchte, an den Computer zu kommen, um die Festplatte zu löschen, doch ein schwarz-behandschuhter Handkantenschlag traf sein Handgelenk. Es herrschte tosendes, kreischendes Chaos.

Brianne wurden Handschellen angelegt, dann Brian junior. Man befahl ihnen, über die zersplitterte Tür zu steigen, sich aufs Bett zu setzen und still zu sein. Brian junior begriff nicht, wer die Typen in schwarzen Overalls und dunkel getönten Helmen waren.

Es schmerzte beide, ihren Computer, ihre Laptops, Smartphones, Kameras, Notebooks und MP3-Player sorgfältig in Beweisbeuteln und Kartons verpackt zu sehen.

Brianne sagte: »Sie müssen wissen, dass wir erst achtzehn sind.«

Eine Frauenstimme sagte: »Ja, genug gespielt, Kinder. Ihr arbeitet jetzt für uns. Wenn ihr also freundlicherweise die Unterwäsche ausziehen und die Beine breit machen würdet.«

Nachdem ihre Körperöffnungen gründlich untersucht und die Zwillinge in weiße sterile Overalls gesteckt worden waren, wurden sie abgeführt. Die anderen Studenten im Gebäude hatte man angewiesen, in ihren Zimmern zu bleiben und den Hauptausgang freizuhalten.

Am Straßenrand warteten zwei Minivans mit verdunkelten Scheiben und laufendem Motor auf sie. Sie durften nicht sprechen, bis sie in getrennte Wagen stiegen, aber Brianne gab Brian junior durch Zeichen zu verstehen, dass alles gut werden würde, am Ende. Und als Brian junior von ihr getrennt wurde, rief sie: »Ich liebe dich, Bri!«

Ho lag in seinem eigenen Bett und küsste Poppys schwangeren Bauch. Er sprach mit dem Baby, fragte es, ob es ein Junge oder ein Mädchen sei.

Eigentlich hätte er die Leiche sezieren sollen, die ihm zugeteilt worden war, eine Mrs. Iris Bristol. Sie hatte ihren Körper der Medizin zur Verfügung gestellt, weil sie das Geld für ihre Beerdigung für einen 46-Zoll-3D-Fernseher ausgegeben hatte. Ho dachte, er sollte allmählich zu Mrs. Bristol zurück, deren Eingeweide noch auf dem Seziertisch verstreut lagen.

Poppy hatte ihm eine SMS geschickt:

Komm sofort her

Er hatte Kittel, Mundschutz und Überschuhe ausgezogen und war an Poppys Seite geeilt.

Sie brauchte schon wieder Geld. Sie erklärte ihm, warum, aber die Geschichte war kompliziert, und Hos Englisch nicht das beste. Manchmal dachte er, dass die Lehrbücher in China etwas veraltet waren.

Seit er in England war, hatte er noch nie jemanden »Erste Sahne!« sagen hören.

Poppy feixte bei der Erinnerung daran, wie Brianne und Brian junior in albernen weißen Anzügen und Handschellen abgeführt worden waren. Sie war froh, dass sie den Anruf gemacht hatte. Die Person am anderen Ende hatte sie gebeten, die anderen Studenten von Professor Nikitanova im Auge zu behalten, und sie hatte erfreut gesagt: »Aber gern.«

65

Brian sah sich in Zimmer Zwölf einer Travelodge in einem Vorort von Leeds die Wiederholung von *Loose Women* an. Er hatte keine Ahnung, wovon die »lockeren Frauen« redeten. Und er hatte noch nie von dem orangefarbenen Mann mit den absurd weißen Zähnen und dem klebrigen schwarzen Haar gehört, der zu der Grafschaft befragt wurde, in der er lebte: Essex. Doch alles, was dem Mann dazu einfiel war: »Es ist einfach *toll*.«

Brian versuchte, dem Problem mit formaler Logik beizukommen. Konnte er es trotz mangelnder Informationen dekodieren?

Vorhin war er im Einkaufszentrum vorbeigefahren und hatte einen blauen Paisley-Bademantel aus hundert Prozent Polyester gekauft. Er hatte erwogen, passende Pantoffeln dazu zu erwerben. Er sah sich nach einer Verkäuferin um. Er brauchte die Meinung einer Frau. Er hatte eine junge Dame in Marks & Spencer's-Kluft angesprochen, die ihren ersten Arbeitstag hatte, nachdem sie fünf Wochen wegen Stress krank geschrieben gewesen war.

Er sagte: »Ich bin ja nur ein nichtsahnender Mann ...«

Was Kerry in ihrer nervösen Verfassung hörte, war:

»Ich bin ja nur ein Nixenmann.« Sie versuchte sich zu erinnern, was ein Nixenmann war, dann fiel es ihr ein – ein Nixenmann war der Partner einer Nixe.

Brian fuhr fort: »Und als unglückseliges männliches Wesen brauche ich Ihren Rat. Ich habe eine Freundin, die ungefähr in Ihrem Alter ist. Können Sie mir sagen, was in Sachen Bademantel und Pantoffeln gerade angesagt ist?«

Als Kerry nicht antwortete, hakte er nach: »Gelten Bademantel und Pantoffeln im Schlafzimmer als schick oder, wie die Kids heute sagen, als ›Stimmungskiller‹?«

Kerry, die es auf dem Weg zur Kaffeepause nur zufällig in die Herrenschuhabteilung verschlagen hatte, zögerte. Ihre Entscheidungsunfähigkeit war wesentlicher Bestandteil ihres Problems. Sie stammelte: »Ich weiß nicht. Ich kann Ihnen nicht helfen.« Dann floh sie und rannte dabei eine männliche Schaufensterpuppe in pastellfarbener Strandkleidung um.

Brian war empört. M&S war eigentlich bekannt für die Kompetenz seines Personals.

Er hatte Bademantel und Pantoffeln mit in die Lebensmittelabteilung genommen, wo er ein großes Baguette, französische Butter, Käse und eine Flasche Cava kaufte. Champagner lohnte sich nicht für ein junges Mädchen, dachte er. Aus einem Impuls heraus griff er noch nach einer Tüte bunter Lollis. Als er an der Kasse stand, befand er sich in einem Zustand sexueller Erregung. Er freute sich auf sein heimliches Rendezvous.

Während des Sommers war er vorsichtig gewesen – sie hatten sich jedes Mal in einem anderen Hotel getroffen. Brian hatte Poppy seit ihrer letzten Begegnung im Palace Hotel in Leeds nicht mehr gesehen.

Da hatte sie gesagt: »Meine Liebe zu dir ist unendlich, Brian.«

Brian war versucht gewesen, ihren Gebrauch von »unendlich« zu korrigieren, doch stattdessen hatte er gesagt: »Ich liebe dich mehr als es Sterne am Himmel gibt.«

Sie hatten nebeneinander gelegen und an die Decke mit der viktorianischen Messinglampe geblickt, von der Poppy fürchtete, sie könnte sich aus der Halterung lösen und sie beide erschlagen. Sie wollte nicht zermatscht neben einem alten dicken Mann gefunden werden, der fast Rentner war.

Sie hatte seine freie Hand auf ihren Bauch gelegt und gesagt: »Bri, wir bekommen ein Baby.«

Brian war nicht scharf auf Babys. Nach der Geburt der Zwillinge hatte er sich für einen Job in Australien beworben, war jedoch mit der Begründung abgelehnt worden, er sei jetzt »Familienvater«.

Nach einer klitzekleinen Pause hatte er gesagt: »Wie wunderbar.«

Sie merkte, dass er das Baby nicht wollte. Sie wollte Brian auch nicht. Aber wer auch immer behauptet hatte, das Leben sei ein Zuckerschlecken, hatte nicht bedacht, dass die Lutscher nur darauf warteten, einen kalt zu erwischen, was wahlweise abgebrochene Zähne, Erstickungsanfälle, Stolpern oder Ausrutschen zur Folge hatte.

Jetzt klopfte es leise an die Tür. Brian sprang auf, fuhr mit Evas Kamm durch seinen Bart und öffnete die Tür.

Poppy sagte: »Wieso dauert das so lange?« Sie trug eine orangefarbene Mohnblume im Haar, ein mit Blümchen besticktes Ballkleid und Mary-Jane-Pumps. Ihre neuen Piercings trug sie nicht, und sie hatte sich auch die Schminke abgewaschen.

Als Brian die Tür öffnete, sah sie zu ihrer Bestürzung, dass er einen Opa-Bademantel trug und Pantoffeln wie aus einem Cartoon. Außerdem hielt er einen Becher heiße Malzmilch, von deren Geruch Poppy würgen musste. Was Poppy sah, als die Tür geöffnet wurde, war die Großvater-Illustration aus ihrem *Heidi*-Buch. Brians Bart war zwar noch nicht weiß, aber das war nur eine Frage der Zeit. Seine Knöchel sahen in den großen Pantoffeln so dürr und käsig aus, dass sie sich fragte, wie er darauf überhaupt stehen konnte. Er zog sie ins Zimmer, als würde er eine Lieferung Plastiksprengstoff entgegennehmen. Brian sagte: »Schatz, du siehst so süß aus, so bezaubernd, so jung.«

Poppy setzte sich ans Fußende des Bettes, den kleinen Finger gekrümmt im Mundwinkel.

»Unter anderen Umständen hätte sie dumm ausgesehen«, dachte Brian. Aber es war seine Poppy, die launenhafte Kindfrau, nach der er sich verzehrte. Er stellte den MP3-Player an, den er extra für diesen Anlass zu Hause aus einer Schublade gekramt hatte. Er durchsuchte die kurze Playlist, fand *Songs for Swingin' Lovers*, wählte »You Make Me Feel So Young« und drückte Play.

»Bäh!«, dachte Poppy. »Schon wieder dieser tote Typ, Frank Sinatra.«

Als Poppy ins Bad ging, legte Brian sich aufs Bett und arrangierte den Bademantel so, dass er seine blassen Oberschenkel entblößte. Weil seine Füße Hornhaut und Hühneraugen hatten, behielt er die Pantoffeln an.

Als sie aus dem Bad kam, war sie bis auf die Blume im Haar nackt. Bevor sie das Licht ausmachte, sah er im Profil ihren prallen Bauch.

Brian dachte: »Ich frage mich, ob es wissenschaftlich erwiesen ist, dass der Homo sapiens an einem Übermaß Liebe sterben kann. Wenn ja, bin ich ein toter Mann.«

Poppy knirschte mit den Zähnen und dachte: »Komm schon, Poppy, komm schon, in fünf Minuten ist alles vorbei. Schließ die Augen und denk an Brian junior.«

Nachdem die kleine Rangelei auf dem Bett vorüber war und Brian auf dem Rücken liegend nach Luft schnappte, blickte Poppy auf ihn herab und dachte: »Er sieht aus wie ein überfütterter, sterbender Goldfisch.« Sie sagte: »Wow! Das war super! Wow! Wow! Wahnsinn!«

Brian dachte: »Eva hat sich nie so über mein Können im Bett geäußert.«

Poppy stieg von ihm ab und ging zurück ins Bad. Er hörte die Dusche über der Badewanne laufen und für einen Moment überlegte er, ihr Gesellschaft zu leisten. Doch seine Knie machten ihm seit einiger Zeit zu schaffen, und er war nicht sicher, ob es ihm gelingen würde, die Beine über den Badewannenrand zu heben. Er vermutete Arthritis, das lag bei den Bibers in der Familie.

Poppy blieb ziemlich lange unter der Dusche. Die meiste Zeit saß sie in der Wanne und sah zu, wie das warme Wasser trudelnd im Abfluss verschwand.

Als sie herauskam, schlief Brian tief und fest. Sie fand £250 in seiner Brieftasche und, auf der Seite mit den Angaben zur Person in seinem Filofax, den Code für seine Kreditkarte. Nachdem sie seine Hosen- und Jackentaschen durchsucht hatte, fand sie £7,39 Kleingeld und sein Telefon. Sie warf einen Blick auf seine Fotos, hauptsächlich langweilige Sterne und Planeten.

Jedoch gab es eines von Brian mit Frau und Kindern, aufgenommen vor einer riesigen Rakete.

Brian und die Zwillinge sahen aus wie Deppen, aber Eva war schön. Poppy schnürte es die Kehle zu. Sie wusste, dass sie nicht schön oder nett oder berühmt war wie Eva, doch sie besaß etwas, das Eva nie wieder besitzen würde, ihre Jugend. Ihr Fleisch war glatt und fest, und Männer wie Brian zahlten einen hohen Preis dafür, es anzufassen.

Während sie sich anzog, fasste sie einen Plan. Sie nahm Stift und Papier und setzte sich an den Schreibtisch.

> Anfangen, zu den Vorlesungen zu gehen.
> Mich mit mehr alten Männern prostituieren.
> Verheirateten Dozenten verführen, ihm nach
>   einem Monat erzählen, dass ich schwanger bin.
> Unterhaltszahlungen fürs Baby akzeptieren.
> Kurz vor Geburt Urlaub in Thailand machen
>   (Bauch vor Fluggesellschaft verstecken).
> Baby bekommen.
> Baby verkaufen.
> In Trauer aus dem Urlaub zurückkommen.
> Allen drei Liebhabern Foto vom hübschen
>   verstorbenen Baby zeigen.

Nachdem sie sich angezogen und die Blume wieder ins Haar gesteckt hatte, nahm Poppy Brians Telefon und simste:

> lieber Brian hab deine £ genommen,
> um babyklamotten und -ausstattung
> zu kaufen, muss los. essay über
> Leonard Cohen schreiben. seinen

anteil an Amerikas post-vietnam-
melancholie. lass uns ganz bald
wiedersehen. wie die amis sagen:
miss you already! kuss, deine kleine
Poppy, p. s. brauchte deine karte
fürs taxi.

66

Alexander hörte eine Polizeisirene, doch er malte weiter.

Er hatte gewartet, bis die Sonne am anderen Ende des Kornfelds aufgestiegen war. Er hätte fast aufgegeben, bevor er überhaupt angefangen hatte. Die Anmut des Getreides, wenn es in der leichten Brise wogte, war für ihn angesichts seines begrenzten Könnens unmöglich mit Pinsel und Wasserfarbe einzufangen.

Fast eine Stunde verging, bevor er Pause machte. Er wickelte sein Käsesandwich aus der Alufolie und schraubte den Deckel von der Thermoskanne. Warum duftete Kaffee immer besser als er schmeckte?

Er aß und trank in dem Bewusstsein, dass er glücklich war. Seine Kinder waren gesund, er hatte keine gravierenden Schulden, seine Bilder fingen ganz allmählich an, sich zu verkaufen. Und seit seine Locken ab waren, konnte er jeden Laden betreten, ohne dass der Ladenbesitzer den Finger an der Alarmanlage hatte.

Er zwang sich, nicht an Eva zu denken, die er seit einer gefühlten Ewigkeit nicht gesehen hatte.

Er und Eva hatten nie zusammen an einem Tisch gesessen und eine Mahlzeit geteilt. Sie hatten nie miteinander getanzt. Er wusste nicht einmal, welches ihr Lieblingssong war, und nun würde er es nie erfahren.

Ruby war froh, dass sie Stanley zum Reden hatte. Sie erzählte ihm von Evas zunehmender Überspanntheit, dem Singen und Gedichtaufsagen und Listenschreiben. Außerdem vertraute sie ihm an, dass Eva ihre Tür verrammeln lassen wollte, bis auf eine Öffnung, durch die Essen und Trinken gereicht werden konnten.

Stanley sagte: »Ich will Sie nicht beunruhigen, Ruby, aber das klingt ziemlich *irre*.«

Peter hatte die Tür verrammelt, während Eva ihm die Nägel reichte. Als Ruby vom Tee bei Stanley zurückkam, war die Arbeit erledigt.

Jetzt gibt es für Eva nichts mehr zu tun, als ihre Erinnerungen zu ordnen und abzuwarten, wer sie am Leben hält.

Ein einziger Lichtstrahl gelangt noch in Evas Zimmer. Er dringt durch das schlecht vernagelte Fenster. Er fällt auf die gegenüberliegende Wand. Eva liegt im Bett und betrachtet die Intensität des Lichts. Kurz bevor die Sonne untergeht, zieht das Licht eine bonbonfarbene Show ab. Orange, Rosa und Gelb. Der Lichtstrahl ist für sie überlebenswichtig. Sie hat selbst für die Ritze gesorgt und jetzt hat sie Angst, dass sie ihr genommen wird.

Sie möchte ein Baby sein und von vorn anfangen. Die Geschichten, die Ruby über ihre Kindheit erzählt, lassen ahnen, dass es eine trostlose Zeit war: Wenn sie schrie, wurde sie ans Ende des Gartens geschoben. Sie hört noch Rubys Stimme, als die Zwillinge klein waren. »Nimm sie nicht hoch, wenn sie weinen, du verhätschelst sie nur. Sie müssen von Anfang an lernen, wer der Boss ist.«

Wenn Eva versuchte, die Zwillinge zu knuddeln, versteiften sich ihre kleinen Körper und zwei Augenpaare starrten sie an, ohne auch nur den Anflug eines Lächelns.

67

In der Welt da draußen verkündete die *Sun* in ihrer Schlagzeile: »EVA HUNGERT SICH ZU TODE!« Und in der Titelstory hieß es:

> Mrs. Julie Eppingham, 39, meint: »Als ich sie das letzte Mal sah, habe ich mich richtig erschrocken. Sie ist ganz offensichtlich magersüchtig. Aber sie will nicht mit mir reden, und mein neues Baby guckt sie nicht mal an. Sie braucht ganz offensichtlich ärztliche Hilfe.«

Auf dem Weg durch das Wartezimmer der Praxis entdeckte Schwester Spears eine Ausgabe der *Sun*, die ein Patient liegengelassen hatte. Sie nahm die Zeitung und las die Titelseite. Ihre erste Sorge galt ihrem Job. Sie hätte Mrs. Biber häufiger besuchen und sie auf wundgelegene Stellen und Muskelschwund – und ihren Geisteszustand – untersuchen sollen.

Sie fuhr zur Bowling Green Road und las im Auto noch mal Evas ganze Karteikarte.

Sandy Lake klopfte mit ihrer gesunden Hand ans Fahrerfenster. Die andere steckte in einem Gips. Noch hatte niemand etwas drauf geschrieben. William schrieb grundsätzlich nicht auf Gips.

Sie fragte: »Ist Eva krank?«

Schwester Spears kurbelte das Fenster runter und sagte: »Ich darf keine Informationen über meine Patienten preisgeben.«

Sie kurbelte das Fenster wieder hoch, doch Sandy Lake kannte keine Scham und fragte ungeniert weiter. Schwester Spears fühlte sich von der Frau mit der albernen Strickmütze eingeschüchtert. Als sie einen Polizisten sah, war sie erleichtert. Sie drückte die Hupe, und Wachtmeister Hawk kam betont gemächlich auf den Wagen zu.

Er beugte sich zum Fahrerfenster hinunter, und Schwester Spears bat ihn, sie zu Nummer 15 zu eskortieren.

Sandy Lake bestand darauf, Schwester Spears zu begleiten.

Wachtmeister Hawk sagte zu ihr: »Sie sollen doch fünfhundert Meter Abstand halten.«

Sandy sagte: »Bald werde ich sowieso nicht mehr hier sein. William und ich werden ein Haus besetzen.«

Schwester Spears sagte: »Wie schrecklich.«

»Wieso? Es ist mein Haus.«

Wachtmeister Hawk sah Schwester Spears an und tippte sich mit dem Zeigefinger an die Stirn.

Schwester Spears blaffte: »So weit war ich auch schon.«

Oben, in der Finsternis ihres Schlafzimmers, war Eva fast am Ende ihres sanften Fitnessprogramms angelangt, das sie vor fünfunddreißig Jahren in den Sportstunden gelernt hatte. Eva hasste jeden Unterricht, der mit Gemeinschaftsduschen einherging. Es verblüffte sie, dass manche Mädchen nackt herumstanden und sich mit der Sportlehrerin, Miss Brawn, unterhielten. Eva schämte sich für ihr Handtuch, das nicht groß genug war, um es sich um den Körper zu wickeln, und grau und muffig, weil sie ständig vergaß, es mit nach Hause zu nehmen.

In den Siebzigerjahren hatte Ruby am Frühstückstisch versucht, ihrer Tochter gute Manieren beizubringen. Dabei hatte Ruby ihr auch eingetrichtert, dass es, sollte eine Gesprächspause entstehen, Evas Pflicht war, diese zu füllen.

Mit zwölf war Eva ein ernsthaftes Mädchen, stets bemüht, das Richtige zu tun. Einmal, als sie vom Sportplatz über das weitläufige Schulgelände zurückging, hatte sie Miss Brawn eingeholt und wusste nicht recht, ob sie neben ihr herlaufen, hinter ihr hergehen oder sie überholen sollte. Sie erhaschte einen kurzen Blick auf Miss Brawns Gesicht, das unfassbar traurig aussah.

Eva platzte heraus: »Was gibt es bei Ihnen am Sonntag zu essen?«

Miss Brawn wirkte verdutzt, sagte jedoch: »Ich dachte an eine Lammkeule.«

»Und machen Sie dazu Minzsoße?«, fragte Eva höflich.

»Ich mach sie nicht, ich kaufe sie!«, sagte Miss Brawn.

Es entstand eine lange Pause, die Eva mit: »Gibt es Bratkartoffeln oder Püree?«, füllte.

Miss Brawn seufzte und sagte: »Beides!« Dann fuhr sie fort: »Haben deine Eltern dir nicht beigebracht, dass es sich nicht gehört, so viele persönliche Fragen zu stellen?«

»Nein«, sagte Eva, »haben sie nicht.«

Miss Brawn blickte Eva ins Gesicht und sagte: »Du solltest nur sprechen, wenn du etwas zu sagen hast. Dämliche Fragen über meine Pläne fürs Sonntagsessen sind unangebracht.«

Eva dachte bei sich: »In Zukunft werde ich den Mund halten und mir meinen Teil denken.«

Und nach all den Jahren konnte die erwachsene Eva noch immer das frisch gemähte Gras riechen, das Sonnenlicht auf den alten roten Ziegeln des Schulgebäudes sehen und das dumpfe Gefühl der Demütigung von damals spüren, als sie vor Miss Brawn weglief, um sich irgendwo zu verstecken, bis ihre Wangen aufgehört hatten zu brennen.

Eva beendete ihre Übungen und legte sich auf die Bettdecke. Sie konnte nicht aufhören, an Essen zu denken. Ruby, die sie hauptsächlich fütterte, hatte eine sehr nachlässige Einstellung zur Zeit, und die Versorgung geriet ständig ins Stocken, weil Ruby immer vergesslicher wurde, und manchmal sogar Evas Namen vergaß.

Stanley öffnete der Schwester und dem Polizisten die Tür zu Evas Haus und sagte: »Wie geht es Ihnen?« Er schüttelte ihnen die Hand, führte sie in die Küche und sagte: »Ich möchte Sie um Ihren Rat bitten.«

Während er in der Küche umherlief, um Tee zu machen, sagte er: »Ich fürchte, Evas Zustand hat sich verschlechtert. Sie hat Peter, unseren gemeinsamen Fensterputzer, mit ihrem beachtlichen Charme dazu gebracht, ihr Zimmer zu verrammeln, bis auf einen Schlitz in der Tür, durch den wir von der anderen Seite hineinspähen und ihr, theoretisch, einen Teller reichen können.«

Kaum hatte Stanley das Wort »verrammeln« gesagt, sah Wachtmeister Hawk die Szene vor sich. Er würde die Informationen weitergeben, eine Spezialeinheit anfordern und zugegen sein, wenn Evas Tür mit einem Metallrammbock aufgebrochen wurde.

Schwester Spears sah sich schon vor Gericht die Vernachlässigung einer bettlägerigen Patientin rechtfertigen. Natürlich würde sie Überarbeitung geltend machen. Und das stimmte ja auch – die Anzahl an diabetischen Fußgeschwüren, Injektionen und Wundverbänden, die sie an einem Tag schaffen konnte, war begrenzt. Sie sagte: »Wenn ich zurück in der Praxis bin, werde ich ihre Ärzte informieren. Ich denke da an eine Therapie, eine Einweisung in eine psychiatrische Einrichtung.«

Stanley log hastig: »Nein, sie ist nicht *verrückt*. Sie ist vollkommen bei Verstand. Heute Morgen habe ich noch mit ihr gesprochen und ihr ein gekochtes Ei mit Weißbrotstreifen gebracht. Sie schien sich sehr darüber zu freuen.«

Schwester Spears und Wachtmeister Hawk wechselten einen Blick, der besagte: »Wen kümmert's, was ein Zivilist denkt? Wir Experten sind es, die hier die Entscheidungen treffen.«

Die drei ließen den Tee auf dem Tisch stehen und gingen zu Evas verrammeltem Zimmer hoch.

Stanley stellte sich vor die Tür und sagte: »Sie haben Besuch, Eva. Schwester Spears und Wachtmeister Hawk.«

Keine Antwort.

»Vielleicht schläft sie«, meinte er.

»Hören Sie«, verschaffte Schwester Spears sich Geltung, »meine Zeit ist kostbar.« Sie rief: »Mrs. Biber, ich möchte mit Ihnen reden!«

Eva ging gerade Musicalsongs im Kopf durch. Während Schwester Spears' Monolog über all die Verrückten, die sie geheilt hatte, sang sie »Being Alive« aus *Company*.

Titania legte ihre Lippen an den Schlitz in der verrammelten Tür und sagte: »Eva, ich muss mit dir reden.«

Eva stöhnte: »Bitte, Titania, ich habe keine Lust auf ein tiefschürfendes Gespräch über deine Beziehung mit meinem Exmann.«

»Es geht um Brian«, sagte Titania.

»Es geht immer um Brian.«

»Sag mal, kannst du an die Tür kommen?«

»Nein, ich kann nicht aufstehen.«

Titania flehte: »Bitte, Eva, nimm den Weißen Pfad.«

»Den kann ich nur zu einem Zweck benutzen.«

Eva hatte keine Kraft mehr. Seit einigen Tagen spürte sie, wie diese aus ihrem Körper entwich. Sie konnte kaum noch die Arme und Beine heben, und wenn sie versuchte, den Kopf vom Kissen zu nehmen, konnte sie ihn nur wenige Sekunden halten, bevor er zurückfiel.

Titania sagte: »Wir hätten gute Freundinnen sein können.«

»Ich bin in so was nicht besonders gut.«

Titania spähte durch den Schlitz und meinte, einen hellen Schein zu sehen und darunter eine liegende weiße Gestalt. Sie sagte: »Ich bin gekommen, um dir zu sagen, wie leid mir die acht Jahre Lügen tun. Ich bin hier, um dich um Vergebung zu bitten.«

Eva sagte: »Natürlich vergebe ich dir. Ich vergebe jedem alles. Ich vergebe sogar mir selbst.«

Titania war überrascht von dem schlechten Zustand, in dem sich das Haus befand. Die meisten Geräte schienen kaputt. In den Küchenwänden bildeten sich ominöse Risse. Die Ausgüsse stanken.

Titania sagte: »Hör mal, lass mich diese Tür öffnen, Eva. Ich möchte von Angesicht zu Angesicht mit dir reden.«

»Tut mir leid, Titania, aber ich werde jetzt schlafen.«

Eva wusste, dass es draußen dunkel war, weil kein Licht auf die Wand fiel. Sie hatte Hunger, aber sie hielt sich an ihre selbst erlassene Regel, nicht um Essen zu bitten.

Als Titania nach unten ging, stieß sie auf Ruby, die einen Berg belegte Brote schmierte. Titania war erschüttert, wie sehr Ruby gealtert war.

68

Ruby entschuldigte sich bei den beiden Ärzten und der Schwester dafür, dass die toten Blätter nicht von der Veranda gefegt waren. »Sobald ich sie wegfege, kommen neue.«

»Das liegt in der Natur der Dinge«, sagte Dr. Lumbogo.

Als sie am Fuß der Treppe versammelt waren, sagte Ruby: »Ich kann mich nicht erinnern, wann sie zuletzt etwas Warmes gegessen hat. Ich werfe ihr ab und zu was rein.«

Schwester Spears sagte: »Das klingt wie die Löwenfütterung im Zoo.«

Ruby sagte: »Mein Gedächtnis lässt mich ab und zu im Stich. Und außerdem komme ich die Treppe nicht mehr so leicht hoch. Ich warte immer noch auf die neue Hüfte!«

Sie sah Dr. Lumbogo an, der sagte: »Sie stehen auf der Liste, Mrs. Brown-Bird.«

Dr. Bridges fragte: »Wissen wir, ob die Gefahr besteht, dass sie sich oder anderen etwas antut?«

Ruby sagte: »Ich habe nur ein einziges Mal erlebt, dass sie handgreiflich wurde, und das war bei einer Frau, die ein Kind auf den Knien hinter sich her zog.«

Schwester Spears sagte: »Wenn ich mit Mrs. Biber zu tun habe, herrscht immer ein aggressiver Unterton.«

»Aber keine offene Aggression?«, fragte Dr. Bridges.

Schwester Spears sagte: »Ich würde ihr nicht den Rücken zuwenden, wenn ich mit ihr allein bin.«

Sie stiegen die Stufen hinauf und blieben vor Evas Tür stehen. Eva kauerte in einer Ecke des Zimmers. Sie hatte sich seit Tagen nicht gewaschen und nahm einen erdigen strengen Geruch wahr, den sie nicht als unangenehm empfand.

Sie war so hungrig, dass sie das Gefühl hatte, ihr Fleisch würde zusammenschmelzen. Sie hob ihr weißes Nachthemd und befühlte ihre Rippen – sie hätte eine traurige Melodie darauf spielen können. Neben der Tür stand etwas zu essen. Leute aus der Gegend hatten belegte Brote, Obst, Kuchen und Kekse geschickt, aber statt sich zu bedienen, blieb sie im Bett. In ihrer Verzweiflung hatte Ruby Äpfel, Apfelsinen, Pflaumen und Birnen in Richtung Bett geworfen.

Als Eva gefragt wurde, wer Premierminister sei, erwiderte sie: »Spielt das wirklich eine Rolle?«

Dr. Lumbogo lachte: »Nein, Schwachköpfe sind sie alle.«

Dr. Bridges fragte: »Haben Sie sich je selbst Schmerzen zugefügt?«

Eva sagte: »Nur wenn ich die Bikinizone enthaare.«

Als sie gefragt wurde, ob sie je daran denke, anderen Schmerzen zuzufügen, erwiderte sie: »Nichts spielt wirklich eine Rolle, oder? Nicht im Vergleich zur Unendlichkeit. Sie zum Beispiel, Dr. Bridges, bestehen aus einer Masse von Teilchen. In der einen Sekunde könnten sie in Leicester sein und eine Achtelsekunde später am anderen Ende des Universums.«

Die beiden Ärzte wechselten einen verschwörerischen Blick.

Dr. Lumbogo flüsterte Dr. Bridges zu: »Vielleicht ein Therapieaufenthalt?«

Schwester Spears sagte: »Wir brauchen einen zugelassenen Psychiater. Ich schlage eine Zwangseinweisung vor.«

*

Später, nachdem die Ärzte gegangen waren, zog Ruby Hut und Mantel an und ging zu Stanley Crossleys Haus.

Als er die Tür öffnete, sagte sie: »Sie bringen Eva weg.« Das Wort »Psychiatrie« brachte sie nicht über die Lippen. Irgendetwas an dem Wort ließ sie frösteln.

Er dirigierte sie durch die Bücher im Flur ins aufgeräumte Wohnzimmer, wo die Bücher an die Wand gestapelt waren.

Stanley sagte: »Sie ist nicht verrückt. Ich kenne Verrückte. Ich war selbst verrückt.« Er lachte leise. Dann fragte er: »Weiß Alexander davon?«

Ruby sagte: »Der lässt sich nicht mehr blicken. Brian ist nie zu Hause, seit diese Tit-Tante weg ist. Yvonne ist an einem besseren Ort, und von den Zwillingen haben wir seit Monaten nichts gehört. Ich bin auf mich selbst angewiesen.«

Stanley nahm Ruby in den Arm und fühlte sie hineinsinken. Sie war herrlich weich und knautschig, dachte er.

Er fragte: »Stört dich mein Gesicht, Ruby?«

Ruby sagte: »Wenn ich dich ansehe, kann ich das Gesicht sehen, das du einmal hattest. Und außerdem, wenn man erstmal so alt ist wie wir, ist jedes Gesicht am Arsch.«

Seit es keine Audienzen mehr bei Eva gab, hatte sich ihre Anhängerschaft zerstreut, bis auf Sandy Lake und William Wainwright.

Die beiden führten lange Gespräche. Aus Rücksicht auf die Nachbarn sprachen sie leise. Beide waren sich einig, dass Prinz Philip Prinzessin Diana umgebracht hatte, dass die erste Mondlandung auf einem Studiogelände in Hollywood aufgenommen worden war und dass George Bush befohlen hatte, die Zwillingstürme zu zerstören.

Sandy kochte auf ihrem Primus-Kocher Kakao für sie beide. Während sie an der heißen Flüssigkeit nippten, erzählte William Sandy von den Sklaven, die die Kakaobohnen verarbeiteten.

Sandy sagte: »Ich kann ohne meinen Kakao nicht schlafen!«

William sagte: »Die nächste Dose klauen wir, okay?«

Er legte seinen Arm um ihre breiten Schultern. Sie drückte ihre Wange an seine kratzigen Bartstoppeln. Hinter ihnen kreischte eine Eule. Sandy zuckte zusammen, und William zog sie fester an sich.

Er sagte: »Ist nur 'ne Eule.«

»*Eine* Eule«, verbesserte sie ihn.

»Ja«, sagte er, »'ne Eule.« Sie saßen beisammen und redeten, bis der Mond sie in milchiges, warmes Licht tauchte.

69

In den frühen Morgenstunden des 19. September erwachte Eva im Stockfinstern. Sofort brach ihr der kalte Schweiß aus. Sie hatte Angst im Dunkeln. Das Haus war still, abgesehen von den kleinen Lauten, die jedes Haus von sich gibt, wenn seine Bewohner nicht da sind.

Sie versuchte, die aufsteigende Panik zu unterdrücken, indem sie mit sich selbst redete und sich fragte, warum sie im Dunkeln Angst hatte. Sie sagte laut: »An meiner Zimmertür hing ein Armeemantel auf einem Bügel. Der sah aus wie ein Mann. Ich lag die ganze Nacht wach und habe den Mantel angestarrt. Ich dachte, ich hätte gesehen, dass er sich bewegt – unmerklich vielleicht, aber er hatte sich definitiv bewegt. Genauso habe ich mich gegruselt, wenn ich an Leslie Wilkinsons Haus vorbeiging. Wenn er mich kommen sah, verstellte er mir den Weg und verlangte Geld oder Süßigkeiten, bevor er mich weitergehen ließ. Ich blickte hilfesuchend zu seinem Haus und sah und hörte Mrs. Wilkinson singend an der Küchenspüle abwaschen. Manchmal blickte sie auf und winkte, während ich draußen schikaniert wurde.«

Eva erzählte sich selbst die Geschichte, wie sie im

Schnee in einen tiefen Graben gefallen war, aus dem sie nicht wieder herauskam. Wie ihre Freundin nach Hause gegangen war und sie fast die ganze Nacht vergeblich versucht hatte herauszuklettern. Erst unter drei Wolldecken und zwei Steppdecken hörte sie auf zu zittern.

Von dem Tag, als ein Mann, ein Fremder, sie »fette Kuh« genannt hatte, nachdem sie ihm im Weihnachtsgedrängel vor Woolworth auf den Fuß getreten war. Seine Stimme begleitete sie seither in jede Umkleidekabine.

Einmal hatte sie eine halb verweste menschliche Hand im Schilf gefunden. In der Schule hatte man ihr nicht geglaubt und sie fürs Zuspätkommen und (erneute) Lügen bestraft.

Sie wollte nicht an die Fehlgeburt denken, die sie in Paris erlitten hatte – ein Mädchen, das Babette heißen sollte –, und wie sie aus dem Krankenhaus in die große Wohnung zurückkommen und er verschwunden war, samt seinen eleganten Habseligkeiten und ihrem jungen Herz.

Ihr war nach Weinen zumute, doch die Tränen blieben ihr irgendwo in der Kehle stecken. Ihre Augen waren knochentrocken, und ihr Herz umgab ein Ring aus Eis, von dem sie fürchtete, er würde niemals schmelzen.

Erneut sprach sie mit sich selbst, diesmal streng. »Eva! Anderen Menschen widerfahren weit schlimmere Dinge. Du warst glücklich in deinem Leben. Erinnere dich an die Schneeflocken im Birkenhain, daran, wie du auf dem Rückweg von der Schule aus dem Bach getrunken hast, wie du bergab auf die samtweiche Wiese mit den essbaren Halmen gelaufen bist. An den Duft gebackener Kartoffeln über dem Lagerfeuer. Deine früheste Erinnerung – wie du mit deinem Vater eine Kastanie geöffnet hast und der glänzend braune Kern zum Vorschein kam. Wie du die ›Betreten verboten‹-Schilder ignoriert und im Ballsaal eines verlassenen Herrenhauses getanzt hast. Und die Bücher! Wie du mitten in der Nacht beim Lesen von P. G. Wodehouse gelacht hast. Und im Sommer lesend auf der kühlen Bettdecke gelegen hast, mit einer Tüte Zitronenbrausebonbons neben dir. Ja, ich war glücklich. Als ich mit meinem ersten Freund, Gregory Davis, meine erste Elvis-Platte gehört habe – beide so wunderbar schön.«

Sie erinnerte sich, wie sie Brian heimlich beobachtet hatte, als er mitten in der Nacht zärtlich die Zwillinge fütterte. Es war ein bezaubernder Anblick.

Während sie im Halbschlaf ihre glücklichen Erinnerungen Revue passieren ließ, legte sich die grausame Wirklichkeit wie ein Schatten darüber. Der Birkenhain war durch eine Wohnsiedlung ersetzt worden, in den Bach kippten die Leute ihren Müll. Der Hügel war eingeebnet worden, an seiner Stelle befand sich ein Bürgerzentrum, und Brian hatte die Zwillinge nie wieder nachts gefüttert.

Alexander befand sich mit Erlaubnis des Bauers auf einem Gerstenfeld. Sie hatten E-Mails ausgetauscht, und der Bauer hatte vom Traktor aus gewunken, als sie sich begegneten.

Er benutzte jetzt Ölfarben und versuchte, das Besondere eines jeden einzelnen Gerstenhalms zu vermitteln, das Gefühl, dass es ohne den einen keine hundert oder tausend oder wie viel Millionen Gerstenstängel auch immer auf einem sieben Morgen großen Feld standen, geben würde.

Er spürte sein Handy an seinem Herz vibrieren.

Widerstrebend ging er ran. Er hatte gerade einen Zustand erreicht, in dem sein Pinsel die Verlängerung seines Körpers war.

»Hallo.«

»Ist dort Alexander Tate?«

»Ja, und Sie sind?«

»Hier ist Ruby! Evas Mutter.«

»Wie geht es ihr?«

»Deshalb ruf ich an. Ihr Zustand hat sich verschlechtert, Alex. Sie schicken einen ...« Ruby sah auf einen Zettel und las: »... einen ›Mitarbeiter vom psychosozialen Dienst‹ mit einer ›Zwangseinweisung‹. Er kommt mit Polizei und Rammbock.«

Alexander packte schnell seine Malausrüstung zusammen und rannte damit zu seinem Lieferwagen, der auf einem Grünstreifen parkte. Er raste über die Landstraßen, schnitt waghalsig Kurven und überholte ungeduldig langsamere Fahrzeuge. Er hupte so oft, dass er sich selbst an Taddäus Kröte erinnerte.

Tröt! Tröt! Tröt!

Er hielt vor Evas Haus und sah zu seiner Bestürzung, dass der Baum, den sie so liebte, verschwunden war. Als er zur Haustür rannte, wurde ihm bewusst, dass auch die Menge verschwunden war und nichts als ein paar Flecken auf dem Bürgersteig hinterlassen hatte.

Stanley und Ruby kamen zusammen an die Tür. Alexander sah an Rubys Gesicht, dass etwas nicht stimmte. Die drei gingen in die Küche, und Ruby erzählte, was passiert war, seit Alexander Eva zuletzt gesehen hatte.

»Dass der Baum gefällt wurde, hat das Fass zum Überlaufen gebracht«, sagte sie.

Alexander sah sich in der Küche um. Eine Patina aus

Fett und Staub lag auf den Oberflächen, umgedrehte Becher klebten auf dem Abtropfbrett. Er lehnte den von Ruby angebotenen Tee ab und lief nach oben.

Er sah Evas Tür und durch den Spalt die Dunkelheit im Zimmer. Er rief nach ihr. »Eva! Hör zu, meine Liebste, ich geh zurück zum Wagen, dauert nicht mal zwei Minuten.«

Im Zimmer nickte Eva.

Das Leben war zu viel für einen allein.

Er kehrte mit seinem Werkzeugkasten zurück. Durch den Spalt sagte er: »Hab keine Angst, ich bin hier.«

Er begann, die Tür einzutreten, dass das Holz nur so splitterte. Er benutzte eine Brechstange, um die übrigen festgenagelten Bretter zu entfernen. Als die Tür ganz offen war, sah er sie auf dem Bett, an das zugenagelte Fenster gekauert.

Sie hatte sich selbst die Aufgabe gestellt, der ganzen Unzufriedenheit und Enttäuschung in ihrem Leben ins Auge zu sehen.

Ruby und Stanley waren hinter ihm.

Er bat Ruby, Eva ein Bad einzulassen und ihr ein frisches Nachthemd zu bringen. Zu Stanley sagte er: »Würden Sie bitte alle Lichter ausschalten, Stan? Ich möchte nicht, dass sie geblendet wird.«

Er stieg über das vergammelte Essen und zersplitterte Holz und ging zu Eva. Er nahm ihre Hand und hielt sie fest.

Keiner von beiden sagte etwas.

Zunächst gestattete Eva sich nur ein paar höfliche Tränen, doch innerhalb weniger Sekunden weinte sie mit offenem Mund und hemmungslos um all ihre drei Kinder und um ihr siebzehnjähriges Selbst.

Als Ruby rief: »Die Badewanne ist fertig!«, hob Alexander Eva hoch, trug sie ins Bad und setzte sie ins warme Wasser.

Ihr Nachthemd trieb an die Oberfläche.

Ruby sagte: »Zieh es aus. Nimm die Arme hoch, so ist es brav.«

Alexander sagte: »Ich mach das schon, Ruby.«

Eva sagte: »Nein, Mama soll.«

Eva ließ sich sinken, bis ihr Kopf unter Wasser war.

Unten im Wohnzimmer, machte Stanley ein Feuer im Kamin.

Es war kein kalter Tag, doch er dachte, es würde Eva gefallen, nachdem sie so lange eingesperrt gewesen war.

Er hatte recht.

Als Alexander sie hereintrug und aufs Sofa vor dem Kamin setzte, sagte sie: »Das ist Güte, nicht? Einfache Güte.«

Dank

Ich danke Sean, Colin, Bailey, Louise
und jedem bei Michael Joseph,
der mir bei diesem Buch geholfen hat.

RODDY DOYLE
PUNK IS DAD

Deutsch von Juliane Zaubitzer
Gebunden mit Schutzumschlag und
Lesebändchen
411 Seiten, 11,5 x 18,6 cm
21,95 Euro
ISBN 978-3-942989-73-2

»Ein großes Vergnügen mit Tiefgang.« **Sunday Times**

»Eine bewegende Tragikomödie – hinreißend komisch wie alle Texte von Doyle.« **GQ**

»Roddy Doyle gelingt in seinem neuen Barrytown-Roman einmal mehr grandios, burleske Komik mitexistenziellem Ernst zu grundieren.« **Rolling Stone**

Punk is Dad
wurde als bester Roman 2013
mit dem IRISH BOOK AWARD
ausgezeichnet.

HAFFMANS ▌▌ TOLKEMITT